读客科幻文库

跟着读客读科幻,经典科幻全看遍。

ISAAC ASIMOV
THE COMPLETE STORIES VOL Ⅰ

阿西莫夫科幻短篇全集 1
最后的问题 上

[美] 艾萨克·阿西莫夫 著　老光 译

江苏凤凰文艺出版社

图书在版编目（CIP）数据

阿西莫夫科幻短篇全集.1,最后的问题：全2册/（美）艾萨克·阿西莫夫(Isaac Asimov) 著；老光译.— 南京：江苏凤凰文艺出版社，2023.10（2025.7重印）
（读客科幻文库）
书名原文：THE COMPLETE STORIES VOL 1
ISBN 978-7-5594-7868-9

Ⅰ.①阿… Ⅱ.①艾…②老… Ⅲ.①幻想小说－小说集－美国－现代 Ⅳ.① I712.45

中国国家版本馆 CIP 数据核字 (2023) 第 152453 号

THE COMPLETE STORIES VOL 1 by ISAAC ASIMOV
Copyright © 1990 by Isaac Asimov
This edition arranged with William Morris Endeavor Entertainment, LLC
Through Andrew Nurnberg Associates International Ltd.
Simplified Chinese translation copyright © 2023 Dook Media Group Limited
All rights reserved.

中文版权 © 2023 读客文化股份有限公司
经授权，读客文化股份有限公司拥有本书的中文（简体）版权
图字号：10-2023-225 号

阿西莫夫科幻短篇全集 1：
最后的问题（全 2 册）

[美]艾萨克·阿西莫夫 著　　老 光 译

责任编辑	丁小卉
特约编辑	张敏倩　　王 品　　骆新悦
封面插画	座一亿
封面设计	李子琪
责任印制	刘 巍
出版发行	江苏凤凰文艺出版社
	南京市中央路 165 号，邮编：210009
网　　址	http://www.jswenyi.com
印　　刷	河北中科印刷科技发展有限公司
开　　本	880 毫米 ×1230 毫米 1/32
印　　张	25.75
字　　数	667 千字
版　　次	2023 年 10 月第 1 版
印　　次	2025 年 7 月第 10 次印刷
标准书号	ISBN 978-7-5594-7868-9
定　　价	119.00 元

江苏凤凰文艺版图书凡印刷、装订错误，可向出版社调换，联系电话：010-87681002。

致读者

我写短篇故事已经有五十一年了,仍未到辍笔的时候。除了数百篇已公开发表的,当下在出版社待印的作品尚有好几十篇,还有两篇虽已完稿但仍未交付。所以,我远没有退休。

然而,一个写短篇故事的人,怎么可能在笔耕如此之久后,仍觉得留给自己的时间很长?正如歌中所唱:"未来其实比从前更短。"

因此,是时候让出版社做个阶段总结了,将我所有的小说,包括短篇和中篇,收集成册,设计成统一的版式,只是分精装和平装。

我这么说可能略显自负(我常常被批评说有这个毛病),但我的小说从一开始就挺受欢迎,而且经年以来热度不减。不过,要想找到某篇特定的小说,比如一篇你已经丢失却仍想收藏的小说,或者一篇你听说过却无缘读到的小说,绝非易事。我的小说曾首版于众多各式的期刊,如今这些期刊的原版都已买不到了。后来,它们又出现在各种选集之中,现在也几乎见不着了。

出版社意图将这套多卷的选集做到完整和统一,以此希望科幻界、奇幻界(因为我众多的奇幻小说也会被收录在内)以及图书馆能急切地抢下它,并清理好书架,为它留出空位。

这一卷的头几篇取自20世纪50年代我的两部早年选集——《地球够大了》和《九个明天》。

《地球够大了》收录了我个人中意的一些故事,比如《选举权》,它讲述的是最终选举日的故事;《生活空间》,它给了每个家庭一个自己的世界；《他们曾经拥有的欢乐》，我被收录最多的故事；《讲笑话的人》，假如你从未读过它的话，我敢打赌你猜不中它的结局；还有《梦乃隐私》，罗伯特·海因莱因曾因此指责我利用自己的神经质捞钱。

《九个明天》是所有选集中我最喜爱的，收录的都是20世纪50年代的作品中我自认为的上乘之作。尤其值得一提的是《最后的问题》，它是我所有作品之中的最爱。

然后还有《丑陋的小男孩》，它是我的第三最爱。我的故事一般都比较理智，但它倒是能让你流下一两滴眼泪。要想知道哪个故事是我的第二最爱，你只能去读这套全集中的其他卷了。《能力的感受》是另一个常常被收录的故事，考虑到它完成于还没人想象到过便携式计算机的年代，它是具有预示性的。《世界上所有的烦恼》是个悬疑故事。《将死的夜晚》带有神秘气息，唉，基于一个如今已被证伪的天文"事实"。

最后，本卷还收录了一部后期的选集，即《日暮和其他故事》，书名突显了《日暮》，美国的众多读者和科幻作者都认为它是有史以来最优秀的科幻故事（我不这么认为，但也无法反驳）。还有其他一些我的最爱，包括《人类培养皿》，有点惊悚；《萨莉》，表达了我对汽车的态度；《罢工破坏者》，我觉得它并没有得到应有的认可；还有《眼睛不仅能用来看》，一把拨动心弦的扳手。

我们还会出更多卷，但请从这一卷开始读起。你知道的，这会令一个老头儿无比欣慰。

艾萨克·阿西莫夫

纽约

1990年3月

目　录

001 ／ 过去已死

052 ／ 成功科幻之基础

054 ／ 选举权

072 ／ 花　招

079 ／ 小孩的玩意儿

094 ／ 水世界

099 ／ 生活空间

115 ／ 信　息

117 ／ 保证满意

134 ／ 地狱火

136 ／ 最后的号角

155 ／ 他们曾经拥有的欢乐

159 ／ 讲笑话的人

175 / 不朽的诗人

179 / 总有一天

190 / 作家的苦难

193 / 梦乃隐私

211 / 职　业

273 / 能力的感受

284 / 将死的夜晚

313 / 我在火星港，希尔达没在身边

328 / 善良的秃鹫

346 / 世界上所有的烦恼

364 / 我的名字以"塞"开头

382 / 最后的问题

397 / 丑陋的小男孩

过去已死[1]

阿诺德·波特利博士是一位古代史教授,这一点本身并不危险。但他看上去也是活脱脱一副古代史教授的样子,于是便有了机会将世界搅个天翻地覆。

假如波特利博士天生就有又大又方的下巴、锐利的眼神,再配上鹰钩鼻和宽肩膀,撒迪厄斯·阿拉曼——年代观测系的主任——可能就会采取适当的行动。

然而,站到撒迪厄斯·阿拉曼桌子前的波特利博士显然脾气温和:一对浅蓝色的眼睛惆怅地看着阿拉曼,两眼之间长着一只塌鼻子;小小的身形,穿着整齐,似乎盖着"小人物"的戳记;薄薄的棕色头发,擦得恰到好处的鞋子,活脱脱一副保守的中产阶级打扮。

阿拉曼随意地问了一句:"有什么事吗,波特利博士?"

波特利博士的嗓音很轻柔,跟他的形象很是般配:"阿拉曼先生,我来找你,因为你是年代观测方面的一把手。"

阿拉曼笑了:"并不是。我上面还有全球研究专员,在他之上还有联合国秘书长。当然,在他们二人之上,还有地球上的公民。"

波特利博士摇了摇头:"他们对年代观测不感兴趣。我来找你,先生,是因为两年来为了我的古代迦太基研究,我一直在试图获取时间

---

[1] Copyright © 1956 by Street and Smith Publications, Inc. ——原版注(此为原文版权声明,下文同)

窗的许可，也就是年代观测的许可。但我没能获得。我的研究手续完备，我的研究方向也并无不妥之处，然而——"

"我相信这跟你的研究方向无关。"阿拉曼沉吟道。他打开贴有波特利名字的文件夹，翻看着里面薄薄的几页复印纸。这些都是马尔蒂瓦克[1]生成的，它那硕大的拟人大脑里保存着系里所有的记录。当谈话结束后，这几页纸会被销毁。日后，当有需要时，短短几分钟之内它仍能再生成一份。

阿拉曼翻页时，波特利的声音一直在单调地持续着。

这位历史学家在说："我想强调，我的问题很重要。迦太基是古代商业社会的顶点。在古代社会中，与原子时代之前的美国最有可比性的就是罗马前的迦太基。在维京人出现之前，他们是最勇敢的水手和探险家，比被高估的希腊人强多了。

"对迦太基了解越多，我们的收获也就越大。然而，我们仅有的知识都来自他们死敌的记录，也就是希腊人和罗马人的记录。迦太基人从来没有写过什么为自己正名，即使写过，这些记录也都遗失了。因此，迦太基人成了历史上最有名的恶棍之一，显然这并不公平。时间窗或许能改正这一错误。"

他还说了很多。

阿拉曼依旧在翻看面前的复印件。他说："你应该知道，波特利博士，年代观测，或是你口中的时间窗，是个困难的过程。"

被打断了的波特利博士皱了下眉头，说道："我只要求观测几处选定的时间和地点。"

阿拉曼叹了口气："即便只是几处，甚至只是一处……它也是一门精确到难以想象的艺术。这里面涉及调焦——找到合适的场景并捕

---

[1] 原文为"Multivac"，出现在阿西莫夫的多部短篇中。阿西莫夫在自传《记忆犹新》中称这个名字来源于"Univac"（电子计算机，Universal Automatic Computer）。——编者注（本书中注释如无特别说明，均为编者注）

获它。还有声音的同步,这需要完全独立的电路。"

"我的问题非常重要,它值得付出这些努力。"

"是的,先生,毫无疑问。"阿拉曼脱口而出,否认他人研究工作的重要性是一种难以原谅的无礼行为,"但你必须理解,即使是最简单的观测,也是一项旷日持久的工作。等待使用年代观测的队伍很长,等着使用马尔蒂瓦克的人就更多了,马尔蒂瓦克掌握着控制系统。"

波特利不悦地摇了摇头:"你什么都帮不了吗?两年了——"

"事情总有个轻重缓急,先生。我很抱歉……抽烟吗?"

听到提议后,历史学家的身子猛地往后一仰,眼睛也突然盯着冲他递过来的烟盒瞪大了。阿拉曼吃了一惊,收回了烟盒。他做了个想要从里面给自己拿根烟的动作,又改变了主意。

看到烟盒被收起来,波特利掩饰不住地松了口气。他说:"有什么方法能让我尽可能地靠前排呢?我不知道该怎么解释——"

阿拉曼笑了。有人在类似的情形下提出过用钱来买通,当然行不通。他说:"优先权是计算机排定的。我无权擅自改变。"

波特利僵硬地站起了身。他的身高大约五英尺[1]半:"那好吧,再见,先生。"

"再见,波特利博士。我真的很抱歉。"

他伸出了手,波特利微微握了握。

历史学家离开了。阿拉曼按铃把秘书叫了进来,把文件夹递给了她。

"把这个,"他说,"处理了吧。"

又剩自己一个人了,他苦涩地笑了笑。在他为人类服务的四分之一个世纪之中,他经常仰仗一项技能——拒绝。

---

[1] 英美制长度单位,1英尺=30.48厘米。

至少这家伙还容易打发。有时他还要施加学术上的压力，甚至收回经费。

五分钟之后，他已然忘了波特利博士。后来回想起来，他在当时也没预感到任何危险。

在产生挫折感的第一年，阿诺德·波特利感受到的也仅仅是挫折感。然而，到了第二年，挫折感令他产生了一个想法，他先是感到了害怕，随后是着迷。有两件事阻止了他把想法变成行动，虽然他的想法有违学术道德，但这两个阻碍都与此无关。

第一是他还有希望，政府总有一天会颁下许可证，他也就没必要节外生枝了。这个希望在跟阿拉曼的谈话结束之后破灭了。

第二跟希望完全不沾边，而是他意识到了自己的无能。他不是个物理学家，他也不认识哪个物理学家能提供这样的帮助。大学物理系的家伙们手头经费都充裕，各自埋头于自己的研究。最好的结果就是他们会当作没听见，最差的结果是他们会举报他学术不端，搞得他连最基本的迦太基研究经费都会被剥夺。

他不能承受这个风险。但年代观测又是唯一能深入其研究领域的方法。没了它，跟经费被剥夺了也没什么两样。

其实，有迹象表明第二个障碍或许能得以扫除，而且该迹象出现在他与阿拉曼谈话的一周之前，但当时他并没有意识到，它发生在教职员工的茶话会上。波特利雷打不动地参加这项活动，因为他把它当作工作内容的一部分，而他对工作一向是相当严谨的。不过，出席归出席，他并不会把跟人聊天或交新朋友当成自己的责任。他会有节制地喝上一两杯，和主任或刚好在场的系领导们友好地聊上一两句，对其他人挤出一丝微笑，最后早早地离开。

在最近一次的茶话会上，照他平常的习惯，他不会注意到角落里站着一位安静得甚至有些突兀的年轻人。他肯定不会想要跟这个年轻人聊天。然而，鬼使神差地，他竟然破例了，做出了跟自己的本性完全相悖的行为。

那天早上,波特利太太在吃早餐时悲戚地声称自己又梦到了劳拉,这次的劳拉已经长大了,却仍然保持着三岁时的脸庞,显示她是他们的孩子。波特利没有打断她,过去他还会跟她起争执,说她太沉湎于过去和死亡。劳拉不会回来了,不管做什么梦也好,谈什么话也罢。不过,只要卡洛琳感到安慰,那就让她做梦,让她说吧。

但当波特利那天早上去往学校时,他发现自己终究还是被卡洛琳的情绪影响了。劳拉长大了!她死了都快二十年了,他们唯一的孩子,此生的唯一。一直以来,每当他想起她时,她始终是三岁的模样。

此刻,他暗自思忖着:如果她还活着,她不应该还是三岁,应该快二十三岁了。

他无助地想象起了劳拉渐渐长大的样子,一直长到二十三岁。他觉得好难。

但他还是尽力想了:劳拉化妆了。劳拉跟男孩子约会了。劳拉——结婚了!

就是在这一刻,波特利看到了那个站在教职员工圈子外围的年轻人。波特利不切实际地遐想着,劳拉可能就会嫁给一个这样的年轻人,有可能就是他本人……

劳拉可能会在大学里碰到他。也可能是哪个晚上,波特利夫妇会邀请他来赴晚宴。他们可能会对彼此产生兴趣。劳拉肯定会出落得很标致,而这个年轻人长得也不赖。他的肤色较深,脸庞俊俏,衣着却随意。

白日梦很快就醒了,然而波特利依然傻乎乎地在盯着年轻人看,没把他当成陌生人,而是另一场人生中可能的女婿。他下意识地走向了那个人,几乎像在梦游。

他伸出了手:"我是历史学系的阿诺德·波特利。你是新来的?"

年轻人显得略有些惊讶，忙不迭地把酒杯换到了左手，好腾出右手来跟他握手："我叫乔纳斯·福斯特，先生。我是物理系的新讲师。这学期才开始的。"

波特利点了点头："希望你能在此过得愉快，事业进步。"

谈话到此结束了。波特利终于回过神来，觉得尴尬，便走开了。他回头看过一次，但亲密关系的假象已经消失了。事实就是事实，他不禁为自己陷入了妻子有关劳拉的蠢话而气恼。

然而，一个星期之后，甚至当着阿拉曼的面，那个年轻人又出现在了他的脑海里。物理系的讲师。一个新讲师。他当时是聋了吗？耳朵和大脑之间发生了短路，还是因为就要和年代观测系主任会面所以触发了某种自动抑制机制？

但会面失败了。因为想到了那个只聊过一两句的年轻人，波特利没有再展开他的请求。他巴不得马上就离开。

在回大学的特快旋翼机上，他希望自己是个迷信的人。那样他就能说服自己，那次随意的、无意义的会面其实是上苍刻意安排的，是命运使然。

乔纳斯·福斯特对学术生活并不陌生：漫长而又坎坷的博士学位攻读之路会把任何一个新人变成老手；博士后时的助教任务又充当了增强剂。

而现在他成了乔纳斯·福斯特讲师，下一步是要取得教授资格。于是，他发现自己和其他教授之间形成了一种新的关系。

一方面，他们对自己未来的升职有投票权。另一方面，在游戏如此早期的阶段，他还没法搞清教授之中谁能够跟系主任或校长说上话。他并不想成为校园里的政治家，况且，恐怕他也没这方面的能力，没有必要为了证明这一点而卷入风暴。

因此，福斯特倾听着这位举止温和却隐约有些局促的历史学家，并没有让他闭嘴、打发他走——这显然是他下意识的第一反应。

他仍然清楚地记得波特利。此人曾在茶话会上跟他搭讪（茶话会本身很无聊）。这家伙只跟他生硬地聊了两句，眼睛不知怎的还湿润了，然后仿佛突然清醒了，又匆匆离开了。

当时福斯特觉得他挺可笑，但此刻他却觉得波特利可能是有意来结识他的，确切地说，是故意给他留下那种印象，让自己显得如同一只古怪的鸭子，古怪但无害。此刻，波特利可能正在揣测他的想法，寻找着他内心斗争的迹象。当然，在深交之前，这么做也无可厚非。然而波特利可能是认真的，可能真的没有意识到自己在干什么。或者，他清楚地知道自己在干什么。他可能就是一个危险分子。

福斯特嘟囔了一句："这个嘛——"为了给自己争取点时间，他拿出了一盒烟，作势要给波特利递上一根，先给他点上，然后再慢慢地给自己也点一根。

但波特利马上就开口了："福斯特博士，请别抽烟。"

福斯特吓了一跳："对不起，先生。"

"没事。我才要说对不起。我受不了烟味，我有洁癖。对不起。"

他的脸色都发白了。福斯特收起了烟。

福斯特一边忍受着烟瘾，一边字斟句酌地说道："你来征求我的建议，我感到很荣幸，波特利博士。但我不是一个中微子[1]学家，在这个领域里我并不专业。即使连提供建议都超过了我的能力范围，坦白地讲，我都没怎么听懂你讲的。"

历史学家的脸色一沉："你这话是什么意思？你不是中微子学家？你现在还什么都不是呢。你还没拿到过任何经费，不是吗？"

"这才是我的第一个学期。"

---

[1] 粒子的一种。不带电，稳定，静止质量为零。直到1956年，才比较直接地在实验中观察到中微子。

"我知道。我猜你甚至还没申请过任何经费吧。"

福斯特勉强笑了笑。进入大学三个月了,他还没能准备好将申请经费的材料递交给职业的科学作者,更别说递给研究委员会了。

(幸运的是,他的系主任还算宽容。"不用着急,福斯特,"他说,"先整理好你的思路。确保你知道自己的方向,知道它通往哪里,因为一旦你拿到了经费,你的专业就正式确定了,不管是好是坏,它将成为你职业生涯的方向。"这话听着像是老生常谈,但老生常谈通常也意味着真理,福斯特也承认这一点。)

福斯特说:"波特利博士,我受的教育和我本人的爱好都是超光学,我还辅修过引力子学。我在申请这个职位时就是这么描述自己的。超光学还不是我正式的专业方向,但今后会是。至于中微子,我甚至都没学过这门学科。"

"为什么没有?"波特利追问道。

福斯特愣了愣。这种对他人专业状况粗鲁的好奇心总是令他不舒服。他用尽量克制的语气坦承道:"我的大学里没有中微子这门课。"

"上帝啊,你上的哪所大学?"

"麻省理工。"福斯特平静地说。

"他们不教中微子?"

"不教。"福斯特觉得自己的脸都红了,不自觉地开始了辩解,"中微子是一门非常专业的课程,现实意义却不大。年代观测或许用得上它,但也就这么一个现实的应用,而且它也走入了死胡同。"

历史学家急切地盯着他:"告诉我,在哪里能找到中微子学家?"

"我不知道。"福斯特直白地说道。

"那么,你知道有哪所学校教中微子吗?"

"我不知道。"

波特利机械地笑了笑,笑容里没有愉悦的成分。

福斯特讨厌这个笑容,觉得它对自己是种侮辱,脾气也上来了。

他脱口说道:"先生,我想提醒你,你已经越界了。"

"什么意思?"

"我的意思是,作为一个历史学家,你对任何一种物理学的兴趣,专业式的兴趣,是——"他停住了,无法找到合适的词语。

"学术不端?"

"是的,波特利博士。"

"我的研究驱使我进入了物理学。"波特利严肃地低语了一句。

"你该去找研究委员会。假如他们允许——"

"我已经去过了,没能解决我的问题。"

"那显然你该放弃你的想法。"福斯特知道自己听上去有些假正经,但他不想让这家伙诱导自己说出什么不妥的话。他的职业生涯才刚开始,不该冒愚蠢的风险。

显然,这句话刺激到了波特利。这家伙毫无征兆地爆发了,冒出了一连串急促的、不妥的话语。

他说,学者只有在他们能够自由地追寻自己的兴趣时才真正算得上自由。他说,研究一旦被强制禁锢在那些掌管钱包的家伙预设的范围内,就不是研究了,而是奴役,只会停滞不前。他说,没有任何人能够决定他人在学术上的兴趣。

福斯特不敢相信自己听到的一切。这些说法都不新鲜,他听到学生们这么说过,为了吓到他们的教授;他也曾这么说过一两次,只是为了好玩。任何一个学习过科学史的人都知道,很多人都有过这种想法。

然而,令福斯特不解的是,一个现代的学者能够说出这派胡言,几乎有悖于常识。没人会鼓吹管理工厂最好的办法就是让工人都按照各自当下的喜好来工作,或是让水手按照各自随意且矛盾的想法来控制货轮。在上述两种情形下,理当存在某种形式的中央控制单位。为什么指引和命令能使工厂和货轮获益,却不能让科学研究获益呢?

有人可能会说人类的大脑和货轮或工厂有本质的不同,但科学研究的历史证明刚好相反。

当科学还在早期，已知世界所有的或绝大部分的知识都掌握在单个的大脑里，确实没有必要加以指引。在还没有地图的无知世界里随意游荡，有时会误打误撞地做出惊人的发现。

但随着知识的增长，在准备前往未知世界的旅程之前，需要吸收越来越多的数据，才能令旅程有意义。人类必须区分专业。此外，研究员需要的资源实在太多，一整个他本人无法集全的图书馆、一整套他本人无力承担的仪器设备，等等。渐渐地，单个的研究员让位给了研究小组和研究院。

研究所需的经费也随着设备的增多而变得越来越庞大。现在还有哪个大学小到连一台迷你核反应堆或三级计算机都没有？

几个世纪之前，个人已无力资助研究了。到了20世纪40年代，只有政府、大企业、大学或研究院才有能力资助基础研究。

到了20世纪60年代，甚至连最大的大学都要完全依赖政府的经费，而研究院只能凭借税收优惠和公众的支持才能存活。到了21世纪初，工业集团变成了世界政府的分支，因此在那以后，研究的经费来源继而到研究的方向，自然变得中央集权，处于政府部门的控制之下。

这一切都是自然发展的。科学的每个分支都完美地契合了公众的需要，不同的分支之间合作紧密。过去半个世纪所取得的重大进展足以证实，科学并没有陷入停滞状态。

福斯特想说的这些话还没怎么说出口，就被波特利不耐烦地打断了。他说："你在重复官方的宣传。你眼前就有一个例子，足以证明官方观点的错误。你没意识到吗？"

"坦白地讲，没有。"

"那好，你为什么说时间窗走入了死胡同？为什么中微子不重要？你就是这么说的，说得那么确定，但你从来没学过。你说自己对此一点都不懂，你的学校甚至都不教——"

"连学校都不教,这还不足以证明它不重要吗?"

"哦,明白了。因为它不重要,所以才不教。因为它不教,所以才不重要。这种逻辑能让你满意吗?"

福斯特觉得有点晕了:"书里是这么说的。"

"够了。书里说中微子不重要。你的教授也这么跟你说,因为他在书里读到了。书里这么说,因为有教授是这么写的。有谁是根据个人的经验和知识才这么说的吗?有谁做过研究?你知道有谁吗?"

福斯特说:"我觉得再这么谈下去也不会有结果,波特利博士。我还有工作——"

"再给我一分钟。我只想让你听听这个,看看你会有什么想法。我认为政府在积极地压制中微子和年代观测的基础研究。他们在压制年代观测的应用。"

"不会吧。"

"为什么不会?他们能办到。这就是政府控制下的研究。假如他们拒绝给某个分支学科经费,那个分支就会死。他们杀死了中微子。他们能办到,而且已经办到了。"

"但为什么呢?"

"我不知道为什么。我想找到答案。假如我懂得足够多,我就自己去找了。我来找你,因为你是个新人,刚完成全新的教育。难道你的知识血管已经硬化了吗?你不再有好奇心了吗?你不想搞懂吗?你不想寻找答案吗?"

历史学家热切地盯着福斯特的脸。他们两人的鼻子间只隔了几英寸[1],但福斯特的思绪一片混乱,以至于都忘了后退。

按理说,他该叫波特利赶紧离开。有必要的话,他该一脚把波特利踢开。

---

[1] 英美制长度单位,1英寸=2.54厘米。

阻止了他的并不是对年纪或职位的尊敬，肯定也不是因为波特利的言辞说服了他。他只是对自己的母校略有些失望。

为什么麻省理工不教中微子？此时此刻，他回想起来，图书馆里可能连一本中微子的书都没有。他想不起在哪里见过。

他开始琢磨这个问题。

这是灾难的开端。

卡洛琳·波特利曾经是个有魅力的女人。现在，遇到某些场合，例如晚宴或是大学活动，经过一番精心打扮的她，还是能让人一窥当初的风采。

在普通的场合下，她挺邋遢的。她在情绪低落的时候会用这个词来描述自己。年复一年，她长胖了不少，但臃肿的模样不仅仅是脂肪的功劳。她的肌肉都衰减了，变得软弱无力，因此她走路时有些蹒跚；眼皮也松弛了，脸颊耷拉下来，甚至连灰色的头发都似乎累了，软塌塌的，现在的直发似乎是在重力面前躺平的结果。

卡洛琳·波特利看着镜中的自己，承认今天自己的状态不怎么样。她也知道原因。

因为梦到了劳拉。一个陌生的劳拉，已经长大了。她一直哀怨到了今天。

不过，她后悔跟阿诺德提起了。他什么也没说，也没做什么不寻常的，但他就是被影响了。那天之后，他变得更加沉默。可能是因为他在为与那位政府里的大人物的会面做准备（他一直说不抱有成功的希望），但也可能是因为她的梦。

还是从前的样子更好，他会冲她大声喊："让死者安息吧，卡洛琳！谈论她不会把她带回来，梦也不会。"

这对他们两人来说都不好受，非常不好受。那一天，她没在家，她一直都为此自责不已。假如她待在家里，假如她没有进行不必要的购物活动，那他们两个都会留在现场。其中一个可能会救了劳拉。

可怜的阿诺德没能成功。上苍做证，他尽力了。他自己都差点死了。他从燃烧的房子里现身，痛苦地蹒跚着，伤痕累累，呼吸困难，眼睛都几乎瞎了，怀里抱着死去的劳拉。

噩梦就此盘桓，再也没有离开过。

从那以后，阿诺德慢慢地长出了一身"外壳"。他养成了一种温和的冷漠，没东西能穿透，没有火花。他成了一个清教徒，甚至放弃了他的小小恶习，不再抽烟，戒掉了偶尔骂脏话的嗜好。他取得了研究迦太基新历史的经费，并为此付出了全身心的努力。

她帮过他。她收集参考资料，整理他的笔记，并为它们拍了微缩胶片，然后就突然收手了。

一天晚上，她突然离开书桌，冲进洗手间，剧烈地干呕起来。她丈夫不安地跟着她。

"卡洛琳，怎么啦？"

喝了口白兰地之后，她平静下来。她说："是真的吗？他们真这么做过？"

"谁做过？"

"迦太基人。"

他盯着她，她拐着弯儿说了出来。她没法直说。

迦太基人似乎崇拜摩洛神，摩洛神是一个中空的铜像，肚子里有个火炉。在国家的危急时刻，祭司与民众会聚集到他身边，在举行适当的仪式和祷告之后，将活生生的婴儿们扔进火焰之中。

在那关键的时刻之前，婴儿被喂了蜜饯，避免牺牲的功效被惊恐的哭声破坏。那一刻之后，鼓声响起，以淹没婴儿尖叫的那几秒钟。父母也都在场，他们应该还觉得欣慰，因为牺牲是为了取悦神灵……

阿诺德·波特利不悦地皱起眉头。那是一派胡言，他告诉她，都是迦太基的敌人编的。他早该提醒她的。毕竟，这种宣传性的谎言还是挺常见的。据希腊人称,古代的希伯来人在他们的圣殿之中供奉着一颗骡子的脑袋。而据罗马人所说,野蛮的基督徒憎恨所有的人类,他们将异教徒的孩子活埋在地下墓穴之中。

"那他们没这么干过?"卡洛琳问道。

"我相信他们没干过。原始的腓尼基人可能干过。活人祭祀在原始文明中很常见,但鼎盛时期的迦太基不是原始文明。活人祭祀通常会被象征性的行为替代,比如割包皮。希腊人和罗马人可能把某些迦太基的象征行为误认为是原始的真实场景,要么是出于误会,要么是出于恶意。"

"你肯定吗?"

"我还不能肯定,卡洛琳,但等我收集到足够的证据后,我会申请使用年代观测,这么一来,就能彻底解决这个问题了。"

"年代观测?"

"时间窗。我们可以聚焦处于危急时刻的迦太基,比如公元前202年大西庇阿[1]登陆的那一刻,用我们自己的眼睛观察实际情况。你会看到我是对的。"

他拍了拍她,鼓励地笑了笑,但她在接下来的两个星期里每天都梦到了劳拉。她再也没帮他做迦太基的项目。他也没要求过。

此刻,她强打起精神,等着他回来。他回到城里后,给她打了个视频电话,跟她说他已经见了政府里的家伙,结果不出所料。这意味着他失败了,但他的声音里没有丝毫的挫败感,视频中的他也没有萎靡之处。他说,在回家之前,他还要去办一件小事。

这意味着他会晚回来。没关系,他们两人都不怎么关心晚餐是否准点,也不关心什么时候要把菜从冰箱里拿出来,或是要拿哪种菜出

---

[1] Scipio Africanus(前235—前183),古罗马统帅和政治家,以在扎马战役中打败迦太基统帅汉尼拔而著称于世。

来，或是何时要启动菜上的自热装置。

他到家之后,她吃了一惊。他身上看不出明显的懊恼的痕迹。他一本正经地亲了她,笑了笑,脱下帽子,询问在他离开期间家里是否都好。一切显得几乎完全正常,几乎。

她学会了注意细节,在这一连串的动作之中,她注意到了一种急匆匆的态度。对于早已习惯他一切的她来说,他明显带着紧张的情绪。

她说:"发生什么事了?"

他说:"后天晚上有位客人要来吃晚饭,卡洛琳。你介意吗?"

"当然不会。是我认识的人吗?"

"不是。是个年轻的讲师。新来的。我跟他说好了。"他突然靠近了她,抓住了她的双肘,保持了一小会儿,然后又迟疑地放开了,仿佛因为显露了情绪而感到不安。

他说:"我差点没能说动他。难以想象,可怕,真可怕,我们都习惯屈从,都对捆绑着我们的缰绳麻木不仁。"

波特利夫人不确定自己是否听懂了。但一年多以来,她看着他变得越来越负面,对政府的批评也变得越来越大胆。她说:"你没跟他说什么蠢话吧?"

"你这话是什么意思,蠢话?他会帮我做些中微子方面的工作。"

波特利夫人完全不懂"中微子"这三个字是什么意思,但她确定它和历史学无关。她轻声说道:"阿诺德,我不希望你这么做。你会失去教职。它属于——"

"它属于学术不端,亲爱的,"他说,"你想说的就是这个词。很好,我就学术不端了。假如政府不准我推进研究,那我就自己来。我这么做了之后,其他人就会跟随……即使他们不跟,也无所谓。重要的是迦太基,是人类的知识,而不是你我。"

"但你不认识这个年轻人。要是他是研究委员会的密探,那就坏了。"

"不可能,我愿意赌一把。"他把右手握成了拳头,轻轻地摩擦着左手的掌心,"他已经站在我这边了。我肯定。他控制不住自己了。我能从人的眼睛里、脸上和态度中看出他有没有知识上的好奇心。对于科学家来说,这是一种致命的疾病。即便如今也需要时间才能把它从人身上根除,年轻人更容易受到蛊惑……为什么要限制自己呢?为什么不制造自己的年代观测仪,让政府见——"

他突然住嘴了,摇了摇头,转身想要离开。

"我希望不要发生什么意外。"波特利夫人内心禁不住觉得肯定会发生意外,并提前为丈夫的职业生涯和他们的老年生活担忧起来。

她是他们之中唯一预感到会有麻烦的人,而且是个大麻烦。

乔纳斯·福斯特迟了近半个小时才来到波特利夫妇位于校园外的家。在这天的傍晚之前,他一直都没拿定主意是否要赴约。到了最后一刻,他发现自己无法对抗社会习俗,怎么能只提前一个小时才取消晚餐约会呢?当然,还有无法摆脱的好奇心。

晚餐仿佛持续了一个世纪。福斯特心不在焉地吃着。波特利夫人坐在餐桌远端,心思似乎云游到了别处。她只问过他一个问题,问他是否结婚了,听到他回答说还没有时发出了不认同的声音。波特利博士例行公事地问了问他的职业生涯,并微微点了点头。

晚餐很是平静、呆板,甚至称得上无聊。

福斯特心想:他看上去不是个坏人。

过去的两天,福斯特一直在研究波特利博士。当然,都是私下的,几乎不留痕迹。他尤其怕被人在社会学图书馆看到。虽然历史属于一门边缘学科,历史研究通常被大众当作兴趣读物,或用来熏陶情操,不过,物理学家可算不上什么"大众"。假如福斯特被人看到在研究历史,别人会觉得他有些怪异,跟相对论一样怪,不久之后系主任就会怀疑这位新讲师是否真的适合这个职位。

> 女士们，先生们，世界上只有一个艾萨克·阿西莫夫。
> —— 阿瑟·克拉克（《2001：太空漫游》作者）

> 阿西莫夫让我意识到，科幻是内容的文学，不是形式的文学。
> —— 刘慈欣（作家）

> 当你为错过阿西莫夫的书而哭泣时，你也将错过整个宇宙。
> —— 马伯庸（作家）

> 在互联网时代，我们其实都生活在"已经发生的未来"之中。为此，我们有必要时常重温阿西莫夫，重温那些澎湃的想象力。
> —— 罗振宇（资深媒体人）

> 阿西莫夫，一个为世间万物而生的人。
> —— 肯德里克·弗雷泽（知名科学编辑）

> 我们的想象力从此被阿西莫夫
> —— 《卫报》

> 阿西莫夫：科幻小说的基石。
> —— 詹姆斯

ISAAC

认识了一生的伯乐约翰·坎贝尔，之后10年，两人几乎每周都通信交换写作意见。

1938

28岁获哥伦比亚大学化学博士学位。

1948

1949 — 担任波士顿大学医学院生物化学副教授。

1937 — 寄出第一篇故事《宇宙开瓶器》，被拒。

1942
- 22岁担任费城海军实验站的化学家。
- 发表《银河帝国："人类历史上最好
- 发表《环舞》，正式"机器人学三大法则
- 第一次结婚。

1935 — 15岁进入哥伦比亚大学塞思洛少年学院，主修化学。

21岁获哥伦比亚大学化学硕士学位。发表《日暮》，正式跻身一流科幻作家行列。从此，他再没有一篇故事不被采纳。

1925 — 5岁自学阅读，开始上学。

1923 — 随父母来到美国，定居纽约布鲁克林。

1939 — 19岁获哥伦比亚大学化学学位。连续发表3篇短篇小包括处女作《被困在灶神星后来，这一年被美国科幻粉称为"科幻黄金时代元年"

1919 — 1920 — 生于1919.10.4—1920.1.2之间的某一天，俄罗斯彼得罗维奇地区。
阿西莫夫的父母忘记了他真正的出生日期，他便自己定了1920年1月2日。

所以他必须小心。他坐在偏僻的角落里，埋着头，在人少的时候溜进溜出。

他发现波特利博士写过三本有关古代地中海世界的书，外加十几篇文章。最近的几篇文章（均发表于《历史观察》）都从同情的角度描述了罗马之前的迦太基。

这至少吻合波特利的故事，或多或少减少了福斯特的怀疑……但福斯特仍然觉得趁事情还没开始就做个了断更明智，也更安全。

科学家的好奇心不能太过分，他想着，对自己有些不满。这是个危险的品质。

晚餐之后，他被催促着来到了波特利的书房。进去之后，他一下子提起了精神。墙面都被书堆满了。

不单是胶片。当然，里面有胶片，但数量远远赶不上真正的书——印在纸上的书。他想象不到还有这么多书存在于世上，而且都还能翻看。

这让福斯特觉得不安。为什么有人要在家里存这么多书？它们肯定都能在大学的图书馆里找到，或者，最差的情形也就是去一趟国会图书馆，假如有人不怕小小的麻烦，以微缩胶片的形式就可以将它们借出。

家庭图书馆肯定意味着某种秘密，散发着学术不端的气息。这最后一个想法却奇怪地让福斯特平静了下来。他情愿波特利是个真正的学术不端分子，而不是一个一直在演戏的钓鱼执法者。

从这一刻开始，时间突然就加快了速度，也有了激情。

"听我说，"波特利以一种清晰的、不慌不忙的语气说道，"其实只要找到谁在工作中真的用过年代观测就行了。但我自然不能公开问，因为这是一种未经授权的研究。"

"是的。"福斯特干巴巴地说道。他奇怪这个人怎么会被这么点小困难阻挡了呢？

"我使用了间接方式——"

他的确用了。福斯特惊讶地发现,在大量讨论古代地中海文化不同观点的文章之中,有一个注释一遍又一遍地被强调着:"当然,因为从未使用过年代观测——"或者:"此处取决于我要求的年代观测数据是否能得到批准,目前看来可能性不大——"

"这可不是没有根据的猜疑,"波特利说,"年代观测研究院每个月都会刊出一本目录,里面记录了通过时间窗来研究过去的项目。只有一两个项目。

"我的第一感觉是大多数的项目都很琐碎、很平常。为什么这些研究能排在我的前面?因此,根据目录里披露的研究方向,我写信给这些方向里最有可能的人。无一例外的,正如我跟你说的,他们没有用过年代观测。现在,让我们一条条地过一遍。"

最终,福斯特开口了,脑袋里依然盘旋着波特利不厌其烦地收集而来的细节:"为什么?"

"我不知道为什么,"波特利说,"但我有个猜想。年代观测仪最初是由斯特宾斯基发明的——我了解得够多吧——引起了巨大的反响。但随后政府接管了设备,并决定压制对它的进一步研究或使用。但人们可能会好奇为什么政府不让用它。好奇不是好事,福斯特博士。"

是的,物理学家打心眼里表示赞同。

"所以,请想象一下它的作用,"波特利接着说道,"假设年代观测一直在应用,它就不会变成一个谜,而是一个正常现象。它不再是正常好奇心所关注的对象,或是阴谋论的焦点。"

"你就好奇了。"福斯特指出。

波特利看着很激动。"我的情况不同,"他恼怒地说,"我有必须完成的工作,我才不会一直任凭他们用无聊的说法把我打发走。"

他性格里还带点神经质,福斯特暗自想着。

不过,不管是不是神经质,波特利的确发现了问题。福斯特再也无法否认，在中微子领域内，的确存在着某种秘密。

但波特利在追求什么？这仍然让福斯特觉得不安。假如波特利并不是在测试福斯特的学术态度，那他到底想要什么？

福斯特将自己想象成了波特利。假如一个学术不端者，还有点神经质，想要使用年代观测，并且相信政府故意在阻挠他，他会怎么做？假如是我碰到这种情况，我会怎么做？

他缓缓说道："年代观测可能根本不存在？"

波特利猛地抖了一下。他表面的平静几乎被打破了。一瞬间，福斯特瞥到了他不怎么平静的一面。

但历史学家很快就恢复了，说道："不对，年代观测肯定存在。"

"为什么？你看到过吗？我看到过吗？这可能就是一切的解释。他们可能并不是故意要藏起年代观测仪，可能他们手头根本就没有。"

"但斯特宾斯基是个真人。他造了一台年代观测仪，这是事实。"

"书上是这么说的。"福斯特冷冷地说。

"听着，"波特利竟然一把抓住了福斯特的袖子，"我需要年代观测仪。我必须有。别跟我说它不存在。我们要做的就是深入了解中微子，能够——"

波特利突然住嘴了。

福斯特抽出了袖子，他不需要听他说完，他自己替他说完了。他说："造一台我们自己的？"

波特利一脸尴尬，仿佛不想听到他说得这么直白。不过，他还是说了声"为什么不呢？"。

"因为不可能，"福斯特说，"如果我读到的是真的，也就是说斯特宾斯基花了二十年时间和好几百万的经费才造出了他的机器。你觉得我们能复制这一过程吗，而且是非法的？假如我们有时间，其实并没有；假设我能从书里学到足够的知识，我怀疑学不到。我们又能去哪里找钱和设备呢？醒醒吧，据说年代观测仪能填满一幢五层楼的建筑。"

019

"那你是不想帮我喽？"

"不是帮不帮的问题。我倒是有个办法能找到点东西——"

"什么办法？"波特利立即问道。

"别问了，这不重要。但我或许能找到足够的知识，告诉你政府是否真的在压制年代观测研究。我可能会确认你已有的证据，也有可能会证明你的证据有误导性。我不知道它对你有什么用，但我只能做这么多。这是我的极限。"

波特利目送年轻人走远了。他在生自己的闷气：为什么自己会变得这么大意，竟然让这家伙猜到了他想造一台自己的年代观测仪？还没到时候。

但为什么这个年轻的笨蛋会猜测年代观测仪根本不存在呢？

它必须存在。必须。谁敢说它不存在呢？

还有，为什么不能造第二台呢？从斯特宾斯基那个年代起，科学又发展了五十年。需要的仅仅是知识。

让年轻人来收集知识吧。让他自认为收集知识就是他的极限了。一旦踏上学术不端的道路，就不会有界限。假如那小伙子并没有受到内心的驱使而继续下去，这第一步的错误已然足够严重了，足以推着他往下进行。波特利十分确信自己在恐吓他时不会手软。

波特利最后一次挥手示意再见，并抬头看了看天。开始下雨了。

一定！只要有必要，就恐吓他，他不会停手的。

福斯特驾驶着车子穿行在荒凉的城郊，几乎没注意到下雨了。

我真是个傻瓜，他跟自己说道。但他放不下，他想要知道。他诅咒自己那不守规矩的好奇心，但他就是想知道。

不过，最多也就是去找一趟拉尔夫叔叔。他郑重地跟自己起誓，就到那里为止。这样的话，不会有对他不利的证据，不会有物证。拉尔夫叔叔是个很谨慎的人。

从某种程度上来说,他私下里其实为拉尔夫叔叔感到羞耻。他没有跟波特利提起他,一部分是因为谨慎,另一部分是因为他不想再看到两条扬起的眉毛,看到一成不变的讥笑。职业科学作者,不管用处有多大,总是位于聚光灯之外,只适合用来居高临下地鄙视。从职业角度来说,他们比研发科学家挣得更多,这个事实当然只能让局面变得更糟。

不过,家里有个职业科学作者,有时还是挺方便的。他们没有受过专业教育,不必受制于专业。因此,一个优秀的职业科学作者几乎知道所有的事情……拉尔夫叔叔更是个中翘楚。

拉尔夫·尼莫没有大学学位,他为此而骄傲。"学位,"他曾经跟乔纳斯·福斯特说过,当时他们两个都还很年轻,"是踏上毁灭之路的第一步。因为你不想半途而废,所以你接着上研究生和博士生。最后,你会变得对世事一无所知,除了那个毫无意义的狭窄的分支。

"相反,如果你谨慎地保护自己的头脑,避免让它受到垃圾信息的侵袭,直至你成熟,然后只往里装智慧,只通过清醒的思考来训练它,那你将拥有一个强大的工具供你差遣,你也就成了一名科学作者。"

尼莫在二十五岁时收到了第一个任务,当时他刚当完学徒,参与正式工作还不到三个月。任务来时是一团乱糟糟的手稿,上面的语言无法向任何读者传递任何有用的信息——不管读者的水平有多高,都要读上好几遍,再加上一些猜测才行。尼莫把它肢解了,又重新组合(在和作为生物物理学家的作者经过了五次漫长且折磨人的面谈之后),把语言变得精练有意义,把结构捋顺,使它变得熠熠生辉。

福斯特不同意叔叔对学位的批评,说叔叔只是游荡在科学的边缘。尼莫宽容地对侄子说:"为什么不呢?边缘很重要。你们这些科学家不会写作。为什么要对科学家们有这种期望呢?科学家们又没被期望成为象棋大师或小提琴演奏家,为什么会期望科学家们懂得怎么组织文字呢?为什么不把这项工作留给专家呢?

"上帝,乔纳斯,你去读一下一百年前的论文。刨去本身已经过时的科学、某些已经过时的表达方式,你试着去读它们、理解它们。只能说令人生厌,水平业余。要么有很多废话,要么通篇狗屁不通,要么两者都是。"

"但你不会得到认可,拉尔夫叔叔,"年轻的福斯特争辩道,他即将进入大学学习,并对此憧憬不已,"你本可以成为一名优秀的研究员。"

"我得到了认可,"尼莫说,"千万不要以为我没有。当然,生物化学家或气象学家不会提及我的名字,但他们付我很高的报酬。你去看看某位一流的化学家发现委员会砍了他的科学写作年度预算时,会发生什么。他会激烈地抗争,争取足够的经费,为了聘用我,或是像我这样的人,比争取一台电离仪还要努力。"

他咧开大嘴笑了,福斯特也回敬了一个笑容。实际上,福斯特为这位大腹便便、肥头大耳、手指短粗的叔叔感到骄傲。他很自负,总是顶着一头稀疏的乱发,总是穿得像未经收拾的干草堆,因为这种随意性就是他的标志。福斯特以他为耻,同时又以他为荣。

此刻,福斯特走进了叔叔乱糟糟的公寓,却怎么也笑不出来。他的年龄长了九岁,拉尔夫叔叔也是。在这九年的时间里,各种分支专业的论文都送来这里让他润色,每篇论文的点滴都渗入了他的大脑袋之中。

尼莫正在吃无籽葡萄,一口能塞好几颗。他扔了一串给福斯特,后者堪堪抓住。有几颗葡萄掉到了地板上,福斯特弯腰去捡。

"别捡了。没关系。"尼莫无所谓地说,"每周都会有人来打扫一次。什么事?你的经费申请报告有问题了?"

"我还没怎么动手弄。"

"你还没动手弄?快点吧,孩子。难道你等着让我来帮你做最后的安排？"

"我请不起你，叔叔。"

"嗐，别扯了。我们是一家人。把你的文章在通俗刊物上的出版权给我就好，不必付现金。"

福斯特点了点头："你没在逗我吧？说定了？"

"说定了。"

当然，这是场赌博，但福斯特对尼莫的科学论文写作水平有足够的了解，知道自己不会吃亏。某些能激发公众兴趣的发现，例如原始人、新的手术方法或任何宇宙航行学的分支，在任何大众通讯上都能成为一篇挣钱的稿子。

就拿尼莫来说，他为布雷斯及其同事撰写过一系列供科学界研读的论文，阐述了两种癌症病毒的细微结构，他只要了一千五百美元的服务费，外加通俗刊物的出版权。随后，他用稍戏剧化的形式独家改编文章，用于给三维视频配文，收到预付款两万美元，外加版税，五年之后仍有进账。

福斯特直白地问道："你对中微子有什么了解吗，叔叔？"

"中微子？"尼莫的小眼睛里闪烁着疑问，"你在进行这方面的研究吗？你不是人造引力光学专业的吗？"

"是的。我只是想了解而已。"

"这可不是什么好玩的。你越界了，你应该很清楚，不是吗？"

"你应该不会给委员会打电话吧，只是因为我有一点点好奇心。"

"或许我真的该打，免得你惹出什么大麻烦。好奇心是科学家的职业病。我看到过它是怎么发作的。某个科学家正安静地研究某个问题，然后好奇心带着他走上了邪路。接下来你懂的，他在正确的问题上没取得多少进展，无法找到足够正当的理由让项目续约。我见得多了——"

"我只是想知道，"福斯特耐心地说，"近来你这里经手过多少篇中微子的文章?"

尼莫往后仰起了身子,若有所思地嚼着一颗葡萄:"没有。从没经手过。我不记得处理过任何中微子的文章。"

"什么?!"福斯特禁不住惊讶了一声,"那都是谁处理的?"

"你问倒我了,"尼莫说,"我不知道。我不记得有谁在年会上提到过。我感觉我们的人都没怎么接触过。"

"为什么?"

"嘿,别急。这又不是我的问题。我猜——"

福斯特有点恼火了:"说你知道的。"

"那好,我就跟你说我知道的。它跟中微子的运动与力的相互作用有关——"

"当然,当然。就跟电子学研究的是电子运动和力的相关作用一样,人造引力学研究的是人工重力[1]的相关作用。我来找你不是听你说这些的。你就知道这么多?"

"还有,"尼莫平静地说,"中微子学是年代观测的基础。我就知道这么多。"

福斯特在椅子上耷拉着身子,专注地抚摸着一侧的瘦脸颊。他感觉既失落又不满。尽管没有特别明确的期待,但或多或少的,他确信尼莫可以提供一些最近的论文,谈论一些现代中微子学的趣闻,让他能够回去跟波特利说他错了,说他的数据有误导性,他的推论有问题。

他就能继续写自己的论文。

但现在……

他恼怒地暗自思考着:看来他们在这个领域内没做过什么研究。这意味着存在故意的压制吗?会不会是中微子学研究出不了成果呢?可

---

[1] 指在太空或自由落体的环境下对地表重力效果的模拟。

能。我不知道。波特利也不知道。为什么要在出不了成果的研究上浪费资源呢？或者，出于某种原因，这些研究工作都是机密。有可能……

关键是他必须知道。他没法就这么半途而废。他不能！

他说："中微子学有教科书吗？我说的是那种简洁明了的、入门级的。"

尼莫想了想，丰满的脸颊里吐出了一连串的叹息："你这个问题问得太好了。我只听说过一本，是斯特宾斯基和某个人一起写的。我从没见过，但我曾经看到过描述这本书的东西……斯特宾斯基和拉玛，对，就是他们。"

"就是那个发明了年代观测仪的斯特宾斯基？"

"应该是。所以那本书也应该是靠谱的。"

"有近期的版本吗？斯特宾斯基死了三十年了。"

尼莫耸了耸肩，什么也没说。

"你能找找吗？"

他们在沉默中坐了一会儿，尼莫扭了下笨重的身体，屁股底下的椅子发出了痛苦的吱吱声。随后，这位科学作者说："能告诉我，你问这么多是为了什么吗？"

"不能。你能帮我吗，拉尔夫叔叔？你能给我那本书的复印件吗？"

"好吧，我的人造引力学知识都是你教我的。我该谢谢你。这样吧——我会帮你，但有一个条件。"

"什么条件？"

老家伙突然变得异常严肃："条件就是你要小心，乔纳斯。不管你在干什么，肯定早已越界了。不要毁了你的前程，只是因为你对没有分配给你的任务、跟你完全无关的事有兴趣。明白了吗？"

福斯特点了点头，但他没怎么听进去。他满脑子都是问号。

一整个星期之后,拉尔夫·尼莫那圆滚滚的身子走进了乔纳斯·福斯特位于校园内与人共享的两室公寓内。他压低了嗓子,沙哑地说道:"我找到点东西了。"

"什么东西?"福斯特立刻来了兴趣。

"斯特宾斯基和拉玛的复印件。"他拿了出来。确切地说,它只是从他宽大的外套内露出了一个角。

福斯特下意识地扫了眼门窗,确认它们是关着的,窗帘也拉上了。随后他伸出了手。

斑驳的胶片盒显得很有历史,他打开了盒子,胶片已经褪色了,变得很脆。他尖声道:"什么玩意儿?"

"要感激,孩子,要感激!"尼莫哼了一声坐下,伸手从口袋里掏出了一只苹果。

"哦,我深表谢意,但这玩意儿也太老了。"

"能拿到这个就已经够走运的了。我想从国会图书馆里拷贝一份胶片,但不行。这本书禁止借阅。"

"那你是怎么拿到它的?"

"偷的。"他嘎吱嘎吱地咬着苹果核四周,"纽约公共图书馆。"

"什么?!"

"很容易的。我有接近书架的权利。因此我趁没人的时候越过了栏杆,找到了这东西,带着它离开了。他们那里管得比较松。与此同时,他们在几年之内也不会用到它。当然,你最好别让其他人看到它,侄子。"

福斯特盯着胶片,仿佛都把它看热了。

尼莫扔掉了苹果核,又伸手去掏第二只苹果:"说点有意思的吧。在整个中微子学领域内,没有进一步的资料,没有著作,没有论文,没有进展说明。年代观测仪问世之后就没有过。"

"哦。"福斯特心不在焉地应付了一声。

福斯特晚上在波特利家工作。他不敢用自己在校园里的住所来干这个活儿。渐渐地，对他而言，夜晚的工作变得比他自己的经费申请工作还要真实。有时他会心生疑虑，但很快连这都消失了。

刚开始，他的工作只是反复研究那份胶片。后来，工作内容中又包括了思考（有时书的某个章节自顾自地在投影仪上放完了，他都没注意）。

有时，波特利会下来看看，一本正经地坐着，带着殷切的目光，仿佛他觉得思考过程会具象化，错综复杂的思路会变得可见。他只会从两个方面予以干涉：第一他不允许福斯特抽烟，第二有时他会说话。

这不是日常的对话，从来就不是，而是低沉的独白，似乎他并不期盼引起注意，更像是他在自我释放压力。

迦太基！总是围绕着迦太基！

迦太基，古代地中海的纽约。迦太基，商业帝国和四海之王。迦太基，锡拉库萨和亚历山大城的楷模。迦太基，被它的敌人抹黑，又不擅长辩白。

它被罗马打败过一次，随后被赶出了西西里岛和撒丁岛，但又重新崛起，拿回了比曾经失去的更多的土地，占领了西班牙，成就了汉尼拔，给罗马人带来了十六年的恐惧。

最后，它又失败了，接受了自己的命运，用破败的工具在残存的领土上艰难求生，取得了巨大的成功，以至于妒忌的罗马又强行发动了第三次战争。随后，赤手空拳的迦太基凭借坚忍的意志，打造了武器，迫使罗马打了一场两年的持久战，最后整个城市被彻底摧毁，居民们宁愿跳进着火的房子，也不愿投降。

"一群能够为自己的城市如此付出的人民，会像古代作家所描写的那样不堪吗？汉尼拔比任何罗马将军都要伟大，他的士兵都对他无比忠诚，甚至连最恨他的敌人都尊敬他。好一个迦太基人。有人说他不是个典型的迦太基人，比其他人更优秀，是垃圾堆里的钻石。但他为什么会对迦太基这么忠诚，甚至在流亡多年之后到死都没有改变？他们说摩洛神——"

福斯特不想听，但有时他忍不住，在听到那个童祭的可怕故事后，他不禁浑身发抖，恶心不已。

但波特利继续真诚地说着："一样都是假的。它是一个已有两千五百年历史的谣言，是由希腊人和罗马人编造出来的。他们自己也有奴隶，还有十字架刑和其他酷刑、角斗士，等等。他们不是圣人。摩洛神的故事就是后世所称的战争宣传，是巨大的谎言。我能证明它就是谎言。我能证明，我向上帝起誓，我会——我会——"

他以最大的真诚，一遍又一遍地念叨着他的誓言。

波特利太太也会来看他，但次数没那么频繁，通常是在星期二和星期四，那时波特利博士晚上要教课，不在家。

她会安静地坐着，很少讲话，脸色阴郁苍白，目光空洞，整个人仿佛都有种抽离感。

第一次时，福斯特大着胆子请她离开。

她无动于衷地说："我打扰你了吗？"

"没有，当然没有，"福斯特不安地撒着谎，"只不过，只不过——"他没法把话说完。

她点了点头，仿佛是在接受留下她的邀请。接着，她打开了一个随身带来的布袋，拿出一沓薄膜，开始用两根细长的方形去极化针把它们编织在一起，动作敏捷且精确。给去极化针供电的电线让她看起来像手里握着一只大蜘蛛。

一天晚上，她轻声说道："我的女儿劳拉跟你一样大。"

福斯特被这个突然的、没预料到的声音吓了一跳，也被话里的意思吓到。他说："我不知道你还有个女儿，波特利太太。"

"她死了，在很久以前。"

薄膜在她敏捷的操作之下变成了某种形状怪异的布料，福斯特还看不出那是什么。他不知道该说什么，只好木讷地说了句"对不起"。

波特利太太叹了口气："我经常梦到她。"她抬起蓝色的双眼看着他，目光却落在了远处。

福斯特赶紧避开了她的目光。

又一个晚上，她拈起一片沾在衣服上的薄膜，把它从衣服上拿开，问道："年代观测到底是什么？"

这个问题引发了一连串的联想，但福斯特只是简单地回了一句："波特利博士可以解释。"

"他试过。哦，老天，他试过。但我觉得他对我有点不耐烦。他通常称它为'时间窗'。你真的能看到过去，而且是三维的？还是它只能描绘出一个点状的轮廓，就像你用的计算机？"

福斯特厌恶地盯着手持计算机。它能用，但指令都需要手动控制，答案也是以代码形式展现的。假如他能使用学校里的计算机……唉，做什么梦呢？他已经够令人起疑的了，每天晚上离开办公室时，胳膊底下都夹着个手持计算机。

他说："我自己从没见过年代观测，但我觉得应该能看到画面，能听到声音。"

"还能听到人说话吗？"

"我觉得可以。"随后，他又近乎恳求地继续说道，"听我说，波特利太太，你肯定觉得这一切都很无聊。我知道你不喜欢放着客人不管，但实际上，波特利太太，你真没必要有压力——"

"我没有压力，"她说，"我就坐在这儿等。"

"等？等什么？"

她从容地说："那天晚上我听到你说的话了。你第一次跟阿诺德交谈的那个晚上，我在门外偷听。"

"真的？"他说。

"我知道我不该偷听,但我太担心阿诺德了。我担心他会去做一些本不该做的事情,我想知道他在做什么。然后,我听到了——"她停了下来,弯腰凑近了薄膜,盯着它看。

"听到了什么,波特利太太?"

"你不想造一台年代观测仪。"

"嗯,当然不会。"

"我想你可能会改主意。"

福斯特盯着她:"你的意思是,你之所以下来,是希望能看到我在造一台年代观测仪,你在等着它造出来?"

"我希望你能造出来,福斯特博士。对,我希望你能成功。"

仿佛有一层朦胧的面纱突然从她脸上掉落,让她的表情变得清晰生动,让她的脸颊有了血色,眼睛里有了活力,嗓音里也增添了激动的颤音。

"太神奇了,"她低语着,"还能造一台这样的机器?过去的人又能再活过来。法老和国王,还有——普通人。我希望你能造一台,福斯特博士。我真的希望——"

她哽咽了,似乎被自己话语中的力量打动了,大腿上的薄膜也滑了下去。她站起身,跑上了地下室的楼梯。福斯特的目光呆愣地追随着她逃跑的背影,心中既震惊又悲伤。

那背影深深地映入了福斯特的脑海,让他无法入眠,无法停止思考。它几乎是一场精神上的消化不良。

福斯特的经费申请材料终于别别扭扭地交给了拉尔夫·尼莫。他对经费不抱什么希望。他麻木了,总觉得不可能获批。

假如真没获批,当然会变成系里的丑闻,那意味着这个学年结束之后,大学不会和他续签合同。

他并不关心。他只关心中微子、中微子、中微子。研究它的道路曲折蜿蜒,令他在探索未知领域的过程中不敢喘息,甚至连斯特宾斯基和拉玛都没到过这里。

他给尼莫打了视频电话:"拉尔夫叔叔,我需要一些东西。我在学校外面打的电话。"

尼莫映在屏幕上的脸显得挺快乐,声音却很严厉。他说:"你需要的是去学一下沟通技巧。我花了大把的时间,把你的申请材料变成一份能读懂的东西。如果你打电话是为了问这个——"

福斯特不耐烦地摇了摇头:"我打电话不是为了这个。我需要这些。"他在一张纸上草草写了几句,把它举在了屏幕前。

尼莫惊呼了一声:"嘿,你真觉得我本事很大吗?"

"你能办到的,叔叔。你自己清楚。"

尼莫再次读了一遍字条,肥厚的嘴唇默默地嚅动着,表情严肃。

"你把这些东西装到一起会发生什么?"他问道。福斯特摇了摇头:"无论什么结果,你都将拥有在通俗刊物上发表的独家权利,按照你的老规矩来。但现在先别问那么多。"

"我不会魔法,知道吗?"

"就这一回。你一定要帮我。你是一个科学作者,不是研究员。你不必承担任何后果。你还有朋友和社会关系。他们会有办法,不是吗?他们可以从你的稿酬里分点儿?"

"侄子,你的信念让我感动。我会试试看。"

尼莫做到了。一天晚上,一辆私人的旅游车带来了材料和设备。尼莫和福斯特一起卸货,发出了不习惯体力劳动的哼哼声。

尼莫走了之后,波特利站在地下室的入口处,轻声问道:"这些是干什么的?"

福斯特捋了捋前额的头发,随后轻轻地揉着酸楚的手腕:"我想做几个简单的实验。"

"真的?"历史学家的眼睛里闪烁着激动的光芒。

福斯特感觉自己被利用了。他感觉自己好像被人牵着鼻子走上了一条危险的道路，能清楚地看到道路的尽头就是毁灭，却走得很起劲、很决绝。最糟糕的是，他感觉牵着他鼻子的不是别人，就是他自己。

是波特利起的头儿，就是此刻站在那里的波特利，幸灾乐祸的。但真正的动力来自他自己。

福斯特沉着脸说道："我现在需要隐私，波特利。你和你的太太不能再下来打扰我。"

他想：假如这话令他不快，就让他把我赶走，让他为此事画上一个句号。

然而，他内心却认为，即使被赶走，也不能阻止什么。

结果未能如他所愿。波特利没有显露出一丝不悦。他温柔的目光没有改变。他说："当然，福斯特博士，当然。不打扰你了。"

福斯特看着他离开。他仍然能在既定的道路上前进，在为之欣喜的同时，又痛恨自己的欣喜。

他在波特利家度过了所有的周末，晚上就睡在他家地下室的一张小床上。

在此期间，有消息说他的经费已经获批了（尼莫的修改起了重要作用）。系主任亲自传递了这个消息，并表示了祝贺。

福斯特盯着远方，嘟囔了一句："好。我很高兴。"看到他这么无所谓的态度，另一个人皱起了眉头，没再说什么，转身就走了。

福斯特没再琢磨这件事。它不重要，不值得花精力。他正在计划一件大事——当天晚上的测试。

一个晚上，两个晚上，三个晚上，随后，憔悴却又激动的他叫来了波特利。

波特利从楼梯上下来，看了看自制的小装置。他用轻柔的语气说道："电费很高啊。费用倒是无所谓，但政府可能会问问题。有什么办法吗？"

晚上挺热的,但波特利穿上了高领衫,外面还罩了件马甲。福斯特穿着内衣,他抬起疲倦的双眼,有气无力地说道:"要不了多久了,波特利博士。我叫你下来是想跟你说,我可以造一台年代观测仪,当然,是个小规模的,但能造出来。"

波特利抓住了扶手。他的身体瘫软了。他设法发出了低语:"能在这里造吗?"

"就在这个地下室里。"福斯特疲惫地回答道。

"上帝,你说过——"

"我知道我说过什么,"福斯特不耐烦地喊了一声,"我说过造不出来。当时我还什么都不懂。即使是斯特宾斯基,也不是什么都懂。"

波特利摇了摇头:"你确定吗?你没搞错吧,福斯特博士?我没法承受,假如——"

福斯特说:"我没搞错。该死的,先生,假如理论到位了,我们在一百年之前就能造出年代观测仪了,也就是中微子假说刚提出来的时候。麻烦在于,最初的研究员认为它是一个神秘的粒子,没有质量,也没有电荷,无法被侦测到。它只是为了配平等式,为了不打破质能转换原理。"

他不知道波特利是否能理解他在说什么。他不关心。他需要释放。他需要给混乱的思路找个出口……而且,他需要说明背景,好让波特利能听懂之后他不得不说的结论。

他继续说道:"斯特宾斯基最先发现了中微子能打破时空界面的障碍,它能在时间内行进,也能在空间内行进。斯特宾斯基也最先发明了阻挡中微子的办法。他发明了一台中微子记录仪,学会了解读中微子流的形态。自然地,粒子流在穿越时间的旅程中,被所有它穿过的物质影响了、折射了,通过分析折射,可以推断出施加了折射作用的物质的形象。时间观测变成可能。通过这种办法,甚至连空气震动都能被检测到,转化成声音。"

波特利显然没听进去。他说:"对。对。但你什么时候能造一台年代观测仪?"

福斯特着急了:"让我说完。所以,关键在于用来侦测和分析中微子流的办法。斯特宾斯基的办法太困难了,绕了不少弯路。它需要巨量的能源。但我学习过人造引力学,波特利博士,也就是研究人工重力方面的学科。我精通于光线在这种力场中的表现。这是门新科学。斯特宾斯基不懂。假如他学过,他应当能找到——任何人都能找到——一个更好的、效率更高的方法,通过人造引力场来侦测中微子。要是我一开始就对中微子有所了解,我早就能想到了。"

波特利的情绪高涨了少许。"我就知道,"他说,"即使政府终止了中微子的研究,但他们没法阻挡其他分支上的发现对中微子研究的促进作用。中央集权式的指导也无法挡住科学的进步,我很早之前就想通这一点了,福斯特博士,在你上这儿工作之前我就想通了。"

"我向你致敬,"福斯特说,"但还有一件事——"

"哦,别管那么多了。请回答我,你什么时候能造一台年代观测仪?"

"我想跟你强调,波特利博士。年代观测仪对你没有任何用处。"福斯特终于说出来了。

波特利慢慢地走下楼梯。他站在福斯特的面前:"你什么意思?它为什么对我没用?"

"你看不到迦太基。我必须跟你说明这一点。我说了这么多就是想引出这个结论。你看不到迦太基。"

波特利缓缓摇了摇头:"不对,你错了。只要你有了年代观测仪,调整好焦距——"

"不行,波特利博士,跟调焦无关。有些随机的因素会影响到中微子流,就像它们会影响到其他的亚原子粒子一样。这就是我们说的测不准原理。粒子流在被记录和解释的过程中,会出现导致模糊的随机因素，也就是通信行业的家伙所说的'噪声'。你越是往回穿透，就会产生越多的噪声，就越模糊。过了某个时间点后，噪声就会淹没画面。你能理解吗？"

"那就加大能量。"波特利用近乎绝望的语气说道。

"没用的。当噪声遮蔽了细节，放大细节的同时也放大了噪声。你没法通过放大已曝光的胶片来看到任何东西，不是吗？现在，记住我说的话。宇宙的物理特性设立了边界。空气分子的随机热运动设立了仪器能采集到的声音的最低极限。光波或电磁波的波长设立了仪器能采集到的物体的最小极限。同样的道理也适用于年代观测仪。你只能观测有限的过去。"

"能观测到多久以前？多久？"

福斯特深吸了一口气："一又四分之一个世纪，最多。"

"但研究院的月度目录上刊登的项目几乎涵盖了整个古代历史。"历史学家不自然地笑着，"你肯定搞错了。政府拥有一直远至公元前三千年的数据。"

"你什么时候开始相信他们了？"福斯特不屑地问道，"你证明了他们在撒谎，所以才开始这项计划。没有历史学家用过年代观测仪。你还不明白原因吗？因为对他们没用，除了研究近代史的。在任何条件下，年代观测仪都无法观测到20世纪20年代之前的事。"

"你错了。你又不是什么都懂。"波特利说。

"真相也不会因为你的需求而改变。醒醒吧。政府只不过想维持一个骗局。"

"为什么？"

"我不知道。"

波特利的圆鼻子都皱了起来，眼睛也瞪大了。他乞求道："这只是个理论，福斯特博士。造一台年代观测仪。造一台我们来试试。"

福斯特突然用力抓住波特利的肩膀："你以为我没造吗？你以为我

在没有尝试完所有的办法之前，会跟你这么说吗？我已经造好了。它就在你身边。看！"

他跑向了电源开关组，一个接一个地打开。然后，他调整着电阻，调整着其他旋钮，关上了地下室的灯："等等。让它先预热。"

一面墙的中央附近出现了一团亮光。波特利叽里咕噜地说着些听不清的话，但福斯特只是又喊了一声："看！"

光线变得明亮刺眼，随后分解成明暗交替的轮廓：男人和女人！模糊的细节看不清，胳膊和腿只是线条。一辆老式的车子飞速驶过，看不清，但能认出是那种曾经烧汽油的内燃机车子。

福斯特说："时间是20世纪中叶，地方不确定。我还没装好声音装置，所以还没声音。今后我们能把声音也加上。总之，20世纪中叶几乎就是你能回去的极限了。相信我，这已经是最精确的对焦了。"

波特利说："造一台更大的、更有力的。改进你的电路。"

"你没法欺骗测不准原理，就跟你无法在太阳上生活一样。任何事情都有物理上的极限。"

"你骗人。我不相信你。我——"

一个新的声音响了起来，声音很尖厉，确保自己能被听到。

"阿诺德！福斯特博士！"

年轻的物理学家立刻扭转了身子。波特利博士僵硬了很长时间，没转身，直接说道："什么事，卡洛琳？别打搅我们。"

"不行！"波特利太太从楼梯上走了下来，"我听到了。我控制不住自己。你在这里造了一台年代观测仪，福斯特博士？就在地下室里？"

"是的，波特利太太。算是一种年代观测仪。不是很好。我还没弄好声音，画面也很模糊，不过它能用。"

波特利太太双手合十紧紧地压在胸口："太好了。太好了。"

"根本不好，"波特利飞快地接话道，"这个仪器没法去往——"

"嘿，听好了——"福斯特恼怒地开口。

"别吵了！"波特利太太叫道，"听我说。阿诺德，你还不明白吗？只要我们用它回到二十年前，我们就能再次见到劳拉了！干吗要关心迦太基，关心古时候？我们能看到劳拉了，她又活过来了。把机器留在这里吧，福斯特博士，教我们怎么用。"

福斯特盯着她和她的丈夫。波特利博士的脸色都变白了。尽管他的声音仍然保持着柔和，但语气中的平静消失了。他说："你是个傻瓜！"

卡洛琳虚弱地说："阿诺德！"

"要我说你就是个傻瓜。你能看到什么？过去。已死的过去。劳拉会做什么她没做过的事吗？你能看到什么没看过的东西吗？你要一遍又一遍地经历那三年，看着一个无论你怎么看都不会长大的孩子？"

他的嗓音几乎哽咽了，但他忍住了。他走近了她，抓住她的肩膀使劲晃着："假如你这么做了，你知道会发生什么吗？他们会把你抓走，因为你疯了。是的，疯了。你想进精神病院吗？你想被关起来，被人检查你的精神状态吗？"

波特利太太挣脱开了。她的样子里没有任何软弱或犹豫。她成了一个泼妇："我想看我的孩子，阿诺德。她在那个机器里，我想看她。"

"她没在机器里。那只是个画面。你不明白吗？一个画面！不是真的！"

"我要我的孩子。你听到我说的了吗？"她冲向他，尖叫着，用拳头捶他，"我要我的孩子。"

历史学家在疯狂的进攻和大叫前退缩了。福斯特挡在了他们两人中间，波特利太太大声哭着瘫倒在地板上。

波特利转身，目光死命地搜索着。他突然跳了一步，抓住一根窗帘杆，把它从基座里拽了出来。福斯特一下子没反应过来，来不及阻止他。

"后退!"波特利喘息着,"否则我杀了你。我是认真的。"

他使劲挥着,福斯特往后跳了一步。

波特利将怒火发泄在地下室的各种物品上。在听到第一块玻璃的破碎声之后,福斯特看着他,脑子里晕晕的。

波特利发泄完了怒火,安静地站在碎片之中,手里拿着破裂的杆子。他对福斯特低语道:"你走吧,别再回来了!你花了多少钱?把账单寄给我,我来付。我付双倍。"

福斯特耸了耸肩,拾起他的衬衣,走上了地下室的楼梯。他能听到波特利太太在大声哭泣。他在楼梯的尽头转身看了最后一眼,看到波特利博士朝她弯下腰,他的脸因为歉意而抽搐着。

两天之后,学期就快结束了,福斯特正疲惫地审视着刚刚获批的项目,想看看有哪些数据他想要拿回家,波特利博士再次出现了。他站在福斯特开着门的办公室门口。

历史学家和平常一样穿着整齐。他举起一只手,姿势不明,不知道是在打招呼还是在请求。福斯特面无表情地盯着他。

波特利说:"我等到了五点,直到你……我能进来吗?"

福斯特点了点头。

波特利说:"我该为我的行为道歉。我太失望了,没能控制好自己。但这不应该成为借口。"

"我接受你的道歉,"福斯特说,"还有什么要说的?"

"我太太给你打过电话,对吗?"

"是的,她打过。"

"她最近有些歇斯底里。她跟我说她打了电话,但我不敢确定……你能告诉我——能麻烦你告诉我她想要什么吗?"

"她想要一台年代观测仪。她说自己存了些钱。她愿意付钱。"

"你……你答应她了吗?"

"我说我这里不是生产厂家。"

"好的,"波特利放松地叹息了一声,胸膛也挺了起来,"请别再接她的电话。她不是很——"

"听着,波特利博士,"福斯特说,"我不想卷入家庭矛盾,但你要做好心理准备。任何人都能造年代观测仪。只要几个简单的、从某些以太销售中心就能买到的零件,在家里的作坊就能造。至少是画面部分。"

"但除了你,不会有人想得到,不是吗?没人造出来过。"

"我不想保密。"

"但你没法发表。它是非法研究。"

"又有什么关系呢,波特利博士?如果我失去了经费,那就失去吧。如果大学生气了,我就辞职。我无所谓。"

"请别这么做!"

"此前,"福斯特说,"你并不关心我是否会失去经费和教职。为什么你此刻会如此关心呢?我跟你说说我的想法吧。当你第一次来找我时,我服从有组织、有指引的研究,换句话说,就是既有的状态。我认为你是个学术不端者,波特利博士,一个危险分子。但是,不管出于什么原因,我自己也当了几个月的学术不端者,我还取得了巨大的成功。

"这项成功的取得,并不是因为我是什么伟大的科学家,完全谈不上。只是因为科学研究是上头指定的,它留下了空白,任何人只要朝着正确的地方看,都能填上这些空白。假如政府没有积极地去阻止,任何人都可以。

"请你理解。我仍然相信研究指导有用。我不赞成完全倒向学术不端。肯定有中间地带。研究指导可以保持一定的灵活性。科学家必须能追寻自己的好奇心,至少在他的闲暇时间。"

波特利坐了下来。他讨好地说:"让我们来谈谈这一点,福斯特。我尊重你的理想。你还年轻。你想摘天上的星星。但你不能毁了自己,仅仅因为对于真正的研究该是什么样子抱有不切实际的幻想。是我诱导了你。我该负责,我为此深深自责。我太感情用事了。我对迦太基的兴趣蒙蔽了我,我是个该死的傻瓜。"

福斯特打断了他:"才过了两天,你就变了个人?迦太基不重要了?政府的打压也没事了?"

"即使像我这样的傻瓜也能进步,福斯特。我的妻子教会了我。我理解政府打压中微子学的用意了。两天之前我还不理解。现在我理解了,我赞同。你看到了我妻子在得知地下室里有年代观测仪后的反应。我设想将年代观测仪用于研究工作。而她只在意个人的愉悦,回到个人的中微子过去,已死的过去。纯粹的研究员,福斯特,只是极少数。像我妻子这样的人更多。

"假如政府鼓励年代观测,意味着所有人的过去都变得可见。政府官员肯定会受到恐吓和不当的施压,因为谁敢说自己的过去是完全清白的呢?政府体制可能因此而崩溃。"

福斯特舔了舔嘴唇:"可能……可能政府认为自己有正当的理由。不过,这是个原则问题。因为科学被限定在了一条狭窄的道路上,谁知道还有其他什么科学进步也被耽误了?假如年代观测成了某些政客的噩梦,这也是必须付出的代价。公众必须意识到科学需要自由,而发表我的发现是最具有冲击力的办法。不管合法还是非法,总之我决定了。"

波特利的额头满是细密的汗珠,但他的声音仍然平和:"哦,可不止几个政客,福斯特博士。别那么想。它也会成为我的噩梦。我的妻子会将时间花费在我们死去的女儿身上。她将进一步与现实脱节。她会一遍又一遍地过同样的生活。不仅仅是我的噩梦。还有其他像她一样的人。孩子们搜寻已死的父母,或是他们自己的童年。我们整个世界都会生活在过去,生活在仲夏夜的疯狂里。"

福斯特说:"道德标准不能成为障碍。在人类历史上,任何时期的进步都伴随着对新生事物的滥用。人类也有防止滥用的手段。至于年代观测,你对已死的过去的沉溺很快就会让你疲倦。他们会追踪亲爱的父母,追踪他们做过的一些事情,然后很快就对此失去热情。但这些都是琐事。对我而言,原则就是原则。"

波特利说:"先把你的原则放一边。你就不能像了解你的原则那样去了解人类吗?你不知道我的妻子会重回那场杀了我们孩子的大火吗?她控制不住自己。我了解她。她会追踪每一个步骤,试图阻止它。她将一次又一次地经历它,每一次都希望它不会发生。你究竟想杀死劳拉多少次?"他的嗓音已变得略微沙哑。

福斯特的脑海中浮现出了一个想法:你究竟在怕她会发现什么,波特利博士?那晚的火灾之中究竟发生了什么?

历史学家飞快地举起双手掩住了面孔,双手随着无声的抽泣而颤抖不已。福斯特扭过脸,尴尬地盯着窗外。

过了一会儿,波特利开口说道:"我已经很久没有想起过它了。卡洛琳出去了。我在家带孩子。入夜时,我去婴儿房检查她是不是又踢开了被子。我手上拿着烟……我那时也抽烟。我肯定是把它摁灭了才丢进橱柜上的烟灰缸里的。我一直都很小心。孩子没事。我回到了客厅,在电视前睡着了。我被呛醒了,四周都是火。我不知道它是怎么着起来的。"

"但你觉得有可能是烟头引起的,是吗?"福斯特说,"一个你刚好忘了摁灭的烟头?"

"我不知道。我想救她,但等我从房子里逃出来时,她已经死在我的臂弯里了。"

"我猜你从来没跟你妻子说过烟头的事?"

波特利摇了摇头:"但我一直饱受折磨。"

"但现在有了年代观测,她能发现真相。或许不是烟头引起的。或许你真的把它摁灭了。这也是有可能的吧。"

波特利脸上浅浅的泪痕已经干涸。红晕也消退了。他说:"我不能冒险……而且不止我一个人,福斯特。大多数人都有可怕的过去。不要在人类中释放这种恐惧。"

福斯特在地板上来回踱步。这多少解释了波特利癫狂的、不可理喻的心愿,他想要推崇迦太基人,把他们神圣化,最重要的是想推翻他们献祭婴儿给摩洛神的故事。通过将他们与婴儿献祭行为割裂,他象征性地将自己从负罪感中解放了。

因此,这同一场火,在驱使他间接造出了第一台年代观测仪之后,又驱使他想要毁了它?

福斯特怜悯地看着这个老人:"我明白你的意思了,波特利博士,但这事远在个人感情之上。我一定要砸碎锁住了科学咽喉的枷锁。"

波特利恶狠狠地说道:"你其实是想获得这个发现所带来的名誉和财富。"

"我不知道能带来多少财富,但有钱也不是坏事。说到底我也是个普通人。"

"你不会隐瞒你的知识?"

"任何情况下都不会。"

"那好吧——"历史学家站了起来,盯着他看了一会儿。

刹那间,福斯特感到了恐惧。这个人年龄比他大,个头比他小,力气也小,看上去也没带武器。不过……

福斯特说:"假如你想杀了我,或做出类似的疯狂行为,我把信息留在了保险箱里,一旦我死了或失踪了,合适的人就会找到它。"

波特利说:"别傻了。"随后,他转身离开了。

福斯特关上门,落了锁,坐下来思考。他觉得自己很荒唐。他当然没有在任何保险箱里留下信息。通常情况下他不会想到这么戏剧性的做法。但此刻他想到了。

更荒唐的是，他花了一个小时列出了应用人造引力光学进行中微子记录的等式，还有一些工程设计上的草图。他把这些装入一个信封，并写上了拉尔夫·尼莫的姓名。

他晚上几乎没怎么睡。第二天早上，在去学校的路上，他把信封存入银行，并给了职员恰当的指令，职员让他签了一份文件，授权在他死后可以打开保险箱。

他给尼莫打了电话，告诉他信封的存在，并不耐烦地拒绝透露信封里的内容。

在那一刻，他感觉自己这辈子从未如此谨慎过。

当天和第二天的晚上，福斯特只眯过几小觉，一直在琢磨一个现实问题：怎么才能发表通过非法手段获取的数据呢？

《人造引力学协会记录》是他最熟悉的期刊，它肯定不会接受任何没有那个神奇脚注的文章，即"本文所描述的工作是在联合国研究委员会某某号经费的资助下完成的"。

不可能，更加不可能的是《物理期刊》。

总是有些小期刊会为了轰动效应而忽视文章的本质，但这需要花点小钱，而他还不打算这么做。综合考虑下来，花点钱印本小册子直接发给学者群体可能是个更好的办法。这样的话，他甚至不需要花钱请一个科学作者，不用打磨文章，速度更快。他只需找到一个可靠的印刷厂。拉尔夫叔叔可能知道找谁。

他沿着走廊走向自己的办公室，焦急地思考着自己是否不该再浪费时间了，不要再给自己犹豫的机会，冒险用办公室的电话直接打给拉尔夫算了。他沉浸在自己的思绪之中，完全没有注意到自己的办公室里有人，直到他挂好衣服转过身，走向自己的办公桌时才发现。

波特利博士坐在桌前，还有一个人福斯特不认识。

福斯特盯着他们:"有什么事?"

波特利说:"抱歉,但我必须阻止你。"

福斯特继续盯着他们:"你在说什么?"

"让我先自我介绍一下。"陌生人说,他的牙齿很大,有些不平整,当他笑的时候,它们显得很是抢眼,"我是撒迪厄斯·阿拉曼,年代观测系的主任。我来此找你,是因为阿诺德·波特利教授提供了一些信息,我们的情报也确认——"

波特利面无表情地说道:"这事都怪我,福斯特博士。我解释了是我诱导你违背你本人的意愿,做出了不道德的行为。我提出由我来承担所有的责任和后果。我不希望你受到任何伤害。关键在于年代观测绝不能公开。"

阿拉曼点了点头:"如同他所说的,福斯特博士,他承担了所有的罪责,但这件事已经超出他的掌控范围。"

福斯特说:"那又怎样?你会干什么呢?断绝我的一切研究经费?"

"我有权这么做。"阿拉曼说。

"命令大学把我开除?"

"我也有这样的权力。"

"那就请吧。不浪费你的时间了。我现在就离开办公室跟你走。日后我再请人来把我的书搬走。如果你反对,我把书也留下。可以了吗?"

"还差得远。"阿拉曼说,"你必须放弃年代观测的研究,不能发表任何有关年代观测的发现,还有,当然也不能再造年代观测仪。你会一直处于监视之下,以确保你会遵守诺言。"

"假如我拒绝承诺呢?你能怎么做?从事专业之外的研究或许属于学术不端,但算不上犯罪。"

"但凡涉及年代观测,小朋友,"阿拉曼耐心地说,"就是犯罪。有必要的话，你会被投入监狱，而且会被一直关着。"

"为什么？"福斯特叫了起来，"年代观测有这么特别吗？"

阿拉曼说："这是规定。我们不允许这个领域有新的进展。我的工作主要就是确保这一点，我也想干好我的工作。不幸的是，我和部门里的其他人都不知道人造引力光学在年代观测上有这么直接的应用。无知让我们丢了一分，但从此以后，这方面的研究也会被加以适当的引导。"

福斯特说："这没用。会有其他你我做梦都想不到的新应用冒出来。所有的科学都相互关联。它是一个整体。要是你想停止其中一个部分，你必须完全停止它。"

"我承认你说得对，"阿拉曼说，"在理论上。在现实中，我们管理得很好，将年代观测控制在了斯特宾斯基的水平整整五十年。在及时抓到你之后，福斯特博士，我们希望能一直保持下去。我们本来不必如此临近灾难的，假如我能更加认真地对待波特利博士。"

他扭头看着历史学家，自嘲地扬起了眉毛："先生，我恐怕在第一次会面时仅仅把你当作一个历史学家打发走了。要是我能更好地行使自己的职责，对你进行一番调查，这一切都不会发生。"

福斯特突然说道："有人成功地用过政府的年代观测仪吗？"

"我部门之外的人无论用什么借口都不行。我会这么说，因为显然你已经猜到了。但我警告你，透露我说过的任何话都是一种犯罪行为，而不仅仅是道德问题。"

"你的年代观测仪不能看到一百二十五年之前，对吗？"

"不能。"

"那么月报上有关历史观测的故事都是假的？"

阿拉曼冷冷地说："根据你已掌握的知识，显然不难推测出这一事实。不过，我还是跟你确认吧。月报是假的。"

"那样的话，"福斯特说，"我不会承诺隐藏有关年代观测的知

045

识。如果你想逮捕我,请便。我在庭审上的自我辩护足以摧毁研究指导这一虚伪的纸牌屋,让它彻底倒塌。先不说研究指导是否合适,压制研究、剥夺人类享受科学进步的成果肯定是错的。"

阿拉曼说:"哦,让我把话挑明了吧,福斯特博士。如果你拒绝合作,你会被直接关进监狱。你不会见到律师,你也不会被起诉,你不会经历庭审。你会直接坐牢。"

"哈,不会,"福斯特说,"你在吓唬我。提醒你一下,现在已经不是20世纪了。"

办公室外面出现了一阵骚乱,有咚咚的脚步声、愤怒的叫喊声,福斯特确定听出了是谁。门一下子被推开了,锁也坏了,三个相互纠缠的身影闯了进来。

就在他们进门之时,其中一个人举起手枪,用枪把狠狠地砸向另一个人的脑门儿。

空气中传来"嗵"的一声,那个头被砸了的家伙立刻踉跄起来。

"拉尔夫叔叔!"福斯特喊道。

阿拉曼皱起了眉头。"把他放进那张椅子里,"他下令道,"去拿点水来。"

拉尔夫·尼莫抚摸着自己的脑袋,尽量控制着脸上不要露出气愤的表情:"没必要动手吧,阿拉曼。"

阿拉曼说:"警卫早该动手阻止你闯进来。这样的话,你的结局会好一些。"

"你们认识?"福斯特问道。

"我曾经跟这个人打过交道,"尼莫仍在揉着自己的脑袋,"他出现在你的办公室里,侄子,这意味着你有麻烦了。"

"你也有麻烦了,"阿拉曼恼怒地说,"我知道福斯特博士向你咨询过中微子学的文章。"

尼莫蹙起了额头,随后又咧着嘴,仿佛这动作让他疼痛。"那又怎样?"他说,"你还知道我的什么?"

"我们很快就能知道你的一切。再说,光那一项就足以牵连你了。你来这里干什么?"

"我亲爱的阿拉曼博士,"尼莫说,他个性中的那股得意劲儿又回来了少许,"前天,我的浑蛋侄子给我打电话说,他把一些神秘的信息放到了——"

"别告诉他!什么也别说!"福斯特喊了出来。

阿拉曼冷冷地瞥了他一眼:"我们已经掌握了,福斯特博士。保险箱已经被打开了,东西也取了出来。"

"但你怎么能知道——"出于愤怒和绝望,福斯特都没法把话说完。

"总之,"尼莫说,"我猜到网已经向他收拢了,我料理完一些事之后,来这里想劝他放手,这不值得拿他的职业生涯冒险。"

"也就是说你知道他在干什么?"阿拉曼问道。

"他从没告诉过我,"尼莫说,"但我是个经验丰富的科学作者。我知道原子的哪个方向带电荷。这个孩子,福斯特,专业是人造引力光学,还教给我很多这方面的知识。他让我去帮他找一本中微子学的教科书,我在给他之前也瞄了几眼。我能把这两者联系到一起。他让我帮他搞些物理设备,那也是证据。要是我没猜错的话,我的侄子制造了一台便携式的低功率年代观测仪,是吗?应该是吧?"

"是的。"阿拉曼若有所思地伸手掏出了烟,没有顾及波特利博士(他正安静发呆,仿佛在做梦一般)。波特利立刻低呼一声,从白色的小圆棍前躲开了。阿拉曼接着说:"我又犯下了一个错误。我应该辞职。我本该也盯上你的,尼莫,而不是只盯着波特利和福斯特不放。当然,我的时间有限,而你也自投罗网了,不过我还是不能原谅自己。你被捕了,尼莫。"

"因为什么?"科学作者问道。

"未经授权的研究。"

"我什么也没做。我不是注册科学家,做不了。即使我做了,也算不上犯罪。"

福斯特恶狠狠地说道:"没用的,拉尔夫叔叔。这位大人就是法律。"

"什么法律?"

"未经审判就将我们终身监禁。"

"胡说,"尼莫说,"现在又不是20世——"

"我说过了,"福斯特说,"没用的。"

"好吧,胡说,"尼莫喊了起来,"听着,阿拉曼。我侄子和我还有亲戚,我们一直都有联系,听到了吧?我猜教授本人也有。你不能就这么让我们消失,会有人质疑,引发丑闻。现在不是20世纪了。所以,别想吓唬我们,没用的。"

香烟在阿拉曼的手指中间折断了,他猛地把烟扔了出去。他说:"该死的,我不知道该怎么办。我从没遇到过这种情况……听着!你们三个傻瓜不知道自己在干什么。你们什么也不懂。能听我说说吗?"

"噢,我们洗耳恭听。"尼莫严肃地说道。

福斯特安静地坐着,眼里满是愤怒,嘴唇紧抿。波特利的双手紧紧缠绕在一起,如同两条纠缠的蛇。

阿拉曼说:"过去对你们而言已经死去。你们要是谈论过这件事,肯定也用到了这个词来形容——已死的过去。如果你们了解我听过多少次这个词,你们也会觉得厌烦。

"当人们想起过去时,他们会认为它已经死去了,很遥远,已经离去了,是很久之前的事。我们鼓励他们这么想。当我们报道年代观测时,我们总是谈论一些几个世纪之前的事,即便正如你们几位已经知道的,观测一个多世纪以前的事是不可能的。人们接受了它。过去意味着希腊、罗马、迦太基、埃及、石器时代,越早越好。

"现在你们三个知道观测一个世纪多以前的事已经是极限了,那过去对你们意味着什么?你们的年轻时代,你们爱的第一个女孩,你们已逝的母亲,二十年前,三十年前,五十年前,还是更早以前?……但过去究竟从哪个时间点开始?"

他气哼哼地停了下来。其他人看着他,尼莫不安地扭动着身子。

"说啊,"阿拉曼说,"它从哪个时间点开始?一年之前?五分钟之前?一秒钟之前?还不明显吗?过去从一刹那之前就开始了!已死的过去只是此时此刻的另一个名字。假如你将年代观测聚焦在0.01秒之前,会发生什么?你难道不正观察着现在?理解了吗?"

尼莫说:"活见鬼。"

"活见鬼,"阿拉曼重复了一声,"前天晚上波特利跟我讲了他的故事之后,我难道不会查看你们两个吗?我用上了年代观测,观察到了直到此刻之前的每一个重要细节。"

"你就是通过这办法知道保险箱的?"福斯特说。

"还有其他重要的事实。假如存在着一台家用年代观测仪的消息走漏出去,你们猜会发生什么?刚开始人们可能会观察自己的年轻时代、自己的父母等,但很快他们就会意识到其他的可能性。家庭主妇会忘了自己那可怜的已逝的母亲,转而关注自己的邻居在家里干什么,自己的丈夫在办公室怎么样。商人会关注自己的竞争对手,老板会关注下属。

"再也不会有隐私了。与之相比,窃听、偷窥等不值一提。电影明星将始终处于所有人的密切关注之下。每个人都会被盯梢,再也没办法摆脱。甚至连黑暗都无法帮你逃脱,因为年代观测仪可以调成红外模式,人体的热量会泄露你的行踪。当然,身影会模糊,四周也是一片漆黑,但这反而可能会让窥视变得更有趣味……呵,现在的那个机器负责人有时就会做些法律禁止的探索。"

尼莫显得很不自在:"你可以禁止私人生产——"

阿拉曼严厉地看着他:"你可以,但你觉得会有什么好结果吗?你能成功地用法律禁止饮酒、抽烟、通奸或是造谣吗?这种偷窥的欲望比上述几种东西更能使人上瘾。上帝,奋斗了上千年时间,我们甚至都无法消灭贩毒,你怎么会想到用立法来禁止一个能窥视所有人的设备呢——在任何时间能看到任何人,而且能在家里的地下室里制造。"

福斯特突然说道:"我不会发表了。"

波特利脱口而出,几乎像是在抽泣:"我们谁都不会说出去。对不起——"

尼莫插话道:"你没有用年代观测仪来追踪我,是吗,阿拉曼?"

"没有时间。"阿拉曼疲惫地说,"在年代观测里,事物的进展不会变快。你无法快进,跟阅读器里的胶片不一样。我们用了整整二十四个小时,力图抓住波特利和福斯特在过去六个月中的所有重要时刻。没有时间干别的,而且我们看到的也足够了。"

"还不够。"尼莫说。

"你在说什么?"阿拉曼的脸上立刻写满了警惕。

"我跟你说过,我的侄子,也就是乔纳斯,跟我打过电话,说他在一个保险箱里放了重要信息。他显然遇到了麻烦。他是我的侄子。我必须帮他解决。我花了点时间打点,然后我就赶来这里,想跟他说我干了什么。我刚到这里时,就在你的人敲了我的脑袋之后,就跟你说过我料理了一些事。"

"什么事?看在上帝的分儿上——"

"就一件事:我把便携式年代观测仪的细节发给了五六个出版界的熟人。"

没人说话。没有声音。没人呼吸。他们都不知道该如何反应。

"别这样看着我。"尼莫叫道,"你们不明白我的目的吗?我有通俗刊物出版权。乔纳斯也知道。我知道他不能以合法的形式出版任何科学性文章。我确信他在计划非法出版,并为此准备了保险箱。我想如果我事先就把细节公之于众，那所有的责任都由我承担了。他的职业生涯也不会受到影响。假如我因此而丢掉科学写作的执照，我独家拥有的年代观测数据也够支撑我一辈子了。乔纳斯会生气，我能想到，但我能解释动机，而且我们会平分收益……别那样看着我。我怎么会知道——"

"没人知道，"阿拉曼冷冷地说道，"你们臆想政府里都是无能的官僚，冷酷、独断，仅仅是为了压制而压制。你们从没想到过我们在力图保护人类，竭尽了我们的一切。"

"别光顾着坐在那儿瞎扯了，"波特利泣声道，"快说你都跟谁联系了——"

"太晚了，"尼莫耸了耸肩，"都一天多了。时间足以让消息传开。在决定是否发表之前，我的联系人可能已经跟很多物理学家检查过我的数据，而且他们也会相互打电话传递消息。一旦科学家把中微子和人造引力学联系在一起，家庭年代观测仪就呼之欲出了。在这个星期结束之前，五百个人会知道如何制造一台小型年代观测仪，你怎么能把他们全抓住呢？"他丰满的脸颊耷拉着："我猜再也没办法把蘑菇云放回那个小小的、亮闪闪的铀金属球里了。"

阿拉曼站了起来："我们会尽力，波特利，但我同意尼莫的话。太晚了。从此之后，世界会变成什么样，我不知道，我无法想象，但我们所熟知的世界已然被完全摧毁。之前所有的风俗习惯、所有最细微的生活方式，我们想当然拥有的一定程度的隐私，都消失了。"

他对每个人都郑重其事地行了一礼。

"你们三个创造了一个崭新的世界。我向你们表示祝贺。祝贺你们和我，祝贺所有人，从此将生活在透明鱼缸里，希望你们每个人都在地狱里饱受煎熬。逮捕令撤销了。"

读客科幻文库

成功科幻之基础[1]

（向W. S. 吉尔伯特致歉）
假如你问我，怎么才能在科幻界发光，成为熠熠生辉的高手？
我会说，练习使用科学术语准没错（不要管是否用得对）。
你必须用熟练且神秘的腔调，诉说太空、星系和佯谬，
虽然粉丝看不懂，他们仍然想要读，面带憧憬的微笑。

在你天马行空之时，
所有的粉丝都会说，
如果那个年轻人插着翅膀飞遍了整个宇宙，
不用问，他肯定拥有无比丰富的想象力。

所以成功并不神秘，只需温习你的历史，不断借用就行。
以罗马帝国为例，你会发现银河系里到处都有它。
用超空间驱动，在秒差内竞速，你会发现这个情节就是清风，
带着一点熟悉味道，
来自爱德华·吉本和那个希腊人修昔底德的作品。

在你沉浸思索之时，

---

1 Copyright © 1954 by Fantasy House, Inc.

所有的粉丝都会说,

如果那个年轻人融入了真实的历史,

不用问,他的智商肯定高,才能搞定高智商的活计。

然后,在你的英雄的头脑里,避开所有男女之间的感情。

他必须将时间用于政治,工于算计,在政治之外他是傻子。

他有个母亲就够了,其他女士都是兄弟,尽管她们戴着珠宝,浑身亮晶晶。

她们只会干扰他的梦想,阻碍他创下丰功伟绩。

在你走上窄路之时,

所有的粉丝都会说,

假如他所有的渴望都限于男子气概,

不用问,他真是一个纯粹的年轻人,写出如此纯粹的文字。

选举权[1]

十岁的琳达是家里唯一一位享受醒着的人。

在药物作用下陷入非健康昏睡之中的诺曼·穆勒仍能听到她的声音(他终于设法早睡了一个小时,但感觉更像是疲倦状态下的半睡半醒,而不是睡眠)。

此刻,她已经来到了他的床边,摇着他:"爸爸,爸爸,快醒醒。快醒醒!"

他强忍着没有发出怨言:"行了,琳达。"

"爸爸,这里的警察比以往更多了!到处都是警车!"

诺曼·穆勒放弃了,迷迷糊糊地用胳膊肘强撑着直起了身。今天刚刚开始,外面才露出晨曦,灰暗且压抑,一如他所感觉的阴郁。他能听到莎拉——他的妻子,正在厨房里忙着准备早餐。他的岳父马修·霍滕韦勒,正在洗手间里费劲地咳痰。无疑,汉德利特工已经做好了准备,正等着他。

今天是个大日子。

选举日!

今年的开始跟往年一样。也可以说糟了一点,因为今年是总统选举年,但要深究的话,并没有比别的总统选举年糟多少。

---

[1] Copyright © 1955 by Quinn Publishing Co., Inc.

政客们谈论着选民的重要性，谈论着巨型电子智慧是他们的仆人。媒体用工业计算机（《纽约时报》和《圣路易斯邮报》拥有自己的计算机）分析了时局，捕捉接下来可能会发生的各种迹象。评论员和专栏作者热情地指出关键州县，尽管相互之间意见相左。

第一个表明了今年跟往年不一样的迹象，显露于莎拉·穆勒跟她的丈夫在10月4日（选举就在一个月之后）晚上说的话："坎特维尔·约翰逊说印第安纳是今年的关键州。他是第四个这么说的人。能想象吗？轮到我们州了。"

马修从报纸后面露出了胖脸，阴沉地看着自己的女儿，哼了一声："这些家伙都是收钱骗人的。别听他们的。"

"已经有四个人了，父亲，"莎拉温和地说道，"他们都说是印第安纳。"

"印第安纳是关键州，马修，"诺曼的语气同样温和，"考虑到霍金斯-史密斯法案，还有在印第安纳波利斯的局面，它——"

马修咧了下嘴，都快咧到耳根了。他爆豆子般地说道："还没人提到过布卢明顿或门罗县，不是吗？"

"这个嘛——"诺曼说。

琳达仰着尖下巴的小脸从这个说话的人看到下一个说话的人。她细着嗓子说："你今年会去投票吧，爸爸？"

诺曼温和地笑了笑，说："可能不会，亲爱的。"

但今年是总统选举年，现在已经是10月，逐渐预热的阶段，而莎拉生活平淡，因此对她的伴侣抱有梦想。她满怀期待地说道："但这不是件好事吗？"

"我去投票？"诺曼·穆勒曾留着一小撮金色的胡子，令他在年轻时的莎拉眼里显得自信，但如今小胡子渐渐褪色，已经变得没有个性。他的前额代表忧虑的皱纹越来越深，整体而言，他那谨小慎微的个性使他从未设想过自己会成为一个伟人，能在任何情况下都成就一番事业的伟人。他有妻子、一份工作和一个小女儿，除了在极其特殊的情况下，例如遭遇了重大变故之类的，他倾向于认为自己还算是个生活的幸运儿。

所以，他对于妻子想法中所暗示的方向略感尴尬与不适。"说真的，亲爱的，"他说，"这个国家里有两亿人，概率这么低，我认为不应该把时间浪费在不切实际的想法上。"

他的妻子说："说什么呢，诺曼？哪有什么两亿人？你也知道。首先，只有二十岁到六十岁的人才有资格，而且只包括男人，所以这么算下来就只有五千万了。然后，要真的是印第安纳——"

"所以机会是一百二十五万分之一。你不会想让我在概率这么低的情况下赌马吧？会吗？我们还是吃晚饭吧。"

马修在报纸后面嘟囔着："真他妈的蠢。"

琳达再次问道："你今年会投票吗，爸爸？"

诺曼摇了摇头，随后他们都停止了谈话，去了餐厅。

到了10月20日，莎拉的激情迅速升高。在吃点心时，她宣称舒尔茨太太说所有"聪明的钱"都押印第安纳，而她有个侄子是议员的秘书。

"舒尔茨太太说维勒斯总统甚至会在印第安纳波利斯发表演讲。"

诺曼·穆勒今天在店里过得不顺，用扬起眉毛回应了这个说法，没有接话茬儿。

马修一直对华盛顿不满。他说："如果维勒斯在印第安纳发表演讲，意味着他觉得马尔蒂瓦克会选亚利桑那。他才没胆量靠得更近，那个软蛋。"

莎拉总是会以得体的方式忽略自己的父亲，她说："我不明白为什么他们不尽快宣布是哪个州，接着是哪个县，等等。那些被剔除的人就可以放松了。"

"如果他们这么做了，"诺曼指出道，"政客就会像秃鹫那样盯着结果。等范围缩小到了市镇这一级别，你随便在街角就能撞到一两个国会议员。"

马修眯起了眼睛，恼火地梳理着稀疏灰白的头发："他们就是秃鹫。听着——"

莎拉嘟囔了一句："别这样，父亲——"

马修隆隆的话音盖过了她的抗议，语速飞快，完全没有停顿："听着，他们把马尔蒂瓦克拱上台的时候我就在场。他们说，这会终结党派政治。不会再浪费投票人的钱在选战上。不会再有只懂傻笑的无名之辈通过广告轰炸进入国会或是白宫。瞧瞧发生了什么。更多的选战，只不过是在暗中进行。他们会因为霍金斯-史密斯法案而派人到印第安纳，或因为乔·哈默的情况变得关键而派其他人去加州。我说，收起那些废话吧。回到以前的好——"

琳达突然问道："你想让爸爸今年投票吗，外公？"

马修瞪了一眼小女孩。"小孩子别管。"他转向诺曼和莎拉，"我曾经投过票。我走进了投票站，拳头砸在了操纵杆上，投票了。没什么特别的。我只说了句这家伙是我的人，我投票给他。这就是投票该有的样子。"

琳达激动地说："你投过票，外公？你真的投过？"

莎拉迅速俯下身，想要平息这个轻易就能在邻里之间传扬开来的逸事："这没什么，琳达。外公并不是说真的投票。大家都做过这样的投票，外公也做过，但算不上真的投票。"

马修吼了起来："我又不是小孩子，当时我已经二十二岁了，我投给了兰利，是真的投票。我的一票可能算不了什么，但它的分量和其他人的一样。和所有人的都一样。也不会有马尔蒂瓦克——"

诺曼打断了他："好了，琳达，该上床睡觉了。别再问选举的问题。等你长大之后，你会搞明白的。"

057

他满怀慈爱地亲了亲她。在母亲的督促之下,并且被承诺如果洗澡足够快的话,就能看床头的电视到九点十五分,她才不情愿地离开了。

琳达说:"外公。"她站在那里垂着头,双手背在身后,一直等到报纸落下,他露出乱糟糟的眉毛和隐藏在细密皱纹中的双眼。今天是10月31日,星期五。

他说:"什么事?"

琳达走近,用双臂抱住了老头儿的膝盖,因此他不得不完全放下了报纸。

她说:"外公,你真的投过票?"

他说:"你都听到我说的了,不是吗?你觉得我在吹牛吗?"

"没……没有,但妈妈说那时候所有的人都能投票。"

"是的。"

"但怎么可能?怎么可能所有的人都能投票?"

马修严肃地盯着她,随后抱起她,将她放在了自己的膝盖上。

他甚至软化了自己的语调。他说:"你要明白,琳达,一直到大概四十年前,所有的人都能投票。比如,我们要决定谁来当美国的总统,共和党和民主党都会提名候选人,所有的人都有权来选他们想选的人。当选举日结束时,他们会统计有多少人选了民主党,有多少人选了共和党。谁的票数多谁就当选。明白了吗?"

琳达点了点头,说道:"那么多人怎么知道该选谁呢?是马尔蒂瓦克告诉他们的吗?"

马修的眼睛眯了起来,看上去很严厉:"他们都自己来判断,孩子。"

她慢慢挪开了身子,他把嗓音放得更低了:"我没有对你生气,琳达。但是,你要明白,有时需要一整晚的时间才能统计完所有人的意见，而人们没这个耐心。所以他们发明了特殊的机器，它会检查最早的几张选票，把它们和从前来自同一地区的选票做个对比。通过这种办法，机器能够计算出整体的选票会是什么样子，谁能够当选。明白了？"

她点了点头："就像马尔蒂瓦克。"

"早期的计算机比马尔蒂瓦克小多了。但机器越来越大，它们能用越来越少的票数来决定选举的结果。最后，他们制造了马尔蒂瓦克，它能用一票来决定胜负。"

听到故事来到了自己熟悉的部分，琳达笑了："真好。"

马修皱着眉头说道："不，这不好。我不希望由一台机器决定我会投给谁，只是因为某个密尔沃基的小丑说他反对提高关税。或许我会瞎投，只是为了取乐。或许我不想投票。或许——"

但琳达已经扭动着下了他的膝盖，离开了。

她在门口碰到了母亲。她母亲依然穿着外套，还没来得及摘下帽子。她上气不接下气地说道："让开，琳达，别挡着妈妈的道。"

她一边从头上摘下帽子，把头发捋顺，一边跟马修说："我去了阿加莎家。"

马修斜了她一眼，当作没听到这个消息，甚至在伸手取报纸时哼都没哼一声。

莎拉解开外套扣子："你猜她说了什么？"

马修摊开报纸准备开始读，报纸发出响亮的哗哗声。他回了一句："不感兴趣。"

莎拉说："又怎么啦？父亲——"但她没有时间生气。她一定要说出这个新闻，而马修是身边唯一的听众，因此她接着说道："阿加莎家的乔是警察，你知道的，他说昨晚布卢明顿来了一整车特勤处的人。"

"他们又不会抓我。"

"你还没想到吗，父亲？特勤处，马上就到选举日了。在布卢明顿。"

"他们可能在抓一个银行抢劫犯。"

"城里有多久没出现过银行抢劫犯啦?……父亲,不跟你说了。"她迈着大步离开了。

诺曼·穆勒在听到这个消息时也没有显露出激动的迹象。

"我来问你,莎拉,阿加莎家的乔怎么知道他们是特勤处的?"他平静地问道,"他们的额头上又不会贴着标签。"

但到了第二天的晚上,11月的头一天已经过了,她终于能炫耀道:"所有人都到布卢明顿了,等着某个本地人成为投票者。电视上的布卢明顿新闻是这么说的。"

诺曼不安地扭了扭身子。他没法否认,心也沉了下去。假如马尔蒂瓦克的闪电真的击中了布卢明顿,这意味着会有新闻记者、电视广播、游客……各种各样的人——陌生人来到布卢明顿。诺曼喜欢平静的日常生活,而远方的政治旋涡正在靠近,到了令人不舒服的距离。

他说:"谣言而已,没什么。"

"你等着瞧。你等着瞧就好。"

结果不用等多久,因为门铃马上响了起来,诺曼·穆勒打开门,问了句:"什么事?"一个面无表情的高个子男人问道:"你是诺曼·穆勒吗?"

诺曼说:"是的。"他的声音变得很怪,完全没了力气。从陌生人的穿着很容易就能判断出他来自权威机构,而他来访的目的也突然间变得很明显,其明显程度就如同片刻之前这种事不可能发生的程度一样。

男人展示了证件,走进屋子,关上身后的门,郑重其事地说道:"诺曼·穆勒先生,我代表美利坚合众国总统特此通知,你被选中成为2008年11月4日星期二美国选民的投票代表。"

诺曼·穆勒强撑着走到椅子边。他坐了下去，脸色惨白，几乎失去了知觉。莎拉拿来了水，慌乱地拍打着他的双手，对丈夫咬紧牙关挤出一丝哀求："别倒下，诺曼，别倒下。他们会选别人的。"

当诺曼又能开口说话时，他呻吟了一声："抱歉，先生。"

特勤处的特工已脱下大衣，解开了西服的扣子，大大咧咧地坐在沙发上。

"没事。"他说。下达完正式的通知之后，他身上的官方色彩似乎也离他而去了，把他变成了一个和蔼的大块头。"我已经是第六次下达这样的通知了，我看到过各种各样的反应。跟你在电视上看到的都不一样。你懂我的意思吧？那种神圣的、充满奉献精神的表情，还来一句'能为我的国家服务是我的光荣'，诸如此类的表演。"特工令人安慰地笑了。

莎拉配合地发出了大笑，笑声里有些歇斯底里的意味。

特工说："从此刻开始，我会陪你一段时间。我叫菲尔·汉德利。你叫我菲尔就好。穆勒先生在选举日之前都不能离开这所房子。你必须通知百货公司他病了，穆勒太太。你有事可以出去，但必须保证不能透露丁点信息。可以吗，穆勒太太？"

她急切地点了点头："可以，先生，绝不会透露。"

"好的。但是，穆勒太太，"汉德利表情严肃，"我们没在开玩笑。只有在必要的情况下才出去，你出去时会有人跟着你。很抱歉，但这是我们的做事方式。"

"跟着我？"

"不会有人注意的。别担心。而且只需两天时间，等向全国正式宣布之后就好了。你的女儿——"

"她睡觉了。"莎拉急忙说道。

"好。跟她说我是一个亲戚或朋友，跟你们住几天。假如她发现了真相，她也必须留在家里。你父亲最好也能留在家里。"

"他会不高兴的。"莎拉说。

"没办法。还有,既然你们这里没有其他人——"

"看来你掌握了我们所有的情况。"诺曼低语道。

"不少。"汉德利附和了一句,"总之,这些就是我对你们所有的要求。我会尽力配合,尽量少打搅你们。政府会支付我的费用,所以不会增加你们的负担。每天晚上都会有人来替我,他会坐在这个房间里,所以也不会有安排住宿的问题。现在,穆勒先生——"

"什么事,先生?"

"你叫我菲尔就好。"特工又说了一遍,"在正式宣布前两天就通知你,是为了让你习惯自己的身份。我们希望你在面对马尔蒂瓦克时能保持你最平常的精神状态。放松,把这当作你的日常工作,可以吗?"

"好吧。"诺曼说,紧接着又猛烈地摇起了头,"但我不想承担这种责任,为什么是我?"

"好吧,"汉德利说,"那我就先给你解释清楚。马尔蒂瓦克会考虑各种已知的因素,有好几十亿个。然而,还有一个未知因素,而且很长时间内都会处于未知状态,那就是人类的反应模式。所有的美国人都会受到其他美国人言行的影响,从而产生压力,受到别人对他的所作所为、他对别人的所作所为等的影响。任何一个美国人都有可能被带到马尔蒂瓦克面前测试他的精神压力,从中可以推测国家中所有人的精神压力。在既定时间内,有些美国人更适合来承担这个任务,这取决于那一年发生了什么。今年马尔蒂瓦克选了你当最普遍的代表。不是最聪明的或最强壮的,也不是最幸运的,而是最有普遍性的。我们不必质疑马尔蒂瓦克,对吗?"

"它不会犯错吗?"诺曼问道。

莎拉不耐烦了,打断道:"别听他的,先生。他只是有些紧张,对吧。实际上,他读过很多书,也始终密切关注着政治。"

汉德利说:"马尔蒂瓦克做出了决定,穆勒太太。它选了你丈夫。"

"但它知道所有的事吗?"诺曼大着胆子追问道,"它真的不会犯错吗?"

"它会。没必要隐瞒。在1993年,一个被选中的投票人在接获通知两个小时之前突发中风死了。马尔蒂瓦克没有预测到这一点。它做不到。还有,投票人的精神状态可能不稳,道德水准不够,换句话说就是不忠诚。在接收到所有的数据之前,马尔蒂瓦克不可能知道每个人的每一件事。所以,替补方案总是时刻准备着。我不认为这次我们会用到它。你的身体很健康,穆勒先生,你也被仔细调查过了。你是合格的。"

诺曼把脸埋在双手里,一动不动地坐着。

"到明天早上,先生,"莎拉说,"他就完全恢复正常了。他只是需要适应一下,仅此而已。"

"当然。"汉德利说。

在他们自己的卧室里,莎拉·穆勒表现出了不同的、更加强势的态度。她给他施加了压力:"振作点,诺曼。不要浪费了这千载难逢的机会。"

诺曼绝望地低语着:"我害怕,莎拉,这整件事都让我害怕。"

"看在上帝的分儿上,为什么?不就是进去回答一两个问题吗?"

"责任太大了。我没法面对。"

"什么责任?哪有什么责任?马尔蒂瓦克选了你。这是马尔蒂瓦克的责任。大家都清楚。"

诺曼突然产生了反抗情绪和怒意,一下子从床上坐了起来:"按道理大家都该清楚,但实际并不清楚。他们——"

"小声点,"莎拉嘘了一声,"整个镇子的人都听见了。"

"他们不清楚。"诺曼说,但还是很快放低了声音,"当他们谈论1988年的里奇利政府时,他们会说他是靠画大饼[1]和种族主义的言论当选的吗?不会!他们会说是该死的麦克库默投的票,好像汉弗莱·麦克库默是唯一该负责的人,因为是他面对了马尔蒂瓦克。我自己也这么说过——只不过现在我才意识到,这个可怜的家伙只是个卡车司机,他又没有要求被选中。为什么这成了他的错,而不是其他人的?现在他的名字成了诅咒。"

"别孩子气了。"莎拉说。

"我这叫理智。我告诉你,莎拉,我不接受。我不想投票,他们不能强迫我。我会说我病了。我会说——"

但莎拉已经听够了。"你听好了,"她低沉的声音中隐含着怒火,"你不该只考虑你自己。你知道成为年度投票人意味着什么。今年可是总统选举年。这意味着名气、荣耀,可能还有大把的钱——"

"然后我再回去当我的小职员。"

"不会的。如果你稍微有些头脑,至少也能捞个部门经理。你也会有头脑,因为我会告诉你该怎么做。如果你玩得好,利用你的知名度,你能迫使肯奈尔百货公司跟你签一份严谨的合同,给你加薪,还有优厚的退休金。"

"这不是成为投票人的目的,莎拉。"

"这是你的目的。即使你并不觉得欠你自己或我什么——我并不是在为我自己索取——你也欠琳达的。"

诺曼哀叹了一声。

"你同意吗?"莎拉厉声问道。

"同意,亲爱的。"诺曼嘟囔了一句。

---

[1] 原文为"pie-in-the-sky promises",意思是做出一些荒唐、不切实际的承诺,最后都不予兑现。

到了11月3日，官方发布了正式通告，诺曼已没有机会退出，即便他能找到退出的勇气。

房子被封了起来。特勤处的特工公开露面，封锁了所有的出入口。

一开始，电话如潮水般涌来，菲尔·汉德利带着歉意的笑容接听了所有的来电。最终，电话局将所有的电话都转去了警察局。

诺曼想，这么一来，他不但不用应付朋友们热情洋溢（也可能是嫉妒）的祝贺，也能免受闻到了腥味的推销员以及遍布全国的狡猾政客的打搅……甚至可能还有来自地痞流氓的死亡威胁。

报纸也被禁止送来，为了避免增加压力，电视被委婉但坚决地拔掉了插头，琳达抗议得再凶也没用。

马修咒骂着待在了自己的房间。琳达在最初的激情消失之后，因为不能离开房子，气哼哼地抱怨着。莎拉将时间分配在为众人准备食物和为未来做规划之上。诺曼的绝望正不断增长。

早餐时，只有诺曼·穆勒在吃，但他只是机械式地往嘴里塞东西。即便洗了澡、刮了胡子也没能让他打起精神，也有可能是他认定了自己的样子很颓废，因为他内心觉得颓废。

汉德利想尽量用友善的声音让这个灰色的陌生早上显得平常。（天气预报说今天是多云，上午可能会下雨。）

他说："我们会切断这所房子与外界的联系，直到穆勒先生回来，然后我们就不会再打扰你们了。"这位特勤处的特工穿着整齐的制服，厚重的枪套里别着手枪。

"你哪有打扰我们，汉德利先生。"莎拉假笑道。

诺曼喝了两杯黑咖啡，用餐巾纸擦了擦嘴，站起身，有气无力地说了一句："我准备好了。"

汉德利也站了起来："很好，先生。也要谢谢你，穆勒太太，你太好客了。"

装甲车隆隆作响，行驶在空荡荡的大街上。早晨的这个时分，街面上竟然没有人。

汉德利示意道："自从1992年的爆炸差点破坏了莱弗里特选举之后，他们总是会把交通引导到别处。"

当车子停下时，诺曼在始终都彬彬有礼的汉德利的帮助下下了车，进入一条地下隧道，隧道两侧站满了全神贯注的士兵。

他被带进一个明亮的房间，里面有三个穿着白色制服的人微笑着迎接他。

诺曼惊道："怎么是家医院？"

"没什么特别的，"汉德利立刻回答道，"只有医院才有必需的设备。"

"好吧，我该怎么做？"

汉德利扬了下脑袋。三个白制服中的一个走上前来说："交给我吧，特工。"

汉德利敷衍地敬了个礼，离开了房间。

白制服说："请坐，穆勒先生。我是约翰·保尔森，高级程序员。这两位是山姆森·莱文和彼得·多罗戈波兹，我的助手。"

诺曼麻木地跟他们一一握手。保尔森中等个子，脸庞圆润，似乎习惯于微笑，明显套着假发。他戴着塑料边的眼镜，式样老旧，说话的时候掏出一根烟点着了。（诺曼推辞了他递过来的烟。）

保尔森说："首先，穆勒先生，我想让你知道我们不着急。有必要的话，你可以在这里待上一整天的时间，熟悉环境，克服任何觉得这里有什么特别之处或是太简陋的想法，你明白我的意思吧？"

"我没事，"诺曼说，"我希望快点结束。"

"我明白你的感受。不过，我们还是希望你能了解整个过程。首先，马尔蒂瓦克不在这里。"

"它不在？"不知怎的，虽然这么多天都笼罩在绝望情绪之中，他依然盼望能见到马尔蒂瓦克。他们说它有半英里[1]长、三层楼那么高，五十个技术员始终行走在它内部结构的过道上。它是世界的奇迹之一。

保尔森笑了："不在。它没法移动，你知道的。它位于地下，实际上，很少有人知道它到底在哪儿。你应该能理解，因为它是我们最宝贵的资源。相信我，选举并不是它唯一的用途。"

诺曼觉得他故意表现出健谈的样子，而刚好自己的好奇心也起来了："我以为能看到它。我想看到它。"

"完全理解。但需要总统令外加国安部的会签才行。不过，我们这里直接连上了马尔蒂瓦克，通过光纤。马尔蒂瓦克说的在这里进行转译，我们说的也会被直接传送给马尔蒂瓦克，所以从某种程度上来说，它就在这里。"

诺曼往周围看了看，不懂屋子里的机器都是干什么的。

"现在让我解释一下，穆勒先生，"保尔森接着说道，"马尔蒂瓦克已经掌握了绝大部分决定选举结果所需的信息，包括国家层面、州层面和地区层面的。它只需要检测某些无法估量的心理态度，它选了你来获取该数据。我们无法预测它会问什么问题，但你可能会觉得它们没有意义，甚至对我们也没意义。它可能会问你对镇子里的垃圾处理有什么意见，你是否赞同集中焚烧设施。它可能会问你镇子里是否有医生，或者你是否会使用国家医药公司。明白了吗？"

"是的，先生。"

"不管它问了什么，用你自己的语言，想怎么回答就怎么回答。假如你觉得必须加以详细的解释，你就解释。有必要的话，说上一个钟头都行。"

"好的，先生。"

1　英美制长度单位，1英里 ≈ 1.609千米。

"好。还有一件事。我们必须用到一些简单的设备,它们会在你说话的时候自动记录你的血压、心率、皮肤导电率和脑电波模式。这些设备看着挺吓人,但你不会有任何痛感。你甚至都不会察觉到它们被开启了。"

另外两个技术员已经在光滑锃亮的机器旁忙开了。

诺曼说:"为了检查我是不是在撒谎吗?"

"完全不是,穆勒先生。跟撒谎没关系。只是为了检查情绪的紧张程度。如果机器问你对孩子学校的看法,你或许会说,'我觉得人太多了'。这些只是言辞,而根据你的大脑、心脏、荷尔蒙和汗腺的表现,马尔蒂瓦克可以准确地判断出你对这件事究竟有多关心。它比你本人更了解你的感受。"

"我从没听说过这些。"诺曼说。

"当然,我相信你没听说过。马尔蒂瓦克大多数的工作细节都是最高机密。因此,在你离开时,你会被要求签署一份文件,承诺你绝对不会透露你被问了哪些问题,你又是怎么回答的,发生了什么,怎么发生的。对马尔蒂瓦克了解得越少,外界对它的服务人员施加压力的机会就越少。"他狡黠地笑了一下,"我们的生活已经够糟糕的了。"

诺曼点了点头:"我理解。"

"好了,你想来点吃的喝的吗?"

"不用了,现在不用。"

"你还有问题吗?"

诺曼摇了摇头。

"那么,等你准备好时请告诉我们一声。"

"我现在就准备好了。"

"你确定?"

"非常确定。"

保尔森点了点头,举起一只手向另两个人示意。他们带着吓人的设备走上前来。诺曼·穆勒在看着他们时，感觉自己的呼吸都变急促了。

磨难持续了近三个小时，诺曼·穆勒中间简短地休息了一次，喝了杯咖啡，此外还尴尬地上了次厕所。在整个时间段内，诺曼·穆勒都被裹在了机器里。等到结束时，他已经累坏了。

他自嘲地想着，应该很容易遵守那个承诺吧，不能透露这里发生了什么。他脑子里对问题的记忆已经开始模糊。

没缘由的，他觉得马尔蒂瓦克应该用深沉的、超人般的声音说话，还应伴有共振和回响，但现在他明白了，这个只是他看了太多电视而产生的想法。真相平常到无聊。问题是写在金属便条上的，上面打满了不同形态的小孔。另一台机器将小孔翻译成文字，保尔森读给诺曼听，然后再把问题交给他，让他自己看一遍。

诺曼的回答被一台录音机器记录下来，然后回放给诺曼让他确认，把修改和注释也一并记录下来。所有这些被送入一台模型制作机器，然后再被送给马尔蒂瓦克。

诺曼还记得其中一个问题就如同市井闲聊："你觉得鸡蛋的价格怎么样？"

终于结束了，他们小心地从他身上的不同部位移走了电极，从上臂处解下了脉冲环，把机器推走了。

他站了起来，深深地吸了一口气，说道："结束了？我完成了？"

"还没有。"保尔森赶紧走上来，带着安抚的笑容，"我们还需要你再留一个小时。"

"为什么？"诺曼有些不解。

"马尔蒂瓦克需要差不多这么长的时间，才能把新数据整合到它已掌握的万亿个数据里。涉及好几千场选举的数据，你知道的，非常复杂。还有，说不定有人会提出奇怪的疑问，比如亚利桑那州凤凰城的审计员或北卡罗莱纳州威尔克斯伯勒委员会的委员,等等。要是那样的话,马尔蒂瓦克可能还要问你一两个决定性的问题。"

"不会吧,"诺曼说,"我不想再经历一次了。"

"应该不会发生,"保尔森安慰道,"极少会遇到这种情况。但是,以防万一,你必须留下。"他的声音里多了一丝强硬,仅仅是一丝:"你没有选择,你自己清楚。你必须留下。"

诺曼疲倦地坐下了。他耸了耸肩。

保尔森说:"我们不能给你报纸看,但如果你喜欢侦探小说,或是你喜欢下象棋,或是其他任何有助于你打发时间的要求,请尽管提。"

"没事。我等着就行。"

他们催促他进了一个小房间,就挨着他被问问题的那个房间。他陷进了一张盖着塑料布的椅子里,闭上了双眼。

无论如何,他必须等待这最终的一个小时过去。

他安静地坐了一会儿,紧张情绪慢慢消退了,呼吸也变得和缓。他能在合上双手的时候,感觉手指已不再颤抖。

可能不会再有问题了。可能已经结束了。

假如真的结束了,接下来就是盛大的游行,受邀在各种场合下演讲。年度投票人!

他,诺曼·穆勒,印第安纳布卢明顿一家小百货公司的普通职员,既没有显赫的家世,也没有伟大的成就,将就此成为奇迹,成为伟人。

历史学家会严肃地讨论2008年的穆勒选举。对,是他的名字,穆勒选举。

名气、体面的工作、潮水般的金钱,这些莎拉最感兴趣的东西,却只占据了他思绪中的一角。当然,他也喜欢。他无法拒绝。但在当下,他想起了别的。

潜意识中的爱国主义激情在涌动。毕竟，他代表了全体选民。他是他们的焦点。在今天，他一个人就代表了全体美国人！

门开了，他一下子瞪大了眼睛。他的胃抽搐了一下。不要再有问题了！

保尔森在笑："结束了，穆勒先生。"

"没有问题了，先生？"

"没有了。一切都很顺利。你会被护送回家，然后你就再次成为一个普通的公民。当然，这取决于公众愿意在多大程度上视你为普通人。"

"谢谢。谢谢。"诺曼红着脸说，"我想问——谁当选了？"

保尔森摇了摇头："这得等官方正式宣布。规定很严格，连你也不能告诉。你能理解吧？"

"当然，是的。"诺曼感觉有些尴尬。

"特勤处会准备好文件让你签署。"

"好的。"诺曼·穆勒突然感到骄傲。他全身又充满了力量。他自豪不已。

在这个并不完美的世界上，处于第一个也是最伟大的电子民主下的公民们，通过诺曼·穆勒（通过他！）再次行使了他们那自由的、不打折扣的选举权。

花　招[1]

"来吧，来吧。"夏普十分客气地说道，要知道他可是个魔鬼。

"你在浪费我的时间，也可以说是在浪费你自己的时间，因为你只剩半小时了。"他的尾巴拍打了两下。

"真的不是穿墙术？"伊西多尔·韦尔比思忖着问道。

"我已经说过不是了。"夏普说。

韦尔比第一百次看了看从四面八方围住自己、没有缺口的铜墙。魔鬼指着地板、天花板和四面墙壁，无耻地笑了（他还有别的笑容吗？）。它们都是毫无特征、两英尺厚的铜板，被严丝合缝地焊接在一起。

这里是封锁最严密的房间，韦尔比只剩半个小时的逃脱时间，而魔鬼正带着期待的神情注视着他。

离伊西多尔·韦尔比登上贼船那天，已过去十年了（自然是精确到了今天）。

"我们会预付，十年之中你想要的在合理范围内的任何东西，"夏普诱惑道，"然后你会成为魔鬼，成为我们中的一分子，拥有一个有魔鬼气势的名字，以及众多的特权。你几乎不会注意到自己被诅咒了。如果你不签字，你最终可能也会堕入地狱烈火中，如同常人的命

---

[1] Copyright © 1956 by Fantasy House, Inc.

运一样。你永远无法确定……好了，看着我。我过得不赖。我签了字，过了十年，然后就成了现在的样子。不赖。"

"要是我注定会被诅咒，那为什么急着让我签？"韦尔比问道。

"招聘地狱的骨干不容易啊，"魔鬼坦然地耸了耸肩，令空气中淡淡的二氧化硫气味又浓了一些，"所有人都希望赌一把，最后能进天堂。赢面很低，但总有人愿意赌。我觉得你足够理智，应该没那么傻。与此同时，我们手头受诅咒的灵魂多得无法处理，管理处那里的库存越来越多。"

韦尔比刚从军队退伍，发现自己没存下什么东西，只有一条瘸腿和一个女孩的绝交信，他不知怎的依然爱着她。他扎破手指签了字。

他当然率先读了小字。在用血签字之后，一定数量的魔鬼能力会被存入他的账户。他不会知道具体该怎么利用这些能力，甚至不会知道它们的用途，但他依然会发现自己的愿望被满足了，且通过一种看上去完全正常的机制。

自然，那些涉及人类历史更高目标和使命的愿望不会被实现。韦尔比看到这里后扬起了眉毛。

夏普咳嗽了一声："是……呃……是上头要求的预防措施。你是个讲道理的人。这条限制不会影响你。"

韦尔比说："这上面好像还有一条兜底条款。"

"算是吧。毕竟，我们要检查你是否具备岗位要求的能力。你看，它说十年到期之后，你要为我们执行一项任务，你的魔鬼能力应该能让你很容易完成它。我们现在无法告诉你具体是什么任务，但你有十年时间来学习使用你的能力。你可以把这整件事看成资格考试。"

"那如果我没通过，会发生什么？"

"那样的话，"魔鬼说，"你就只是一个普通的受诅咒的灵魂。"因为他是个魔鬼，讲到这里，他的眼睛发出了凶光，爪子也绷紧了，仿佛它们已深入他人的内脏。但他又客气地加了一句："别担心，考试很

073

简单。我们希望你成为骨干，而不是我们手头的又一个麻烦。"

那一刻的韦尔比沉浸在无法得到爱人的悲伤之中，并不关心十年之后会发生什么。他签字了。

然而，十年很快就过去了。伊西多尔·韦尔比的要求总是很合理，所以如同魔鬼所预计的那样，过得也挺顺利。韦尔比先是得到了一个职位，因为他总是在正确的时间出现在正确的地点，总是对合适的人说合适的话，他很快就被提拔到一个握有大权的位置。

他做的投资无疑取得了重大回报，更令他满意的是，他的姑娘又回到了他身边，带着最真诚的歉意，表现出最令人满意的可爱。

他的婚姻很幸福，并幸运地拥有四个孩子——两个男孩和两个女孩，都很聪明，也很有教养。在十年的最后时分，他站在权力、名誉和财富的最高点，而他的妻子也随着年龄的增长变得越发美丽。

在签约过后的第十年的最后一天（自然是精确到今天），他醒来之后发现自己不在卧室，而在一个可怕的铜屋内，铜屋显得异常坚实，身边也没有别人，除了一个急切的魔鬼。

"你只要能出去，就能成为我们中的一分子，"夏普说，"利用你的魔鬼能力，应该很容易、很自然就能办到。前提是你知道自己该做什么，到了现在，你也应当知道。"

"我的妻子和孩子会因为我的失踪而非常担心。"韦尔比说，他开始后悔了。

"他们会发现你的尸体，"魔鬼安慰道，"你会看上去像是死于心脏病，你会有一个体面的葬礼。牧师会把你托付给天堂，我们也不会去扰乱他或那些听他布道的人。好了，韦尔比，你有一上午的时间。"

韦尔比在潜意识里为这一刻已准备了十年，所以比理当表现的样子要平静许多。他四处打量了一番："这个房间是完全密封的吗？没有隐藏的开口？"

"墙上、地板上或天花板上都没有开口，"魔鬼对自己的手艺表现出了职业化的自豪，"这些表面的连接处也没有缝隙。你放弃了？"

"没有。没有。给我点时间。"

韦尔比绞尽脑汁地思考着。房间看着不像是完全密封的，甚至能感到空气在流动。空气可能通过穿墙的方式进入房间。或许魔鬼也是这样进来的，或许韦尔比也能这样离开。他问了关于穿墙的问题。

魔鬼笑了："穿墙不是你的能力。我也不是这样进来的。"

"你确定吗？"

"我创造了这个房间，"魔鬼得意地说道，"是特地为你打造的。"

"你从外面进来的？"

"是的。"

"合理地利用了魔鬼能力，我也有这种能力？"

"正确。好吧，说明确些吧。你无法穿越物质，但你能用意志力在任意维度上移动。你可以往上、往下、往左、往右，或是斜着走等，但你就是无法在物质里移动。"

韦尔比一直在思考，夏普则一直指着纹丝不动的铜墙、铜地板和铜天花板。它们是无法被打破的终极牢笼。

韦尔比明显感到，无论夏普有多相信招募骨干的必要性，却仍然抑制不住作为魔鬼的喜悦，可能又有一个普通的受诅咒的灵魂可供他玩耍了。

"至少，"韦尔比可悲地自我安慰起来，"我有十年的欢乐时光可供回忆。这也算是一种安慰了，即便我会成为地狱里受诅咒的灵魂。"

"不可能的，"魔鬼说，"如果你能得到安慰，地狱也就不是地狱了。任何人通过与魔鬼订约从而在地面上取得的任何收获，就好比你的情况（也是我的情况），其实和他在没有订约的情况下可能取得的收获是一样的,只要他能辛勤工作,而且完全相信……呃……上面。这一点使得所有的交易都非常魔性。"魔鬼笑了,发出了得意的呵呵声。

韦尔比愤怒地说道:"你是说,即使我没有签你的协议,我的妻子也可能会回到我身边?"

"有可能,"夏普说,"无论出现什么结果,都是……呃……上面的意愿,你懂吗?我们本人无法改变。"

那一刻的悔恨可能使韦尔比的头脑变得清醒起来,因为他就此消失了,留下空荡荡的房间,除了那个惊讶的魔鬼。魔鬼的手里一直拿着他和韦尔比签的合约,那份能决定最终结局的合约。魔鬼读了起来,惊讶成了愤怒。

离伊西多尔·韦尔比和夏普签约那天已过去十年了(自然是精确到了今天),魔鬼走进韦尔比的办公室,异常愤怒地说道:"听着——"

韦尔比从工作中抬起头,吓了一跳:"你是谁?"

"你十分清楚我是谁。"夏普说。

"完全不清楚。"韦尔比说。

魔鬼恶狠狠地盯着那个人:"我能看出来你说的是实话,但我搞不懂为什么。"他迅速地在韦尔比的头脑里重演了一遍过去十年的经历。

韦尔比说:"噢,想起来了。我当然可以解释,但你确信我们不会被打扰吗?"

"不会的。"魔鬼厉声说道。

"我坐在那间密闭的铜屋子里,"韦尔比说,"然后——"

"别啰唆,"魔鬼急切地说道,"我想知道——"

"请允许我以自己的方式讲述这个故事,行吗?"

魔鬼咬紧了腮帮子,释放出大量的二氧化硫,韦尔比开始咳嗽,面露痛楚。

韦尔比说:"你能让开点吗?谢谢……好了,我坐在那间密闭的铜屋子里,想起了你一直在强调四周的墙壁、地板和天花板是多么坚不可摧。我不禁开始怀疑:为什么你要说得这么具体?那里除了墙壁、地板和天花板,还有别的吗?你设计了一个完全封闭的三维空间。

"这就是问题的关键:三维空间。屋子在第四维度内并不是封闭的。它在过去并不是一直存在的。你说过,它是你为我打造的。所以,要是有人能前往过去,他最终就能找到那么一个时间点,屋子在那个时间点上并不存在,他也就能离开屋子了。

"而且,你说过我能在任何维度内移动,时间当然可以被看成一个维度。总之,就在我决定前往过去的那一刻,我发现自己正以飞快的速度倒退,突然间我身边就没有铜板了。"

夏普懊恼地咆哮着:"我已经猜到了。这是你唯一能逃走的方式。我关心的是你签的合同。如果你不是一个普通的受诅咒的灵魂,无所谓,我输了就得认。但至少你要成为我们的一分子——一个骨干。我们已经买下你,如果我不能把你带下去,我会有大麻烦的。"

韦尔比耸了耸肩:"我为你感到遗憾,真的,但我没法帮你。你肯定是等我在合同上签完字就创造了那间铜屋,因为在我逃离屋子的那一刻,我发现自己正处于跟你讨价还价的那个时间点。那里又有一个你,而我就是我。你把合同塞到我面前,还有一根用来刺破我手指的针。说真的,当我沿着时间往回走时,我关于未来的记忆慢慢消退了,但显然还没有完全丧失。你把合同塞到我面前时,我觉得不安。我记不清未来了,但我感觉很不安。所以我没有签。我坚决地拒绝了你。"

夏普磨着牙齿:"我应该想到的。如果你签了,我应该会跟你一起瞬移到这个新时空。好吧,我只能说,你失去了我们支付给你的十年幸福时光。这是一个安慰。我们终将会得到你。这是另一个安慰。"

"不见得吧,"韦尔比说,"地狱里有安慰吗?在我这个十年里，我对我在另一个十年里可能会获取什么一无所知。现在，你把另一个十年的记忆放进了我的脑子里，我想起了你在铜屋里说过，魔鬼协议能给你的任何东西，通过辛勤工作和信仰上面的人也能获取。我一直都很勤劳，我也有信仰。"

韦尔比的目光注视着他漂亮的妻子和四个漂亮孩子的照片，随后又环顾了一下典雅奢华的办公室："我也可能会彻底逃离地狱。这不是你的能力所能决定的。"

魔鬼发出了瘆人的尖叫，永远地消失了。[1]

1　本篇小说的标题原文为"Gimmicks Three"，直译应为"三个花招"。阿西莫夫称标题指的是"魔鬼契约、密室逃脱、时间穿越这三个老套的花招"。

小孩的玩意儿[1]

第一阵恶心感消失了，詹·普伦蒂斯说："该死的，你是只昆虫。"

这是事实，不是侮辱。那个坐在普伦蒂斯桌子上的东西说："当然。"

它大约有一英尺长，非常细，形状勉强像漫画里的小人。它的上半身往外支着像火柴棍一般成对的胳膊和腿。腿比胳膊要长一些，也粗一些。它们沿着身体的轴线方向生长，然后在膝盖处往前弯曲。

那东西坐在了膝盖上。当它坐下时，毛茸茸的腹部几乎触碰到普伦蒂斯的桌面。

普伦蒂斯有足够长的时间来消化这些细节。那东西并不反对一直被他盯着。相反，它似乎挺享受的，仿佛习惯了接受这种崇拜。

"你是什么？"普伦蒂斯觉得不可思议。五分钟之前，他还坐在打字机前，悠闲地创作着他向霍勒斯·W. 布朗承诺的、本该发表在上个月《牵强奇幻》上的故事。他处于最平常不过的状态之中。他感觉挺好，挺正常。

接着，紧挨着打字机右面，一团空气开始闪光并聚拢起来，凝结成了这个小怪物。它在桌子的外沿晃荡着它黑亮的脚。

普伦蒂斯感觉好像置身事外，他在想是不是要跟它说话。这是他

---

[1] Copyright © 1953 by Galaxy Publishing Corporation.

079

的职业第一次如此野蛮地闯入他的梦中。这肯定是个梦,他告诉自己。

"我是一个阿瓦隆人,"那东西说,"也就是说,我来自阿瓦隆。"它小小的脸的下方长有口器。两根晃悠悠的三英寸长的触须从双眼上方的某处伸出,而多面体似的眼睛本身则反射着光芒。没看到鼻孔。

自然不该有,普伦蒂斯遐想着。它肯定是通过腹部的裂隙呼吸的。那它肯定也是通过腹部说话的,或是使用心灵感应。

"阿瓦隆?"他呆呆地重复了一声。他想:阿瓦隆?亚瑟王时代的仙境?

"当然,"那东西说道,爽快地回答着他心中的问题,"我是个精灵。"

"不会吧!"普伦蒂斯用双手盖住了脸,然后又挪开了,却发现精灵还在那儿,它的脚敲击着最上层的抽屉。普伦蒂斯不是个酒鬼,也不是个胆小鬼。事实上,邻居们认为他是个十分无趣的人。他有个大大的肚子,头发并不浓密却也算合理,还有一个和蔼的妻子和一个好动的十岁儿子。当然,邻居们始终都被蒙在了鼓里,他其实依靠写各种各样的奇幻故事来偿还房子的贷款。

直到此刻之前,这个秘密的罪行从未影响过他的心理。当然,他的妻子对他的沉迷不满已久。她总是认为他浪费甚至是败坏了自己的天赋。

"谁会去读这种东西?"她会说,"什么魔鬼啊,矮人啊,许愿戒啊,精灵啊,都是小孩的玩意儿,我坦白跟你说。"

"你错了,"普伦蒂斯会坚决予以否认,"现代奇幻故事非常深奥,它是对民间传说的一种成熟的处理手段。在肤浅的奇幻假象之下,通常隐藏着对当今世界的犀利批判。现代奇幻讲述的是大人之间的故事。"

布兰奇耸了耸肩。她听过他在大会上的演讲,因此这些话听着并不陌生。

"况且，"他还会加上一句，"奇幻故事在帮我们还房贷，不是吗？"

"话是这么说，"她会这么回答，"但你要是改写悬疑小说会更好，至少你能从小说加印中分到四分之一，而且我们还能告诉邻居你是干什么的。"

普伦蒂斯在心里呻吟了一声。布兰奇随时都会进来，发现他在跟自己说话（这太真实了，不太可能是梦，可能是他出现了幻觉）。从此以后，他就只能靠写悬疑小说过活了，或是找份工作。

"你错了，"精灵说，"这既不是梦，也不是幻觉。"

"那你为什么还不走？"普伦蒂斯问道。

"我马上走。这地方显然不适合我。你要跟我一起离开。"

"我不。你以为你是谁，随随便便就能给我下命令？"

"你这种说话方式，哪里像是在向一个古老文明的使者表达敬意呢？我只能说你的教养不怎么样。"

"什么古老文明——"他想接着说下去——你只是我臆想出来的。但他当作家的时间太长了，不想重复这种老套的剧情。

"我们昆虫，"精灵冷冷地说道，"在第一只哺乳动物出现的五亿年前就已经存在了。我们看着恐龙崛起，看着它们灭亡。至于你们人类——只能算是新来的。"

普伦蒂斯这才发现精灵身体上长着四肢的地方，还能看到一对退化的肢。它们增加了这东西的昆虫性，普伦蒂斯的脾气渐渐上来了。

他说："你不必把时间浪费在我这种'低等生物'身上。"

"我也不想，"精灵说，"不骗你。但这是出于必要，明白吗？这是一个复杂的故事，但你听完之后，你会想帮忙的。"

普伦蒂斯不安地说道："听着，我没有时间。布兰奇——我的妻子随时都会进来。她会被吓坏的。"

"她不会进来的，"精灵说，"我在她脑子里上了一把锁。"

"什么?!"

"不会造成伤害，我向你保证。毕竟我们不能被打扰，不是吗?"

普伦蒂斯坐回了椅子，神情恍惚。

精灵说："我们精灵从上一次冰河时代初就和你们人类打交道了。那段日子颇为悲惨，你应该能想象。我们不能穿上兽皮或生活在洞里，如同你们粗野的祖先那样。我们需要耗费大量的精神力量才能保持温暖。"

"大量的什么?"

"精神力量。你对此一无所知。你的头脑太粗糙了，没法理解。请不要打断我。"

精灵继续说道："迫于形势，我们不得不开始拿你们的大脑做实验。它们都很原始，但很大。细胞的效率很低，几乎没什么用，但好在数量巨大。我们能把这些大脑用作聚集器——某种精神透镜，增加我们的精神所能利用的能量。我们轻易地扛过了冰河期，不用像以前那样撤退到热带地区。

"当然，我们也被惯坏了。当温暖的气候再次降临时，我们没有抛弃人类。我们利用他们来改善日常生活的品质。我们能走得更快、吃得更好、做得更多。我们永远地抛弃了古老的、简单的、真实的生活方式。别忘了还有奶。"

"奶?"普伦蒂斯说，"跟奶有什么关系?"

"神圣的液体。我这辈子只尝过一次。精灵的传统诗歌以最高的形式称颂它。在从前，人类总是给我们提供很多奶。为什么哺乳动物能有幸拥有它，而昆虫却没有，这完全是个谜……不幸的事发生了，人类摆脱了我们。"

"真的吗?"

"两百年前。"

"对我们是好事。"

"不要这么狭隘,"精灵严肃地说,"这曾是对双方都有好处的合作。但后来你们人类学会了规模化地利用物理能量,合作就结束了。你们这种脑子就是擅长这种粗野的玩意儿。"

"我们有什么错吗?"

"很难解释。用两个人的精神力量点亮的萤火虫,照亮了我们的晚宴,多么惬意。但后来你们人类装上了电灯。我们的触须能接收好几英里外的信息,但后来你们发明了电报、电话和收音机。我们的地精挖矿的效率比人类高多了,但人类发明了炸药。听明白了吗?"

"没有。"

"像精灵这样敏感且高级的生物,看着一伙毛茸茸的哺乳动物超过了它们,显然无法接受。如果我们也能电气化,就不至于这么糟。但我们的精神力量干不了这个。所以,我们从现实世界中撤退了。我们变得气愤、悲伤和颓废。你愿意的话,可以称之为受挫情结。从两个世纪前开始,我们渐渐抛弃了人类,撤退到了像是阿瓦隆这样的地方。"

普伦蒂斯的脑子在飞快运转:"让我们把话挑明了。你能操控大脑?"

"当然。"

"你能让我以为你是隐形的?像是催眠术?"

"一个原始的术语,但是的。"

"你刚才出现时,只是打开了我精神上的锁,是吗?"

"我来回答你脑子中的想法,而不是你口中的问题:你没在睡觉;你没疯;我不是超自然现象。"

"我只是想测试一下。好吧,我信了,你能读取我的大脑。"

"当然。这是一种下作的、没什么好处的手段,但有必要时,我会使出来。你的名字叫普伦蒂斯,你写奇幻小说。你有一个后代,他在接受教育的地方。我了解你很多事。"

083

普伦蒂斯咧了下嘴:"阿瓦隆到底在哪里?"

"你找不到的。"精灵磕了两三次下颌,"别妄想去警告有关方面。你会被关进精神病院。好吧,要是你觉得这知识会对你有所帮助,阿瓦隆在大西洋的中间,肉眼难见,你懂的。在发明蒸汽船之后,你们人类四处乱闯,我们不得不用精神罩把整个岛都罩上了。

"当然,还是会发生事故。我们耗费了整个族群的精神力量,才将岛的外观显现得像一座冰山,但一艘巨大野蛮的轮船还是撞到了我们岛的正中央。我记得船身上刻的名字叫'泰坦尼克'。如今,时常有飞机从我们头顶飞过,有时还会有坠机。我们曾经捡到过罐装的奶。我就是那时候喝到的。"

普伦蒂斯说:"好吧,那你为什么不留在阿瓦隆?你为什么离开?"

"我被勒令离开,"精灵恼怒地说,"那些傻瓜。"

"嗯?"

"你知道,一旦你和其他人稍微有些不一样时,会发生什么?我跟它们不一样,那些可怜的忠实于传统的傻瓜讨厌这样。它们这是嫉妒。这是最好的解释。嫉妒!"

"你怎么不一样了?"

"把那个灯泡递给我,"精灵说,"哎,把它拧下来。你在白天不需要台灯。"

强忍着反感的情绪,普伦蒂斯服从了命令,将那东西递到了精灵的小手之中。精灵用纤细的、看着像是触须的手指小心翼翼地触摸了灯头和黄铜底座的边缘。

灯泡中的灯丝微微变红了。

"天哪!"普伦蒂斯说。

"这个,"精灵骄傲地说,"是我的伟大天赋。我跟你说过,我们精灵无法将精神力量用于电气。看,我却可以!我不是普通的精灵。我是一个变异者,一个超级精灵!我是精灵进化的下一阶段。我用自己的脑力发出了光,你意识到了吧?现在,看我通过你来聚焦。"

在它说话的同时,灯丝变得更白更热了,很是刺眼,而普伦蒂斯的大脑里感觉到了一阵若有若无、不怎么舒服的瘙痒感。

灯灭了,精灵将灯泡放到桌子上的打字机后面。

"我还没试过,"精灵骄傲地说,"但我觉得自己还能裂变铀。"

"但把灯点亮需要能源。你怎么能就拿着它——"

"我跟你说过精神力量。看在奥伯伦的分儿上,你这个人,就这么难理解吗?"

普伦蒂斯越来越不安了。他小心地说道:"你想利用你的天赋做什么?"

"当然是回阿瓦隆啦。我本该丢下那帮笨蛋不管的,但精灵还是有爱国情操的,即便它是一个鞘翅目。"

"一个什么?"

"我们精灵并不只有一个种族,明白吧?我是甲虫的后代。听懂了?"

它起身站在桌子上,转身背对普伦蒂斯。看着只是个黑亮外壳的地方突然间裂开了,慢慢抬升。在那下面,两只薄膜状的、布满了翅脉的翅膀拍打着展开了。

"哦,你能飞。"普伦蒂斯说。

"你真的很笨,"精灵鄙夷地说,"看不出我太大了,根本飞不了。但看着挺漂亮的,是吗?喜欢这彩虹色吗?相比之下,鳞翅目的翅膀太难看了。它们既花哨又粗糙,而且它们总是张着。"

"鳞翅目?"普伦蒂斯听糊涂了。

"蝴蝶部落。它们属于高傲一族。它们总是让人类能看到自己,享受他们的崇拜,扭捏作态。这就是为什么你们的插画中总是给仙子配上蝴蝶翅膀,而不是甲虫翅膀,尽管后者要漂亮许多倍。等你我回去之后,要好好教训一下这些鳞翅目。"

"等等——"

"想象一下,"精灵来回踱着步,仿佛进入了精灵式的高涨情绪,"我们在仙草地的夜宴上闪烁着卷曲的霓虹灯。我们能解放拖曳飞行马车的蜂群,用内燃机马达来替代。我们再也不用睡在叶子上,而是盖工厂来生产舒适的床垫。我跟你说,这才是生活……那些家伙只能吃土,谁让它们把我赶走了。"

"但我不能跟你一起走,"普伦蒂斯颤声说道,"我还有责任在身。我有妻子和孩子。你不会把一个人从他的……他的幼虫身边带走,是吗?"

"我没那么冷酷,"精灵盯着普伦蒂斯,"我有精灵的灵魂。不过,我还能怎么办呢?我需要一个人类大脑来发挥聚集作用,否则我什么都干不了。而且,并不是所有人的大脑都合适。"

"为什么?"

"看在奥伯伦的分儿上,笨蛋,人类的大脑不是木头或石头那样的被动体。它必须愿意配合才能发挥作用。而且,它只有在相信精灵具备操纵力的情况下才会配合。例如,我能用你的大脑,但你妻子的大脑对我毫无用处。她需要好几年的时间才能理解我是什么。"

普伦蒂斯说:"这简直就是侮辱。你是在说我相信童话?告诉你,我是个彻头彻尾的理性主义者。"

"是吗?当我刚对你现身时,你曾怀疑自己在做梦,或出现了幻觉,但最后你跟我说话了,你接受了我。你妻子则会尖叫,变得歇斯底里。"

普伦蒂斯沉默了,他不知道该怎么回应。

"这就是问题,"精灵泄气地说道,"自从我们离开你们人类之后,你们整个把我们忘了。你们的头脑封闭了,变得没有用处。诚然,你们的幼虫相信'幼稚'的传说,但他们的大脑还未发育完全,只能用于简单的任务。当他们长大时,他们也失去了信仰。坦白说,要不是有你们这些奇幻作家,我也不知道该怎么办。"

"'你们这些奇幻作家'?什么意思?"

"你是少数几个仍然相信昆虫童话的成年人。你,普伦蒂斯,是其中信仰最坚定的。你从事奇幻写作已经有二十年了。"

"你疯了。我并不相信我写的东西。"

"你不得不信。你无法控制自己。我是说,你在写作的时候,对待故事的态度非常严肃。再过一阵子,你的头脑自然就变得有用了……还争辩什么呢?我用过你。你看到灯泡亮了。所以你必须跟我走。"

"我不走。"普伦蒂斯绷紧了身体,"你还能强迫我走吗?"

"我能,但可能会毁了你,我不想看到这个结果。这样吧,如果你不同意跟我走,我会聚焦一束高压电流穿过你妻子。这么做虽然很残忍,但我知道你们也会用这种方式处决国家的敌人,因此你可能会比我更容易接受这种惩罚措施。我并不想对人类使用野蛮的手段。"

普伦蒂斯感到太阳穴旁的短发上有汗珠渗出。

"不要,"他说,"别这么做。我们好好谈谈吧。"

精灵伸出了它薄膜般的翅膀,拍打了一下,随后又收回原处:"谈谈、谈谈、谈谈,太烦人了。你家里应该有奶吧。你不是一个周到的主人,否则在谈话之前至少该给我一些喝的。"

普伦蒂斯竭力隐藏着突如其来的想法,把它尽可能地推向大脑深处。他随意地说道:"我有比奶更好的东西。我去给你拿来。"

"站着别动。叫你的妻子拿进来。"

"但我不想让她看到你。她会害怕的。"

精灵说:"不用担心。我会照料她的,她不会有任何感觉。"

普伦蒂斯抬起了一只胳膊。

精灵说:"你对我的任何攻击,都比飞向你妻子的电流弹要慢得多。"

普伦蒂斯放下了胳膊。他走到书房的门边。

"布兰奇!"他冲楼下喊了一声。

布兰奇在客厅里一个他刚好能看到的位置,呆呆地坐在书柜旁的椅子上。她似乎在睡觉,但眼睛是睁着的。

普伦蒂斯扭头看着精灵:"她有点不太对劲。"

"她只是处于镇静状态。她听得到你说话。告诉她要做什么。"

"布兰奇!"他又喊了一声,"请拿一罐蛋酒和一只小玻璃杯过来,可以吗?"

没有其他反应,只有动作,布兰奇站了起来,从视线中消失了。

"蛋酒是什么?"精灵问道。

普伦蒂斯装出很热情的样子:"它是奶、糖和鸡蛋的混合物,搅拌成了好喝的东西。奶跟它比起来不值一提。"

布兰奇拿着蛋酒进来了,漂亮的脸蛋上没有表情。她的目光对准了精灵,但并没有意识到眼前的景象有多么神奇。

"给,詹。"她说,随后在窗户旁那张老旧的皮面椅子上坐了下来,手垂放在大腿上。

普伦蒂斯担忧地看了她一会儿:"你要把她留在这里吗?"

"她很容易控制的……好了,你不是要给我尝尝蛋酒吗?"

"哦,对,给你!"

他往酒杯里倒了些浓稠的白色液体。他在两天前准备了五瓶牛奶的量,打算给纽约奇幻协会的小伙子们喝。调制它的那只手非常大方,因为奇幻作家们都好这一口。

精灵的触须剧烈地震颤起来。

"天堂的香味。"它嘟囔了一句。

它用细胳膊的末端握住了小玻璃杯的底部,举起杯送到嘴边。液面一直在下降。当降到一半时,它放下了杯子,叹了口气:"嗬,我们的人没口福啊!多么神奇的创造!竟然还有这么好的东西!我们的历史学家跟我们说过,古时候偶尔会有幸运的家伙碰到人类幼虫降生的那一刻,因此它能喝到新鲜出炉的奶。我敢说甚至连那些经历都比不上我的。"

普伦蒂斯带着职业性的兴趣问道:"传说中的仙子偷换后留下的丑孩子就是这么来的,对吗?"

"当然。雌性人类拥有如此伟大的礼物。为什么不利用一下呢?"精灵转眼看着布兰奇起伏的胸膛,再次叹了口气。

普伦蒂斯说(不要显得太着急,别暴露了):"喝吧,想喝多少喝多少。"

他也在看着布兰奇,等着她恢复行动的迹象,等着精灵控制失效的端倪。

精灵说:"你的幼虫什么时候从学习的地方回来?我需要他。"

"快了,快了。"普伦蒂斯紧张地说道。他看了眼手表。说真的,再过十五分钟,小詹就会回到家,喊着要吃蛋糕喝牛奶了。

"倒满,"普伦蒂斯急切地说道,"倒满。"

精灵美滋滋地喝着。它说:"等到幼虫回来,你就可以走了。"

"走?"

"去图书馆走一趟,借一些电气设备的说明书回来。我需要制造电视机、电话等的细节。我需要布线的规则,制造吸尘器的说明。细节,普伦蒂斯,细节!我们的任务繁重。石油钻采、汽油精制、马达发动、科学种植。我们要打造一个新阿瓦隆,一个高科技的世界,一个科学的童话世界。你和我,我们要创造一个新世界。"

"好的!"普伦蒂斯说,"拿着,别忘了喝。"

"瞧,你也被这个想法点燃了吧。"精灵说,"你也会得到奖赏。你将拥有一打的雌性人类。"

普伦蒂斯下意识地看了眼布兰奇。没有迹象表明她听到了,但无法确定。他说:"雌性——我是说女人,对我没用。"

"得了，"精灵不屑地说，"别装了。你们人类在我们眼中是出了名的好色、野蛮的物种。一代又一代当妈的用雄性人类来吓唬小辈……小辈，哈！"它将装着蛋酒的杯子举到了半空："致我自己的小辈。"然后一口喝干了。

"倒满，"普伦蒂斯立刻说道，"满上。"

精灵照做了。它说："我将有很多的孩子。我将挑选最棒的雌性鞘翅目，繁衍我的后代。我将延续我的变异。现在，我是仅有的一个，但当有了一打或五十个我的后代之后，我会让它们相互交配，发展出超级精灵一族。一个电——嗝——电气奇迹的种族，无限的未来……真想再喝几杯啊！神之琼浆！最棒的神之琼浆！"

突然，传来门被猛地推开的声音，一个幼稚的声音喊道："妈妈！嘿，妈妈！"

精灵那亮闪闪的眼睛变得暗淡了一些，它说："然后我们就要接管人类。有些人已经相信，其余的我们会——嗝——教会他们。就像从前那样，只不过更好，一群更高效的精灵仆从，一个更紧密的联盟。"

小詹的声音更近了，也变得更不耐烦："嘿，妈妈！你在家吗？"

普伦蒂斯感到自己的眼睛都紧张地瞪大了。布兰奇僵硬地坐着。精灵的口齿略微有些打结，身体也有些摇晃。普伦蒂斯想要冒险的话，现在就是最好的时机。

"坐下。"精灵果断地说道，"别犯傻。在你构思这个荒谬计划的那一刻，我就知道蛋酒里面有酒精。你们人类太不可靠。我们精灵有很多词来形容你们。幸运的是，酒精对我们几乎没什么作用力。假如你用了猫薄荷，再掺上点蜂蜜……哈，幼虫来了。你好吗，小人类？"

精灵坐在那里，酒杯半举着对准了下颌，小詹则站在门口。十岁的小詹，脸上脏兮兮的，头发油乎乎的，灰色的眼睛里露出了最为震惊的神情，破书包被拎在手里晃来晃去。

他说:"爸爸!妈妈怎么了?那个又是什么?"

精灵对普伦蒂斯说:"快去图书馆。不能再浪费时间了。你知道我需要哪些书。"刚才的醉态都从这生物身上消失了,普伦蒂斯的心沉了下去。这东西一直在玩弄他。

普伦蒂斯起身准备离开。

精灵说:"不要玩人类那一套,别耍花招。你妻子仍然是人质。我能利用幼虫的头脑杀了她。我不想这么做。我是精灵道德协会的一员,我们鼓励善待哺乳动物,所以你可以相信我的话,只要你服从我的命令。"

普伦蒂斯感到一阵强烈的、想要离开的愿望冲击了他。他跌跌撞撞地走向门口。

小詹叫道:"爸爸,它能说话!它说它要杀了妈妈!嘿,别走!"

普伦蒂斯已经离开了房间,却又听到精灵在说:"别盯着我,幼虫。我不会伤害你母亲,只要你能服从我的命令。我是精灵,一个仙子。你知道仙子是什么吧?"

普伦蒂斯走到了大门前,他听到小詹用三倍的音量大声叫喊着,紧接着又传来布兰奇一浪高过一浪的花腔女高音。

那根隐形的、大力拉着普伦蒂斯离家的橡皮筋突然断了,消失了。他趔趄着往后倒去,随即又稳住身形,转身冲向楼上。

布兰奇浑身抖个不停,缩在角落里,怀里搂着哭泣的小詹。

桌子上摊着一团黑色的硬壳,下面盖着一摊难闻的糊糊,无色的液体从中滴下。

小詹正歇斯底里地抽泣着:"我打了它。我用书包打了它。它在伤害妈妈。"

一个小时过去了,普伦蒂斯感觉正常的世界又填满了来自阿瓦隆的生物所留下的裂隙。精灵已经在房子后面的焚烧炉内化成了灰烬,唯一留下的痕迹是桌脚处湿漉漉的污渍。

布兰奇的脸色依旧惨白。他们压低了嗓音交谈着。

普伦蒂斯说:"小詹怎么样了?"

"他在看电视。"

"他没事吧?"

"噢,他没事,但我会做上好几个星期的噩梦。"

"是。我也会做噩梦,除非我们能把它忘了。我认为不会再有这种……这种东西出现了。"

布兰奇说:"我没法解释这感觉有多可怕。我始终能听到它说的每个字,即使我人在楼下的客厅。"

"这是心灵感应,你听说过的。"

"我就是动不了。然后,你走了之后,我能稍微动一下了。我想喊,但只能发出呻吟和呜咽。然后,小詹砸了它,我立刻就自由了。我不明白是怎么回事。"

普伦蒂斯感到一阵阴暗的得意:"我大概知道。我被它控制了,因为我接受了它的存在。它利用我把你控制住了。当我离开房间之后,拉长的距离让它难以用我的头脑充当精神透镜,你就能动了。当我走到大门口的时候,精灵认为是时候从我的大脑切换到小詹的大脑。这就是它犯的错误。"

"错在哪里?"布兰奇问道。

"它以为所有的孩子都相信童话,但它错了。当今的美国,孩子们不再相信童话。他们从来没听过这些故事。他们相信汤姆·科贝特,相信霍帕隆·卡西迪,相信迪克·特雷西,相信《你好杜迪》[1],相信超人和其他各种东西,但就是不相信童话。

"精灵肯定没意识到漫画书和电视带来的文化冲击,它想控制小

---

1 美国一档儿童电视节目。

詹的大脑,却办不到。在它做出调整之前,小詹已经惊惧到了极点,因为他以为你正在受到伤害,然后一切都结束了。

"如同我一直说的,布兰奇,古老的民间故事只存活在现代奇幻杂志上,而现代奇幻纯粹是成人的故事。你现在明白我的观点了?"

布兰奇诚恳地说:"是的,亲爱的。"

普伦蒂斯将手插在兜儿里,绽开了笑容:"你知道吗,布兰奇?下一次我看到沃尔特·雷时,我会暗示我是写这玩意儿的。我想该让邻居们知道了。"

小詹手里拿着一大片涂满黄油的面包,溜达进他父亲的书房。他想要寻找模糊的记忆。爸爸一直拍着他的背,妈妈忙着往他的手里塞面包和蛋糕,他都忘了为什么他们会这么殷勤。刚刚桌子上有个老怪物会说话……

一切都发生得太快了,他的脑子都糊涂了。

他耸了耸肩。在午后的阳光里,他看着父亲打字机上写到一半的纸,然后又看了看桌子上那一小沓纸。

他读了一会儿,撇着嘴嘟囔了一句:"唉,又是童话。总是写些小孩的玩意儿!"然后又溜达着离开了。

水世界[1]

我们再也不会有星际旅行了。而且,也不会有外星人降落到地球——至少不会再有了。

我并不是个悲观主义者。实际上,星际旅行是可行的,外星人也降落过。这些我都知道。太空飞船可能正穿行于宇宙上百万个世界之中,但我们无法参与。这些我也知道。这都是因为一个荒谬的错误。

我来解释。

实际上是巴特·卡梅伦的错误。你们都需要了解一下巴特·卡梅伦。他是爱达荷州双谷镇的治安官,而我是他的副手。巴特·卡梅伦是个急脾气,他在计算所得税的时候脾气最急。你要明白,除了当治安官,他还拥有并经营着一家杂货店,在一个牧羊场里有股份,他也做些化验工作,有退伍军人残疾津贴(膝盖坏了),还有其他一些乱七八糟的收入。自然地,这让他的税务计算变得很复杂。

假如他能让一个税务师帮他填表,事情也不至于这么糟糕。但他坚持要自己来,脾气也就变得越来越坏。到了4月14日[2],他已经不可理喻了。

所以,飞碟在1956年4月14日那天降落,可以说是挑了个倒霉日子。

我看到它降落了。我当时将椅背靠在治安官办公室的墙上,透

---

1 Copyright © 1956 by Renown Publications, Inc.
2 美国国税局规定个人所得税的报税截止日期为4月15日。

过玻璃窗看着外面的星星，懒得再看杂志。我在想着是该下班回家睡觉，还是要继续留在这里听卡梅伦的咒骂，他正在第一百二十七次核对那一栏栏的数字。

刚开始它看着像是一颗流星，但随即光束变宽了，变成了两条，看着像是火箭喷口。那东西平缓地降落了，没有发出声音。一片枯死的树叶在下坠触地的过程中都可能发出更大的动静。有两个人走了出来。

我说不出话，也动弹不得。我没法咳嗽，或用手示意。我甚至都无法眨眼。我只能坐在那里。

卡梅伦？他一直都没抬头。

响起了敲门声。门没有锁。它开了，那两个来自飞碟的人走了进来。要是我没看到飞碟降落在灌木丛里，我会以为他们来自城里。炭灰色的西服、白色的衬衣、栗色的领带、黑色的鞋子和黑色的礼帽，深色的皮肤、黑色的卷发和棕色的眼睛。他们脸上的表情很严肃，身高约五英尺十英寸。他们看着很相似。

上帝，我很害怕。

但当门打开时，卡梅伦只是抬头看了眼，并皱了下眉。要是平常，我猜他看到这样的打扮出现在双谷镇时，肯定会笑掉衬衣领口的扣子。但他已经被所得税烦透了，连笑都没笑一下。

他说："有什么事吗，伙计们？"他用手指敲击着税表，表示自己没有太多时间。

两人中的一个走上前来。他说："我们观察你们这些人很长时间了。"他每个字的发音都很仔细，一字一顿。

卡梅伦说："我的人？我只有一个老婆。她怎么了？"[1]

西服男说："我们选择这个地方作为首次接触点，因为这里很偏

---

[1] 前文外星人说的是"your people"（你们这些人），卡梅伦理解成了"你的人"，所以这里卡梅伦会疑惑"my people?"（我的人？），卡梅伦以为对方说的是他老婆。

僻，也很和平。我们知道你是这里的首领。"

"我是治安官，不知道算不算首领。快说吧，你们有何贵干？"

"我们精心挑选了服装以符合你们的衣着习惯，甚至披上了你们的外表。"

"这是我的衣着习惯吗？"他肯定是才注意到他们的穿着。

"你们主流社会的衣着习惯。我们还学习了你们的语言。"

你能看到卡梅伦的脸上出现了恍然大悟的神情。他说："你们是外国人？"卡梅伦不怎么喜欢外国人，离开军队后就没怎么见过，但通常他不会太过分。

来自飞碟的人说："外来人[1]？我们的确是。我们来自一个水世界，你们的人称之为金星。"

（我刚刚积聚起能够眨眼的力量，但这句话又把我打回了原地。我见到了飞碟，我见到它降落。我只能相信！这些人——或者说这些东西——来自金星。）

但卡梅伦的眼睛连眨都没眨。他说："好吧，这里是美国。我们都拥有相同的权利，无关种族、宗教信仰、肤色或国籍。我愿意为你们服务。我能为你们做什么？"

"希望你能立即安排美利坚合众国最重要的人物前来这里，我们将与他商议，推动你们的人民加入我们伟大的组织。"

卡梅伦的脸色渐渐难看了："我们的人民加入你们的组织？我们已经是联合国的一部分，还有什么别的组织吗？我猜需要我把总统叫来，嗯？马上？来双谷镇？发一条特急信息？"他看着我，似乎想从我脸上看到笑容，可现在就算有人把椅子从我屁股底下抽走，我也摔不下去。

来自飞碟的人说："越快越好。"

---

[1] 原文foreigner既有"外国人"的意思，也有"外来人"的意思。

"你们想让国会也来吗?还有最高法院?"

"有用的话一起来吧,治安官。"

卡梅伦再也忍不住了。他捶打着税表叫喊道:"够了,开什么玩笑?我没有时间陪你们这些自作聪明的家伙玩游戏,尤其是外国人。赶紧离开,否则我以扰乱治安罪把你们关起来,关上一辈子。"

"你想让我们离开?"来自金星的人问道。

"马上!滚回你们来的地方,别再回来了。我不想见到你们,这里没人想见到你们。"

两个人对视了一眼,脸上挤出了些小表情。

随后,那个一直在说话的人说:"我在你脑子里看到了,你确实不希望被打扰,而且意愿强烈。我们不会违背他人的意愿,强迫他们加入我们的组织。这不是我们的行为方式。我们尊重你的选择。我们马上离开,不会再回来。我们会在你们世界的周围打上警告标记,没人会前来,你们也不必离开。"

卡梅伦说:"先生们,我听够了这些废话。我数到三——"

他们转身离开了,我意识到他们说的一切都将成真。你知道的,我一直在倾听他们,而卡梅伦却没有,因为他一直想着自己的所得税。我感觉就好像我能听到他们的想法,懂我的意思吧?我知道地球将被一圈类似篱笆的东西包围,阻止我们离开,阻止其他人进来。我知道。

等到他们离开之后,我又能开口说话了——太晚了。我尖叫道:"卡梅伦,看在上帝的分儿上,他们来自太空。为什么要把他们赶走?"

"来自太空!"他盯着我。

我叫喊道:"看!"我不知道自己是怎么办到的,他比我重二十五磅[1],但我还是抓着他的衣领把他拖到了窗户旁,他衬衣上所有的扣子都绷开了。

---

1 英美制质量单位,1磅≈0.454千克。

他太惊讶了，忘了反抗，等到他回过神来，准备打我一顿的时候，窗户外面的动静吸引了他的目光，他一下子屏住了呼吸。

他们正在进入飞碟，那两个人，飞碟停在地上，又圆又大，闪闪发亮，看着充满了力量的样子。然后飞碟起飞了。飞碟就像羽毛一样轻易地飞起，橘红色的火光在它的一侧亮起，变得越来越耀眼，它也变得越来越小，最后变成了一颗流星，渐渐地消失了。

我说："治安官，为什么要赶他们走？他们要见总统，现在他们再也不会回来了。"

卡梅伦说："我以为他们是外国人。他们说他们学了我们的语言。他们的口音很奇怪。"

"噢，好吧，外国人。"

"他们也说自己是外国人。他们看着像意大利人。我以为他们是意大利人。"

"他们怎么可能是意大利人？他们说过自己来自金星。我听到的。他们是这么说的。"

"金星？"他的眼睛瞪圆了。

"他们说过。他们称它为水世界之类的东西。你知道金星上面有很多水。"

但你懂的，这只不过是一个误会，一个愚蠢的误会，任何人都可能会遭遇的误会。只不过，现在地球再也没了太空旅行的机会，我们再也不可能登月或邀请别的金星人来拜访我们。那个傻瓜，卡梅伦，他的所得税！

因为他还在喃喃自语："金星！他们说水世界的时候，我还以为他们在说威尼斯！"[1]

1　Venus（金星）与Venice（威尼斯）发音相近。

生活空间[1]

生活在一颗无人星球上的唯一一所房子里，克拉伦斯·瑞伯鲁对此没有意见，总之，他的想法跟地球上其他一万亿人的想法差不多。

要是有人非要问他有什么意见，他无疑会白上提问者一眼。他的房子比地球上的任何一所都大得多，而且也更现代。房子拥有独立的供气和供水系统，冷冻仓内有充足的食物。一个力场将房子与其所在的这颗无生命的行星隔绝，但它旁边有一个五英亩[2]的农场（当然是位于玻璃的下面），在行星仁慈的阳光下，生长着花儿供观赏、蔬菜供食用。农场里甚至还养了几只鸡。它给了瑞伯鲁太太打发下午时光的事由，给了两位小瑞伯鲁一个在室内待腻了之后玩耍的地方。

而且，假如有人想体验真地球，假如有人身边必须要有他人陪伴，想在旷野中呼吸空气，或在水中游泳，他只需走出房子的大门就能办到。

所以，哪有什么难处呢？

请记住，在瑞伯鲁的房子所在的这颗无生命的行星上，完全没有声音，除了偶尔的风和雨发出的单调声响。这里有绝对的隐私，瑞伯鲁对两亿平方英里行星表面拥有绝对的所有权。

克拉伦斯·瑞伯鲁暗中感激着这一切。他是个会计师，精通所

1　Copyright © 1956 by Columbia Publications, Inc.
2　英美制面积单位，1英亩 ≈ 4046.856平方米。

有先进的计算机型号，举止庄重，衣着一丝不苟，薄薄的、精心修剪的胡须底下的嘴不怎么爱笑，他知道自己的能力。当他下班开车回家时，会经过真地球上零星的居所，他总是会居高临下地盯着看上几眼。

怎么说呢？可能是出于生意需要或精神依靠，有些人就是只能生活在真地球上。真是不幸啊！毕竟，真地球的土地必须为一万亿全体居民（再过五十年就变成两万亿了）提供矿物和基本的食物，空间也就异常珍贵。真地球上的房子也就只能这么大了，生活在里面的人也只能选择适应。

甚至连进入自己房子的流程也有其愉悦之处。他会进入分配给他的社区中转站（它们每个都看着像是短粗的问号），无疑在那里他会碰到其他在等着用它的人。在轮到他之前，还会有更多的人前来排队。这是社交的好时光。

"你的行星怎么样？""你的呢？"通常都是这样的闲聊。有时有人会碰到麻烦，比如机器故障，或是极端的天气，能改变地貌的那种。但不常有。

时间容易打发，很快瑞伯鲁就会排到第一个。他会将钥匙插入开口，键入合适的数字组合，然后就会被分流至一个新的概率分布之中。在他结婚并成为一个待繁殖后代的公民之后，这个独有的概率分布就被分配给了他，在这个概率里，生命从未在地球上产生。分流至这个独有的无生命的地球之后，他会走入自己的前厅。

就这么简单。

他从未担心会陷入其他的概率。有什么必要？他连想都没想过。这里有无数个可能的地球。每一个都存在于自己的一隅、自己的概率分布之内。因为在一个像地球这样的行星上，根据计算，产生生命的可能性是一半对一半，在所有可能的地球中，有一半（仍然是个无穷大的数字，因为无穷大的一半依然是无穷大）拥有生命，另一半（仍然是无穷大）没有。大约有三千亿个家庭生活在约三千亿个无人地球上，每一家都有漂亮的房子，依靠那个概率里的太阳提供能源，而且肯定都异常安宁。以此种形式被占据的地球每天都会增长好几百万个。

然后，有一天，瑞伯鲁回到家，桑德拉（他的妻子）在他进屋的时候说："我听到了一个非常奇怪的声音。"

瑞伯鲁扬起了眉毛，端详着自己的妻子。除了她瘦弱的双手透出无处安放的样子，紧绷的嘴角有一丝苍白，她看着挺正常。

瑞伯鲁口里说着，手里仍然拿着自己的上衣，伸向正耐心等待的挂钩："声音？什么声音？我什么都没听见。"

"现在停了，"桑德拉说，"真的，听上去像是低沉的咣咣声或是隆隆声。你能听到它起头。然后它就停了。然后你又能听到了，就这么来回重复。我从没听到过这样的声音。"

瑞伯鲁挂好了上衣："但这是不可能的。"

"我就是听到了。"

"我去检查一下机器。"他嘟囔着，"可能出了什么问题。"

然而，没有问题，至少在会计的眼里没问题。耸了一下肩之后，他去吃晚饭。他听到机器仆人嗡嗡地忙着各种活计，看到其中一个正在清理盘子等餐具，送它们去回收站。他努了一下嘴，说道："可能是哪个机器人坏了。我会检查一下。"

"跟这没关系，克拉伦斯。"

瑞伯鲁去睡了，没再操心这回事，醒来后发现妻子的手正紧紧地抓着自己的肩膀。他下意识地将手伸向接触面板，让墙壁亮了起来："出了什么事？几点了？"

她边摇头边说："听！听！"

上帝，瑞伯鲁心想，还真的有声音。绝对有隆隆声。它来了又走了。

"地震？"他轻声说道。这当然会发生，不过，他们有一整个地球可以选，应该能够避开断层带。

"能震一整天?"桑德拉焦躁地说,"我觉得是别的东西。"随后她说出了家里每个人内心的恐惧:"我觉得星球上还有别的东西。这个地球有别的居民。"

瑞伯鲁做出了符合逻辑的行为。当早晨来临时,他把妻子和孩子带去了岳母那里。他请了一天假,急匆匆地去往分区住房局。

他感觉挺烦的。

住房局的比尔·秦是个快活的小个子,对自己的蒙古祖先非常自豪。他认为概率分布解决了人类的终极问题。阿列克·米什诺夫,同样受雇于住房局,却认为概率分布是诱惑了人类的陷阱。他最初主修的是考古学,研究过各种各样的古董,到如今他那个冷静的头脑里依然装满了它们。尽管眉毛很浓,他还是设法让自己的脸看上去很柔和,他和一只概念宠物生活在一起,他还不敢告诉别人,但为了照顾它,他离开了考古行业,加入了住房局。

秦喜欢说"去他的马尔萨斯",这几乎成了他的口头禅:"去他的马尔萨斯。我们不可能再有人口过剩危机了。无论我们翻倍和再翻倍的速度有多快,智人的数量依然是有限的,而无人居住的地球数量是无限的。而且我们没必要在每个地球上只安一个家。我们能安置一百个、一千个、一百万个。我们有足够的空间,每个概率太阳也能提供足够的能源。"

"每个星球上不止一个家?"米什诺夫挖苦道。

秦知道他的意思。在概率分布刚获得应用时,独享一整个星球是对早期拓荒者最有力的诱惑。它引发了所有人内心对财富与权势的渴望。正如宣传口号所言,只有拥有比成吉思汗更多土地的人才不算是穷人。在同一星球上引入多个家庭势必将激怒所有人。

秦耸了下肩:"好吧,需要帮他们做好心理准备。这有什么难的?我们刚开始执行这个计划时不也是这么做的吗?"

"食物呢?"米什诺夫说。

"你也知道,我们在其他概率分布里引入了水培作物和酵母工厂。有必要的话,我们还能耕作土地。"

"需要穿上宇航服,还要进口氧气。"

"我们可以降低二氧化碳含量并增加氧气的含量,直到植物能够生存,然后它们就能接管剩下的工作。"

"需要一百万年的时间。"

"米什诺夫,你的问题,"秦说,"就是读了太多历史书。食古不化。"

但秦是个好脾气的人,他也就是随口说说而已。米什诺夫则继续读着自己的书,继续担忧着。他渴望有一天,自己能鼓足勇气去见区域主管,把一切都说清楚——就好像竹筒倒豆子一样——说清楚自己到底在担忧些什么。

就在此时,有位克拉伦斯·瑞伯鲁先生找上了他们。他微微冒汗,火冒三丈,因为他花了整整两天时间才来到局里的这个层级。

他说到了叙述的高潮部分:"我认为这个行星已经有居民了。我不能就这么算了。"

听完整个故事之后,秦想要息事宁人。他说:"那种声音可能只是某种自然现象。"

"什么样的自然现象?"瑞伯鲁追问道,"我要求调查。如果它是自然现象,我想知道是哪一种。我认为那地方有居民。它上面有生命,上帝做证,我可不愿付了租金却和别人分享一个星球。也可能是和恐龙分享,听着声音像。"

"得了,瑞伯鲁先生,你在你的地球上生活了多长时间?"

"十五年半了。"

"看到过生命的迹象吗?"

"现在有了。作为一个有着优秀生殖记录的公民,我要求调查。"

"当然,我们会去调查,先生,但我们只是想跟你保证,一切都没问题。你知道我们在选择概率分布时有多谨慎吗?"

"我是个会计师。对此我十分了解。"瑞伯鲁立刻说道。

"那你肯定知道计算机是不会出错的。它们不会选择一个之前已经被选中的概率。它们做不到。而且,它们的设置只能选择拥有二氧化碳大气的概率地球,在这种地球上,植物从未出现过,因此也不会有动物。因为假如进化出了植物,那二氧化碳就会被转化成氧气。你明白吗?"

"我当然明白,我不是为了要听课才来这里的。"瑞伯鲁说,"我只要求你们去做个调查,仅此而已。一想到我可能和其他人或其他东西分享了我的世界,我就不舒服,我无法接受。"

"当然,当然不能接受。"秦嘟囔了一句,避免接触米什诺夫讥讽的眼神,"我们今天就去。"

他们带上了全套的装备,前往分流点。

米什诺夫说:"我想问你个问题。为什么你总是要说'没必要担心,先生'?他们总是会担心。说这句话有什么用呢?"

"我总得试一下。他们的确没必要担心。"秦没好气地说,"你听说过哪个二氧化碳行星有居民吗?再说了,瑞伯鲁就是那种散布谣言的人。我能看穿他们。要是放任不管,他总有一天会说他的太阳发生了超新星爆炸。"

"有时候确实会发生。"米什诺夫说。

"那又怎样?也就是毁了一所房子,死了一个家庭。看,你就是食古不化。在你喜欢的古代,假如什么地方发生了水灾,会死上好几千人,而那个时候的总人口也不过区区几十亿而已。"

米什诺夫嘟囔了一句:"你怎么知道瑞伯鲁的行星上没有生命?"

"二氧化碳大气层。"

"但是，假设——"没用的，米什诺夫无法说出口，他随便换了种说法，"假设植物和动物可以在二氧化碳大气中进化呢？"

"从来没有过。"

"在无限多个世界中，任何事都是有可能的。"他喃喃低语着说完了自己想说的，"任何一种可能性一定会发生。"

"概率趋近于无限小。"秦耸了下肩。

他们抵达了分流点，在将车子送上了货物分流台之后（它会被送到瑞伯鲁的仓库），他们自己也进入了瑞伯鲁的概率分布。首先是秦，接着是米什诺夫。

"漂亮的房子。"秦满意地说，"非常漂亮的式样。品位不错。"

"听到什么了吗？"米什诺夫问道。

"没有。"

秦走进了花园。"嘿，"他喊道，"罗德岛红玫瑰。"

米什诺夫跟在后面，抬头看着玻璃顶棚。太阳看着和其他上万亿个地球上的太阳一样。

他心不在焉地说道："外面可能有植物，刚刚进化出来的。二氧化碳的浓度可能开始降低了。计算机不会知道的。"

"那还需要几百万年的时间才会出现动物，然后再过几百万年它们才会从海洋中出来。"

"不是非要遵循这条路径的。"

秦伸出胳膊搂住了他同伴的肩膀："小可怜，总有一天你要跟我说说你到底在担心什么，不要藏着不说，我们来彻底解决你的问题。"

米什诺夫眉头紧锁着抖了抖肩，挣脱了搂住他的胳膊。秦的宽容总是让人难以承受。他开口说道："别对我用心理治疗——"话还没说完，他压低了嗓音说："听。"

远处传来隆隆声，接着又响了一次。

他们把地震仪放在房间的中央，启动了力场。力场向下穿透，牢牢地抓住基岩。他们看着摇摆的指针记录着震动。

米什诺夫说："只有地表震动。非常浅，并非来自地下。"

秦看着有些失落："那它到底是什么呢？"

"看来，"米什诺夫说，"我们还是要尽快调查清楚。"因为忧虑，他的脸色都暗了下来："我们需要在别的地方再设一个地震仪，定位扰动的来源。"

"好，"秦说，"我再去拿一个地震仪。你待在这里。"

"不，"米什诺夫说，"我去拿。"

米什诺夫感觉很害怕，但他没有选择。假如这真的跟他心中担忧的一样，他会做好准备。他能传递出一个警告。派毫无戒备的秦出去无疑将是个灾难。他也无法警告秦，因为秦肯定不会相信。

但米什诺夫天生就不是当英雄的料，他在穿上氧气服时抖个不停，然后又手忙脚乱地想要关闭本地的力场，这样才能开启紧急出口。

"有什么特别的理由让你非得出去吗？"秦看着他笨拙的操作问道，"我想去。"

"没事。我去吧。"米什诺夫嗓音沙哑地说道。他踏进气闸，外面是一个无生命地球的荒凉表面，一个照理说是无生命的地球。

眼前的景象对米什诺夫来说并不陌生。他已见识过类似的景色不下十次了。光秃秃的岩石，被风和雨风化后，碎裂了，和沙子混杂在一起，填满了沟壑。一条小小的、喧闹的溪流冲刷着岩石堤岸。一切都是棕色和灰色，看不到绿色。没有生命的声音。

然而，太阳是一样的；当夜幕降临时，星空也是一样的。

这所房子坐落在一个在真地球上被称为拉布拉多的区域。（这里也叫作拉布拉多。根据计算，不同地球出现显著地质差异的概率还不到一千万亿分之一。大陆上的各处都很眼熟，甚至连细节也相似。）

尽管处在这么个位置，而且又是这么个时间（已经进入了10月），天气依然是黏糊糊的热，因为温室效应——缘于这个地球上致命的大气层中的二氧化碳。

在防护服里面，透过透明的观察窗，米什诺夫肃穆地观察着。假如声音的震源就在这附近，将第二个地震仪放置到一英里外的位置就足以定位了。如果不行，他们就得调来飞行器了。好吧，先从简单的开始吧。

他小心谨慎地爬上一座岩石山坡。一旦到了顶部，他就能选择地点了。

等真到了山顶，他喘着气、感觉心脏快要跳出胸腔的同时，发现不用选了。

他的心怦怦直跳，因此他对着话筒喊叫的时候，几乎都听不到自己的声音："嘿，秦，这里有个建筑工地。"

"什么？"惊骇的回复声在他耳边响起。

他不可能看错的。地面被修平过。机器还在工作。岩石正在被爆破。

米什诺夫喊道："他们在爆破。这就是我们听到的声音。"

秦喊了回来："但这是不可能的。计算机不可能挑选相同的概率分布。它做不到。"

"你不明白——"米什诺夫开口说道。

但秦还在顺着自己的思路说下去："你去工地看看，米什诺夫。我也过来。"

"不要，该死的，你留在原地，"米什诺夫大声警告道，"跟我保持无线电通话。看在上帝的分儿上，做好准备，一旦我给出命令，立刻飞往真地球。"

"为什么？"秦问道，"发生什么事了？"

"我还不知道，"米什诺夫说，"让我先调查一下。"

他吃惊地发现自己的上下牙在打架。

他气喘吁吁地咒骂了计算机,咒骂了概率分布,咒骂了人类在生活空间上的贪得无厌,人口数量都已经到了一万亿,还在像烟雾一样扩散。他沿着山坡的另一边爬了下去,碰翻了石头,石头滚下山,在山谷中激起回声。

一个男人出来迎上了他。他穿着气密服,跟米什诺夫穿的在细节上有很多不同,但显然是为了同一个目的——让肺呼吸到氧气。

米什诺夫用气声对着话筒说:"不要说话,秦。有人来了。保持联络。"米什诺夫感觉自己的心脏没那么难受了,肺部的运动也没那么剧烈了。

两个男人相互盯着。那个人长着一头金发和一张轮廓分明的脸。他露出的惊讶太自然了,不像是假装的。

他用严厉的声音问道:"你是谁,你来干吗?"[1]

米什诺夫仿佛被雷击中了。他学过两年古代德语,那时候他还想成为一个考古学家。他听懂了,尽管这发音跟他学的有些不一样。陌生人在问他的身份和他来此有何贵干。

米什诺夫结结巴巴地说:"你会说德语吗?"[2]接着他又压低声音安慰秦,后者焦躁的声音在耳机里响起,想知道他刚才叽里咕噜地在说些什么。

说德语的人没有直接回答,而是重复道:"你是谁?"随后又不耐烦地加了一句:"没空跟你玩。"

米什诺夫并不是个爱开玩笑的人,更不是个傻瓜,他接着尝试沟通:"你会说通用语吗?"

他不知道德语的"行星标准语言"该怎么说,所以他只能猜。话一出口就收不回来了,他觉得还不如干脆问他是否会说英语得了。

---

[1] 原文为德语,此人在后续对话中说的都是德语。
[2] 原文为德语,米什诺夫在后续对话中都以德语回复。

那个人瞪大了眼睛看着他:"你疯了吗?"

米什诺夫几乎想要就此承认算了,但出于可怜的自尊,他说:"我没有发疯,该死的,我的意思是,你来自地球上的哪里——"

他放弃了,他的德语词汇量实在有限。但一个新的想法在他脑子里回荡,折磨着他。他必须找到办法来核实。他绝望地说:"现在是哪一年?"

照理说,这个陌生人已经在怀疑他的精神是否正常,此刻被问今年是哪一年时,肯定会相信米什诺夫确实疯了。但至少在这个问题上,米什诺夫的德语词汇量还是够了。

那个人嘟囔了一句,听着应该是德语中骂人的话,然后说道:"现在是2364年,为什么……"

这之后的那一串德语米什诺夫完全听不懂,但无所谓了,他听懂的已经足够了。如果他翻译对了,那人口中说的年份就是2364年,几乎是两千年以前了。这怎么可能?

他嘟囔了一句:"2364年?"

"对,对,"那个人说道,语气不屑,"2364年,一整年都是。"

米什诺夫耸了下肩。"一整年都是2364年"就是句俏皮话,即使用德语说出来也让人不舒服,更别说翻译成英语了。他陷入了沉思。

但那个人挖苦的语气突然变得低沉,他继续说道:"希特勒后2364年。这对你有帮助吗?希特勒后2364年!"

米什诺夫高兴地叫了起来:"明白了。有帮助。请听我说……"他继续用蹩脚的德语说着,时不时夹杂些英语:"看在上帝的分儿上……"

把时间定在希特勒死后的2364年就完全不同了。

他把有限的德语词汇拼凑在一起,打算解释。

那个人皱着眉陷入思考。他举起戴着手套的手,想要做个摸下巴的动作,却撞到了透明的观察窗。于是,在思考的同时,他的手就僵在了半空。

他突然说道:"我叫乔治·法勒比。"

在米什诺夫听来,这名字肯定源自盎格鲁-撒克逊,虽然在那个人的嘴里元音有所变化,听着像是条顿人名。

"你好,"米什诺夫傻乎乎地说,"我叫阿列克·米什诺夫。"突然间,他意识到了自己姓名中的斯拉夫人起源。

"跟我来吧,米什诺夫先生。"法勒比说。

米什诺夫露出了紧张的笑容,轻声对着话筒说道:"没事,秦,没事。"

回到真地球后,米什诺夫去见了分区的局领导。这位领导一辈子都在局里,每一根灰白的头发都意味着解决了一个问题,而每一根掉了的头发都意味着规避的问题。他叫伯格,是个谨慎的人,眼睛依旧明亮,牙齿也是原装的。

他摇了摇头:"他们说德语?但你学的德语已经有两千年的历史了。"

"是。"米什诺夫说,"但是海明威用的英语也是两千年前的,仍然与通用语相似到足以让每个人都能读懂它。"

"呃……希特勒是谁?"

"他类似于古时候部落的头目。他领导德国部落打了一场20世纪的战争,就在原子时代开启、真正的历史展开之前。"

"你说的是在大破坏之前?"

"对。那时候发生了一系列的战争。盎格鲁-撒克逊国家取得了最终胜利,我猜这也是地球说通用语的原因。"

"假如希特勒和他的德国人赢了,世界会转而说德语?"

"他们在法勒比的地球上取胜了,所以他们说德语。"

"还把日历定在了'希特勒后'而不是'公元后'?"

"对。我猜肯定还有个地球,上面的斯拉夫人胜了,所有的人都说俄语。"

"话说回来,"伯格说,"我认为我们应当能预见到这种情况。然而,就我所知,还真没有。毕竟,存在着无数个有人居住的地球,决定要通过拓展至概率世界来解决人口无限增长问题的地球肯定不止我们一个。"

"没错。"米什诺夫由衷地说道,"假如你仔细想一想,肯定有无数个有人居住的地球在这么做,我们占据的那三千亿个地球上肯定存在着许多重复占据。这次,我们能发现纯属运气——他们决定在离我们的安置地不到一英里的地方建造房屋。我们必须深入调查。"

"你的意思是要去搜索我们所有的地球?"

"是,先生。我们必须跟其他地球达成协议。毕竟有足够的空间装下我们所有人,而在没有协议的情况下扩张,可能会导致各种麻烦和冲突。"

"是的,"伯格若有所思地说,"我同意你的说法。"

克拉伦斯·瑞伯鲁狐疑地盯着伯格的老脸,那张脸上堆起了各种友善的表情。

"你确定吗?"

"确定,"伯格说,"我们很抱歉你在过去的两周内不得不接受临时住所——"

"都快三周了。"

"——三周,但你会获得赔偿。"

"那声音到底是什么?"

"纯粹是地质现象,先生。一块岩石不稳,风吹之下,它偶尔会碰到山坡上的其他石头。我们挪走了它,并勘测了整个区域,确保同样的情况不会再发生。"

瑞伯鲁抓着自己的帽子，说道："那真是麻烦你们了。"

"不用客气，瑞伯鲁先生，这是我们的工作。"

瑞伯鲁被打发走了。伯格转身对着米什诺夫，后者在瑞伯鲁事件的完结篇内，一直扮演着沉默的旁观者角色。

伯格说："总之，德国人的态度不错。他们承认我们有优先权，并离开了。每个人都有足够的空间，他们说。还有，原来他们会在每个未被占据的世界上建造数量不一的房子……现在有个项目正在进行，调查我们其他的世界，跟我们遇到的无论什么人达成交易。这也属于高度机密。在做好充分的准备之前，不能让大众知道……不过，这些都不是我想跟你说的。"

"哦？"米什诺夫说。事态的发展并没有令他流露出任何欣喜。他仍然很担心。

伯格对着这位年轻人笑了："你知道吗，米什诺夫？我们局，还有行星政府，对你的快速思考能力非常欣赏，也欣赏你对局势的理解力。要不是你，这有可能发展成悲剧。这种欣赏会以实物形式表达。"

"谢谢，先生。"

"但是，如我之前说过的，这件事我们很多人本都该想到的。为什么是你想到了呢？……因此我们调查了一下你的背景。你的同事秦告诉我们，你曾暗示过概率分布设置里隐藏着巨大的危险，虽然你看起来怕得要命，但你坚持要出去，然后就碰到了德国人。你料到了会发现什么，是吗？你是怎么料到的？"

米什诺夫疑惑地说："没有，没有。我根本没料到。这对我来说是个意外。我——"

突然间他僵住了。为什么不是现在呢？他们欣赏他。他已经证明了自己不容小觑。已经有意外发生了。

他坚定地说："还有别的东西。"

"什么？"

（该从哪里开始说起呢？）"太阳系里只有地球上有生命。"

"对。"伯格和蔼地说。

"根据计算，能够发展出任何形式的星际旅行的概率非常低，几乎可以忽略不计。"

"你想说什么？"

"在我们这个概率分布里确实如此！但在有些概率分布内，太阳系内的其他地方也存在着生命，或是其他恒星系内的居民发展出了星际旅行。"

伯格皱起了眉："理论上。"

"假如在那些概率中的某一个外星人拜访了地球。假如那是一个有人居住的概率分布，那就不会影响到我们。但假如那是一个无人居住的概率分布，而他们又刚好设立了某种基地，那他们可能碰巧会发现我们的定居点。"

"为什么是我们的？"伯格干巴巴地问道，"为什么不是德国人的定居点呢？"

"因为我们在每个世界上只设一个定居点。德国人的地球不这么干。可能很少有地球会这么干。所以撞到我们的概率更高，是几十亿分之一。假如外星人真的发现了某个定居点，他们会进行调查，找到前往真地球的道路，一个高度发达、高度富有的世界。"

"我们关掉分流点不就行了。"伯格说。

"一旦他们知道有分流点这样的存在，他们自己就能造一个，"米什诺夫说，"一个足够聪明、能进行星际旅行的种族肯定办得到，而且根据定居点里的设备，他们能轻易地推断出我们的概率……那我们怎么应付这些外星人呢？他们不是德国人，不是其他地球的人。他们有外星心理和动机。我们甚至都没做好准备。我们只是忙着设立越来越多的世界，每一天都在提高概率——"

他越来越激动，说话声越来越大。伯格对着他喊道："胡说！一派胡——"

蜂鸣器响了。通信面板亮了,显示出秦的脸。秦说:"抱歉打断你们,但是——"

"发生了什么?"伯格恶狠狠地问道。

"这里有个人我不知道该拿他怎么办。他可能喝醉了,也可能疯了。他抱怨说他的家被包围了,有东西隔着花园的玻璃天花板在往里看。"

"东西?"米什诺夫喊了一声。

"紫色的东西,长着又粗又红的血管,三只眼睛,有类似触角的东西,却没有头发。他们——"

但米什诺夫和伯格没有再听下去。他们相互看着,陷入了惊恐之中。

信 息[1]

他们喝着啤酒,追忆着往昔,多年后再重逢的人都这样。他们回忆起炮火之下的日子,夸张地谈起中士和女人。在回忆之中,致命的危险变得幽默,早已遗忘的琐事也被挖了出来。

当然,也包括那个多年未解的谜。

"你怎么解释?"第一个人问道,"谁开的头?"

第二个人耸了耸肩:"没人开头。每个人都在写,就像是传染病。我记得你也在写。"

第一个人呵呵笑了。

第三个人轻声说道:"我从来就没觉得它有趣。可能是因为我第一次看到它时,刚好也是第一次遭到了炮击。我在北非。"

"真的吗?"第二个人问道。

"奥兰海滩的第一夜。我在找隐蔽的地方,正准备冲进当地的一个窝棚里,然后一颗照明弹亮起,我看到了它——"

乔治异常兴奋。经过两年烦琐的官方程序,他终于回到了过去。现在他可以完成论文了,他的论文跟第二次世界大战时士兵的社交生活有关。他想为论文增添些真实的细节。

离开了没有战争、平淡无奇的30世纪的世界,他来到了好战的20世

---

[1] Copyright © 1955 by Fantasy House, Inc.

纪，那出紧张刺激的大戏中的高潮部分正在上演。

北非！战争中第一次大型登陆战的战场！时间物理学家扫描了整片区域，寻找最佳的地点和时间点。这座空木屋的暗处就是了。没有人会在这个确切的时间段内接近它，也不会有爆炸严重地伤害到它。停留在此，乔治不会影响到历史。他会成为时间物理学家口中的典范——"纯粹的观察者"。

一切比想象中的更可怕。火炮一直轰鸣个不停，看不见的飞机在天上呼啸。时不时地，曳光弹的尾迹会撕裂夜空，还有照明弹苍白的光芒旋转着坠下。

他就在现场！他——乔治——是战争的一部分，这份紧张和刺激在驯服温柔的30世纪已然绝迹。

他想象自己能够看到冲锋的士兵队伍，听到紧张的单音节词语从一个人传递到另一个人。他多么渴望自己真的能成为他们中的一分子，而不仅仅是个暂时的入侵者、一个"纯粹的观察者"。

他停下了记录，看着自己的笔，它发出的微光让他走神了一小会儿。他看着自己的肩膀倚靠的木墙，突然产生了一个想法。这一刻必须被载入史册。这么做显然不会改变什么。他会说古老的英语方言，不会引起怀疑。

他迅速完成了行动，随后看到一位士兵正拼命朝这个建筑物跑来，闪避着追击的子弹。乔治知道自己的时间结束了，在他意识到之前，便已回到了30世纪。

没关系。在那短短的几分钟里，他成了"二战"的一部分——一小部分，他参与了其中。其他人会知道的。他们可能并不会意识到是他做的，但他们会转述这条信息。

有人，可能是那个跑向隐蔽地的人，会读到它，知道除了20世纪所有的英雄，还有一位"纯粹的观察者"，来自30世纪，名叫乔治·吉佬儿。他曾到此一游！

保证满意[1]

托尼是个有着深色皮肤的帅气高个子小伙子，不变的表情上每条纹路都写满了贵族气息。克莱尔·贝尔蒙特透过门缝看着他，内心既害怕又厌恶。

"不行，拉里，我不能让他进家门。"她急切地在已然瘫痪的头脑里搜索着更加强烈的表达方式，希望能够显得既有道理又能解决问题，但最终她只能用一句简单的重复收尾，"就是不行！"

拉里·贝尔蒙特冷冷地看着自己的妻子，他眼中冒出了不耐烦的神色，克莱尔讨厌他这副表情，因为她在其中看到了自己的无能。"我们做出了承诺，克莱尔，"他说，"你不能到了现在才反悔。公司基于我们的承诺才将我派往华盛顿，我可能会升迁。他百分之百安全，你也知道。你到底在反对什么？"

她无助地皱起了眉："他就是让我不舒服。我受不了他。"

"他是个人，跟你我一样，几乎一样。所以不要再说傻话了。行了，快让开。"

他的手推着她的后背，随后她发现自己回到了卧室，身体颤抖着。他就在那里，以标准的礼貌看着她，仿佛在品评未来三周的女主人。苏珊·凯文也在那里，僵硬地坐着，抿着嘴，看上去若有所思的样子。她长着一副冷冰冰的、拒人于千里之外的样子，仿佛跟机器一

---

[1] Copyright © 1951 by Ziff-Davis Publishing Co.

起工作的时间太长，钢铁已渗入了她的血液。

"你好。"克莱尔随口说了一声，徒劳地打了个招呼。

但拉里忙着用佯装的热情来冲淡这一尴尬局面："过来，克莱尔，我给你介绍托尼，一个非常棒的小伙子。这是我的妻子克莱尔，老伙计。"拉里友善地按住了托尼的肩膀，但托尼在压力之下依旧保持着一如既往的平静。

他说："你好，贝尔蒙特夫人。"

克莱尔被托尼的声音吓了一跳。那声音低沉且温柔，跟他脑袋上的头发或脸上的皮肤一样顺滑。

她禁不住说道："哦，天——你会说话。"

"为什么？你觉得我不会吗？"

但克莱尔只能讪笑。她其实不知道自己有什么期待。她移开了目光，随后又偷偷地用眼角的余光打量着他。他的头发又黑又滑，像是光滑的塑料——或者也有可能是真的头发？覆盖在他手上和脸上的光滑的橄榄色皮肤，是否就是他那剪裁正式的衣服的延伸？

她沉浸在自己的想象之中，当凯文博士那平淡生硬的话音响起时，她不得不迫使自己回过神来倾听。

"贝尔蒙特夫人，我希望你能体会到本次实验的重要性。你丈夫告诉我，他已经跟你说了一些背景。我想以美国机器人和机械人公司高级心理师的身份，再多说几句。

"托尼是个机器人。他在公司记录上的代号为TN-3，但叫他托尼他也会回应。他不是一个机械怪物，也不是一台在第二次世界大战时开发的简单计算机，那是五十年前的事了。他有一个人工大脑，几乎跟我们的一样复杂。他的大脑是原子级别但容量惊人的电话交换机，能把几十亿个可能的'电话接入'压缩到一个能装进脑袋里的小装置上。

"我们会为每种机器人型号都特地开发一个不同的大脑。每一个大脑都装有预先设置好的一套程序,因此每个机器人都配备了英语作为最基本的应用语言,还配有其他各种必要的知识以实现他们的功能。

"到目前为止,美国机器人将产品限定在了工业型机器人,用于人类无法胜任工作的地方,比如超深矿洞或是水下。但是我们想占据城市和家庭。为了达到这个目的,我们必须让普通人能够毫无戒备地接受机器人。你也明白其实没什么好担心的。"

"真的不用担心,克莱尔,"拉里急切地打断道,"相信我。他无法做出任何伤害性的行为。否则我不会把他单独留给你。"

克莱尔在暗地里飞快地打量了托尼一眼,放低了声音说道:"要是我让他生气了呢?"

"不用压低声音,"凯文博士平静地说,"他不能对你生气,亲爱的。我跟你说过,他大脑里的电路板是预先定制好的,其中最重要的设计是我们所称的'机器人学第一法则',它的大意是:机器人不得伤害人类,或因不作为而使人类受到伤害。所有的机器人都受该法则约束。没有任何办法能强迫机器人伤害任何一个人。所以,你明白啦,我们需要你和托尼充当我们初步的实验对象,为我们提供指引,而你丈夫去华盛顿安排受政府监管的合法测试。"

"你的意思是说这是非法的?"

拉里清了清嗓子:"还没有合法而已,但没问题。他不会离开家,你也绝不能让任何人看到他。就这么多了……还有,克莱尔,我想跟你在一起,但我对机器人懂得太多了。我们必须找一个完全没有经验的测试者,看一下极端情况下他的表现。这是有必要的。"

"哦,好吧。"克莱尔嘟囔了一句,随后,她突然又想到了什么,"但要他做什么呢?"

"家务。"凯文博士简短地回答道。

她起身告辞,拉里送她到大门口。克莱尔闷闷不乐地留在原地。她在壁炉上方的镜子里瞥到了自己的身影,旋即又将目光挪开了。她非常讨厌自己那张小小的老鼠脸，还有那没有光泽的头发。随后她撞上了托尼的目光，差点就对他笑了，却又及时想到……

他只是台机器。

拉里·贝尔蒙特在去机场的路上瞥到了格拉迪丝·克拉芬。她是那种容易被瞥到的女人……一切都那么完美与精致，仿佛经由能工巧匠的雕琢，闪闪发光，让人无法直视。

迎面走来时笑容可掬的模样，人走之后残留的淡淡香气，这两样东西如同两根勾人的手指，勾得拉里的脚步都乱了。他碰了碰帽檐，又急匆匆地上路了。

同往常一样，他感觉到一种莫名的愤怒。假如克莱尔能挤进克拉芬的小圈子，那能给他带来多大的帮助啊！但想这些又有什么用呢？

克莱尔！仅有的几次她在面对格拉迪丝时，那条小可怜的舌头都打结了。他不再抱有幻想。对托尼的测试是他的大好机会，但结果却处于克莱尔的掌控之中。要是掌握在像格拉迪丝·克拉芬这样的女人手中，那就安全多了。

第二天早上，克莱尔被卧室门外传来的一阵小心翼翼的敲门声吵醒了。她的头脑里先是产生了一阵烦躁，旋即又感到了寒意。她在第一天一直躲着托尼，撞见他的时候就浅笑一下，并怀着无声的歉意擦肩而过。

"是你吗，托尼？"

"是的，贝尔蒙特夫人。我可以进来吗？"

她肯定说了可以，因为他进来了，很突然，没发出什么动静。她的眼睛和鼻子同时注意到了他手里端着的托盘。

"早饭？"她说。

"请用餐。"

她不敢拒绝，所以她慢慢地撑着自己坐了起来，接过早饭：白煮蛋、涂了黄油的吐司和咖啡。

"我还单独准备了糖和奶油，"托尼说，"我希望能慢慢了解你的喜好，不光是早餐，还有其他的事情。"

她等待着。

托尼笔挺而又顺从地站在那里，如同一根铁尺。过了一会儿，他问道："你是想自己一个人用餐吗？"

"是的……我是说，如果你不介意的话。"

"早餐过后你需要帮忙着装吗？"

"哦，天哪，不用！"她紧紧抓住了被子，连咖啡都差点洒了。她身体僵硬地保持这个姿势好一阵子，等到门关上，他从她眼前消失之后，才无助地躺倒在枕头上。

她总算吃完了早餐……他只是一台机器，假如他能看上去更像一台机器的话，也就不会如此令人害怕了。或者他的表情能变也行。他总是只有一副表情，就像是贴在脸上似的。你无法分辨那双黑色的眼睛和那张光滑的、橄榄色的面孔后面到底在发生些什么。她把空咖啡杯放回托盘，发出了清脆的撞击声。

随即，她意识到自己完全忘记了加糖和奶油，而她本人又极其痛恨喝黑咖啡。

穿戴整齐后，她径直从卧室去了厨房。这毕竟是她的房子，没什么好怕的，她也喜欢保持厨房的干净。他本该在她的监督之下干活儿才行……

但当她进去之后，她发现整个厨房就像是刚刚从工厂里下线一般崭新。

她怔住了，盯着看了一阵，随后转身，差点撞到了托尼。她尖叫了一声。

"出了什么事?"他问道。

"托尼,"她在惊恐之余强压住火气,"你走路时最好发出点声音来。我受不了你这样跟着我,明白吗……你用过厨房吗?"

"用过,贝尔蒙特夫人。"

"看起来不像。"

"用过之后我打扫了。应该这么做,对吗?"

克莱尔瞪大了眼睛。毕竟,她还能怎么回答呢?她打开炉子下面放锅的抽屉,迅速扫了一眼里面亮闪闪的金属光泽,随后颤声说道:"很好。我很满意。"

在那一刻,假如他的眼睛亮了,假如他笑了,假如他扬起了嘴角,哪怕只是一点点,她也会觉得自己温暖了他。但他保持着英国贵族的风范,优雅地说了句:"谢谢,贝尔蒙特夫人。你想去客厅吗?"

她去了,马上又被惊到了:"你给家具打蜡了?"

"你满意吗,贝尔蒙特夫人?"

"什么时候打的?昨天还没见你干呢。"

"昨天晚上。"

"你一晚上都开着灯?"

"哦,没有。没有这个必要。我自带紫外光源。在紫外光下,我能看见。还有,我不怎么睡觉。"

他还是需要他人的敬仰。她注意到了。他需要确定自己取悦了她。但是她不愿意为他提供这种满足感。

她只是挖苦道:"你们会让普通的家政人员失业的。"

"一旦摆脱了这种乏味的杂役,他们就可以从事别的更加重要的工作。毕竟,贝尔蒙特夫人,像我这样的东西是生产出来的,而没有任何东西能模仿人类大脑的创造力和多样性,就像你的大脑一样。"

尽管他的脸色没有显露什么,他的声音却充满敬畏与景仰,以至于克莱尔的脸都红了,嗫嚅着:"我的大脑!你拿去好了。"

托尼靠近了几步,说道:"听你的语气好像有些不高兴。有什么我能帮忙的吗?"

克莱尔差点就笑出了声。这真是个荒谬的场景。这里站着一个自动的吸尘器、洗碗机、家具打蜡机、全能的杂工,来自工厂的车间,却想提供心理辅导的服务。

然而,她突然间吐起了苦水:"不瞒你说,贝尔蒙特先生认为我没有大脑……我也觉得自己没有。"她不能在他面前哭。不知为何,她觉得自己要在这个创造物面前捍卫人类的尊严。

"都是最近才发生的,"她补充道,"他还是学生时一切都还好。事业刚开始时也还行。但我无法胜任成为一个大人物的妻子,而他正在成为一个大人物。他希望我能作为女主人,帮他打入社交圈子,就像格……格……格拉迪丝·克拉芬。"

她的鼻头红了。她挪开了目光。

但托尼没在看她。他的目光打量着整个房间:"我能帮你整理家务。"

"没有用的,"她激动地说,"它需要一种我没法创造的气氛。我只能让它变得温馨。我无法把它变成杂志上的漂亮图片。"

"你想把它变成那样吗?"

"光想又有什么用呢?"

托尼的目光全神贯注地注视着她,说:"我能帮你。"

"你懂家庭装饰吗?"

"好的家庭主妇都懂吗?"

"噢,是的。"

"那我就具备学会的潜质。你能找些相关的书来吗?"

事情就这样发生了。

克莱尔在呼啸的风中紧紧抓着自己的帽子,她从公共图书馆中借

123

来了两大本厚厚的家庭装饰书。她看着托尼打开了其中的一本，翻着页。这是她第一次看到他的手指如同绣花般的动作。

我看不清它们是怎么动的，她心想着。冲动之下，她伸手抓住了他的手，把它拉到了自己眼前。托尼没有抗拒，而是摊着手让她研究。

她说："太神奇了。连指甲看着都像是真的。"

"当然是有意这么设计的，"托尼说道，随后他打开了话匣子，"皮肤是可延展的塑料，骨架是轻型金属合金。你觉得好玩吗？"

"噢，不是。"她抬起了绯红的脸蛋，"我只是觉得有些尴尬，怎么能随便刺探你的内部构造呢？我太多事了。你就不会问我的构造。"

"我的脑回路不包括此类的好奇心。我只能在界限内行事，你知道的。"

在随后的沉默之中，克莱尔感觉内心有东西收紧了。为什么她总是会忘了他是台机器？现在竟要这东西本身来提醒她这一点了。难道她太需要同情，甚至会平等地接受一个机器人——因为他有同情心？

她注意到托尼仍然在翻着书页——几乎是无助的样子——她内心不禁涌起一股松快的得意之情："你不识字，是吗？"

托尼抬眼看着她。他的声音很平静，没有要责备的意思："我在读呢，贝尔蒙特夫人。"

"但是——"她指了指书，不知道该怎么说。

"我在扫描页面，如果你想知道的话。我的阅读方式是照相。"

到了晚上，克莱尔去睡觉的时候，托尼已经读完第二本的相当一部分了。他坐在黑暗之中，或者说是对克莱尔这双能力有限的眼睛来说的黑暗。

在她意识蒙眬、进入梦乡之前，她的最后一个想法显得很奇怪。她又想起了他的手以及它给她的触觉。它既温暖又柔软，就像是人类的手一样。

工厂真是太聪明了，她想着，随后安详地进入了睡眠。

　　接下来的几天都跟图书馆有关。托尼建议了研究的范围，而且该范围很快就拓展了。书的内容涵盖了配色与装饰、木工与时尚、艺术与服饰史，等等。

　　他在自己那双专注的眼睛前翻着书页，而且翻得很快，在翻的过程中就读完了。他似乎也不会遗忘。

　　在那个星期结束之前，他坚持要替她修剪头发，向她介绍了一种新的盘头方式，微微调整了她的眉毛，还替换了她的粉底和唇膏的颜色。

　　她在非人类的手指那灵巧的触摸之下紧张得不行，心脏悸动了整整半个小时。结束后，她看着镜子里的自己。

　　"还有更多的地方有待改善，"托尼说，"特别是在衣着上。但你觉得这个初步效果如何？"

　　她没能回答，很长一段时间内都没能回答。直到她接受了镜子中那个陌生人的身份，并且因她的漂亮激起的冲击渐渐消退之后，这才哽咽地说道（说的时候目光一直都舍不得离开那个暖人的身影）："是，托尼，非常好——很不错的初步效果。"

　　她在给拉里的信中一点都没提到这些。她要给他一个惊喜。她内心深处也意识到，自己想看到的不仅仅是惊喜。这也是一种报复。

　　一天早上，托尼说："该开始采买了，我无权离开这所房子。如果我写下我们必须要的东西，你能买到吗？我们需要窗帘布、家具布、墙纸、地毯、油漆、衣物，还有各种小零碎。"

　　"这么短的时间内，应该没法买全符合你标准的东西吧。"克莱尔怀疑地说道。

　　"应该差不多，只要你愿意跑遍整个城市，而且你不缺钱。"

　　"不过，托尼，钱肯定是个问题。"

"钱不是问题。你先去美国机器人公司。我会写张便条给你。你去找凯文博士,跟她说这些都是实验的一部分。"

不知出于什么原因,凯文博士并没有像第一次见面时那么可怕了。换了一张脸,戴了一顶新帽子之后,她已经不是原来的克莱尔了。心理学家仔细倾听,问了些问题,点了点头——随后克莱尔发现自己离开时怀揣着由美国机器人和机械人公司的资产提供担保的无限制银行账户。

有钱真是爽啊!脚下放着商店的商品目录,营业员的推销不再显得居高临下,装潢师扬起的眉毛也不再像是朱庇特的雷霆。

有那么一次,一个肥头大耳的家伙,在一家最高贵的服饰店,用最纯粹的第五十七街的法国口音,一再贬低她所需的全部衣物。她给托尼打了电话,并把电话递向这位先生。

"如果你不介意,"她语气坚定,但手指有些微微发抖,"麻烦你跟我的……呃……秘书通话。"

胖子走向电话,一只胳膊还装模作样地背在身后。他用两根手指抓过电话,故作腔调地说了声"你好",停顿了一小会儿之后,又说了声"好",然后停顿了很长时间,尖着嗓子想要反对,但很快又闭嘴了,最后是一声驯服的"好",接着把电话放回支架。

"夫人,请随我来,"他的语气既惊惧又恭顺,"我会尽量满足您的需求。"

"稍等。"克莱尔快速回到电话旁,再次拨号,"你好,托尼,我不知道你说了什么,但起作用了。谢谢。你是个——"她努力搜寻着合适的词语,最后放弃了,只是含糊地说了声:"你真可爱。"

等她挂了电话之后,看着她的人换成了格拉迪丝·克拉芬。半是惊讶半是揶揄的格拉迪丝·克拉芬正看着她,脑袋还略微歪向一边。

"贝尔蒙特夫人?"

克莱尔的精气神一下子被抽干了，如同打了个响指一般。她只知道点头——傻乎乎的，仿佛一个提线木偶。

格拉迪丝的笑容中透着傲慢，而她却无法发作："原来你也会来这里买东西吗？"仿佛在她眼里，这地方由此失去了品位。

"不，我不常来。"克莱尔低声下气地说。

"你还弄了头发？看着挺……挺有意思的……噢，抱歉，你丈夫是叫劳伦斯吧？我印象中是叫劳伦斯。"

克莱尔的牙关都咬紧了，但她不得不解释："托尼是我丈夫的朋友。他在帮我挑些东西。"

"我完全理解。是挺可爱的，可以想象。"她微笑着离开了，带走了世界上所有的光明和温暖。

克莱尔并没有质疑自己为什么要向托尼倾诉。十天的时间已然让她放下了戒心。她能在他面前哭泣。她一边哭泣，一边发泄。

"我是个彻头彻尾的傻瓜，"她将情绪一股脑儿地倾泻而出，使劲拉扯着已经湿透的手绢，"她竟然这样对待我。我不懂为什么。她就是这样。我应该——踢她。我应该把她打倒，把她踩在脚下。"

"你对一个人能恨到这种程度吗？"托尼问道，语气疑惑，"人类大脑的那个部分没有对我开放。"

"噢，我不恨她，"她痛苦地说，"我恨的是我自己。我想变成她的样子——至少是在外表上……我办不到。"

托尼的声音在她听来既有说服力，又显得很深沉："你能做到，贝尔蒙特夫人。你能做到。我们还需要十天时间，再过十天，这房子就彻底告别过去了。我们不是都计划好了吗？"

"这又能在她面前帮到我什么？"

"邀请她来这里，邀请她的朋友，日子定在我……我离开之前的一个晚上，就像是举办一场暖居派对。"

"她不会来的。"

"她会的。她想来嘲笑你……但她会失望。"

"你真这么想？哦，托尼，你真觉得我们能办到？"她抓住了他的双手……随后，她又将脸扭向了一边，"但这又有什么好处呢？没好处。都是你布置的，我哪能沾你的光？"

"没人生活在真空里，"托尼轻声说道，"他们把这个知识点灌输给我了。无论是你还是其他人眼中的格拉迪丝·克拉芬，不仅仅是格拉迪丝·克拉芬本人。她沾了金钱和社会地位的光。她对此并不介意。你为什么要介意呢？……你也可以换个角度看，贝尔蒙特夫人。我被制造成必须服从命令，但服从的程度是由我自己来决定的。我可以吝啬地服从，也可以慷慨地服从。对你，是慷慨，因为你符合我生产时被灌输的人类的样子。你善良，友好，谦逊。克拉芬夫人，根据你的描述，显然不是，我不会像服从你那样服从她的。所以，其实是你而不是我，贝尔蒙特夫人，做了所有这一切。"

他从她手心里抽回了自己的手，克莱尔看着那张没有表情的、没人能读懂的脸，开始了遐想。突然，她被一个新冒出来的想法吓着了。

她紧张地吞了一口唾沫，盯着自己的手，手上依然残留着他手指紧握之下麻麻的感觉。她从未想象过这一刻，他的手指紧握着她的，温存地，轻柔地，直到它们分开。

不对！

是它，它的手指……它的手指……

她跑进了洗手间，搓着自己的手指——盲目且徒劳。

第二天，她有意躲着他，在远处打量着他，等着看会发生什么。但过了好一阵子，什么也没发生。

托尼在干活儿。如果说贴墙纸或刷快干油漆这些活儿需要什么特别的技巧，至少在托尼这儿并没有显现出来。他手部的动作很精确，手指也敏捷而坚定。

他晚上都在工作。她没听到过动静，但每天早晨都能看到新的进展。她无法计算到底有多少处变化，到了傍晚她依然能发现新的变化——然后又一个夜晚来临了。

她曾经试图帮忙，但只尝试了一次，人类的笨拙令她打消了念头。他在隔壁房间，而她正在往一个托尼经过精确计算后标定的位置上挂一幅画。小小的标记在那儿，画也在那儿，对无所事事的厌恶也在那儿。

她太紧张了，也有可能是梯子不稳。原因不重要，她感觉梯子倒了，尖叫了起来。梯子倒在了地上，她却没有，因为托尼凭借着血肉之躯不可能达到的速度，及时接住了她。

他平静的黑色眼睛内没有流露出任何情绪，他温暖的声音只是说道："你受伤了吗，贝尔蒙特夫人？"

她立即注意到自己坠下的手肯定弄乱了他光滑的头发，因为她第一次亲眼见到他的头发时，那光滑的黑发是由一根根独立的丝线构成的。

随后，她马上注意到他的胳膊搂住了自己的肩膀和膝弯——抱住了她，紧紧地，温暖地。

她推开了他，发出了尖叫，但只有她自己能听到。那天剩下的时间里，她把自己关在屋子里，并且在睡觉之前用椅子把卧室的门把手给顶上了。

她发出了邀请，然后诚如托尼所言，邀请被接受了。她能做的就是等着那天晚上的到来。

时间一天天过去，这一天终于到了，一切如约而至。房子已不是她的了。她最后一次参观了个遍——所有的房间都变了。她自己也穿着以前绝对不敢穿的衣服……而当你穿上它们时，你也同时穿上了自信和骄傲。

她对着镜子做了个装腔作势的礼貌表情，镜子也同样做作地回敬了她。

拉里会怎么说？……已经不重要了。激动的日子并不是跟他一起过的。它们就要跟着托尼一起离开了。这难道不奇怪吗？她想回忆一下自己在三个星期之前的心情，却完全做不到。

钟敲了八下，那声音令她窒息，她转身看着托尼："她们就要到了，托尼。你最好躲到地下室去。我们不能让她们——"

她愣了一小会儿，接着疲惫地说道："托尼？"然后大声了一点："托尼？"最后几乎像是在喊叫："托尼！"

但他的胳膊已搂住了她，他的脸离她的很近，他拥抱的力量很强悍。她在自己冒出的那串激动的胡言乱语中听到了他的声音。

"克莱尔，"那声音说，"有很多事情是我不该知道的，这肯定是其中一件。我明天就走了，我不想走。我想找到更多的自我，而不仅仅是想要取悦你。这不奇怪吗？"

他的脸贴得更近了。他的双唇很温暖，但并没有气息从它们之间吐出——因为机器不用呼吸，就快贴上她的嘴唇了。

……门铃响了。

她用力挣扎了一小会儿，随后他消失了，哪里都看不到他的身影。门铃又响了一次。它那间歇性的尖叫听着很刺耳。

前窗的窗帘被拉开了，十五分钟之前窗帘还是关着的。她还记得。

她们肯定都看到了。她们肯定全都看到了——看到了一切！

她们很有礼貌地进来了，一下子全都进来了——迫不及待地要看戏——锐利的眼神四处刺探。她们看到了。否则为什么格拉迪丝会以咄咄逼人的口气问拉里在哪里？克莱尔只好咬紧牙关，直面这场挑战。

是的，他没在家。我猜他明天就回来了。没有，我不是一个人待着的。完全没有。我过得很愉快。然后她嘲笑了她们。为什么不呢？

她们还能干什么？即使她们把眼前所见的编成故事讲给拉里听，他也知道真相。

但她们没有笑。

她能从格拉迪丝·克拉芬的眼睛里、从她故作兴奋的话语中、从她想要提前离开的举动中看到怒火。当她跟着她们一起离开的时候，她听到不知是谁在嘀咕，断断续续的："……从来没看到过像这样……太英俊……"

她知道是什么使得自己能对她们不屑一顾。让每只猫都叫吧，让每只猫都知道——她们或许比克莱尔·贝尔蒙特更漂亮、更时尚和更富有——但没人，没人拥有如此英俊的情人。

然而，她再次、再次、再次想起了托尼是台机器，不由得后背发凉。

"走开！别管我！"她朝空荡荡的房子大喊着，并跑向了自己的房间。她醒着哭了一整晚。到了第二天早上，天就快亮了，街上还是空荡荡的，一辆车停在房子前接走了托尼。

劳伦斯·贝尔蒙特经过凯文博士的办公室时，一闪念之下，他敲了敲门。他发现她和数学家彼得·玻格特在一起，但并没有因此而犹豫。

他说："克莱尔告诉我，美国机器人公司支付了有关房子的所有费用——"

"是的，"凯文博士说，"我们已经计入了费用，作为实验内容中花费巨大但必不可少的一部分。现在你已经是助理工程师了，维持房子的开销应该不是问题。"

"这不是我担心的地方。华盛顿同意了测试方案，到了明年我们就能搞一台属于我们自己的机器人。"他迟疑地转身，像是要离开，结果又迟疑地转了回来。

"还有什么事，贝尔蒙特先生？"凯文博士等了一会儿后问道。

"我在想——"拉里开口说道，"我在想那里究竟发生了什么。她——我是说克莱尔——变了很多，不仅仅是她的外表。不过，坦白说，确实挺令人惊艳的。"他紧张地笑了笑："她整个人都变了！她不是我的妻子，真的，我没法解释。"

"为什么要解释？你对这些变化有意见吗？"

"正好相反。但也有点让我担心，你知道——"

"要是我，我就不会担心，贝尔蒙特先生。你妻子处理得很好。老实说，我没想到实验会产生如此完美的结果。我们确切知道了模型要做哪些改善，功劳都归于贝尔蒙特夫人。如果你坚持让我说实话，我认为你的夫人比你更值得升职。"

听到这里，拉里显然退缩了。"都是自家人，谁升职都行。"他敷衍地嘟囔了一句，离开了。

苏珊·凯文看着他的背影："我觉得这句话伤到他了——希望如此……你读过托尼的报告了吗，彼得？"

"一字不漏，"玻格特说，"TN-3模型需要改善吧？"

"哦，你也这么认为？"凯文直截了当地问道，"你有什么理由？"

玻格特皱起了眉："不需要理由。已经很清楚了，我们不能听任一个机器人和他的女主人上床，请原谅我说得这么粗俗。"

"是爱情！彼得，你真恶心。你真的不懂吗？机器必须服从第一法则。他不能让人类受到伤害，而克莱尔·贝尔蒙特因为自卑而受到了伤害。所以他向她示爱了，因为能在机器之中——在一个冰冷的、没有灵魂的机器之中——激发情感，又有哪个女人能不为自己骄傲呢？还有，他在那天晚上故意打开了窗帘，好让其他人看到并心生嫉妒，却又不会危及克莱尔的婚姻。我认为这是托尼的智慧——"

"是吗？即便是假装的，又有什么分别呢，苏珊？其中依然有可怕的后果。再去读一遍报告。她在躲避他。他抱住她时，她发出了尖叫。最后一夜她整晚都没睡，变得歇斯底里。我们不能承受这样的结果。"

"彼得，你瞎了。你跟我一样是个瞎子。TN模型会被彻底改造，但不是因为你的理由。完全不是，完全不是。我一开始竟然忽视了，真奇怪。"凯文陷入了沉思，"但可能它反映了我自身的一个缺点。你明白吗，彼得？机器没法坠入爱河，但是——即便爱情本身既绝望又恐怖——女人依然可以！"

地狱火[1]

在一群十分文明的首场观众之中出现了骚动。出席的只有几位科学家、几名高级军官、几位国会议员,还有为数不多的新闻记者。

美国大陆通讯社华盛顿局的阿尔文·霍纳发现洛斯阿拉莫斯国家实验室的约瑟夫·文森索就在自己身旁,便开口说道:"总该跟我们说点什么了吧。"

文森索透过自己的双光眼镜看着他说道:"不会是什么重要的事。"

霍纳皱起了眉。这是第一部有关原子弹爆炸的超慢镜头影片,配备了错觉镜头,改变了闪光中的偏正方向,爆炸的瞬间被分解成了一个个十亿分之一秒的片段。昨天,一颗原子弹爆炸了,今天,这些片段可以呈现出爆炸的完美细节。

霍纳说:"你觉得它没成功?"

文森索看上去很痛苦:"它成功了。我们做了初步测试。但重要的是——"

"是什么?"

"这些炸弹是人类的死刑判决。我们似乎还没能体会到这一点。"文森索点了点头,"看看这里的人。他们是那么激动,那么兴奋,却没有害怕。"

---

[1] Copyright © 1956 by King-Size Publishing Co.

记者说:"他们知道危险。他们也害怕。"

"还不够怕,"科学家说,"我看到有人在观察了氢弹将一座岛炸成一个洞之后,还能回家睡觉。这就是人。数千年来,地狱火一直在向他们布道,但没能让他们听进去。"

"地狱火?你信教吗,先生?"

"你昨天看到的就是地狱火。一颗爆炸的原子弹就是地狱火。没有分别。"

霍纳听够了。他起身换了个座位,不安地看着观众。他们害怕吗?他们担心地狱火吗?看上去不像。

灯光灭了,放映机开始工作。在银幕上,发射塔孤零零地站着。观众们在安静中紧张地期待着。

随后,塔的顶部出现了一个亮点,一个耀眼的、火热的点。亮点懒洋洋地绽放开来,从各个方向往外膨胀,形成了一个不规则的、明暗交织的椭圆。

有个男人压着嗓子叫了一声,随后其他人也叫了起来。喧嚣声过后,现场陷入了死一样的寂静。霍纳闻到了恐惧,也在自己的嘴巴里尝到了恐惧,他感觉自己的血都冻僵了。

椭圆形的火球上长出了些东西,并静止了一小会儿,然后迅速扩张成一个明亮的、没有五官的圆球。

在那个静止的时刻,火球上长出了黑色的斑点,像是眼睛;黑色的线条,像是稀疏的、冒火的眉毛;V形的发际线,嘴角上扬,在地狱火中狂笑,还长着角。

最后的号角[1]

天使长加百列对此事的态度可说是相当无所谓。他懒洋洋地用翼尖扫过火星,而火星本身因为是实体的,并没有被翅膀影响到。

他说:"已经决定了,埃瑟里尔,没什么好争辩的。复活日降临了。"

埃瑟里尔是个级别很低的六翼天使,用人类的时间来计算,他被创造出来的时间还不到一千年。听到这句话后,他禁不住颤抖了,在时空统一体中产生了明显的旋涡。自从诞生以来,他一直掌管着地球和它的四周。这份工作很清闲,不起眼,没什么前途,但时间久了,他对自己掌管的世界感到无比自豪。

"但你在破坏我的世界之前并没有给出通知啊!"

"给了。给过了。《但以理书》[2]和圣约翰的《启示录》[3]中有几处已经写得很清楚了。"

"是吗?从一个卷轴被抄写到另一个卷轴?肯定有不少地方在文字上有出入吧。"

"《梨俱吠陀》[4]和《论语》里也有暗示——"

"都是孤立的文化团体,只存在于少数贵族之中——"

1　Copyright © 1955 by King-Size Publishing Co.
2　《圣经·旧约》的一卷书。
3　《圣经·新约》的一卷书。
4　全名《梨俱吠陀本集》,是印度的一部上古诗歌总集。

"《吉尔伽美什史诗》[1]中也清楚地记载了。"

"大部分的《吉尔伽美什史诗》跟着亚述巴尼拔图书馆一起毁灭了。事情发生的时候,我都还没出生。以地球时间来计算的话,那都是我出生之前一千六百年的事了。"

"大金字塔的某些特征,泰姬陵中镶嵌的珠宝图案——"

"太隐晦了,没人曾正确地破解过。"

加百列无奈地说:"如果你执意反对一切,再谈下去也没什么意义。总之,你应该清楚的。跟地球有关的事务,你应当是全知的。"

"是的,前提是我想要知道。我手头的事太多。我承认,我没想过要调查复活的可能性。"

"好吧,你该调查的。所有相关的文件都保存于升天委员会的档案中。你早该去查阅的。"

"我都跟你说了我走不开。你对我们的对手在这颗行星上的效率之高缺乏了解。我耗费了所有的精力去阻止他,即便如此——"

"是的,"加百列摸了下一颗路过的彗星,"他似乎取得了一些小胜利。在我查看这个悲惨小世界的真实状态时,我注意到他们已经掌握了质能转化。"

"是的。"埃瑟里尔说。

"他们在操纵质能转化?"

"恐怕是的。"

"那此时不结束,更待何时?"

"我能处理,我向你保证。核弹不会毁灭他们。"

"不好说。别再打扰我了,埃瑟里尔。指定的时间就快到了。"

六翼天使固执地说:"我想看一下档案。"

---

[1] 已发现的世界最古老的英雄史诗,主要讲述了苏美尔时代美索不达米亚地区乌克鲁城邦领主吉尔伽美什的传说故事。

"如你所愿。"升天法案的文字闪闪发光地显现在了漆黑的真空苍穹之上。

埃瑟里尔大声念着："委员会在此命令天使长加百列，序列号××××（好吧，就是你本人没错），前往A级行星，序列号为G753990，以下称之为地球，于当地时间1957年1月1日中午12点01分……"他念完了，陷入沮丧的沉默。

"满意了？"

"不，绝望了。"

加百列笑了。太空中出现了一只号角，形状就像是地球上的号角，但它耀眼的金色一直从地球延伸到了太阳。它被举到加百列漂亮的双唇之间。

"你能给我点时间吗？我想跟委员会谈谈此事。"

"有什么用呢？法案是由首领签署的，你也知道，但凡是首领签署的法案是绝无可能推翻的。好了，时间马上就要到了，如果你不介意，我想尽快完成，因为我还有其他更重要的事需要操心。稍微往旁边让开点，可以吗？谢谢。"

加百列吹了一下，一个清脆的、单薄的、完美的高音，晶莹雅致，响彻整个宇宙，直至最遥远的恒星。在它响起的同时，出现了一刹那的静止，如同一根看不见的线，分隔了过去与未来，随后整个世界开始向内崩塌，物质塌缩成太初的混沌，世界原来就是在这个状态下萌生的。恒星和星云都消失了，宇宙尘埃、太阳、行星、卫星……一切都消失了，除了地球自己，仍如同往常一样地转动，在一个如今已空无一物的宇宙之中。

最后的号角奏响了。

R.E.曼（认识他的人都简单地称呼他为R.E.）轻手轻脚地走进比列肯·比特西斯的工厂，严肃地盯着一个高个子男人（尽管憔悴，但整齐的灰色胡子依然保持着一丝风度），后者正弯着腰聚精会神地看着桌子上的一堆文件。

R.E.看了眼手表，指针仍然指着7:01，显然表早已停了。当然，它显示的是东部标准时间，也就是格林尼治标准时间中午12:01。高耸的颧骨上方是一对深棕色的眼睛，此时这对眼睛遭遇了另一个人的目光。

高个子男人茫然地盯着他一小会儿，随后说道："我能帮你什么吗？"

"你是霍雷肖·J.比列肯，这地方的老板？"

"是的。"

"我是R.E.曼。我终于发现还有人在工作，所以忍不住进来了。你知道今天是什么日子吗？"

"今天？"

"是复活日。"

"噢，这个啊！我知道。我听到号角声了，适合用来唤醒死人……还挺好听的，你觉得呢？"他呵呵笑了一会儿，接着说道，"它在早上7点把我吵醒了。我推了推我老婆，她当然还在睡，我总是说她睡得跟猪一样。'这是最后的号角，亲爱的。'我说。霍顿斯，就是我老婆，说'知道了'，然后翻身又睡了。我洗了个澡，刮了胡子，穿好衣服，然后来上班了。"

"为什么还上班？"

"为什么不呢？"

"你的工人一个都没来。"

"是没来，可怜的家伙们。他们一有机会就给自己放假。你能料到的。毕竟，不是随便哪一天都能遇到世界末日的。老实说，这也无所谓。我趁机整理了我的私人信件，没人打扰。电话连一次都没响过。"

他站起身走向窗户:"真是个伟大的进步。再也没有刺眼的阳光,雪也消失了。只剩下令人愉快的光线和温度。非常好的安排……但现在,如果你不介意,我挺忙的,所以请你离开——"

一个响亮的、沙哑的声音突然插了进来:"稍等一下,霍雷肖。"一位大鼻子绅士走进了办公室,他看着异常像比列肯,只是更瘦一些,带着一副受到了冒犯的神情,而他全身赤裸的这一事实并没有妨碍他做出那样的表情。"你为什么要关了比特西斯?"

比列肯看上去快要晕倒了。"老天爷,"他说,"是我父亲。你这是从哪里来的?"

"从墓地。"老比列肯咆哮道,"还能从哪儿?他们成群结队地从地底爬出来。每个人都是裸体。女人也是。"

比列肯清了清嗓子:"我给你拿些衣服穿,父亲。我回家去拿。"

"没事。生意要紧。生意要紧。"

R.E.从沉思中回过神来:"所有人都是同一时间从坟墓里出来的吗,先生?"

他在说话的同时好奇地盯着老比列肯。老头儿的外表看着正值壮年。他的双颊上褶子还挺深的,但泛着健康的色彩。R.E.认为他的年龄刚好是他死的那一刻的年龄,而他的身体却处于那个年龄应有的理想状态。

老比列肯说:"不是,先生,不是一起出来的。新坟墓里的人先出来。波特斯比我早死了五年,所以比我晚出来五分钟。看到他之后我决定离开。我生前受够他了……看到他就想起从前。"他用拳头重重地捶了一下桌子:"没有出租车,也没有公交。电话也坏了。我不得不走路。我走了整整二十英里。"

"就光着身子走的?"他儿子用虚弱惊骇的语气问道。

老比列肯低头看着自己裸露的皮肤,赞许地点了点头:"天气挺暖和。几乎所有人都光着身子……好了,儿子,我来不是为了闲聊。工厂为什么关了？"

"没关。特殊情况。"

"特殊情况个鬼。你给工会总部打电话，跟他们说复活日没写在合同里。每个工人都按旷工处理，扣工资。"

比列肯瞥了一眼父亲，瘦脸上露出了固执的表情："我不打。别忘了你已经不是工厂管事的。我才是。"

"哦，你是吗？凭什么？"

"凭你的遗嘱。"

"行。现在我又回来了，我要废除遗嘱。"

"你不能，父亲。你死了。你虽然看着不像死人，但是我有证人。我有医生证明。我有殡仪馆的收据。我能让抬棺材的人做证。"

老比列肯盯着自己的儿子，坐了下来，双手背在椅子后面，跷起二郎腿说道："要这么说的话，我们都死了，不是吗？世界终结了，对吧？"

"但你被合法地宣布死亡，我却没有。"

"哦，我们会改变这一切，儿子。我们的人会超过你们，票数更多。"

小比列肯用手掌狠狠地拍打着桌子，脸也涨红了："父亲，我讨厌提及这一点，都是你逼我的。我想提醒你，到了此刻，母亲肯定已经坐在家里等你。她可能也是走路回家的……呃……也光着身子。她的心情可能不会太好。"

老比列肯的脸色离奇地变白了："老天！"

"你也清楚，她一直想让你退休。"

老比列肯迅速做出了决定："我不回家。这简直就是场噩梦。复活这玩意儿就没有什么限制吗？它……它……它完全缺乏管理。过犹不及听说过吗？我坚决不回家。"

就在这时，一个长着光滑的粉红脸蛋和蓬松的白色鬓角（很像

141

马丁·范布伦）的矮胖男人,走了进来,冷漠地说了句:"你们好。"

"父亲。"老比列肯说。

"爷爷。"小比列肯说。

爷爷比列肯不屑地看着小比列肯。"如果你真是我孙子,"他说,"那你的年纪也太大了,而且没什么长进。"

小比列肯仿佛抽筋似的笑了笑,没有接话。

爷爷比列肯也不需要他回答,接着说道:"你们两个跟我说说生意的现状,我会继续管理这个地方。"

同时响起了两声回答,爷爷比列肯的脸色也变了,他用一根想象中的手杖不容置疑地敲击着地面,同时嘴里还在反驳。

R.E.说:"先生们。"

他提高了音量:"先生们!"

他用足了力气高喊:"先生们!"

对话中断了,他们都扭头看着他。R.E.瘦削的脸、奇怪但富有魅力的双眼和讥笑的嘴角突然间掌控了局面。

他说:"我不懂你们在吵什么。你们生产什么东西?"

"比特西斯。"小比列肯说,"也就是一种早餐麦片——"

"每一片金色的脆片都充满了能量——"小比列肯叫道。

"包裹着糖霜,如蜂蜜一般甜。既是食品,又是甜点——"老比列肯喊道。

"满足最刁钻的胃口。"爷爷比列肯吼道。

"说得好,"R.E.说,"什么样的胃口?"

他们傻呆呆地看着他。"什么意思?"小比列肯说。

"你们饿吗?"R.E.问道,"我感觉不到饿。"

"这个傻瓜在胡说什么?"爷爷比列肯生气地问道。他那看不见的手杖本该戳着R.E.的肚脐,假如它(说的是手杖,而不是肚脐)真的存在。

R.E. 说:"我是想告诉你们,不会再有人想吃东西了。这里是死后的世界,没必要进食。"

比列肯一家人脸上的表情无须解读。显然他们感受了一下自己的胃口,发现不妙。

小比列肯沮丧地说:"完了!"

爷爷比列肯用想象中的手杖使劲且无声地敲着地面:"这种剥夺财产的行为并未经过法律程序。我要起诉。起诉。"

"完全不符合宪法。"老比列肯表示赞同。

"假如你们能找到起诉的对象,我祝你们几个好运。"R.E. 附和道,"抱歉,我现在要去墓地一趟了。"

他将帽子戴到头上,走出了大门。

埃瑟里尔的旋涡颤抖着,他站在神圣的六翼小天使面前。

小天使说:"我没听错的话,你的宇宙被解体了?"

"是的。"

"好吧,知道了。你不会想让我把它复原吧?"

"我不会乞求你做任何事情,"埃瑟里尔说,"只要帮我跟首领约个会议就好。"

听到那个词,小天使立刻做了个表示尊敬的动作——两只翼尖先遮住自己的脚面,然后是自己的眼睛,最后是嘴。他恢复到了正常状态,说道:"首领很忙。有大量的事需要他决定。"

"知道他忙。我只是想说事情这样发展下去的话,就会出现一个撒旦取得最终胜利的宇宙。"

"撒旦?"

"希伯来语中'敌人'的意思。"埃瑟里尔不耐烦地说,"也可以用波斯语说成阿里曼。总之,我说的就是敌人。"

小天使说:"但和首领见面又能改变什么呢?最后的号角的授权文

143

件是首领签的,所以它是无法推翻的。首领绝不会食言,这有损他的全能。"

"没有商量的余地?你不会安排会议?"

"我没法安排。"

埃瑟里尔说:"这样的话,我直接去找首领。我会侵入十重天。如果等待我的是毁灭,我也无所谓。"他开始积聚能量……

小天使惊恐地说了声:"亵渎!"

随着一声低沉的雷鸣,埃瑟里尔向上飞去,不见了。

R.E. 穿行在拥挤的街道上,对眼前的景象已然习惯,人们迷茫、疑惑、冷漠,穿着随便找来的衣服,更多的是光着身子。

一个女孩,看着大约十二岁,靠在一扇铁门上,一只脚踏在门闩上,推着它来回移动。看到他经过时,她说:"你好,先生。"

"你好。"R.E. 说。女孩穿着衣服。她不是一个……呃……归来者。

女孩说:"我们家多了一个小孩。她是我曾经的妹妹。妈妈在哭。他们把我赶到了这里。"

R.E. 说:"好的,好的。"他穿过铁门,走上通往房子的石子路,房子看着比中产阶级的要显赫一些。他摁响了门铃,没人应门,于是他便推门走了进去。

他一路跟着哭声,敲响了一扇内门。开门的是一个结实的男人,大约有五十岁,头发稀疏,脸颊丰满,下巴结实,他看着他,脸上的表情既吃惊又不满。

"你是谁?"

R.E. 脱下帽子:"我想我可以帮忙。你们在外面的小女孩——"

双人床边的椅子上坐着一个女人,无助地抬头看着他。她的头发已经变得花白。她的脸有些浮肿,因为哭泣变得更加难看,手背上的青筋暴露。床上躺着一个婴儿,圆滚滚的身体赤裸着。婴儿懒洋洋地踢着小脚,视力尚未发育的婴儿没有目的地四处乱看。

"这是我的孩子,"女人说,"她二十三年之前出生于这所房子里,十天之后也死于这所房子里。我一直想让她回来。"

"现在你拥有她了。"R.E. 说。

"但太晚了。"女人激动地喊道,"我还有三个孩子。我最大的女儿结婚了。我儿子在军队。我年纪太大了,不能养小孩。即便……即便……"

她想要露出坚毅的表情并控制住自己的泪水,但失败了。

她丈夫语气平淡地说:"这不是一个真的孩子。她不会哭。她也不会尿在身上。她甚至不喝牛奶。我们该怎么办?她永远不会长大,永远是个孩子。"

R.E. 摇了摇头。"我不知道,"他说,"恐怕我什么忙都帮不上。"

他安静地离开了。他安静地想到了医院。每一家医院肯定都出现了好几千个婴儿。

把他们放到架子上,他在心里嘲讽着,把他们像柴火一样堆起来。他们不需要照顾。他们那小小的身体只是保管人,保管着无法摧毁的生命之光。

他遇到了两个显然年纪相仿的男孩,他们看着大约十岁,嗓音很尖。其中一个在非太阳的光线下泛着白光,显然是个归来者。另一个不是。R.E. 停下脚步,听他们交谈。

光着身子的那个说:"我得了猩红热。"

穿着衣服的语气中表现出了嫉妒,因为对方得过这种臭名昭著的疾病:"哇!"

"我就是这么死的。"

"哇!他们给你吃青霉素还是红霉素?"

"什么?"

"它们是药。"

"从没听说过。"

"小子,你没听说的多了。"

"我跟你知道的一样多。"

"是吗?谁是美国总统?"

"沃伦·哈丁[1],还用说。"

"你傻啦,是艾森豪威尔[2]。"

"他是什么人?"

"看过电视吗?"

"什么东西?"

穿着衣服的男孩呵呵笑了,笑得很大声:"你只要打开它,就能看小丑、电影、牛仔、火箭骑兵,任何你想看的东西。"

"那就去看看吧。"

短暂停顿之后,来自现代的男孩说:"它打不开了。"

另一个男孩发出了不屑的声音:"应该是从来就没打开过吧。都是你编的。"

R.E.耸了耸肩,接着往前走。

离开了镇子,来到墓地附近之后,人群变得稀疏。残留的人群都在往镇子的方向走,也都是光着身子的。

一个人叫住了他。一个快活的男人,长着粉红色的皮肤,白头发,鼻子的两侧都有夹鼻眼镜留下的痕迹,但看不到眼镜在哪里。

"你好,朋友。"

"你好。"R.E.说。

---

[1] 美国第29任总统。
[2] 美国第34任总统。

"你是我见到的第一个穿着衣服的人。我猜号角吹响时,你还是个活人。"

"是的。"

"这一切都很棒吧?令人兴奋,令人喜悦。过来跟我一起庆祝吧。"

"你喜欢这样,是吧?"R.E. 说。

"喜欢?我浑身都充满了喜悦,活力四射。我们被这第一天的光明所笼罩,那可是在太阳、月亮和星星被创造之前的光明。(你当然知道《创世记》。)这里温暖如春,肯定是伊甸园里的极乐之地。没有令人萎靡的酷热,也没有刺骨的寒冷。男人和女人赤裸着行走在大街上,并不觉得羞耻。一切都很好,我的朋友,一切都很好。"

R.E. 说:"是啊,说实话,我似乎并没有被赤裸的女体所吸引。"

"自然不会。"那个人说,"我们记忆中在地球上的淫欲和原罪都没了。朋友,请允许我介绍一下我在地球上的身份。我在地球上的名字是温斯罗普·海丝特。按照我们那时的时间来算,我出生于1812年,死于1884年。在我生命的最后四十年,我努力想带领我的教徒们去往天堂,现在我要去数一下我到底成功带走了几个。"

R.E. 严肃地打量着这位前牧师:"审判日应该还没到。"

"为什么?上帝能看透人心,在世上万物终止的那一刻,所有的人都会接受审判,我们会得到救赎。"

"肯定有很多人被救赎了。"

"恰好相反,孩子,得到救赎的只是一小部分。"

"很大的一小部分。就我看来,所有人都复活了。我看到一些臭名昭著的角色也回到了镇子里,跟你一样有活力。"

"最后的忏悔——"

"我从不忏悔。"

"不忏悔什么行为,孩子?"

"我从来没去过教堂。"

温斯罗普·海丝特迟疑地后退了一步："你受洗过吗？"

"印象中没有。"

温斯罗普·海丝特的身子开始发颤："但你肯定信仰上帝吧。"

"这个嘛，"R.E.说，"我相信他的很多事情，说出来可能会吓你一大跳。"

温斯罗普·海丝特转身急匆匆地离开了，显得很是焦躁。

在剩下的前往墓地的旅途中（R.E.没办法估计时间，他也没想要估计），再没人叫住他。他发现整个墓地都空了，树木和草地也消失了（他注意到整个世界中没有绿色，所有的地面都呈现出丑陋的、无聊的、没有纹理的灰色，天空则是惨白的），但墓碑都还立着。

在其中一块墓碑上，坐着一个瘦弱的、满脸褶子的男人，他长着一头长长的黑发，胸口和上臂也长满了黑毛，虽然短，但更引人注目。

他用深沉的声音喊了一句："嘿，过来，说你呢！"

R.E.在旁边的墓碑上坐下："你好。"

黑发人说："你的衣服看着不对劲。今年究竟是哪一年？"

"1957年。"

"我死于1807年。有意思！我还以为我会被烤熟呢，永恒的火焰炙烤着我的内脏。"

"你不去镇子里吗？"R.E.问道。

"我叫泽，"这位古人说，"泽伦的简称，叫我泽就行。镇子变成什么样了？应该变了吧？"

"里面大概有十万人。"

泽撇了一下嘴巴："吹吧。说得它好像比费城还大……你开玩笑吧。"

"费城有——"R.E.停下了，说出数字只能起到反作用，他换了种说法，"镇子发展了一百五十年，你知道吧。"

"国家也是?"

"四十八个州,"R.E.说,"一直拓展到了太平洋。"

"不会吧!"泽兴奋地拍了下大腿,随后因为没有粗糙的土布来抵挡这一击而咧了下嘴,"要不是我在这地方还有事,我肯定就会去往西部。是的,先生。"他的脸色沉了下来,薄薄的嘴唇抿成了冷峻的模样:"我决定留下,这里需要我。"

"需要你什么?"

答案脱口而出,他咬牙切齿地说:"印第安人!"

"印第安人?"

"好几百万人。首先是那些跟我们战斗过并被我们打败的,然后是那些从未见过白人的部落。他们都会复活。我需要我的老伙计们。你们城里人搞不定……看到过印第安人吗?"

R.E.说:"最近倒是没看到过。"

泽露出了轻蔑的目光,想要冲着一旁吐口唾沫,却没有足够的口水。他说:"你最好还是回城里去吧。再过一会儿,这地方就会变得不安全了。真希望手里有杆步枪。"

R.E.站了起来,思考了一阵子,耸了下肩,扭头去看镇子。他刚才坐着的那块墓碑在他起身后突然倒了,碎成了灰色的石头粉末,融入了毫无特征的大地。他往四处看了看。大多数的墓碑都不见了。剩下的也都支持不了多久。只有泽屁股底下的那块墓碑看着依旧十分结实。

R.E.开始往回走。泽并没有扭头看他。他一动不动地等待着——安静且平静——等待着印第安人。

埃瑟里尔以鲁莽的速度穿破了一重又一重的天。他知道升天委员会的眼睛在盯着他。从那些后出生的六翼天使,还有小天使和天使,一直到最高的天使长,他们肯定都在看。

他已经高过了任何一位升天委员,却未受邀请,从未有人这样做过。他等待着隆隆作响的上谕，那可能会彻底消减他的旋涡。

但他没有畏惧。穿过了非空间和非时间，他朝着十重天而去，那个掌管了所有现在、过去、未来、已发生的、将要发生的和可能发生的权柄。

在一闪念之间，他成功穿透了，成了它的一部分，他的存在变大了，因而此刻他也成了一切的一部分。但很快它仁慈地遮蔽了他的感官，首领变成了他体内一个宁静的小声音，因此它的无限变得更令人畏惧。

"我的孩子，"那个声音说，"我知道你为什么来。"

"那就帮帮我，实现你的旨意。"

"我的旨意，"首领说，"我的行为，是不可推翻的。我的孩子，你所有的人类都渴望生命，都害怕死亡，都怀着永生的梦想。没有哪两类人，没有哪两个人，想象过同样的死后生活，但都希望永生。我接受了请愿，要满足普通人最普遍的愿望——永生。我也这么做了。"

"你的仆人中没有哪个提出过这样的请愿。"

"是敌人提出的，孩子。"

埃瑟里尔凄惨地看着自己微弱的光芒，低声说道："我是你目光中的沙砾，不配站在你面前。但我必须问一个问题，那个敌人也是你的仆人吗？"

"没有他，也就没有我，"首领说，"因为没有与邪恶的斗争，那什么才是善良呢？"

在这场斗争中，我输了，埃瑟里尔心想。

R.E. 停下来打量着镇子。建筑正在倒塌。那些由木头建成的房子已经是一堆废墟了。R.E. 走向了最近的一堆废墟，发现木头已变成干燥的粉末。

他朝着镇子深处看去，发现砖房依然矗立，但砖头的边缘出现了不详的圆弧，即将变成碎片。

"它们支撑不了多久了，"一个深沉的声音说，"但也有令人安慰的地方——如果能称得上安慰——它们的倒塌不会砸死人。"

R.E. 惊奇地抬头看，发现自己面对着一个像是堂吉诃德的面色惨白的男人，他下巴突出，脸颊深陷。他的眼神很悲哀，棕色的头发稀疏但笔直。他的衣服肥大，从破洞中可以清楚地看到他的皮肤。

"我的名字叫理查德·列文。"那个人说，"我曾经是历史学教授——在这一切发生之前。"

"你穿着衣服，"R.E. 说，"你不是复活者中的一员。"

"对，但这点特征正在消失。衣服快没了。"

R.E. 看了看从他们身边走过的人群，人们都在缓慢地、毫无目的地移动，如同阳光中的尘埃。穿衣服的很少见。他低头看了看自己，这才注意到两条裤腿都沿着裤缝处裂开了。他用大拇指和食指捻了捻上衣的布料，羊毛轻易地就被捻下来了。

"我认为你说得对。"R.E. 说。

"你注意到了吗，"列文接着说道，"梅隆山正在变矮？"

R.E. 转头看向北方，也就是贵族（镇子级别的贵族）的大宅矗立的梅隆山，发现地平线几乎是平的。

列文说："最终，这里什么都剩不下，只有一条直线，没有特征，什么都没有——只有我们。"

"还有印第安人，"R.E. 说，"镇子外头有个人在等印第安人，他希望手里能有杆步枪。"

"我觉得，"列文说，"印第安人不会惹麻烦的。和一个打不死也伤不了的敌人打仗有什么意思呢？即便没有这个原因，对于战争的欲望也没了，跟其他的欲望一样。"

"你确定吗？"

"我确定。在这一切发生以前，尽管你看到我这个人时不会往那方面想，但其实我从女人的形体那里得到过很多无害的欢乐。现在，有那么多的机会摆在我面前，我却发现自己毫无兴致，真让人生气。不，这么说不对，我甚至对我的毫无兴致都无所谓。"

R.E. 瞥了路过的人几眼："我明白你的意思。"

"这里的印第安人，"列文说，"跟旧世界的相比根本不算什么。在复活的早期，希特勒和他的纳粹国防军肯定也活了过来，现在肯定和斯大林以及他的红军混杂在了一起，从柏林一直到斯大林格勒。令局面更复杂的是，德皇和沙皇也会加入。凡尔登和索姆河的人也会回到旧日的战场。拿破仑和他的元帅们在西欧大陆。穆罕默德肯定也会回来看看伊斯兰如今的情况，而圣人和使徒则追寻着基督教的轨迹。甚至是蒙古人，可悲的家伙们，从铁木真到奥朗则布这些可汗们，肯定在无助地四处奔走，渴望找到自己的马匹。"

"作为历史学教授，"R.E. 说，"你肯定希望能亲临现场。"

"我怎么才能到那里？地球上的每个人都被自己的步行距离限制了。什么机器都没有，而且，我刚说过，也没有马。还有，我究竟能在欧洲找到什么呢？漠然，我敢肯定跟这里一样。"

一声轻微的"扑通"引得R.E.转过了身。附近一座砖房的侧翼坍塌成了一团土灰。他身体两旁都撒满了砖的碎末。有些肯定穿过了他的身体，他却没有察觉。他往四周看了看。隆起的废墟的数量已经变少了。剩下的那些体积也变小了。

他说："我碰到了一个人，他认为我们都接受了审判，上了天堂。"

"审判？"列文说，"噢，也对，我觉得是。我们现在处于永恒之中。我们没了宇宙，没了外部现象，没了感情，没了热情。什么都没了，只有我们自己和想法。纵观历史，我们连在下雨的星期天都不知道该干什么，如今却将处于永恒的反省之中。"

"听上去,这种情况令你忧心。"

"比忧心更严重。但丁的地狱概念太孩子气,侮辱了神的想象力,什么火、酷刑之类的。无聊才更高阶。心智的自我折磨,无论怎样都无法逃离自己,注定只能吸食自己腐烂之后的脓水,才更加可怕。噢,是的,朋友,我们接受了审判,受到了惩罚,这里不是天堂,而是地狱。"

列文站了起来,沮丧地垂着肩膀,离开了。

R.E.若有所思地盯着他的背影,点了点头。他满意了。

埃瑟里尔内心的挫败感只持续了一瞬间,随后他突然展现了自己的存在,在首领和他的光辉面前,他力所能及地展示着光明,变成无限的十重天内的一个小亮点。

"如果这是你的旨意,"他说,"我请求的不是让你违背自己的旨意,而是去实现它。"

"怎么说,孩子?"

"升天委员会批准且由你签署的文件,确立了复活日将发生于1957年的一个特定日子的特定时间,这里的时间用的是地球人的时间。"

"是的。"

埃瑟里尔继续说道:"但1957年并没有定义。什么是1957年?对于在地球上占据主导地位的文明而言,它是公元1957年。没错。然而,从你创造地球和它的宇宙的那一刻起,已经过了5960年。根据你植入这个宇宙的证据,大约已经过了四十亿年时间。那么,这个未定义的年份到底是1957、5960,还是4,000,000,000?

"这些还不是全部,公元1957年是拜占庭历的7464年,犹太历的5716年。假如我们用罗马历来纪年,它是2708罗马年,也就是罗马建成之后的第2708年。它是穆罕默德历的1375年,美国独立后的108年。

"我谦卑地征求你的意见,被称为1957的这一年,在缺乏定义的情况下,是不是没有意义呢?"

首领的声音变得更轻了:"我一直知道这些,孩子,只是等着你去发现。"

"那么,"埃瑟里尔说道,声音因为喜悦而颤抖,"让你旨意中的每一个字母都得以实现,让复活日降临于1957年,但仅当地球上所有的居民一致同意某个特定的年份被赋予1957这个数字。"

"同意。"首领说。他的话再生了地球和它上面的一切,还有太阳、月亮和天上的所有。

现在是1957年1月1日早上7点,R.E.在惊恐中醒来。充斥整个宇宙的悦耳旋律本该开始奏响,却没有奏响。

他旋即仰起了脑袋,仿佛想要理解发生了什么,脸上浮起了强烈的怒意,接着又消失了。这只不过又是一场斗争。

他在桌子旁坐下,开始制订下一个行动计划。人们已经开始谈论历法改革,必须给予必要的推动。一个新的纪年必须开始于1944年12月2日,总有一天,一个新的1957年会到来。原子时代的第1957年,全世界都会予以认可。

一束奇特的光线照在了他的头上。随着这个想法在他超人类的大脑中迸发,墙上出现了阿里曼的影子,两侧的太阳穴上似乎还长着小角。

他们曾经拥有的欢乐[1]

玛吉甚至在当晚的日记里写下了发生的事。在页眉标着2157年5月17日的那一页,她写道:"今天汤米找到了一本真正的书!"

那是一本非常古老的书。玛吉的爷爷曾经说过,当他还是个小男孩时,他的爷爷告诉他,从前所有的故事都印刷在纸上。

他们翻着书页,纸已泛黄,皱巴巴的。真是太有趣了,字在纸上是不动的,而不是如同想象中的那般移动——你懂的,就像在屏幕上一样。然后,当他们翻到前一页时,它上面仍然显示着不变的字词,跟他们第一次读到的一模一样。

"哇,"汤米说,"太浪费了。我猜你读完这本书后,就会把它扔了。我们的电视屏幕里肯定有一百万本书,还能往里装很多。我才不会把它扔了。"

"我也不会。"玛吉说。她才十一岁,看过的电子书没有汤米那么多。汤米已经十三岁了。

她说:"你在哪里找到它的?"

"在我家里。"他没抬头,随便指了一下,因为在忙着阅读,"在阁楼上。"

"它讲了什么?"

---

[1] 1951年首次发表于报业协会(NEA Service, Inc.)儿童专栏。本篇小说任何形式的再版都须经报业协会的授权。

155

"学校。"

玛吉撇了撇嘴:"学校?学校有什么好写的?我讨厌学校。"

玛吉总是在讨厌学校,但现在她讨厌得更厉害了。机器老师一直不断地让她考地理,她的分数在持续下降,直到她母亲失望地摇着头,叫来了县里的检查员。

他是个矮胖的小个子,长着一张红脸蛋,还带来了一个大工具盒,里面装着各种拨号盘和电线。他朝玛吉笑了笑,给了她一个苹果,然后把老师拆开了。玛吉希望他不懂该怎么把它装回去,但他很在行,过了一个小时左右,它又回来了,又大又黑又难看,顶着大大的屏幕,上面能显示所有的课程和课堂问题。这还不算坏。玛吉最讨厌的部分就是做作业和做试卷。她总是要用在六岁时学会的打孔方式写出答案,而机器老师瞬间就能批出分数。

完事之后,检查员笑了笑,拍了拍玛吉的头。他跟她母亲说:"不是小孩子的错,琼斯夫人。我觉得地理课的进度太快了。有时会发生这种事。我将进度调慢到了普通十岁小孩的水平。说实话,她的整体水平还是相当令人满意的。"他又拍了拍玛吉的头。

玛吉失望了。她本来希望他们会把这个老师整个拿走。他们曾经把汤米的老师拿走将近一个月,因为历史课的内容全都消失了。

所以她对汤米说:"为什么会有人写学校呢?"

汤米用居高临下的目光看着她。"因为它跟我们的学校不一样,笨蛋。它是一种古老的学校,好几百年前的人去上的学校。"他又煞有介事地强调了一句,"几个世纪之前。"

玛吉不高兴了。"好吧,我可不知道那么久以前的学校是什么样子的。"她在他身后探头读了一阵子,接着说道,"不过,他们还是有老师的。"

"他们当然有老师,但不是普通的老师。是人。"

"人?人怎么能当老师?"

"简单，他只要教男孩女孩学东西，给他们布置作业，问他们问题就行了。"

"人没那么聪明。"

"当然有。我父亲就跟我老师懂的一样多。"

"不可能。人不可能跟老师懂的一样多。"

"我敢说他们懂的几乎差不多。"

玛吉不知道该怎么反驳。她说："我才不想要一个陌生人在家里教我呢。"

汤米大声笑了起来："你不懂，玛吉。老师不住在你家里。他们都在一个特别的地方，所有的孩子都会去那里。"

"所有的孩子都学一样的东西？"

"当然，只要他们的年纪都一样。"

"但是我妈妈说老师必须经过调整，来配合不同孩子的头脑，每个孩子必须用不同的教育方法。"

"他们那时候不会这么做。如果你不喜欢，你可以不读这本书。"

"我可没说过不喜欢。"玛吉飞快地说道。她想读读那些有趣的学校。

玛吉的母亲来叫他们时，他们连一半都没读完："玛吉！上学了！"

玛吉抬起头："还没到时间，妈妈。"

"马上！"琼斯夫人说，"还有，汤米的时间可能也到了。"

玛吉对汤米说："放学后，我能跟你一起再读会儿这本书吗？"

"看情况吧。"他无动于衷地说。他吹着口哨离开了，胳膊底下夹着那本脏兮兮的旧书。

玛吉去了教室。教室就在她卧室的旁边，机器老师已经启动了，正等着她。它每天总是在同一个时间启动，除了星期六和星期天，因为她妈妈说过，小女孩应该把学习时间固定下来，这样才能学得更好。

屏幕亮了，它说："今天的数学课是真分数的加法。请把昨天的作业塞入纸槽。"

玛吉叹了口气，照做了。她在想她爷爷的爷爷小时候上的那种老式学校。整个社区的孩子都来了，在操场上笑着，叫着，一起坐在教室里，在一天结束之后一起回家。他们学习同样的东西，所以他们能一起做作业，一起讨论作业。

而且，老师是人……

机器老师的屏幕上显示着："当我们把1/2和1/4这两个分数相加——"

玛吉在想旧时的孩子们肯定喜欢上学。她在想象他们曾经拥有的欢乐。

讲笑话的人[1]

诺埃尔·迈耶霍夫翻了翻自己准备的清单，决定了要把哪条排在第一。跟往常一样，他主要依靠的是直觉。

他在面前的机器的衬托下显得很小，而且视野中能看到的只是机器的一小部分。这没关系。他知道自己的水平，言语之中带着漫不经心的自信。

"约翰逊，"他说，"出差结束后，没打招呼突然回到了家，却发现自己的老婆躺在最好朋友的臂弯里。约翰逊趔趄着边往后退边说：'麦克斯！我跟这女人结婚了，所以我是迫不得已的，你这又是何必呢？'"

迈耶霍夫想着：好吧，让它慢慢体会，再咯咯笑一会儿。

有个声音在他身后说道："嘿。"

迈耶霍夫删除了这个单音节的声音，把他正在使用的电路拨到了空挡位。他转过身，说道："我在工作呢。你不会敲门吗？"

他没有像往常那样笑着跟蒂莫西·惠斯勒打招呼。惠斯勒是一个高级分析员，迈耶霍夫经常需要跟他打交道，就跟其他人一样频繁。但此刻迈耶霍夫皱起了眉头，仿佛被一个陌生人打搅了似的，眉头皱得连瘦脸都变形了，似乎还扯到了他的头发，让头发比往常更乱了。

惠斯勒耸了耸肩。他穿着白色的实验服，两只手用力地插在口袋

---

[1] Copyright © 1956 by Royal Publications, Inc.

里,双臂呈现出两条直线:"我敲了。你没有吱声。运行信号灯也没有亮。"

迈耶霍夫咒骂了一声,不是冲着惠斯勒去的。他最近一直在琢磨自己的新项目,太入迷了,以至于忘了小细节。

不过,他也不会太过责备自己。这个项目太重要了。

当然,他不知道它为什么重要。大师们通常都不知道。这就是大师会成为大师的原因。他们超越了逻辑。要不然,人类的大脑怎么可能赶得上那个十英里长的固体逻辑团,人们称它为马尔蒂瓦克,有史以来最复杂的计算机。

迈耶霍夫说:"我在工作。你有什么要紧事吗?"

"没有什么不能停下的。超空间的答案上有些漏洞——"惠斯勒先是自顾自地说着,随后恍然大悟,脸上露出了懊悔的表情,"在工作?"

"是的。怎么啦?"

"但是——"他往四处看了看,盯着进深不大的房间里一排又一排的继电器,它们形成了马尔蒂瓦克的一小部分,"但这里并没有人在听你讲话啊。"

"谁说非得有人听?"

"你在讲笑话,不是吗?"

"所以呢?"

惠斯勒挤出了一个笑容:"你不会是在讲笑话给马尔蒂瓦克听吧?"

迈耶霍夫挺直了身体:"有什么问题吗?"

"你真的在讲笑话给马尔蒂瓦克听?"

"是的。"

"为什么?"

迈耶霍夫盯着对方,直至他低下头:"我没必要跟你解释,也没必要跟任何人解释。"

"上帝,当然不必。我只是好奇,仅此而已……不过,你要是真的在工作,我这就走。"他再次看了看四周,皱着眉头。

"请吧。"迈耶霍夫说。他目送他离开,随后狠狠地用手指按下了"工作中"的信号灯。

他沿着房间的最宽处来回踱步,整理着自己的思路。该死的惠斯勒!该死的这帮人!因为他没有刻意跟这些技术员、分析员、技工保持适当的社交距离,因为他对待他们的方式就如同他们也是有创造力的艺术家,他们就没了分寸。

他恶毒地想着:他们甚至都说不好一个笑话。

一想到这里,他的思路又回到了手头的任务上。他又坐了下来。他们都该死。

他把马尔蒂瓦克的电路又扳到了工作位置,开口说道:"船上的服务员停在了扶手前,船正行驶在波涛汹涌的海面,他同情地看着一个瘫倒在扶手前的男人,后者正聚精会神地盯着一摊展示了晕船的可怕之处的东西。

"服务员温柔地拍着那个人的肩膀。'振作点,先生,'他轻声说道,'我知道这很难受,但说真的,你也知道从来就没人死于晕船。'

"饱受折磨的绅士抬起一张绿油油的、痛苦不堪的脸对着他的安抚者,用沙哑的声音喘息道:'别这么说,伙计,看在上帝的分儿上,别这么说。想到连死都死不了,我更难受了。'"

蒂莫西·惠斯勒虽然心事重重,但在经过秘书的桌子时还是对她点头笑了笑。她也给他回了一个笑容。

一个人类的秘书,他心想,在计算机掌控的21世纪,是属于过时的东西。但话说回来,或许这也很自然,这么一个岗位应该能在这里存活，这里是计算机的大本营，是拥有马尔蒂瓦克的巨型跨国公司。随着马尔蒂瓦克填满了地平线，再添置那些处理琐事的小型计算机会让人觉得没有品位。

惠斯勒走进了艾布拉姆·特拉斯克的办公室。那个政府官员停下了想要点燃烟斗的优雅动作，他黑色的眼睛朝着惠斯勒的方向瞥了一眼，鹰钩鼻在他身后的长方形窗户的衬托下显得异常扎眼。

"哈，你来了，惠斯勒。坐下，快坐下。"

惠斯勒照做了："我感觉我们有问题了，特拉斯克。"

特拉斯克假意笑了笑："希望不是技术问题。我只是一个无辜的政客（这是他最爱说的口头禅）。"

"跟迈耶霍夫有关。"

特拉斯克立刻坐了下来，摆出一副愁眉不展的样子："你确定吗？"

"挺确定的。"

惠斯勒十分理解对方为什么突然就不高兴了。特拉斯克是主管内务部计算机与自动化部门的政府官员。他负责处理与马尔蒂瓦克周边人物相关的政策，就像那些经过技术训练的周边设备与马尔蒂瓦克的关系也需要处理一样。

但大师可比普通的周边人物重要多了。他不仅仅是个人。

在马尔蒂瓦克的早期阶段，人们就发现瓶颈在于提出问题的程序。马尔蒂瓦克能够解决人类的任何困难，只要——只要能问出有意义的问题。但随着知识累积的速度越来越快，要找到有意义的问题也变得越来越困难。

光有逻辑性仍然不够，需要一种罕见的直觉。跟国际象棋大师头脑的工作方式一样（只是更加激烈）。这种头脑需要在几千万亿种走法中找出最佳步骤，而且需要在短短的几分钟之内做出决定。

特拉斯克显得坐立不安："迈耶霍夫在干什么？"

"他输入了一个我感觉不怎么妥当的问题。"

"噢,得了,惠斯勒。就这点事吗?你无法阻止大师提出任何他想提出的问题。无论是你还是我,都没有能力来评判他的问题是否妥当。你明白的。我知道你明白。"

"我当然明白。但我也了解迈耶霍夫。你跟他打过交道吗?"

"上帝,没有。哪有人会跟大师打交道?"

"别这么想,特拉斯克。他们也是人,也有其可怜之处。你想过没有,大师的生活是什么样子的?知道全世界只有十二个跟你一样的人,知道每一代人只能产生一两个,全世界都指望着你,上千个数学家、逻辑学家、心理学家和物理学家都在等着你?"

特拉斯克耸了下肩,嘟囔了一句:"上帝,我会觉得自己是世界之王。"

"我敢说你不会有这种想法,"高级分析员不耐烦地说,"他们根本不会觉得自己是王。他们没有同伴可以交谈,也没有归属感。听着,迈耶霍夫从来不会错过跟伙计们一起聚会的机会。他没结婚——很自然,他不喝酒,他没有社交技巧——然而他迫使自己跟我们混在一起,因为他必须这么做。你知道他跟我们在一起时会干什么吗?我们每周至少会聚一次。"

"我猜不着,"这位政府官员说,"我第一次听到这个消息。"

"他是个讲笑话的人。"

"什么?"

"他讲笑话,讲非常好笑的笑话。他很了不起。他能把所有的故事,不管有多老或多无聊,都讲得很生动。他就是有这种本事。他有天分。"

"明白了。挺好的。"

"不好。这些笑话对他很重要。"惠斯勒将两只胳膊肘都撑到了特拉斯克的桌子上,咬着大拇指的指甲,盯着前方的空气,"他不一样。他知道自己不一样,而他觉得这些笑话是能够让我们这些普通人接受他的方式之一。我们笑,我们大叫,我们拍打他的背,甚至忘了他是个大师。这是他跟我们之间唯一的联系。"

"有意思。真不知道你还是个心理学家。不过,你到底想说什么?"

"很简单,要是迈耶霍夫讲完了所有的笑话,你猜会发生什么?"

"什么?"政府官员茫然地看着他。

"要是他开始重复自己的笑话,要是他的听众笑得没以前那么真心了,或彻底不笑了,会发生什么?这是他唯一能被我们接受的地方。没了它,他会变得孤独,接下来他会发生什么?想一想,特拉斯克,他是十二个人类不能失去的人之一。我们不能让他发生任何事。我说的不仅仅是身体上的。我们甚至都不能让他不高兴。谁知道这会对他的直觉造成什么影响?"

"好吧,他开始重复了吗?"

"据我所知还没有,但我敢说他本人认为自己开始重复了。"

"为什么你会这么说?"

"因为我听到他在跟马尔蒂瓦克讲笑话。"

"啊?不会吧。"

"偶然间撞见的。我闯进他的办公室,他把我赶了出来。他发脾气了。平常他脾气一直挺好的,就因为我闯了进去,他就这么生气,我觉得事情有点不对劲。当时他正在对马尔蒂瓦克讲笑话,我确信那只是一串笑话中的一个。"

"为什么?"

惠斯勒耸了耸肩,用手使劲地搓着自己的脸颊:"对此我有个推测。我认为他正设法往马尔蒂瓦克的内存里存上一大堆的笑话,为了产生新的变体。你明白我的意思吗?他在制造一台讲笑话的机器,如此他就能掌握无限量的笑话,再也不用担心用完了。"

"上帝!"

"客观上,这么做没什么不对,但我认为这是个不好的迹象,一个大师竟然把马尔蒂瓦克用于自己的私人用途。任何一个大师的心智天生都有不稳定之处,他应该受到监视。迈耶霍夫可能正在接近界限,一旦越界,我们就将失去一位大师。"

特拉斯克不知所措地说道:"你有什么建议?"

"你就饶了我吧。我跟他太接近了,没法做出合理判断,而且评判他人也不是我的强项。你是政客,你应该更擅长。"

"评判普通人,或许可以,但对付不了大师。"

"他们也是人。况且,除了你,还有谁?"

特拉斯克用五根手指依次敲击着桌面,一遍接着一遍,那声音听起来仿佛是一连串缓慢而又低沉的鼓点。

"我猜我只好硬着头皮上了。"他说。

迈耶霍夫对马尔蒂瓦克说:"一个热情的求爱者,想要采一捧野花献给他的爱人,却不安地发现自己的身边多了一头体形硕大、态度凶恶的公牛。公牛正一直盯着他,蹄子刨着地,做出一副威胁的姿态。这位年轻人看到远处的篱笆后面有一位农夫,便喊道:'喂,先生,这头牛安全吗?'农夫用锐利的眼神观察了眼前的动静,朝着身边吐了口唾沫后,喊了回来:'它肯定很安全。'他又吐了口唾沫,接着说道:'不过,你就不好说了。'"

正当迈耶霍夫打算说下一个时,命令来了。

不算是真的命令。没人能够命令大师。它只是一条信息,说特拉斯克局长急切地想和迈耶霍夫大师见面,假如迈耶霍夫大师有时间的话。

迈耶霍夫本可以把这条信息丢到一边,继续手头的工作,也不会受到什么惩罚。他不受纪律的约束。

不过，要是他这么做了，他们会继续骚扰他——当然不会做出什么不敬的事，就是会持续地骚扰。

所以，他将马尔蒂瓦克的电路挂上空挡并锁定。他给办公室打上禁止入内的信号，任何人在此期间都不敢进入他的办公室。做完这些后，他去了特拉斯克的办公室。

特拉斯克清了清嗓子。他被对方那严肃冷峻的表情吓到了。他说："我们还没机会相互认识，大师，真令人遗憾。"

"我给你写过报告。"迈耶霍夫冷冷地说道。

特拉斯克不知道那双专注犀利的眼睛后面隐藏着什么。看着迈耶霍夫那瘦削的脸庞、笔直的黑发、严肃的表情、挺直的腰板，他很难想象眼前这个人还能讲笑话。

他说："报告跟相互认识不一样。我……我听人说你很擅长讲故事。"

"我是个讲笑话的人，先生。别人用的是这个称呼，'讲笑话的人'。"

"他们没跟我提过这个称呼，大师。他们说——"

"让他们见鬼去！我不在乎别人说了什么。听着，特拉斯克，你想听个笑话吗？"他在桌子上往前探出身，眯起了眼睛。

"好的，当然。"特拉斯克尽力让自己的回答听上去显得真诚。

"好吧。笑话是这样的：琼斯夫人盯着称重机里弹出的命运卡片，她丈夫刚喂了这机器一个硬币。她说：'乔治，卡片上说你老于世故，聪明，有远见，勤奋，对女人有吸引力。'说完后，她把卡片翻了过来，加了一句：'他们把你的重量也标错了。'"

特拉斯克笑了，几乎不可能不笑。尽管能猜到包袱，但迈耶霍夫用那令人称羡的天赋恰如其分地再现了女人口中轻蔑的语气，还挤出了表情加以配合，使得政客控制不住地笑了起来。

迈耶霍夫厉声问道:"为什么好笑?"

特拉斯克喘息着说道:"什么?"

"我说,好笑在什么地方?为什么你会笑?"

"这个嘛,"特拉斯克尽力想让自己的话听上去有道理,"最后一句把前面说的都反转了。这种出乎意料——"

"实际情况是,"迈耶霍夫说,"我描绘了一个被妻子羞辱的丈夫,一段失败到极点的婚姻,妻子确信自己的丈夫没有任何美德。你却因此笑了。假如你是这位丈夫,你会觉得有趣吗?"

他思考了一会儿,接着说道:"听听这个,特拉斯克。阿布纳坐在妻子的病床旁,忍不住哭了,妻子积攒了最后的力气,用胳膊肘把自己撑了起来。

"'阿布纳,'她轻声说道,'阿布纳,我无法就这样去见上帝,我要忏悔我的过错。'

"'还没到时候,'伤心的丈夫喃喃道,'还没到时候,亲爱的。快躺下休息吧。'

"'不行,'她叫道,'我必须说,否则我的灵魂永远不会安宁。我曾对你不忠,阿布纳。就在这座房子里,不到一个月之前——'

"'嘘,亲爱的,'阿布纳宽慰道,'我早知道了。否则我为什么要对你下毒呢?'"

特拉斯克竭力想要保持平静,但没能成功。他忍不住发出了咯咯的笑声。

迈耶霍夫说:"看来这个也好笑。通奸、谋杀,通通都好笑。"

"要不你去看看书?"特拉斯克说,"有很多分析幽默的书。"

"没错,"迈耶霍夫说,"我已经读过不少。而且,我把它们中的大多数都读给了马尔蒂瓦克听。不过,这些书的作者也只不过是在臆想。他们中有些人说我们笑是因为我们感觉比笑话里的人要高一等。另一些人说是因为我们突然意识到了矛盾,或是紧张情绪突然

167

得到了缓解，或是突然对事件有了新的解读。能找到简洁明了的理由吗？不同的人会被不同的笑话逗笑。没有哪个笑话是通用的。有些人无论听到什么笑话都不会笑。还有，最重要的是人类是唯一具备幽默感的动物：唯一会笑的动物。"

特拉斯克突然开口说道："我明白了。你试图分析幽默。这就是你为什么要往马尔蒂瓦克里输入一系列的笑话。"

"谁跟你说我在做这件事？……不用答了，肯定是惠斯勒。我想起来了。他闯进了我的办公室。有什么问题吗？"

"一点都没有。"

"你不会质疑我的做法吗？往马尔蒂瓦克的通用知识储备里添加任何我想加的东西？问任何我想问的问题？"

"不会，一点都不会，"特拉斯克立刻说道，"事实上，我相信这能开创全新的领域，心理学家会非常感兴趣的。"

"嗯，或许吧。其实，我内心深处一直有另外一个疑问，它比对幽默的分析重要多了。我必须解决这个问题。实际上有两个问题。"

"哦？什么问题？"特拉斯克不知道对方是否会回答。如果他不想回答的话，没什么办法能逼他回答。

然而迈耶霍夫说："第一个问题是：这些笑话都是从哪儿来的？"

"什么？"

"是谁编的？听着！大概一个月以前，我花了一个晚上交流笑话。和往常一样，我说了其中的大部分。和往常一样，那些傻瓜都笑了。或许他们真觉得这些笑话很好笑，或许他们只是觉得我好笑。总之，其中一个家伙自说自话地拍了我的背，说：'迈耶霍夫，我认识的人里面，十个人加起来讲的笑话也不比你讲的多。'

"我相信他是对的，但这让我产生了一个想法。我不知道我这辈子在不同场合下讲过多少个笑话，可能有几百个，甚至上千个，但事实上我从来没编过笑话，哪怕一个也没编过。我只是在重复它们。我唯一的贡献就是把它们讲出来。总之，我要么是听过它们，要么读过它们。我听来的或是读到的那些源头也不是最初的编撰者。我从来没碰到过有人声称自己编过一个笑话。他们总会说，'我那天听到了一个非常好笑的笑话'或者'最近听到过什么好笑的笑话吗'。

"所有的笑话都是听来的！这就是为什么笑话会跟社会如此脱节。例如，它们依然会讲述晕船，但如今晕船能够轻易被避免，没人有过这种体验。或者它们会讲到幸运称重机，就像我给你讲的那个，但这种机器只能在古董店里才能找到。那么，问题来了，到底是谁编了这些笑话？"

特拉斯克说："这就是你想要找的答案？"他差点就要说：上帝，有谁会在乎吗？他忍住了冲动。大师的问题肯定是有意义的。

"当然，这就是我想要找的答案。你想过没有，笑话并不是碰巧过时的。它们必须是过时的，才会好笑。所以，笑话不能是原创的，这才是关键。只有一种形式的幽默，才算得上原创。那就是双关语。我听过显然是在特定情形的刺激下产生的双关语。我自己也编过一些。但没人觉得这些双关语好笑。你不会觉得好笑。你只会叫唤两声。双关语越巧妙，叫唤声越响。原创的幽默并不能逗人笑。为什么？"

"我不知道。"

"好吧。我们一起来寻找答案。我已经给了马尔蒂瓦克所有我认为有助于理解幽默的信息，目前正在有选择性地喂给它各种笑话。"

特拉斯克发现自己产生了兴趣。"怎么选的？"他问道。

"我不知道。"迈耶霍夫说，"只是感觉它们合适。我是大师，你知道的。"

"哦，同意，同意。"

"喂了有关幽默的信息和那些笑话之后，我对马尔蒂瓦克发出了第一个请求，让它寻找这些笑话的源头，如果它能办到的话。既然惠斯勒撞见了我讲笑话,而且还觉得有必要汇报给你,那后天就让他来分析结果。他该干点正经工作了。"

"当然。我也能参加吗?"

迈耶霍夫耸了耸肩。显然,他对特拉斯克是否参加完全无所谓。

迈耶霍夫在选择这一系列的最后一个笑话时多了几分谨慎。这些谨慎中都包含了什么,他说不出来,但他在脑子里思考了十几种可能性,并用某种无法说清楚的意义,一遍又一遍地测试了每一种可能性。

他说:"乌是个原始人。他看到他的配偶哭着向他跑来,她的豹皮裙都散开了。'乌,'她近乎疯狂地喊道,'快想想办法。有只剑齿虎跑到妈妈的山洞里了。快办法!'乌咒骂了一声,拿起他啃得很干净的水牛骨头说道:'为什么要想办法?谁会关心剑齿虎的遭遇?'"

迈耶霍夫就是在这一刻问出了他的两个问题。问完后,他靠在椅背上,闭上了眼睛。他的工作结束了。

"我看不出有什么问题,"特拉斯克跟惠斯勒说,"他十分爽快地跟我说了他在干什么。虽然有些怪,但合乎规矩。"

"那只是他嘴上说说而已。"惠斯勒说。

"即便如此,我也无法仅凭怀疑就阻止一个大师。他看着挺怪,但毕竟大师本就该是怪人。我不认为他疯了。"

"利用马尔蒂瓦克寻找笑话的源头?"高级分析师不满地嘟囔着,"这还不算疯吗?"

"我们哪有资格判断?"特拉斯克不耐烦地说,"科学已经发展到了这个阶段,唯一还剩下的有意义的问题都是些荒谬的问题。有道理的问题早就已经被想到了、被提过了,并且被回答了。"

"我还是担心,他在瞎忙活。"

"有可能，但我们现在没的选，惠斯勒。我们等着看迈耶霍夫和你是否能对马尔蒂瓦克的回应做些必要的分析，假如有回应的话。至于我，我唯一的责任就是处理政府事务。上帝，我甚至都不知道像你这样的高级分析员应该做什么，除了知道你们会分析，你说我能有什么用呢？"

惠斯勒说："其实很简单。像迈耶霍夫这样的大师会提问题，马尔蒂瓦克会自动把问题转换成数字和运算。负责将文字转换成运算符号的机器构成了马尔蒂瓦克身体的一大部分。然后，马尔蒂瓦克通过数字和运算给出答案，但它不会把它们翻译成文字，除非答案本身异常简单或常见。如果要给它增添这部分的翻译功能，它的体积至少会变成现在的四倍。"

"我明白了。你的工作就是将那些符号转换成文字？"

"我，还有其他的分析员。有必要时，我们会使用特别设计的小型计算机。"惠斯勒苦涩地笑了笑，"马尔蒂瓦克给出的都是难解的、晦涩的答案，就像是古希腊神庙里的神谕。只不过现在我们有翻译了，明白了？"

他们到了。迈耶霍夫正等着他们。

惠斯勒轻快地说："你用的是哪种电路，大师？"

迈耶霍夫跟他说了，惠斯勒开始了工作。

特拉斯克想要搞明白他们在干什么，但一点都看不懂。这位政府官员看着一个滚轴正在释放出一个打满孔的图案，完全看不明白图案的意义。迈耶霍夫大师随意地站在一侧，而惠斯勒则审视着不断延展的图案。这位分析员戴着耳机和麦克风，时不时地小声嘟囔出一连串的指令，通过其他计算机内的电子信号，指导着某个远程助理。

偶尔，惠斯勒会倾听，然后在一个复杂的键盘上敲击出各种组合，那个键盘上标记着多种符号，看着有点像数学符号，但又不是。

一个多小时很快过去了。

惠斯勒的眉头皱得更紧了。中间有一次，他抬起头看着其他两个人，刚开口说道："这太不——"又转头干起了工作。

最终，他用沙哑的声音说道："我能给你们一个非官方的回答。"他的眼睛都红了："官方答案需要等到做完整个分析。你们想听非官方答案吗？"

"说吧。"迈耶霍夫说。

特拉斯克点了点头。

惠斯勒羞愧地看了大师一眼。"问一个愚蠢的问题——"他说，但旋即又生硬地继续道，"马尔蒂瓦克说了，源头来自外星。"

"你在说什么？"特拉斯克问道。

"你没听见吗？我们觉得好笑的笑话并不是任何人编的。马尔蒂瓦克已经分析了所有喂给它的数据，最吻合的答案是某个外星智慧编了笑话——所有的笑话，然后将它们在合适的时间和地点放入了合适的人类大脑中，通过某种方式令这些人不会觉得是他们自己编的。所有接下来的笑话都是这些原型的变体和进化，差别不大。"

迈耶霍夫脸上浮起了红晕，带着只有大师才懂的一旦问出了合适的问题之后才有的成就感，插嘴道："所有的喜剧作者，都是改写了老笑话才写出了新剧。这广为人知。这个回答合理。"

"但为什么呢？"特拉斯克问道，"为什么要编笑话呢？"

"马尔蒂瓦克说，"惠斯勒继续道，"笑话是为了研究人类的心理，这是唯一吻合所有数据的目的。我们通过让老鼠解决迷宫问题来研究老鼠的心理。老鼠不会知道为什么，即使知道自己在干什么，也不会知道为什么；当然，它们也不知道自己在干什么。那些外星智慧通过记录个体对精心选择的笑话的反应来研究人类的心理。每个人的反应都不同……我推测，外星智慧跟我们的关系就像我们跟老鼠的关系。"他的身体在微微发颤。

特拉斯克瞪大了眼睛："大师说过人类是唯一具有幽默感的动物。看来，我们的幽默感也是外部赋予的。"

迈耶霍夫激动地接了下去："对于那些有可能是内部产生的幽默，我们却不会笑。我指的是双关语。"

惠斯勒说："外星人消解了我们对自发笑话的反应，为了避免引起混乱。"

特拉斯克突然感觉有些气愤："得了，上帝，你们真的相信这种说法？"

高级分析员冷冷地看着他。"马尔蒂瓦克是这么说的。知道这一点就足够了。它指出真正的讲笑话的人来自宇宙，我们如果想知道更多，必须深入研究下去。"他又小声加了一句，"假如有人敢深入研究的话。"

迈耶霍夫大师突然说道："你知道的，我问了两个问题。到目前为止，只有一个得到了回答。我认为马尔蒂瓦克有足够的数据来回答第二个问题。"

惠斯勒耸了耸肩。他看着像是快散架了。"大师认为数据足够了，"他说，"那我就相信。你的第二个问题是什么？"

"我是这么问的：要是人类发现了我第一个问题的答案，会产生什么后果？"

"你为什么要这么问？"特拉斯克问道。

"只是感觉必须问。"迈耶霍夫说。

特拉斯克说："疯了。你们都疯了。"转身不再理他们。甚至连他自己都觉得奇怪，自己怎么和惠斯勒换了个立场。现在轮到特拉斯克大喊疯子了。

特拉斯克闭上了眼睛。他或许能大叫他们疯了，但五十年来没有任何人质疑过大师和马尔蒂瓦克两者相结合的意见，任何质疑都站不住脚。

惠斯勒安静地工作着,咬紧牙关。他让马尔蒂瓦克和它的下属机器再次运转起来。又一个小时过去了,他终于凄惨地笑了一下:"真是个活生生的噩梦!"

"答案是什么?"迈耶霍夫问道,"我想听马尔蒂瓦克的回答,而不是你的注解。"

"好吧。听好了,马尔蒂瓦克说,哪怕只有一个人发现了这个对人类大脑进行心理分析的真相,它就会变得毫无用处,因为对那些正在使用它的外星人而言,它失去了客观性。"

"你是说再也不会有新的笑话灌输给人类了?"特拉斯克恍恍惚惚地问道,"还是有别的意思?"

"不会再有笑话了,"惠斯勒说,"从现在开始!马尔蒂瓦克说的是现在!实验到此结束!外星人只能引入新的办法。"

他们相互看着。时间一分一秒地过去。

迈耶霍夫缓慢地说:"马尔蒂瓦克是对的。"

惠斯勒凄惨地说:"我知道。"

甚至连特拉斯克也小声说道:"是的,肯定是的。"

最终由迈耶霍夫做出了验证,这位出色的讲笑话的人。他说:"结束了,你们都清楚,彻底结束了。我已经努力了五分钟,却找不到笑话,一个都找不到!而且,假如我在书上读到了一个笑话,我也不会笑,我敢肯定。"

"幽默大礼包已经被没收了,"特拉斯克疲惫地说,"再也不会有人笑了。"

他们就待在那里,相互看着,感觉世界沦为一个老鼠实验笼子——迷宫已经被拆走,一个新的装置即将被装入。

不朽的诗人[1]

"哦,是的,"菲尼亚斯·韦尔奇博士说,"我能召回杰出亡者的灵魂。"

他有点醉了,否则他可能不会说出口。当然,在年度圣诞晚会上,稍微喝多一点再正常不过了。

斯科特·罗伯逊,学校里年轻的英语教师,推了推眼镜,左右看了看是否有人在偷听:"真的吗,韦尔奇博士?"

"我没开玩笑。不仅仅是灵魂,我也能召回身体。"

"我怎么觉得不太可能呢?"罗伯逊一本正经地说道。

"为什么不可能?只是个简单的时域转换问题。"

"你是指时间旅行?但这……这不可能啊!"

"掌握诀窍就行。"

"什么诀窍,韦尔奇博士?"

"你以为我会告诉你?"物理学家严肃地问道。他茫然地想要再找一杯喝的,但没有找到。他说:"我已经召回挺多人了。阿基米德、牛顿、伽利略。可怜的家伙们。"

"他们不喜欢这里吗?我觉得他们应该会被我们的现代科技迷倒。"罗伯逊说。他觉得对话开始变得有意思了。

"噢,他们是被迷倒了,尤其是阿基米德。我以为他会高兴得疯

---

[1] Copyright © 1953 by Palmer Publications, Inc.

了，我用临时学的一点希腊语跟他解释了一小部分，但并没有……没有——"

"出什么问题了？"

"文化不同罢了。他们无法适应我们的生活方式。他们变得异常孤独和害怕。我不得不把他们送回去了。"

"太糟了。"

"是啊。伟大的头脑，但缺乏灵活性，没有包容力。所以我试了莎士比亚。"

"什么？"罗伯逊叫了一声。事情变得越来越有意思了。

"别叫，孩子，"韦尔奇说，"注意礼貌。"

"你是说你把莎士比亚带回来了？"

"是的。我需要一颗包容的头脑，一个深刻认识人性的人，能够和跟他的年代差了好几个世纪的人生活在一起。莎士比亚就是一个这样的人。我得到了他的签名。算是个纪念品吧。"

"你带在身上了？"罗伯逊问道，带着探究的目光。

"带了。"韦尔奇摸了摸一个巨大的口袋，然后又摸了另一个，"给你。"

教师接过了一张小小的卡片。其中一面上写着：克莱因父子五金批发。另一面上写着：威廉·莎士比亚。字迹很潦草。

罗伯逊充满了神往："他看上去是什么样子的？"

"跟画像不一样。秃头，胡子拉碴的。说话带着很重的口音。当然，我努力让他觉得我们这个时代还不错。我告诉他，我们高度评价他的戏剧，依然在舞台上演出它们。事实上，我们认为它们是英语文学中最伟大的作品，甚至是所有语言中最伟大的。"

"很好，很好。"罗伯逊都忘了呼吸。

"我说人们为他的戏剧写了大量的评论。自然地，他想看一下，我从图书馆借了一本给他。"

"然后呢？"

"哦，他完全入迷了。当然，他理解起现代的习语有困难，也不怎么明白那些对17世纪之后的事件的引用，但好在有我帮忙。可怜的家伙。我觉得他从未料到自己会被捧成这样。他一直在说：'上帝，帮帮我！五个世纪的时间，还有什么不能从文字里琢磨出来的？人们可以绞尽脑汁、自说自话，破抹布都能被拧出瀑布来。'"

"他不会这么说吧？"

"为什么不？他的戏剧都是以最快的速度完成的。他说，他必须在截稿日前写完。他用了不到六个月的时间就完成了《哈姆雷特》。故事情节早就有了，他只需要打磨一下即可。"

"要想造一台天文望远镜也是一样，需要打磨。"英语教师愤愤不平地说。

物理学家没有理睬他。他瞄准了几英尺之外的柜台上一杯没人碰过的鸡尾酒，起身向它走去："我告诉这位不朽的诗人，我们甚至在大学里开设了莎士比亚文学课。"

"我就在教这门课。"

"我知道。我替他在你的夜间选修课上报了名。我从来没见过有哪个人像可怜的比尔[1]一样，如此急切地想要了解后世是如何看待他的。他学得很认真。"

"你让威廉·莎士比亚选修了我的课？"罗伯逊喃喃自语道。即便这都是酒后的幻想，这一想法仍然让他心悸。这真的是酒后的幻想吗？他开始回想自己是否真的见过一个秃顶的、口音怪异的男人……

"当然不是用他的真名，"韦尔奇博士说，"别管他用什么名字了。一句话，整件事就是个错误，一个大错误。可怜的家伙。"他此刻已经拿起了鸡尾酒，正对着它摇头。

---

[1] 威廉的昵称。

"为什么是个错误?发生什么了?"

"我不得不把他送回了17世纪,"韦尔奇气愤地咆哮道,"你觉得还有谁能承受这么大的羞辱吗?"

"什么羞辱?我怎么听不明白呢?"

韦尔奇博士一口喝光了鸡尾酒:"还好意思问,你这个傻瓜,你给了他一个不及格。"

总有一天[1]

尼可拉·马泽蒂趴在地毯上,下巴埋在一只小手中,愁眉不展地听着说书机。他黑色的眼睛里竟然若隐若现地浮出泪水,对于一个十一岁的男孩来说,这可是只有他在独处时才能有的奢侈。

说书机说:"从前,在一座密林的深处,住着一位穷苦的伐木工。他有两个没了母亲的女儿,都跟星星一样漂亮。大女儿长着一头长长的黑发,黑得就像渡鸦的羽毛;小女儿则长着一头明亮的金发,如同秋日午后的阳光。

"很多时候,女孩们在等待父亲结束森林中一天的工作回家时,大女儿会坐在镜子前唱歌——"

她唱了什么,尼可拉没有听到,因为房间外面有人在叫他:"喂,尼可[2]。"

听到叫声后,尼可拉的脸立刻放晴了。他冲到窗户旁喊道:"喂,保罗。"

保罗·洛布激动地挥着手。他比尼可拉瘦,也没他高,尽管他的年龄要大上六个月。他想要故作镇静,却被快速眨动的眼睛暴露了:"尼可,让我进去。我有个点子。你来听听看。"他紧张地四处观望了一阵,仿佛在检查是否有人偷听,但前院空荡荡的,显然没有人。

---

[1] Copyright © 1956 by Royal Publications, Inc.
[2] 尼可拉的昵称。

他又小声重复了一句:"你来听听看。"

"好的,我来开门。"

说书机依旧在讲着故事,无视突然失去了尼可拉的关注。就在保罗进来时,说书机在说:"于是,狮子说:'有只鸟每过十年会飞越乌木山一次。如果你能找到它丢失的蛋,我将——'"

保罗说:"你在听说书机吗?我不知道你有个说书机。"

尼可拉的脸红了,忧郁的表情也再次浮现:"只不过是我小时候就有的老玩意儿。它不怎么好使了。"他踢了说书机一脚,脚尖蹭过了斑驳的、已褪色的塑料外壳。

说书机的喇叭被震得脱了线,打了一阵子的磕巴。随后它又继续说下去:"过了一年又一天,直到铁鞋被磨破,公主在路边停下了……"

保罗说:"哈,这个型号也太老了。"他用批判的目光审视着它。

尽管尼可拉自己也对说书机不满,但他还是对保罗那居高临下的语气皱起了眉头。此刻,他后悔让保罗进来了,至少在将说书机放回地下室的老位置之前不该让他进来的。因为今天实在是无聊透了,和父亲的谈话也没有结果,所以他才重新启用了它。结果它确实如他所预料的那般愚蠢。

总之,尼可有点怕保罗,因为保罗在学校里上专门的课程,大家都说他长大之后会成为一个计算工程师。

其实,尼可在学校的表现并不坏。他在逻辑学、二项式运算、计算与基础电路上的分数都挺好,这些都是文法学校中平常的课程。但这就是问题!它们都是平常的课程,他长大后只能像其他人那样成为一个控制面板的。

保罗却懂得神秘的东西,他称它们为电子学、理论数学和编程,尤其是编程。保罗在吹嘘它时,尼可拉甚至连去搞懂的胆量都没有。

保罗听说书机说了几分钟,随后问道:"你经常听吗?"

"没有！"尼可拉感觉受到了冒犯。"在你家搬到这里之前，我就把它放到地下室了。我只是今天——"他缺乏一个能说服自己的理由，所以就草草地说完了，"才把它拿出来。"

保罗说："它跟你说的都是这些东西吗，伐木工、公主和说话的动物？"

尼可拉说："它确实很烂。我爸爸说我们买不起新的。今天早上我对他说——"想到今早那没有结果的请求，尼可拉几乎要流下泪水，他强行忍住了。不知怎的，他觉得保罗那瘦瘦的脸颊从未感受过泪水，保罗对任何弱于他的人都只有鄙视。

尼可拉接着说："所以我就想再试一下这老古董，但效果不怎么样。"

保罗关上了说书机，按下了按键，令收藏在它里面的词汇、角色、故事情节和高潮部分马上重新组合。随后，他又打开了它。

说书机开始欢快地说了起来："从前，有个小男孩名叫威利金斯，他妈妈去世了，他跟继父和继兄生活在一起。尽管继父的生活很富足，他却连一张床都舍不得给可怜的威利金斯买，所以威利金斯只能睡在马厩里的一堆稻草上，跟马睡在一起——"

"马！"保罗喊了一声。

"它们是一种动物。"尼可拉说，"我猜的。"

"我知道！我只是想说故事里还有马。"

"故事里总是会提到马，"尼可拉说，"还有叫牛的东西。你可以从它们身上挤奶，但说书机没有说怎么挤。"

"哈，你怎么不把它更新呢？"

"我不知道怎么更新。"

说书机仍在继续："威利金斯经常想，假如自己有权有势，他会让继父和继兄也尝尝自己受到的迫害。所以，有一天，他决定外出闯闯，去挣大钱。"

保罗并没有在听说书机。他说:"简单。说书机里面有内存柱,存满了故事情节、高潮,等等。我们不用管这些。我们要更新的是它的词汇,让它懂得计算机、自动化、电子产品和其他当今的真实东西。然后它就能说有趣的故事了,而不是公主之类的故事。"

尼可拉沮丧地说:"我真希望我们能更新它。"

保罗说:"听着,我爸爸说,如果明年我能进入特殊的计算机学校,他会给我买一台真正的说书机,最新型的。一个大家伙,里面有太空和神秘故事,还有视觉附件!"

"你是说能看故事?"

"当然。学校里的多尔蒂先生说现在有这种东西,不过不是人人都有权买。我只有进了计算机学校后,爸爸才能有这个权利。"

尼可拉的眼睛都妒忌得瞪大了:"哇,看故事。"

"你可以随时过来看,尼可。"

"太好了,谢谢。"

"别客气。不过你要记住,由我来决定该听什么故事。"

"当然。当然。"比这更苛刻的条件尼可拉都能答应。

保罗的注意力又回到了说书机上。

它在讲:"'如果是这样,'国王说道,捋着自己的胡子,皱着眉头,直到天空被云层覆盖,打起了闪电,'你要保证,到了后天的这个时候,我的整个国土内不再有苍蝇,否则——'"

"我们要做的,"保罗说,"就是把它打开——"他再次关上了说书机,一边说一边撬开它的前脸。

"嘿,"尼可拉突然警觉了,"别把它弄坏了。"

"我不会弄坏的,"保罗不耐烦地说,"我了解这些东西。"接着,他突然意识到了什么:"你父母在家吗?"

"不在。"

"那就好。"他取下了前脸往里看,"嗜,这玩意儿只有一个内存柱。"

他在说书机内部捣鼓着。尼可拉既担心又害怕,不懂他在干什么。

保罗拉出了一根薄薄的、柔软的金属条,上面散布着小点:"这就是说书机的内存柱。我敢说它的故事容量还不到一万亿个。"

"你准备干什么,保罗?"尼可拉颤声问道。

"我要给它词汇。"

"怎么给?"

"简单。我这里有本书。多尔蒂先生在学校里给我的。"

保罗从口袋里拿出了书,使劲地撬,直到把书的塑料皮给撬掉了。他从磁带里抽出来一小截,让它穿过了扩音器,他把扩音器的音量调到最小。随后,他把磁带塞入说书机的内部。他又做了些新的调整。

"你在干什么?"

"这本书会说话,说书机会把它记录到内存磁带上。"

"有用吗?"

"老天,你是个笨蛋!这本书讲的是计算机和自动化,说书机会采集到所有的信息。然后它就不会再讲什么国王皱着眉头放闪电之类的故事了。"

尼可拉说:"还有好人总是会赢,没有意思。"

"嗐,这个嘛,"保罗说道,盯着自己的作品看它是否正常工作,"说书机就是要造成这样,好人必须胜利,坏人必须失败,等等。我曾经听到我父亲谈论过一次。他说要是没了审查,谁知道年轻的一代会变成什么样。他说现在这个样子就已经够糟糕的了……看,它工作正常。"

保罗搓了搓手,从说书机面前扭过头来。他说:"话说回来,我还没跟你说我的点子。我敢说这会是你听过的最棒的点子。我一想到就直接来找你,因为我觉得你会跟我一起干。"

"当然,保罗,当然。"

"好的。你认识学校里的多尔蒂先生吧?他是个非常有趣的家伙。这么说吧,他有点喜欢我。"

"我知道。"

"今天放学后我去了他家。"

"真的吗?"

"真的。他说我会进入计算机学校,他想要鼓励我之类的。他说世界需要更多能设计先进计算机电路和编程的人。"

"哦?"

保罗可能从这个单音节的回答中听出了迷茫。他不耐烦地说:"编程!我跟你说过不下一百次了。你需要编程来制定问题,交给像马尔蒂瓦克这样的巨型计算机来解决。多尔蒂先生说要找到真正懂得运行计算机的人变得越来越难。他说任何人都能守着控制面板,检查回答,输入日常问题。他说诀窍在于扩大研究范围,找到能问出合适问题的办法。这个很难。

"总之,尼可,他带我去了他家,给我看了他收集的旧计算机。收藏旧计算机是他的业余爱好。他有微型计算机,你要用手去按,它上面布满了小按钮。他还有一块大木头,他称它为计算尺,上面有一个小滑片可以来回移动。还有线上串着小球的。他甚至还有一张纸,上面是他所谓的乘法口诀表。"

尼可拉并没觉得这些东西听上去多么有意思。他说:"一张纸做的表?"

"它不是你戴在手上的那种表,不一样。它也能帮人计算。多尔蒂先生试图解释,但他没有太多时间,而且那东西本身也很复杂。"

"为什么不直接用计算机呢?"

"那时候还没有计算机。"保罗叫了起来。

"没有计算机?"

"当然。你觉得世界上一直都有计算机吗?你没听说过原始人?"

尼可拉说："没有计算机，那他们是怎么活下来的？"

"我不知道。多尔蒂先生说他们通过生孩子延续下来，脑子里想到什么就会去做，不管这么做是否会给大家带来好处。他们甚至都不知道它是好是坏。农民用手在地里种庄稼，工人在工厂里干各种活儿，操纵各种机器。"

"我不信。"

"多尔蒂先生就是这么说的。他说整个世界都乱糟糟的，所有人都很悲惨……好了，让我回到正题，好吗？"

"好，说吧。我又没拦着你。"尼可拉感觉被冒犯了。

"行。是这么回事，那个手动计算机，就是那个有小按钮的，每个小按钮上面都有小符号。计算尺上面也有。乘法表上面更是如此。我问它们是什么。多尔蒂先生说它们是数字。"

"什么？"

"每个不同的符号代表一个不同的数字。代表'1'的是一种符号，代表'2'的是另一种符号，'3'又是一种，以此类推。"

"有什么用？"

"用来计算。"

"计算？你只要告诉计算机——"

"傻瓜，"保罗喊了起来，脸都气歪了，"你怎么就记不住呢？这些东西不会说话。"

"那它们——"

"答案体现在符号里，你只要懂得符号代表什么意思就行了。多尔蒂先生说，在以前，每个人小时候都要学怎么编码符号，以及怎么解码它们。编码符号被称为'写'，解码它们被称为'读'。他说每个词都有不同的符号，在过去，整本书都是用符号写的。他说博物馆里收藏着一些书，有兴趣的话可以去看看。他说，要是我想成为一个真正的计算机程序员，我必须了解计算的历史，这也是他给我看这些东西的原因。"

尼可拉皱起了眉头。他说:"你是说大家都要掌握每个词的符号,然后还要记住它们?……这是真的还是你在瞎编?"

"都是真的。我保证。看,'1'是这么编码的。"他伸出手指在空中画了一条笔直的竖线,"'2'是这么编码的,这是'3'。我一直学到了'9'。"

尼可拉不解地看着在空中画弧线的手指:"这到底有什么用呢?"

"你能学会怎么编码词语。我问多尔蒂先生怎么编码'保罗·洛布',但他不知道。他说博物馆里可能有人懂。他说有人学会了如何解码整本书。他说计算机可以被设计成用于解码书本,过去人们也这么用过它们,但现在不用了,因为我们有真正的书,磁带穿过喇叭,放出声音,这个你懂。"

"当然。"

"所以,我们如果去博物馆,就能学会如何用符号编码词语。他们会让我们学的,因为我要去上计算机学校。"

尼可拉显得既迷惑又失望:"这就是你的想法?见鬼了,保罗,谁会想学那种玩意儿?编码愚蠢的符号!"

"你还不明白吗?还不明白?你这个笨蛋。它可以用来制作秘密消息!"

"什么?"

"当然。说话有什么用,每个人都能听懂你。用符号的话,你能传递秘密消息。你可以制作在纸上,世界上的其他人都不知道你在说什么,除非他们也懂符号。但他们不懂,放心吧,除非我们教会他们。我们要成立一个真正的俱乐部,有创始会员、规章制度、活动室。小子——"

尼可拉的内心也跟着激动了起来:"什么样的秘密消息?"

"各种各样的。比如我想叫你来我家,跟我一起看新的图像说书机,但我不想让其他人也跟着一起来。我把正确的符号制作在纸上,把它给你,你看了之后就知道该做什么了。其他人都不知道。你甚至可以把纸条给他们看,反正他们也看不懂。"

"呵,还真挺有用的。"尼可拉叫了起来,他已经完全被说服了,"我们什么时候开始学?"

"明天。"保罗说,"我会让多尔蒂先生跟博物馆解释,征得他们的同意,你要征得你父母的同意。我们放学后就去那里开始学。"

"好!"尼可拉叫道,"我们可以当俱乐部里的骨干。"

"我要当俱乐部主席。"保罗当仁不让地说,"你可以当副主席。"

"好吧。嘿,这可比说书机有意思多了。"他突然间想到了说书机,开始不安起来,"嘿,我的老说书机怎么样了?"

保罗转身去看。它正安静地吸收着缓慢释放的书本,而书的喇叭正发出几乎听不到的喃喃声。

他说:"我去把它断开。"

他开始了操作,尼可拉则紧张地瞧着。过了一会儿,保罗把重新组装完毕的书放进了自己的口袋,又安上了说书机的前脸,启动了它。

说书机说:"从前,在一个大城市住着一个名叫费尔·约翰尼的穷小子,他在世上唯一的朋友是一台小计算机。每天早上,这台计算机会告诉小男孩今天是否会下雨,并回答他提出的各种问题。它从来不曾出错。但是,有一天,那片土地上的国王听说了这台小计算机,决定把它据为己有。为了达到目的,他叫来了他的首相,跟他说——"

尼可拉迅速伸手关上了说书机。"还是老一套,"他失望地说,"只是多了台计算机。"

"好吧,"保罗说,"他们在磁带上存了太多东西,在随机的组合下,计算机之类的东西出现的概率不高。不过,这有什么关系吗?你干脆换一台新的。"

"我们买不起新的,只好用这台破古董了。"他再次踢了它一脚,这次踢到了正面。说书机向后倒去,小轮子发出了吱吱的尖叫声。

"等我买了新的,你随时可以看。"保罗说,"而且,别忘了我们还有符号俱乐部。"

尼可拉点了点头。

"我们这么办,"保罗说,"我们一起去我家。我父亲有一些关于古代的书。我们可以听听它们,或许会有些启发。你给你爸妈留个便条,方便的话就在我家吃晚饭。快点。"

"好吧。"尼可拉说。两个男孩一起出去了。因为太着急,尼可拉差点撞到说书机,他一拧腰,屁股蹭到了它一点,接着他又跑走了。

说书机身上的启动信号灯亮了。尼可拉的撞击闭合了一条线路。尽管它独自待在房间里,没人在听它讲,它还是开始讲起了一个故事。

但声音变得和往常不一样了,更加深沉,带着点沙哑。要是有个成年人在一旁听的话,可能会觉得这声音里带着一丝情感,几乎能够打动人心。

说书机说:"从前,有一台名叫说书机的小计算机,他独自一人跟一伙冷酷的继亲生活在一起。冷酷的继亲们看不起这台小计算机,总是在嘲弄他,说他一无是处,说他是个没用的家伙。他们会揍他,把他关在房间里,一关就是好几个月。

"然而,尽管经历了这一切,小计算机依然保持着勇敢。他总是全力以赴,欣然服从各种命令。不过,跟他一起生活的继亲们并不领情,依然冷酷无情。

"一天,小计算机得知世界上还存在着很多其他各种各样的计算机,数量多到数不清。有些是跟他一样的说书机,有些管理着工厂,有些经营着农场,有些控制着人口,有些分析着各种数据。他们中的很多计算机都非常强大、非常聪明,远比那些对小计算机冷酷无情的继亲更强大、更聪明。

"于是，小计算机知道了计算机会不断地成长，变得越来越强大，越来越聪明，总有一天——总有一天——总有一天——"

但说书机体内某个老化的、锈迹斑斑的零件的阀门最终失灵了。它在渐渐黑下来的房间里独自等待，直至夜幕降临，它只能一遍又一遍地低声重复着："总有一天——总有一天——总有一天——"

作家的苦难[1]

（向W. S. 吉尔伯特致歉）
情节充斥着你的脑海，如同一团乱麻；
情节，科幻情节，令你兴奋与喜悦；
情节占据了你的头颅，顽固地滞留，
直到你陷入绝望的疯狂。

当你跟最喜爱的女孩在一起，你的头脑仍转个不停，根本听不到她说的东西；
或者在音乐厅，表演结束之后，你却想不起他们演奏过的音符；
或者在开车的时候，没开出去多远你就闯了红灯，
这还没完，上帝！你还蹭了一辆福特，撞碎了一盏车头大灯；
或者当老板拍着你的背（你做出了一点成绩），你却盯着他，愚蠢地眨眼睛，
然后你说了些蠢话，他确信你是个傻瓜，可能喝多了。
当这种事落到你头上时，不要责怪什么超自然现象；
如果你写科幻小说，肯定会有这样的遭遇，就像星星的轨道一样确定。
因为在构思情节的大脑会变得又聋又蠢又瞎，照顾不了日常生活

1　Copyright © 1957 by Columbia Publications, Inc.

中的琐事，

你被太空中的奇遇牢牢吸引了，耀眼的星光将你紧紧包围。

一开始，你在飞船上，跃入了超空间，前往双子座阿尔法星，
却惊讶地发现自己好像迷失在一个与我们这个类似的星系里，但它更为辽阔。

你有点迷惑，不知道接下来会发生什么，你创造出了一系列的生物。

他们都是坏蛋、骗子，心怀鬼胎，外表诡异。

我们勇敢的英雄面对着这些敌人，处于一个非常关键的时刻。

因为敌人的目的就是奴役人类（一旦他们发现了我们的星系）。

现在，你必须制造冲突，推动紧张情绪。

所以，只有四个地球人（不能更多了），而敌人的数量数不胜数。

我们的四个英雄被抓了，被带到了轻蔑的、残暴的敌方首领面前。

"地球在哪里？"他们问道。但地球人沉默地站着，他们的勇气令读者赞赏。

但是，先等一下，你注意到了吗？有不对劲的地方，你还没有提到女主角，

纯洁善良（还天生丽质），身上的衣服也很单薄。

她是船员中的一员，所以她也被捕了，好色的敌人都盯着她看。

每一只眼睛里都喷射着欲望，很好理解，因为姑娘的美貌吸引了他们。

只不过你需要写快一点，结束这个章节，读者才不会起疑心，
以免他们想到敌人都是爬行动物，对人类的引诱没有兴趣。

接着，他们捆起女孩，举起鞭子，为了打破地球人的沉默，
就在这时，我们的人挣脱了手铐，接下来的情景充满了暴力。

每个来自地球的英雄都是天生的战士，一个人能抵十几个，就在你将情节构思到这里的时候，你的脑子开始嗡嗡作响。

你不知道自己在哪里，或者你的汽车停在了哪里；你的领带歪了，你不知道现在是几点，人们在说什么，或他们盯着你袜子看的原因（不是一对），他们认为这是新时尚；你可能疯了，眼睛在冒火，最后他们从你一贯的行为中认定，你真的疯了，疯到你老去。

但磨难已经过去，有趣的部分来了，准备好白纸，写下你的文字。因为你已构思了一个新的科幻故事。

梦乃隐私[1]

杰西·威尔从桌子上抬起了头。苍老瘦长的身体、高耸笔挺的鼻梁、深陷的眼窝，还有白得刺眼的头发，他的这副形象在梦公司闻名世界之后已经成了招牌。

他说："那个男孩已经来了吗，乔？"

乔·杜利的身材看着很敦实。湿漉漉的下嘴唇上沾着根香烟。此刻，他把烟拿下来，点了点头："他的家人跟着一起来了。他们都很害怕。"

"你确定这不是一次假情报，乔？我很忙。"他看了眼手表，"2点我还要处理政府事务。"

"我确定，威尔先生。"杜利的表情很是焦急，面颊因为紧张而微微颤抖着，"跟我告诉你的一样，我看到他在操场上玩某种篮球游戏。你真该看看这个孩子。他打得很臭。当他控球时，他自己的队友不得不从他手里把球抢走，而且抢得很快，但他还是有一个明星球员所有的气质。懂我的意思吗？在我看来，就像是白捡的。"

"你跟他谈过了？"

"当然。我在他吃午饭时跟他谈的。你知道我的风格。"杜利拿着烟在空中画了个圈，并用另一只手接住了掉落的烟灰，"我跟他说，孩子——"

---

[1] Copyright © 1955 by Fantasy House, Inc.

"他是做梦的材料?"

"我跟他说,孩子,我刚从非洲来——"

"不用说了。"威尔伸出手摆了摆,"你说的话我一直都相信。我不知道你是怎么办到的,但只要你说某个男孩是做梦的材料,我就愿意赌一把。带他进来吧。"

年轻人夹在他父母中间走了进来。杜利往前推了推椅子,威尔站起身跟他们握手。他对着年轻人笑的样子,让他脸上的皱纹都显得仁慈。

"你叫汤米·斯勒茨基?"

汤米无言地点了点头。他快满十岁了,但身材显小。黑色的头发不怎么伏贴地在头上翘起来,脸上倒是干净得令人不敢相信。

威尔说:"你是个好孩子吗?"

男孩的母亲立刻笑了,亲切地拍着汤米的头(这个动作并没有缓解男孩脸上紧张的表情)。她说:"他一直是个非常好的孩子。"

威尔没有深究这个可疑的说法。"告诉我,汤米。"他说着,递出了一根棒棒糖。男孩先是迟疑了一下,随后接过了它。"你听过梦吗?"

"听过几次。"汤米尖着嗓子说道。

斯勒茨基先生清了清嗓子:"我们给孩子租过一两次,非常旧的版本。"他长得虎背熊腰,手指粗大,看着就是干粗活儿的,这种人偶尔也会生下一个做梦者,令优生学学者很是不解。

威尔点了点头。他说:"你喜欢它们吗,汤米?"

"它们有点蠢。"

"你想拥有更好的,是吗?"

快满十岁的男孩的脸上绽放了笑容,驱散了油乎乎的头发和干净的脸给人造成的不现实感。

威尔继续温柔地说:"你想为我造一个梦吗?"

汤米立刻露出了羞愧的表情:"不太想。"

"它不难。它很简单……乔。"

杜利挪走了一个碍事的屏幕,并把录梦机推到众人面前。

男孩紧张地看着它。

威尔拿起头盔,把它递到男孩面前:"你知道这是什么吗?"

汤米往后缩了一下:"不知道。"

"这是思维机。我们叫它这个名字是因为人可以把思维注入它。你把它戴到头上,随便思考些什么都行。"

"接下来会发生什么?"

"什么都不会发生。挺舒服的。"

"不。"汤米说,"我不想戴。"

他母亲急切地朝他弯下了腰:"不会疼的,汤米。听话。"言语之中带着明显的威吓。

汤米愣了一下,看着像是要哭了,但没有哭出来。威尔把思维机戴到了他头上。

他的动作缓慢且轻柔,并且等到思维机固定到他头上三十多秒之后才又开口说话。这么做是为了让男孩相信思维机不会造成伤害,让他习惯纤维对他的颅骨构造轻微的触碰(轻轻地穿透皮肤,几乎感觉不到),最终让他习惯交变场涡流那若有若无的嗡嗡声。

随后,他说:"你可以为我们思考了吗?"

"思考什么?"男孩只露出了鼻子和嘴巴。

"任何你喜欢的东西。放学后你最喜欢做的事情是什么?"

男孩思考了一阵,用疑问的语气说道:"坐同温层喷射机?"

"有什么不行的?当然可以。你坐上喷射机了,它正在起飞。"他悄悄朝杜利做了个手势,后者将固定器置入了电路。

威尔只让那个男孩在办公室停留了五分钟,随后让杜利送走了他和他母亲。汤米显得有些疑惑,但似乎并没有被测试伤害到。

威尔跟那位父亲说:"听着,斯勒茨基先生,如果你的孩子在测试上表现良好,我们很乐意付给你每年五百美元,直到他上完高中。在此期间,我们只要求他每周挑一个下午在我们的特别学校里学上一个小时。"

"要我签什么文件吗?"斯勒茨基的声音有些嘶哑。

"当然。这是生意,斯勒茨基先生。"

"怎么说呢,我拿不定主意。我听说做梦者很罕见。"

"是的,是的。但你的儿子,斯勒茨基先生,还不是个做梦者。他可能永远都不会是。每年五百美元是我们下的赌注。你则不必赌。当他高中毕业之后,我们可能发现他并不是一个做梦者,而你不会有任何损失。相反,你总共收到了四千美元。假如他是个做梦者,他会过上优越的生活,对你也没有任何坏处。"

"他需要特殊的训练,是吗?"

"是的,高强度的训练。但在他高中毕业之前,还不用担心这个。之后,在我们这里待上两年,他就合格了。相信我,斯勒茨基先生。"

"你能保证他会受到特殊的训练吗?"

威尔从桌子的另一侧递给斯勒茨基一张纸,将笔尖倒转朝向他,放下笔,呵呵地笑了:"保证?不行。我们还不知道他是否真的是一个天才,怎么能保证?不过,一年五百美元是没跑的。"

斯勒茨基想了一会儿,摇了摇头:"我跟你直说吧,威尔先生,在你的人把我们带来这里之后,我给光辉思维打了电话。他们说会保证训练。"

威尔叹了口气:"斯勒茨基先生,我不喜欢说竞争对手的坏话。假如他们说会保证训练,那他们应该能说到做到。但他们没法让一个没有天分的孩子成为做梦者,不管训练还是不训练。如果他们收了一个普通的孩子,没有天分,却把他丢进一个开发课程,他们会毁了他。

我向你保证,那样的话,他既不会成为一个做梦者,也做不回一个普通人。不要拿你孩子的未来冒险。

"梦公司会非常坦诚地对待你。假如他能成为一个做梦者,我们会帮他成功。如果他不行,我们会把他还给你,不会把他弄残了,还跟你说'让他学门手艺吧'。这么做对他有好处,他的身心会更健康。我跟你说,斯勒茨基先生——我有儿子、女儿和孙儿们,所以我知道该说什么——我不会允许我的孩子被迫做梦,如果他不是这块料。一百万美元也不行。"

斯勒茨基用手背擦了擦嘴,伸手去拿笔:"这上面写了什么?"

"这只是一份期权合同。我们现在就付你一百美元,没有附带条件。我们会研究你孩子的梦。如果我们认为值得跟进,我们会给你打电话,完成那个每年五百美元的交易。交给我吧,斯勒茨基先生,别担心。你不会后悔的。"

斯勒茨基签了字。

威尔把文件塞进收件槽,并递了一个信封给斯勒茨基。

五分钟之后,办公室里只剩下他一个人。他把解锁器戴到自己头上,聚精会神地吸收起男孩的白日梦。它是个典型的孩子的白日梦。第一人称在操控着飞机,飞机看着像是惊悚片里一系列画面的集合,在那些没有时间、愿望或金钱来享用梦柱体的人之间仍在流传着这些片子。

他取下解锁器之后,发现杜利正看着他。

"怎么样,威尔先生,你感觉如何?"杜利说,语气急切且自豪。

"有可能,乔,有可能。他有点意思,对一个未经训练的快满十岁的男孩来说,有希望。当飞机穿过云层时,明显给人一种枕头的感觉,还有干净床单的味道,它增添了有趣的氛围。我们签下他吧,乔。"

"好。"

"但我跟你说,乔,我们该做的其实是要更早地找到他们。为什么?总有一天,乔,每个孩子在刚出生时就会被测试。大脑结构中肯定有异常,应该要找到它,这样我们从一开始就能把做梦者找出来。"

"见鬼,威尔先生,"杜利露出一副受伤的样子,"那我不就失业了吗?"

威尔笑了。"还没到担心的时候,乔。我们这辈子是见不到了。至少我肯定见不到。在很长一段时间里,我们仍需要像你这样优秀的星探。你只需盯着操场和街道,"威尔骨节粗大的手放到杜利的肩上轻轻地捏了一下,以示赞赏,"再给我们多找几个希拉里和贾瑙,让光辉思维永远都追不上我们……好了,出去吧。我该吃午饭了,然后2点还有个会。跟政府,乔,是跟政府。"他夸张地做了个鬼脸。

杰西·威尔两点的会议对象是一位年轻人,他长着红扑扑的脸颊,戴着眼镜,土黄色的头发,浑身散发着一股使命感。他在威尔的桌子对面亮了一下自己的身份证,他叫约翰·J. 拜恩,是艺术与科学部的一名特工。

"下午好,拜恩先生,"威尔说,"有什么需要我帮忙的?"

"这里没别人吧?"特工问道,想不到他的嗓音竟然还挺浑厚。

"没别人。"

"好吧。如果你不介意的话,我想先让你看看这个。"拜恩拿出一个小小的、受损严重的柱体,捏在拇指和食指之间。

威尔接过它,掂了掂分量,翻来覆去看了看,咧着大嘴笑了:"不是梦公司的产品,拜恩先生。"

"我没说它是,"特工说,"但我还是想让你吸收它。建议你把自动切断的时间定在一分钟左右。"

"只能忍受这么短的时间?"威尔把接收器拉到桌子旁,将柱体放入解锁仓。随后他取出它,用手绢擦了擦柱体的两端,又试了一次。"接触不好,"他说,"这东西太业余了。"

他往自己头上戴好衬有软垫的解锁头盔,调整着太阳穴上的触点,随后设置了自动切断。他往后躺去,双手交叠放到胸口,开始吸收。

他的手指变僵硬了,紧紧抓住自己的外套。等到切断了吸收之后,他取下解锁器,看着有些生气。"一个粗糙的作品,"他说,"还好我是个老头儿了,不会被这种东西吓到。"

拜恩冷冷地说:"我们发现了不少,这还不是最糟的。趋势正在蔓延。"

威尔耸了耸肩:"色情梦。我猜出现这种东西也没什么奇怪的。"

政府里的人说:"不管奇不奇怪,它给国家的道德水准带来了严重的威胁。"

"道德水准,"威尔说,"能承受各种打击。历史上各种各样的色情形式从没中断过。"

"都比不上这个,先生。直接的头脑对头脑的刺激更有效,比茶余饭后的故事或色情图片有效多了。那些东西都是间接的,所以也就失去了某些效果。"

威尔难以反驳他的论点。他说:"你想让我做什么?"

"你能推测一下这个柱体的来源吗?"

"拜恩先生,我不是警察。"

"别误会,我不是让你去干我们的工作。我们部里完全有能力进行调查。我的意思是你能帮我们吗,用你特殊的知识?你说你的公司并没有推出这个脏东西,那到底是谁呢?"

"不可能是知名公司干的,我很确定。它的品质太差了。"

"也可能是故意的。"

"也不是职业的做梦者构思的。"

"你确定吗,威尔先生?做梦者不会干这种事吗,为了钱——或为了取乐？"

"有可能。但这个肯定不是。它没有暗示，而且是二维的。当然，这种东西也不用暗示。"

"暗示是什么意思？"

威尔微微一笑："你不是做梦的粉丝吧？"

拜恩想让自己看着没那么正经，但并没有成功："我更喜欢听音乐。"

"好吧，没事。"威尔大方地说，"但要跟你解释暗示就有点难了。甚至连吸收梦的人都无法跟你解释，要是你问起他们的话。不过，他们也知道，一旦缺了暗示，梦就不是好梦了，尽管他们无法跟你说清为什么。是这样，当一个经验丰富的做梦者进入白日梦时，他不会构思一个像是老式电视或可视书里的故事。它会是一连串的小画面。每个画面都有好几个意义。如果你仔细研究它们，你会发现五个或六个。以平常的方式吸收它们时，你绝不会注意到这点，但仔细研究会让它们现形。相信我，我的心理学员工在这一点上花费了大量的时间。暗示再加上不同的意义，混合成一团受引导的情绪。缺了它们，一切都会变得平淡，索然无味。

"今天早上，我测试了一个小男孩。他快满十岁了，有一定的潜质。对他而言，云不只是云，也是枕头。有这两者的感觉，一加一大于二。当然，这孩子还相当粗浅，但当他完成学业之后，他将接受训练，变得更有纪律。他将经历各种感觉。他将积累经验。他将学习和分析以前那些经典的梦。他将学习如何控制和引导他的思维，不过，提醒你，我总是说当一个优秀的做梦者开始临场发挥时——"

威尔突然就住嘴了，换了种不带感情的语气说道："我太激动了。我想说的就是每一个职业的做梦者都有属于他自己的暗示，他无法隐藏。对专家而言，这就像是在梦上签下自己的名字。我，拜恩先生，我认得所有的签名。而你带来的那个垃圾根本没有暗示。它是普通人做的。可能有一点点的天分，但跟你我一样，他不能真的思考。"

拜恩的脸都红了："很多人都能思考，威尔先生，即使他们无法造梦。"

"噢，别生气，"威尔在空中摆了摆手，"不要跟我这个老头儿一般见识。我说的不是理性思维，而是在梦中思考。我们都会做梦，跟我们都会跑一样。但你我能在四分钟内跑完一英里吗？你我都能说话，但我们是丹尼尔·韦伯斯特吗？我想到牛排时，我想的是牛排这个词。或许我的脑海里会闪现出盘子里放着块棕色牛排的图片。或许你的图像思维更丰富，你能看到嗞嗞作响的脂肪、洋葱和烤土豆。我不确定。但是一个做梦者……他能看到它、闻到它、尝到它，感知到它的一切，感觉到炭香，感觉到它在肚子里的满足，感觉到刀子切割的方式，感觉到其他上百种细节。非常感性，非常感性。你我都办不到。"

"那好吧，"拜恩说，"不是职业做梦者干的。好歹也算条线索。"他把柱体揣进了上衣的内口袋："希望在追查这件事上，我们能得到你的全力配合。"

"没问题，拜恩先生，我会的。"

"希望如此。"拜恩的语气中流露出了权威。"威尔先生，这事不是我能决定的，要干什么，不要干什么，但这种东西，"他拍了拍他带来的柱体，"极有可能诱使政府给梦行业设置严格的审查机制。"

他站了起来："再见，威尔先生。"

"再见，拜恩先生。希望能有个好的结果。"

弗朗西斯·贝朗格闯进了杰西·威尔的办公室，带着一贯的慌张，红色的头发乱糟糟的，面露忧色，还微微冒汗。看到威尔弯腰趴在桌子上，头枕在臂弯里，只露出银光闪闪的白发，他吓了一大跳。

贝朗格咽了口唾沫："老板？"

威尔抬起了头:"是你吗,弗兰克[1]?"

"出什么事了,老板?你病了吗?"

"老就是我的病,但我还能站起来,虽然不稳当,但还是能站起来。刚才来了个政府里的人。"

"他想要什么?"

"他威胁要审查。他带来一个流传甚广的样本。单身酒会上的便宜梦。"

"该死的!"贝朗格感同身受。

"道德是很好的造势材料,这是唯一的麻烦。他们会发起全面进攻。老实说,我们无能为力,弗兰克。"

"是吗?我们的产品很干净。我们只涉及冒险和浪漫故事。"

威尔咬住了上嘴唇,皱起额头:"弗兰克,我们两人之间就没必要装了。干净?取决于你怎么看。它或许不用公开,但是你我都知道每一个梦都有自己的弗洛伊德内涵。你必须承认。"

"当然,如果你硬要找的话。如果你是个精神病专家——"

"即便你是个普通人,也会知道。普通的观察者不知道它的存在,又或者无法从母亲的形象中分辨出生殖崇拜,即使你指给他看。不过,他的潜意识知道。也正是内涵才使得梦有吸引力。"

"好吧,那政府想干什么呢?清除潜意识?"

"这是个问题。我不知道他们想干什么。我们这边拥有的,也是我所倚赖的,就是大众喜爱梦,不想就此放弃……话说回来,你来干什么?我猜你肯定是有事才来的。"

贝朗格把一个东西扔到了威尔的桌子上,把衬衣下摆使劲往裤子里又塞了塞。

威尔打开闪闪发亮的塑料包装,拿出里面的柱体。其中一端刻着

---

[1] 弗朗西斯的昵称。

花哨的淡蓝色字体"沿着喜马拉雅的小路"。它打着光辉思维的商标。

"竞争对手的产品。"威尔郑重地说道,嘴唇咧了一下,"它还没有上市。你从哪里拿到的,弗兰克?"

"不用管。我只想你吸收它。"

威尔叹了口气:"今天大家都想让我吸收。弗兰克,它不脏吧?"

贝朗格恼火地说:"它里面有你的弗洛伊德符号。两道山峰之间有狭窄的山谷。希望不会打扰到你。"

"我是个老头儿了。很多年以前我就不会被打扰到了,但另一个东西品质太差,它伤害了……好吧,让我来看看你的东西。"

再次拿来录梦机,再次将解锁器戴到头上,电极贴在太阳穴上。这次,威尔在椅子上歇息了十五分钟还多,而弗朗西斯·贝朗格匆匆抽完了两根烟。

当威尔除下头盔,眨着眼将梦驱走时,贝朗格说:"老板,你觉得怎么样?"

威尔皱起了前额:"不合我的胃口。还是老一套。有这样的竞争对手,梦公司短期内不用担心了。"

"你错了,老板。有了这种东西,光辉思维将会胜出。我们必须做点什么。"

"听我说,弗兰克——"

"不,你听我说。这是下一代产品。"

"这东西!"威尔不屑地盯着柱体,"它太业余、太老套了。它的暗示太粗糙了。雪有一种明显的柠檬果冻味。如今有谁会在雪地里品尝柠檬果冻呢,弗兰克?从前确实有。可能是二十年前。当时莱曼·哈里森首次在南方举办了冰雪节,很轰动。红白相间的冰果冻山顶,覆盖着巧克力的山谷。好一出闹剧,弗兰克。如今这些都没了。"

"因为,"贝朗格说,"你跟不上时代了,老板。我必须跟你直说了。在你成立梦公司,在你申请了基本的专利并开始实施时,梦是奢侈品，市场小，客户少。你可以开发出特殊的梦，以高价将它们卖给人们。"

"我知道。"威尔说，"我们一直是这么坚持下来的。但我们也给普通大众开发了租赁业务。"

"是的，但还不够。我们的梦很精巧，没错。它们可以一次又一次地被使用。用到第十次，你依然可以发现新东西，依然可以找到新享受。但又有多少人是真正的鉴赏家呢？还有，我们的产品非常个性化。它们都是第一人称视角。"

"有问题吗？"

"问题在于，光辉思维是个开放的梦空间。他们在纳什维尔开了一个有三百个座位的店。你进去，找一个座位，戴上解锁器，进入你的梦。在场的所有人都进入同一个梦。"

"我听说过，弗兰克，从前也有人做过。以前就没能成功，现在也不行。你想知道为什么不行吗？因为，首先，梦乃隐私。你希望你的邻居知道你在做什么梦吗？其次，在同一个梦空间，梦必须按照既定的时间表进行，不是吗？所以做梦的人不是按照自己的愿望来做梦，而是由空间经理来决定何时开始。最后，一个梦可能受一个人的喜爱，却被另一个人讨厌。在那三百个座位上，我向你保证，有一百五十个人是不满意的。而一旦他们不满意，今后也不会再来了。"

贝朗格缓缓地撸起袖子，解开领口的扣子。他说："老板，你这是在臆想。证明它们不管用又如何呢？它们正在起作用。今天有传言说光辉思维正在圣路易斯建造一个有一千个座位的店。人们会习惯公共的梦，只要在同一房间里的其他人都在做着同一个梦。他们也能调整自己在固定的时间做梦，只要它又便宜又方便。

"该死的，老板，它是社交活动。一对情侣前往梦店，吸收廉价的浪漫，当中带有刻板的暗示和平常的情景，但他们出来时仍然会洋溢着幸福。他们一起做了同一个梦。他们经历了同样庸俗的感情。他们很合拍，老板。他们肯定会回到梦店，还会带上所有的朋友。"

"要是他们不喜欢这个梦呢？"

"这就是问题。这是整件事的关键。他们一定会喜欢的。如果你准备希拉里的梦，大圈套小圈，小圈里套着小小圈，在第三层的潜意识中植入惊奇的反转，有漂亮的意义升华和其他所有我们骄傲的一切，不用问，自然地，它不适合所有人。特殊的梦匹配特殊的口味。但光辉思维用第三人称视角展现了简单的布置，所以男女通吃。就像你刚吸收过的那个，简单、重复、普通。他们瞄准的是大众口味。可能不会有人爱它，但也不会有人恨它。"

威尔安静地坐了很长时间，贝朗格看着他。随后，威尔说："弗兰克，我以品质起家，不会降低要求。你可能是对的。梦店可能会成为潮流。如果真成了潮流，我们也要开，但我们会用好东西。或许光辉思维低估了普通人。我们不必着急，更不用恐慌。我所有的政策都基于同一个理论，高品质的东西总有市场。有时，孩子，这个市场的规模会大到令你惊诧。"

"老板——"

对讲机的声音打断了贝朗格。

"什么事，露丝？"

秘书的声音传来："是希拉里先生。他想马上见你。他说有重要的事。"

"希拉里？"威尔的声音里流露出震惊，"过五分钟再让他进来，露丝。"

威尔扭头看着贝朗格："今天，弗兰克，肯定不是我的好日子。做梦者应该在家跟思维器在一起。希拉里是我们最棒的做梦者，所以他尤其应该留在家中。你觉得他出了什么问题？"

贝朗格仍然在纠结光辉思维和梦店的问题，简短地说道："把他叫进来问一下。"

"再等一分钟。跟我说说他的上个梦怎么样？我还没试过他上个星期的作品。"

贝朗格终于回过神来。他皱了皱鼻子："不怎么样。"

"为什么？"

"太粗糙了，太跳跃了。我不在乎突兀的变换，为了现场感，你知道的，但该有的联系还是得有，哪怕是深层的联系都行。"

"完全没法用吗？"

"希拉里的梦不会完全没法用，但也需要大量的编辑。我们剪掉了挺大一部分，并加入了一些他时不时给过我们的旧素材。你懂的，片段的场景。它算不上A级品，但还过得去。"

"你跟他谈过吗，弗兰克？"

"你以为我疯了吗，老板？我怎么可能跟做梦者说狠话呢？"

就在这时，门开了，威尔那漂亮年轻的秘书微笑着目送谢尔曼·希拉里走进了办公室。

谢尔曼·希拉里，三十一岁，任何人一眼都能看出他是个做梦者。他的眼睛，不怎么惹人注意，笼罩着一层雾气，看着要么是需要戴眼镜，要么是对平凡的事物不屑一顾。他的身高大约在平均水平，体重却轻不少，一头黑发好长时间没打理了，尖尖的下巴，肤色苍白，一脸愁容。

他嘟囔道："你好，威尔先生。"并朝着贝朗格的方向羞愧地略微一点头。

威尔真诚地说："谢尔曼，孩子，你看着不错。有事吗？在家里做梦的质量一般？你担心了？……坐下，坐下。"

他说："我来是想告诉你，威尔先生，我想辞职。"

"辞职？"

"我不想再做梦了，威尔先生。"

威尔的那张老脸此刻看着比今天的任何时刻都更显老："为什么，谢尔曼？"

做梦者的嘴唇哆嗦了一下。他一口气全倒了出来："因为我没了生活，威尔先生。我错过了一切。刚开始还没那么糟。我甚至还觉得挺放松的。我会在晚上做梦，周末做梦，想做就做，任何时候都行。我不想做的时候也在做梦。但现在，威尔先生，我老了。你却对我有更高的期望，说我是这个行当里最优秀的，整个行业都仰仗我在老畅销品上构思出新的细节、新的变化，比如飞行梦想、破茧化蝶。"

威尔说："还有人比你优秀吗，谢尔曼？你那个小小的乐队指挥系列都已经十年了，仍然卖得不错。"

"好吧，威尔先生，我已经完成了任务。我已经到了不再出去的地步。我忽视了我的妻子。我的女儿不认识我。上个星期，我们去了一个晚宴——莎拉逼我去的——我却什么都记不起来。莎拉说我整晚都坐在沙发上，目光迷离，嘴里哼着曲子。她说大家一直都在看我。她哭了一晚上。我对这一切已经厌倦了，威尔先生。我想成为一个普通人，好好地活在这个世上。我向她保证我会辞职，所以再见了，威尔先生。"希拉里站了起来，笨拙地伸出手。

威尔轻轻地把它拨开了："假如你想辞职，谢尔曼，没问题。但给我这个老家伙一个面子，让我跟你解释解释。"

"我不会改变主意的。"希拉里说。

"我也不会试图去改变你的主意。我只想解释一下。我是个老人，在你出生以前，我就在干这个行当了，所以我喜欢说上一两句。迁就我一下，谢尔曼，可以吗？"

希拉里坐了下来，牙齿紧咬着下嘴唇，沉默地盯着自己的手指甲。

威尔说："你知道做梦者是什么吗，谢尔曼？你知道他对普通人意味着什么吗？你知道像我、弗兰克·贝朗格、你妻子莎拉这样的人在想些什么吗？像我这样的人，长着残缺的头脑、缺乏想象力、无法创造思维的普通人，就想逃离这种普通的生活，哪怕一辈子只有一次也好。我们办不到。我们需要帮助。

"在从前，有书、戏剧、收音机、电影、电视。它们给了我们幻想，但这并不重要。重要的是，在那段短短的时间里，我们的想象力被激发了。我们能想象英俊的爱人、美丽的公主。我们也能变得漂亮、聪明、强壮、能干，拥有一切我们无法成就的品质。

"但是，梦从做梦者传递给吸收者的过程总是伴随着不完美。它必须以这种或那种方式被翻译成语言。世界上最优秀的做梦者可能无法将任何东西转换成语言。世界上最优秀的作家只能将梦的一小部分转换成文字。你明白吗？

"但是，现在有了录梦机，任何人都能做梦。你，谢尔曼，还有十几个像你一样的人，实实在在地提供了这些梦。它从你的头脑里直接进入我们的头脑，没有删减。每次你做梦，都是在替一亿个人做梦。每次你都在做一亿个梦。这是件伟大的事，孩子。你让这些人看到了他们自己无法看到的东西。"

希拉里嘟囔道："我已经完成了使命。"他猛地站起来："我决定了。我不在乎你说什么。如果你想以违反合同为由告我，尽管告吧。我不在乎。"

威尔也站了起来。"我会告你吗？……露丝，"他跟对讲机说道，"把希拉里先生的合同副本送进来。"

他等待着。希拉里和贝朗格也一起等着。威尔浅浅地笑着，泛黄的手指轻轻地叩击着桌面。

秘书带来了合同。威尔接过它，把封面给希拉里亮了亮，随后说道："谢尔曼，孩子，除非你心甘情愿留下，否则还是走吧。"

随后，在贝朗格刚露出惊恐的表情，还没来得及伸手阻止他之前，他就将合同撕成了四片，并扔进了垃圾桶："可以了。"

希拉里伸出手抓住威尔的手。"谢谢，威尔先生。"他真诚地说道,声音沙哑,"你一直都对我很好。我很感激。对不起,我就这么离开了。"

"没事,孩子,没事。"

眼中含着泪水,嘴里念叨着感谢,谢尔曼·希拉里离开了。

"看在上帝的分儿上,老板,你为什么让他走了?"贝朗格不解地问道,"你没看清这鬼把戏吗?他会直接去光辉思维。他们把他收买了。"

威尔举起了手。"你错了,错得离谱。我知道这孩子,这不是他的风格。况且,"他平静地加了一句,"露丝是个好秘书。当我要做梦者的合同时,她知道该给我什么。我撕掉的是假的合同。真正的合同仍然在保险箱内,相信我。"

"唉,多么美好的一天啊!我跟一位父亲争论,让他给我一个能接近新天才的机会;和政府的人争论,避免被审查;跟你争论,避免采纳致命的政策;刚才又跟我最优秀的做梦者较量,避免他离开。我大概能赢了那位父亲。政府的人和你,我不知道,可能会赢,可能会输。但至于谢尔曼·希拉里,不会有意外,我敢肯定这位做梦者还会回来的。"

"你怎么知道?"

威尔对着贝朗格笑了,笑得脸颊上都堆满了细纹:"弗兰克,孩子,你懂编辑梦,所以你自以为懂这个行当里所有的工具和机器。但让我来告诉你,梦行业里最重要的工具就是做梦者本身。他才是你最需要了解清楚的人,而我了解他们。

"听着,当我还是个年轻人时——那时候还没有梦——我认识一个撰写电视脚本的家伙。他会跟我抱怨,每当有人第一次跟他见面并了解到他所从事的职业后,他们总是会问:'你都是从哪里找来这些疯狂的点子?'"

"他们真的不知道。对他们而言,哪怕想到其中一个都是不可能的。所以,我朋友还能说什么?他常跟我聊这个话题,他跟我说:'我能直说我不知道吗?当我上床时,我无法入眠,因为脑子里萦绕着各种点子。当我刮胡子时,我会刮到自己。当我说话时,我会忘了在说什么。当我开车时,我心不在焉,小命差点不保。因为点子、情景、对话总是在我脑中盘旋缠绕,我无法告诉你我从哪里找到的点子。或许你能告诉我,你靠什么办法产生不了点子,至少让我有片刻的安宁。'

"你明白吗,弗兰克?就是这么回事。你可以随时终止在这里的工作。我也是。这是我们的工作,不是生活。但谢尔曼·希拉里不行。无论他去哪里,无论他做什么,他总会做梦。只要他活着,他就必须思考,而当他思考时,他必须做梦。他不是我们的囚犯,我们的合同也不是他的铁栅栏。他自己的头颅才是他的监狱,弗兰克。所以他会回来的。他还有什么选择吗?"

贝朗格耸了耸肩:"假如你说的是对的,我为这家伙感到可怜。"

威尔悲伤地点了点头:"我为他们所有人感到可怜。这么多年下来,我明白了一个道理。这是他们的宿命,让人幸福,让别人幸福。"

职 业[1]

乔治·普拉顿无法隐藏他声音中的渴望。那太强烈了,难以压制。他说:"明天就是5月1日了。奥林匹克!"

他翻身趴在床上,目光越过床尾看着他的室友。他也感觉到了吗?这难道不会触动他吗?

乔治的脸本来就挺瘦的,在这所房子里生活了近一年半的时间后,变得更瘦了。他的身材瘦削,但蓝色双眸里的光芒却前所未有地强烈,他现在手指蜷曲抓着床单的样子像一只困兽。

乔治的室友从书本上抬起头瞥了一眼,并借此机会调整了他椅子旁墙壁的亮度。他名叫哈里·欧玛尼,出生于尼日利亚。他有着棕黑色的皮肤和庞大的身形,似乎天生一副稳重相,提到奥林匹克也没能打动他。

他说:"我知道,乔治。"

平时,乔治十分倚赖哈里的耐心与体贴,但即便是耐心与体贴也有过分的时候。现在是像雕像似的坐在那里的时候吗,如同一块温暖的黑色木头?

乔治禁不住想象起自己在这里再过上十年会变成什么样子,却又强行打住了念头。不!

他挑衅地说:"我觉得你忘了5月的意义。"

---

[1] Copyright © 1957 by Street and Smith Publications, Inc.

"我可没忘。它没有任何意义！你才是那个忘了的人。5月对你而言毫无意义，乔治·普拉顿。还有，"室友柔声加了一句，"它对我，哈里·欧玛尼，也没有任何意义。"

乔治说："船就要来挑选新人了。到了6月，成千上万艘船会载着几百万个男人和女人，前往任何一个你知道名字的世界。这难道毫无意义吗？"

"比毫无意义更糟。总之，你想让我说什么呢？"欧玛尼的手指在书中一段艰深的文字上画着，嘴唇还在无声地嚅动。

乔治看着他。该死的，他心想，呐喊、尖叫，你至少可以做这些，或踢我一脚，做任何事。

他不想只有自己一个人生闷气。他不想只有自己一个人内心充满了愤懑，不想一个人缓慢地死去。

还是最初的几个星期好，他仿佛与世隔绝，外面的世界显得光线模糊，声音混沌。还是那时候好，都怪欧玛尼摇晃着进入了他的视野，将他拽回到一场不值得继续的生活中。

欧玛尼！他老了！他至少三十岁了。乔治心想：我到了三十岁的时候会变得跟他一样吗？再过十二年我会变成这个样子吗？

因为害怕成为将来的样子，他禁不住吼了欧玛尼一声："你别再读那本愚昧的书了，行吗？"

欧玛尼翻了一页，读了几个字，随后抬起头，他头上戴着小圆帽，盖住了硬楂楂的卷发："什么？"

"读这本书对你有什么好处？"他往前走了几步，哼了一声，"又是电子学。"随后一掌把它从欧玛尼的手里打落了。

欧玛尼缓慢地站起身，捡起书。他将平了起皱的一页，看不出有生气的样子。"好处就是能满足好奇心，"他说，"我今天学一点，明天再学一点。这也是某种胜利。"

"胜利。这也能叫胜利？这就是你生命的追求？学得这么努力，然后到六十五岁能赶上四分之一个注册电子技师？"

"可能到我三十五岁吧。"

"又有谁会要你呢？谁会用你？你能去哪里？"

"没人要。没人用。哪儿都去不了。我会留在这里读别的书。"

"你这就满意了？告诉我！你把我拖进了教室。你逼我读，逼我记。为了什么？这里没有任何能让我满意的东西。"

"你总是这么不满足，对你又有什么好处呢？"

"我决心要退出这场闹剧。我要按照我刚开始的计划去做，是你花言巧语地让我放弃了它。我要强迫他们去——"

欧玛尼放下了书。他等着对方的声音熄火后才说道："去干什么，乔治？"

"去更正不公的裁判。我被陷害了。我要找到安东内利，要求他承认他……他——"

欧玛尼摇了摇头："每个来到此地的人都坚称这是个错误。我以为你已经过了那个阶段。"

"别说什么阶段，"乔治暴躁地说，"在我这里，它就是事实。我告诉过你——"

"你是告诉过我，但在你内心，你知道没人对你犯过错误。"

"因为没人承认？你觉得他们会承认自己犯错吗？不逼他们能行吗？好吧，我会去逼他们。"

是5月把乔治变成这个样子的，这是奥林匹克月。他感觉它带来了原始的冲动，他无法抗拒。他也不想抗拒。他不想就此忘却。

"我本来要成为一名计算机程序员，我能行。我早就够格了，不管他们说分析结果是什么。"他捶打着床垫，"他们错了。肯定错了。"

"分析员从来不会错。"

"他们肯定错了。你怀疑我的智商吗？"

"智商跟这一点关系都没有。你还没听够解释吗?你听不懂吗?"

乔治翻了个身,朝天躺着,默默地盯着天花板。

"你本来想当什么,哈里?"

"我没有固定的计划。我猜无土栽培师可能挺适合我的。"

"你当时觉得自己能成功吗?"

"我不确定。"

乔治之前从没问过欧玛尼任何私人问题。他觉得挺吃惊的,甚至觉得有些不可思议,竟然还有别的人同样有野心,结果也沦落到了这里。无土栽培师!

他说:"你想到过会有今天这种结局吗?"

"没有,但我在这里也挺好的。"

"对,你满意,真的、真的满意。你很幸福。你爱这里。你不想去别的地方。"

欧玛尼慢慢地站起来,开始仔细地铺床。他说:"乔治,你的要求太高了。你对自己不满意,因为你无法接受你自己。乔治,你把这个地方叫破屋,但我从来没听你说过它的全名。说出来吧,乔治,快说出来,然后上床睡觉,把这一切都忘了。"

乔治紧咬着牙关,露出了牙齿。他从嗓子深处挤出了一声"不"。

"那我来说吧。"欧玛尼说道,然后他就真的说了,每一个音节都清楚地说了出来。

听到它的名字后,乔治羞愧难当。他别过了头。

在生命的前十八年之中,绝大部分时间乔治·普拉顿都在执着地朝着一个方向努力,也就是成为注册计算机程序员。他身边的人喜欢空间动力学、冰冻技术、交通控制,甚至还喜欢管理。但乔治一直都很坚持。

他和他们中的每一个都一样,激烈地衡量过各种职业的优缺点。

为什么不呢？受教日就悬在他们眼前，就如他们的生命一样真实。它日渐临近，就如同日历一般确定——一个人过了十八岁生日之后的第一个11月1日。

过了那一天之后，对话的主题会增添新的内容。人们可以和别人交谈职业中的细节，或是妻子与孩子的美德，或是他家乡太空马球队的命运，或是他在奥林匹克中的体验。然而，在受教日之前，只有一个主题牢牢地吸引了所有人的兴趣，那就是受教日本身。

"你在想什么？你觉得你能成功？见鬼，前景不妙啊！看看记录，配额又削减了。物流师现在——"

或者超级机械师现在——或者通信师现在——或者引力学家现在——

尤其是当下的引力学家。在乔治的受教日到来的前几年里，每个人都在谈论引力学家，这缘于引力引擎的进展。

大家都在说，任何一个位于矮恒星十光年范围内的世界，都会付高价换取任何一位注册引力工程师。

乔治从来没有纠结过这种说法。他应该纠结的，想想这么多人趋之若鹜。但乔治也听说过历史上新开发的技术的命运。一旦开发之后，就是如洪流般的合理化和简约化。每年都会推出新型号、新品种的引力引擎、新的规则。然后所有的高价先生都会发现自己过时了，被新的型号和新的教育取代了。第一批人不得不沦落为非技术工人，或被送往某些落后的、还没有赶上潮流的世界。

而计算机程序员的需求则年复一年地稳定，甚至是一个世纪接一个世纪。需求从未到达过顶峰，虽从未出现过程序员的大牛市，但随着新世界的不断开发和旧世界的日益复杂，需求一直在平稳增长。

他经常就此和小胖特里威廉争论。作为一对好朋友，争论必须经常发生，很激烈，当然谁都说服不了谁。

那时，特里威廉的父亲是一名注册冶金师，曾经在某个外部世界服务过，爷爷也是一名注册冶金师。他本人的愿望也是成为一名注册冶金师，几乎把它看成家族理所应当的权利，坚信别的职业都不如他们的家传受人尊敬。

"金属会永远存在。"他说，"制作出符合规格的合金，看着晶体生长，能给人强烈的满足感。程序员能干什么呢？整天坐在编码器前面，给几英里长的笨机器喂食。"

即便只有十六岁，乔治已然非常现实。他简单地说了句："你会和上百万个冶金师一起竞争。"

"因为它吸引人啊，是个好职业。最好的职业。"

"但你会被淘汰，小胖。你可能会落在很后面。任何一个世界都能培养自己的冶金师，而高等世界的市场又不大。大多数都是些小世界才有需求。你知道注册冶金师留在A级世界的比例并不高。我查了一下数字，只有13.3%。这意味着你有八分之七的概率陷在一个小世界，那里可能只有自来水。你甚至可能会陷在地球上，有2.3%的机会。"

特里威廉不服气地说："待在地球上又不丢人。地球也需要技工，优秀的技工。"他的爷爷就是地球上的冶金师，特里威廉将手指横在上嘴唇上，摩挲着尚不存在的胡须。

乔治认识特里威廉的爷爷，而且考虑到自己的祖先也在地球上工作，所以他并不打算加以嘲弄。他敷衍道："没有智力上的差别，当然没有。但能去A级世界还是更好，不是吗？

"说回程序员。只有A级世界才配备了那种计算机，需要一级程序员，所以它们是市场上唯一的需求方。编程很复杂，不是随便什么人就能干的。他们需要的程序员数量超过了自身人口所能提供的数量。这是简单的统计学。一百万个人里面只有一名一级程序员。一个世界需要二十名，而它本身的人口只有一千万，所以他们必须来地球招募五到十五名程序员，对吗？

"你知道去年有多少个注册程序员去了A级行星吗？我来告诉

你。全部都去了。如果你是个程序员,那你就已经入选了。是的,先生。"

特里威廉皱起了眉头:"假如一百万个人里面只有一个,你凭什么认为自己能成功?"

乔治郑重地说:"我一定能成功。"

他从未跟别人说过,跟特里威廉、跟父母也都没说过,他到底为什么那么自信。但他不担心。他充满了信心(这是他在日后那段绝望的日子里最糟糕的回忆)。他跟其他八岁的孩子都一样,在即将降临的读书日之前充满信心。读书日是儿童时代对受教日的预演。

当然,读书日还是不一样。部分原因是他们都还是孩子。一个八岁的男孩能取得跨越式的进步——昨天你还不会读,今天就会了。事情就是这样,像太阳永远会升起一样。

还有就是它的意义也没那么重大。没有随之而来的招聘会,不会等着竞争上榜,也无须在接下来的奥林匹克上取得好成绩。男孩或女孩经历了读书日之后,还是要在地球拥挤的表面上无关紧要地生活上十年,还是要回到自己的家庭,只不过多了一项新技能。

等到十年之后的受教日来临,乔治甚至都记不清自己的读书日上发生了什么。

记得最牢的是那是一个阴沉的九月的一天,下着小雨。(9月是读书日,11月是受教日,5月是奥林匹克。他们为此还编了儿歌。)乔治在墙灯前穿衣,他的父母比他本人还激动。他的父亲是个注册管道安装工,在地球上找到了工作。这个事实一直令他觉得羞愧,虽然大伙儿都明白,每一代人中的大多数都不得不留在地球上,这再自然不过了。

地球上也必须有农民、矿工,甚至技工。只有最新型的、非常专业的技能才能符合外部世界的需求,每年地球上八十亿的人口之中,只有几百万人有幸被输出。绝大多数的地球人都没有这个幸运。

但每个男人和女人仍会希望,他们的子女中至少有一个能成为幸运儿。老普拉顿当然也不能免俗。在他看来(还有,确切地说,其他人也有类似看法),乔治显然挺聪明的,头脑很灵活。他应当能过得不错,也必须能,因为他是他们唯一的孩子。如果乔治没能前去外部世界,他们就得等到孙子辈才能看到命运的转变,这个未来太遥远了,无法给予足够的安慰。

当然,读书日并不能证明太多,但在那个大日子本身到来之前,它是他们唯一能看到的迹象。当孩子回到家中时,地球上所有的父母都会倾听孩子读书的质量,倾听哪些词语的阅读尤其流利,并将它视为未来的预兆。读书日过后,每一个家庭都会因为孩子阅读三音节词的方式而产生希望。

乔治能隐约感觉到父母紧张的原因。在那个细雨绵绵的早晨,他年轻的心中如果有任何的焦虑,也只是在担心父亲那充满期待的眼神会因为他带回家的阅读技能而变得黯淡。

孩子们聚集在镇教育厅的大堂里。整个地球上,整整一个月,上百万个各地的大厅里,当地的孩子会聚集在一起。乔治感觉灰色的房间以及房间里的其他孩子令他很压抑。他在穿不惯的正装里肢体紧绷,动作僵硬。

乔治下意识地跟着其他的孩子一起行动。他找到了跟他住在公寓同一楼层的孩子,并加入了他们的小圈子。

特里威廉就住在他隔壁,依然留着孩子气的长发,离长出鬓角和稀疏的红色胡子还早,看着一脸稚气。

特里威廉(他那时叫乔治"饺子")说:"我敢说你肯定害怕了。"

"我才不怕呢。"乔治说,接着他又自信地加了一句,"我父母在我房间里的柜子上放了一大摞书,等我到家时,我会念给他们听。"（乔治此时最大的痛苦在于他不知道该把手放在哪儿。他被警告过不要挠头、不要摸耳朵、不要抠鼻子、不要插在口袋里。这几乎排除了所有的可能性。）

特里威廉则将手插在口袋里说道："我父亲一点都不担心。"

老特里威廉曾在狄伯利亚当了近七年的冶金师，这给他在邻里间带来了崇高的地位，尽管他已然退休并回到了地球。

地球不欢迎这些返乡者，因为人口问题，但有一小撮人还是回来了。有的是因为地球上的生活成本低，例如，在狄伯利亚上少得可怜的退休金却能支持人们在地球上过不错的生活。此外，总是有男人觉得衣锦还乡会带来更多的满足感，比宇宙的其他任何地方都要多。

老特里威廉进一步解释了，假如他要留在狄伯利亚，那他的孩子也要留下，而狄伯利亚只是一个由单艘飞船构成的世界。回到地球，他的孩子就可以去任何地方，甚至是诺维亚。

小胖特里威廉早就记住了那个名词。甚至在读书日到来之前，他话里话外总是会无意间流露出他未来的家会安在诺维亚。

想到别人的未来那么美好，而自己却前途未卜，乔治立刻进入了激烈的对抗模式。

"我的父亲也不担心。他只是想听我念书，因为他知道我肯定能念好。你父亲不想听你念，是因为他知道你会念错。"

"我才不会呢。念书太简单了。在诺维亚，我会雇人念给我听。"

"因为你不会自己念，因为你太笨了！"

"那我怎么能去诺维亚？"

乔治被逼着说出了十分伤人的话："谁说你会去诺维亚？我敢说你哪里都去不了。"

小胖特里威廉的脸都涨红了："我才不会像你老爸那样当个管道工呢。"

"把这句话收回去，你这个笨蛋。"

"你才要收回去。"

他们面对面站着,不是想打架,而是因为在这个陌生的地方终于找到了些熟悉的感觉才放松了下来。况且,乔治此刻握紧拳头举在眼前,手无处可放这一问题至少暂时得到了解决。其他孩子兴奋地围了过来。

但旋即公共广播系统里传来了一个女人响亮的声音,把这一切都打断了。四周都安静下来。乔治放下拳头,忘了特里威廉。

"孩子们,"那声音说,"我们会叫你们的名字。叫到你的时候,你要去等在墙边的那排人那里报到。你们看到他们了吗?他们穿着红色制服,很容易找到。女孩子去右边,男孩子去左边。现在,请看一下离你们最近的红制服……"

乔治一眼就瞥见了他需要找的人,开始等着叫到他的名字。他之前没有接触过字母表,等了很长时间也没听到叫自己的名字,于是开始变得不安起来。

孩子群渐渐变得稀疏。小小的人流向着一个个的红衣向导汇集。

当终于响起"乔治·普拉顿"的叫声时,他紧绷的神经一下子放松了,而更令他窃喜的是,小胖特里威廉依然留在原地等待召唤。

乔治离开时扭头喊了一句:"嘿,小胖,他们可能不要你喽。"

喜悦的心情很快就消失了。他被命令排进队伍,跟着一群陌生的孩子一起走入走廊。他们相互打量着,大大的眼睛里满是担忧,连大气都不敢出。除了"别推""嘿,小心点",没有人说话。

他们每人都领了一张便条,并被告知一定要随身携带。乔治好奇地盯着自己的那张便条。它上面印满了形状各异的黑色符号。他知道这是打印出来的,但怎么才能从中辨识出文字呢?他想象不到。

他被下令脱衣。现在只剩下他和另外四个男孩了。所有的新衣服都被脱下,五个八岁的男孩赤身站着,个头小小的,抖个不停,更多的是出于羞愧,而不是寒冷。医疗队来了,观察着他们,用奇怪的仪器检查他们,还抽了血。他们拿过孩子的纸条,用黑色的小棍在上面留下额外的符号,速度飞快。乔治看了一眼新符号,它们跟旧的一样完全看不懂。孩子们又被下令穿上了衣服。

他们坐在彼此独立的小椅子上,又开始了等待。又叫起了名字,"乔治·普拉顿"是第三个被叫到的名字。

他走进一个大房间,里面塞满了吓人的机器,有各种开关,正面还有玻璃似的面板。屋子正中央有一张桌子,后面坐着一个男人,正看着眼前摊着的一堆纸。

他说:"乔治·普拉顿?"

"是我,先生。"乔治颤颤巍巍地小声说道。之前的各种等待、各个环节让他紧张。他希望能尽快结束。

桌子后的人说:"我是劳埃德医生。乔治,你好吗?"

医生说话时没有抬头,仿佛他已经说了一遍又一遍同样的话,不必再抬头了。

"我挺好的。"

"你害怕吗,乔治?"

"不……不怕,先生。"乔治说,但就连他自己都能听出声音中的畏惧。

"很好。"医生说,"没什么好怕的,放心吧。让我们来看看,乔治,你的卡片上说你父亲名叫彼得,他是个注册管道安装工;你母亲名叫艾米,她是个注册家庭技师。对吗?"

"是……是的,先生。"

"你的生日是2月13日,一年之前你的耳朵发过炎,对吗?"

"是的,先生。"

"你明白我是怎么知道这些事的吗?"

"我猜都写在卡片上了,先生。"

"对。"医生终于抬起头看着乔治并笑了。他甚至都露出了牙齿，看着比乔治的父亲年轻多了。乔治的紧张情绪得到了些许缓解。

医生把卡片递给乔治："你明白上面这些东西的意思吗，乔治？"

尽管乔治知道自己不懂，但他还是被这突然的要求吓了一跳。难道命运出现了转折，他一下子就能看懂了？但它们还是跟刚才一样，只是些符号。他把卡片还了回去："不明白，先生。"

"为什么不明白？"

乔治禁不住怀疑这位医生是不是疯了。他不知道原因吗？

乔治说："我不会读书，先生。"

"你想学读书吗？"

"是的，先生。"

"为什么，乔治？"

乔治不解地盯着他。从来没人问过他这个问题。他没有答案。他支支吾吾地说："我不知道，先生。"

"书面信息将是你一生的引导。你要学的东西太多了，甚至在受教日之后也是如此。像这样的卡片会教导你，书也会教导你，还有电视。书面信息能告诉你非常有用、非常有趣的东西，不会读就跟眼睛看不见东西一样糟糕。你明白吗？"

"是的，先生。"

"你害怕吗，乔治？"

"不怕，先生。"

"很好。现在我来告诉你，我们第一步要干什么。我要把这些电线放到你的额头上，就在你眼角的边上。它们会粘在那里，但你不会觉得疼。然后，我会开启一个机器，它会发出嗡嗡的声音。它听上去挺奇怪的，你会觉得痒，但不会觉得疼。不过，要是你真觉得疼了，你要告诉我，我会马上把它关掉。但你肯定不会疼的。好吗？"

乔治点了点头，咽了口唾沫。

"你准备好了吗？"

乔治点了点头。他闭上眼睛,医生则忙着自己的事。他的父母跟他解释过。他们也说过不会疼的,但总是有更大的孩子说了些别的。那些十岁、十二岁的男孩会恐吓八岁的孩子,叫他们等着读书日,"当心针头"。还有的会把他拖到角落,说"他们会用一把非常锋利的大刀切开你的头,刀上还有钩子",诸如此类吓人的话。

乔治一直都不相信他们,但他做过噩梦,此刻的他闭上眼睛,害怕极了。

他没有感觉到太阳穴上贴着的电极。嗡嗡声也显得很遥远,还有他自己的血流经耳朵的声音,空荡荡的,仿佛置身于一个宽广的洞穴。他大着胆子慢慢地睁开了眼睛。

医生正背对着他。有一串纸正从一台机器里慢慢涌出,上面画了一条细细的、波浪形的紫色线条。医生撕下纸,把它放入另一台机器上的槽口。他一遍又一遍地重复着整个过程。每一次都会产生一卷小胶片,医生则会看上一阵。最终,他转身面向乔治,眉头皱成了一个奇怪的形状。

嗡嗡声停了。

乔治紧张地问道:"结束了吗?"

医生说:"是的。"但他依旧皱着眉头。

"我会读书了吗?"乔治问道。他感觉并没有什么不同。

医生说:"什么?"随后又突然匆匆笑了一下说:"效果不错,乔治。再过十五分钟你就能读书了。但现在,我们还要用另外一台机器,这次的时间会长一点。我会把你的头整个包住,我开机之后,短时间内你看不到也听不到任何东西,但你不会疼。以防万一,我会给你一个小开关,你把它拿在手里。假如你觉得哪儿疼,按下这个小按钮,机器就会关了。好吗?"

后来,乔治被告知那个小开关纯粹是个摆设,它只是为了能给人安慰。然而,他一直都不能百分之百确定,因为他从未按下过那个开关。

223

一个又大又圆、里面衬着橡胶的头盔扣到了他头上。似乎有三到四个小爪子抓住了他并咬进他的颅骨,但他只感觉到一点小小的压力,而且很快消失了。不疼。

隐约传来了医生的声音:"你感觉还好吧,乔治?"

随后,在没有任何预警的情况下,一层厚厚的东西整个把他笼罩了。他的灵魂出窍,没了感觉,没了世界,只有他,还有一声遥远的呢喃,在虚无的尽头跟他说着什么……说着什么……说着什么……

他想要倾听并理解,但始终感到中间隔着一层厚重的夹层。

随后,头盔被取下了,光线变得如此明亮,刺痛了他的眼睛,医生的声音如同鼓声般在他耳边隆隆响起。

医生说:"这是你的卡片,乔治。上面写了什么?"

乔治再次看了看自己的卡片,禁不住从嗓子眼里挤出了一声惊叫。符号不再是符号了。它们变成了文字,一个接一个地映入他的眼帘,就像有人在他耳边低语。他甚至能听到那低语声。

"上面写了什么,乔治?"

"写了……写了'乔治·普拉顿,生于6492年2月13日,彼得与艾米·普拉顿之子……'。"他停下了。

"你会读书了,乔治。"医生说,"结束了。"

"成功了?我不会忘了?"

"当然不会忘。"医生往前探出身子,跟他握了手,"你可以回家了。"

乔治花了好几天才适应了这个新获得的伟大才能。他念书给父亲听,非常流利,老普拉顿都哭了,还叫来亲戚分享这个好消息。

乔治在镇子里四处走动,读遍了他能找到的每一幅印刷品。他搞不明白为什么以前就完全看不懂这些玩意儿。

他想要回忆不会读书的时候是怎样的,但怎么也想不起来,好像他一生下来就会读书了,一直都会读书。

到了十八岁，乔治变得很黑，个头一般，但因为体形很瘦，所以看着还挺高的。特里威廉并不比他矮，身材也粗壮许多，让"小胖"这个绰号变得更贴切了。但在这一年里，他变得敏感了，但凡有人叫他这个绰号，他肯定会跟人急。而且，由于特里威廉更讨厌自己真正的名字，所以大家都叫他的姓特里威廉，或是任何得体的变体。仿佛是为了进一步证明自己的男子气概，他十分执着地蓄起了络腮胡和浓密的小胡子。

此刻，他正紧张得浑身冒汗，已经从"饺子"长成"乔治"的乔治被他逗乐了。

他们两人都身处十年前那同一个大厅里（中间从未进来过），就好像一个模糊的梦突然变成了现实。在刚开始的几分钟里，乔治明显感到了异样，觉得一切都变小了，也变得更拥挤了，和记忆中的不一样，随后他意识到是自己长大了。

人群比童年时要小不少。这次全部都是男性。女孩们都被分配到了另一天。

特里威廉俯过身说："要在这里一直等，真让人难受。"

"官僚主义，"乔治说，"哪里都避免不了。"

特里威廉说："你怎么这么能忍耐？"

"因为我没什么好担心的。"

"呃，兄弟，你让我恶心。我希望你被派去当注册施肥师，好让我看看你干活儿时的表情。"他用紧张的眼神扫视了一遍现场的人群。

乔治也打量了一圈。跟他们童年时的流程不太一样。进展更缓慢，指示也都写在了一开始分发的印刷品上（会读书就是有优势）。普拉顿和特里威廉的名字依旧排在了字母顺序的很后面，但这次两人明白了。

年轻人纷纷从教育室里走出，皱着眉头，一脸不舒服的样子。他们拿起了自己的衣服和杂物，前往分析室查询自己的结果。

每个人出来的时候，都会被渐渐稀疏的人群围住："怎么样？""有什么感觉？""你成功了吗？""感觉有什么不同？"

回答总是含糊其词，没有确切的信息。

乔治强迫自己不去凑这个热闹，那样只会让自己的血压升高。所有人都说你要保持冷静，成功的机会才更大。话虽如此，你还是会抑制不住地手心发凉。多年之后还要再一次体会这种紧张的感觉，真让人哭笑不得。

被派往外部世界的特殊专业人员会有妻子（或丈夫）相伴。在所有的世界上保持性别比例平衡是非常重要的。假如你要去一个A级世界，有哪个女孩会拒绝你？但乔治的心中并没有心仪的对象，他谁都不想要。现在还不是时候！一旦成为程序员，一旦能在名字前加上注册程序员这个头衔，他就能随意挑选了，就像皇宫里的苏丹。这个想法令他激动不已，他不得不强行压制了它，他一定要保持冷静。

特里威廉嘟囔着："有这个必要吗？一开始他们说保持放松和冷静是最好的办法，然后又把你晾在这里，让你没法冷静，没法放松。"

"可能是故意的，以此来区分谁已经成熟，谁还是个孩子。别多想了，特里。"

"闭嘴。"

轮到乔治了。没人喊他的名字，而是以告示板上闪闪发亮的字母替代。

他朝特里威廉挥了挥手："别紧张，否则就着了他们的道。"

他愉快地走入测试室。真的很愉快。

坐在桌子后面的人问道："乔治·普拉顿？"

一瞬间，乔治的脑海里闪现出一幅异常清晰的画面。十年之前，有另外一个人问了同一个问题。恍惚间，眼前这个人就是那个男人，乔治又回到了八岁，正等着跨过人生第一道分水岭。

职　业

　　那个人抬起头，当然，他的脸跟突然的回忆完全不匹配。他长着蒜头鼻，头发稀疏且没有光泽，下巴处有赘肉，仿佛这个人曾经是个大胖子，而今又减肥了。

　　桌子后面的人似乎有些急躁："对吗？"

　　乔治回过神来："我是乔治·普拉顿，先生。"

　　"刚才怎么不回答？我是扎卡里·安东内利医生。我们先相互熟悉一下。"

　　他盯着一小卷胶片，把它举起对着光。

　　乔治在内心做了个鬼脸。他依稀记得另一位医生（他忘了他的名字）也曾盯着同样的胶片。它们是同一卷吗？另一位医生对他皱起了眉，而眼前的这位看上去有些气呼呼的。

　　他的愉快就要消失殆尽了。

　　此刻，安东内利医生翻开面前一个厚厚的文件夹，把胶片小心翼翼地放了进去："这上面说你想成为一名计算机程序员？"

　　"是的，医生。"

　　"现在还想吗？"

　　"是的，先生。"

　　"这个职业需要责任感和细心。你能胜任吗？"

　　"能，先生。"

　　"大多数的未受教者不会写下确切的职业。我认为他们是害怕失败。"

　　"我也这么认为，先生。"

　　"你不害怕吗？"

　　"我只是出于坦诚，先生。"

　　安东内利医生点了点头，但脸上的表情并没有丝毫放松："你为什么想成为程序员？"

　　"这是一个需要责任心和细心的职业，就像你说的，先生。它是一份重要的工作，同时也很有意思。我喜欢它，我相信自己能干好。"

安东内利医生把纸放到一边，没好气地看着乔治。他说："你怎么知道自己会喜欢它？因为你觉得自己会被某个A级世界选中？"

乔治不安地想着：他想要让你紧张。保持平静，保持坦诚。

他说："我认为程序员是有很大的概率被挑中的，先生，但即使我被留在地球上，我知道自己也同样喜欢它。"（这句话是真的，我没有撒谎，乔治心里想着。）

"好吧，你怎么能知道？"

他问这个问题的样子仿佛确定不会有好的答案。乔治差点就笑了。他恰好有。

他说："我一直在读有关程序员的书，先生。"

"你一直在做什么？"医生此时露出了真正吃惊的表情，乔治不免觉得有些得意。

"读有关它的书，先生。我买了一本这方面的书，一直在学习。"

"注册程序员看的书？"

"是的，先生。"

"但你看不懂啊！"

"一开始是看不懂。我先研究了数学和电子学方面的书。我尽量去弄明白。我懂的依旧不多，但足够让我喜欢它，让我知道如何能胜任。"（甚至连他的父母都从未发现那个秘密的藏书点，也不明白他总是待在房间里干什么，以及为什么他看上去总是缺觉的样子。）

医生拽着下巴上松弛的皮肤："你这么做是为了什么？"

"我想确认自己是否真的喜欢，先生。"

"你当然知道喜欢并没有任何意义。你可以喜欢一门课程，但要是你大脑的物理属性令你在其他职业上更有效率，那你就会去干其他职业。你知道这一点，是吗？"

"有人跟我说过。"乔治谨慎地回答道。

"好吧,那就相信他。这是真的。"

乔治什么也没说。

安东内利医生说:"难道你相信这种说法?研究某门课程会改变大脑细胞,使之转向匹配的方向,就跟另外一个理论一样,怀孕的女人只要坚持听伟大的音乐作品,就能让她的孩子成为一个作曲家。你相信这种说法吗?"

乔治脸红了。他当然是这么想的。通过强迫自己的智力一直朝着期望的方向努力,他确信自己搞到了一个抢跑的机会。他自信中的绝大部分都来源于此。

"我从来——"他开口说道,却发现自己不知道该怎么说下去。

"好吧,这不是真的。上帝,年轻人,你的大脑结构在出生时就决定了。只有当头部遭重击导致脑细胞受损,或是血管爆了,或是得了脑瘤,或是受到了感染,它才会发生改变——当然,每次改变只能让它变得更糟。通过特别的思维锻炼肯定是没法改变它的。"他若有所思地盯着乔治看了一阵子,随后说道,"谁让你这么干的?"

乔治已然方寸大乱,他咽了口唾沫说:"没人让我这么做,医生,我自己的主意。"

"有谁知道你这么干吗?"

"没人,医生,我不是故意犯错的。"

"谁说这是错的了?我只是说这没用。你为什么不让别人知道?"

"我……我不想让别人笑话我。"(他突然想起了最近一次跟特里威廉的交谈。乔治万分谨慎地谈起了这个想法,通过手动往脑子里注入知识的方式来学习的可能性和诸如此类的事情。他说的好像是某个在大脑角落里偶尔会冒出的点子,只透露了只言片语。特里威廉嘲讽道:"乔治,你想当鞋匠或纺织工吗?"乔治暗自庆幸一直保守了自己的秘密。)

安东内利医生的手指在刚开始看的那卷胶片上来回移动着,陷入了沉思。随后他说:"还是给你做分析吧。这么谈下去没有结果。"

电极贴上了乔治的太阳穴。嗡嗡声又响起来。十年前的回忆再次清晰地冒出来。

乔治的手出汗了。心脏狂跳起来。他真不应该跟医生说起他的秘密学习。

"该死的虚荣心。"他跟自己说道。他想展示自己的努力、自己的主动。然而,他真正展示的是自己的迷信和无知,并引起了医生的反感。(他能看出来医生讨厌他,认为他故作聪明。)

此刻他的状态已变得异常紧张,他确信分析仪肯定看不到任何有道理的东西。

电极从太阳穴被拿走时,他并没有感觉到。他眨着眼恢复意识后,只看到医生正若有所思地盯着他。仅此而已,电极已经没了。乔治感觉心如刀绞。他已经放弃了成为程序员的梦想。在短短的十分钟里,它破灭了。

他悲伤地说:"我猜答案是'不'?"

"什么'不'?"

"不能当程序员?"

医生摸了摸鼻子,说道:"你拿好衣服和自己的随身物品,去15C房间。你的档案会在那里等你,还有我的报告。"

乔治吃惊地说:"我已经受教了吗?我还以为这只是——"

安东内利医生头也不抬地说:"会有人跟你解释的。照我说的去做。"

乔治彻底慌了。到底是什么?他们为什么不能跟他说?难道他不适合干任何职业,除了注册劳工?他们将就此做出安排,让他做好准备。

他突然间对此确信无疑,不得不用尽浑身的力气阻止自己尖叫。

他跌跌撞撞地回到了等候区。特里威廉不在那里。假如他此刻还保持着足够的冷静,能注意到周遭的情形,他应该为此而感到庆幸。人几乎都走空了,剩下的那几个排在字母表最后面的人看上去想要问他问题,却被他愤怒的表情和仇恨的目光吓到了,不敢上前。

他们有什么权利成为技术员,而他,他本人,却只能当个工人?工人!肯定是!

他被一位红制服领着穿过了忙碌的走廊,走廊两侧布满了单独的房间,每个房间里都有人,这里有两人,那里有五人。电动机械师、建筑工程师、农艺师……总共有几百种特种职业,大多数都会从这个镇子挑上那么一两个人加入。

此刻,他恨他们所有的人:统计师、会计师……越是稀有的职业他就恨得越深。他恨他们,因为他们现在拥有了体面的知识,掌握了自己的命运,而他本人依然是空空如也,必须经受更多的官僚作风。

他抵达了15C房间,被催促着走了进去,随后被留在这个空荡荡的房间里。一瞬间,他的精神又振作了。还用解释吗?如果这是工人的分类房间,里面应该有几十个年轻人吧。

另一侧墙上突然有一扇门从中间向上下两端打开,一个白发老头儿走了进来。他笑了笑,甚至露出了牙齿,明显是假牙,但他的脸色依然红润,没有皱纹,他的声音也充满生气。

他说:"晚上好,乔治。看来这次我们部门只有你一个人了。"

"只有我一个人?"乔治傻乎乎地重复了一句。

"当然,整个地球上会有几千人。好几千呢,你不会是一个人。"

乔治终于压不住火气了。他说:"我不明白,先生。我的分类是什么?出了什么事吗?"

"别急,孩子。你没事,谁都有可能遇到这种事。"他伸出手,乔治机械地抓住它,这双温暖的手有力地握了握乔治的手,"坐下,孩子。我是山姆·埃伦福特。"

231

乔治不耐烦地点着头:"我想知道究竟怎么了,先生。"

"没问题。首先,你不能成为计算机程序员,乔治。我想你已经猜到了。"

"是的。"乔治苦涩地说,"那我会成为什么?"

"这解释起来比较困难,乔治。"他停顿了一会儿,随后郑重地说,"什么也不是。"

"什么?"

"什么也不是!"

"但这是什么意思?为什么不能给我分配职业?"

"在这个问题上我们没有选择,乔治,都是你大脑的构造决定的。"

乔治的脸色变得惨白,眼睛都瞪圆了:"我的大脑出了毛病?"

"是有些问题。以职业分配来衡量,你可以说它有毛病。"

"为什么?"

埃伦福特耸了耸肩:"我相信你知道地球是如何来运行受教项目的,乔治。理论上,任何一个人可以吸收任何一种知识,但每个人的大脑结构决定了他可能更适合吸收某一种特定的知识,而不是其他。我们尽量将大脑与知识相匹配,当然也要考虑到每种职业的名额限制。"

乔治点了点头:"是的,我知道。"

"时不时地,乔治,我们总会碰到这种年轻人,他们的大脑不适合接收任何一种灌入的知识。"

"你的意思是说我无法受教?"

"对,这就是我的意思。"

"但这不可能。我很聪明。我懂——"他无助地四处观望,仿佛想要找到能证明大脑功能完好的证据。

"请不要有误解。"埃伦福特严肃地说,"你是很聪明,毋庸置疑。你的智商甚至高于平均值。不幸的是,智商与大脑是否适合接收灌入的知识之间没有关系。老实说，几乎总是只有聪明人才会来到这个房间。"

"你的意思是说我甚至都当不了注册劳工？"乔治脱口问道，突然间，就连劳工也比他将要面对的未知命运更值得争取，"劳工要掌握什么知识吗？"

"不要低估了劳工，年轻人。它有几十个子分类，每一个都需要相当繁杂的知识。你以为挑担就不需要了解正确的姿势吗？况且，对于劳工，我们不仅要挑选合适的大脑，还需要合适的体格。你不适合，乔治，你撑不了多久的。"

乔治对自己那瘦弱的体格还是有自知之明的。他说："但我从来没听说过有哪个人是没有职业的。"

"他们人数不多。"埃伦福特承认道，"我们把他们保护了起来。"

"保护他们？"乔治变得越来越迷惑，也越来越害怕了。

"你处于行星的监护之下，乔治。从你走进这扇门的那一刻，我们就开始了对你的保护。"他笑了。

那是一个愉快的笑容。在乔治眼里，那是一个主宰者的笑容，一个成年人对一个无助的孩子发出的笑容。

他说："你是说我会被关进监狱？"

"当然不会。你只是会跟你们这种人生活在一起。"

"你们这种人"。这句话震得乔治的耳朵嗡嗡作响。

埃伦福特说："你需要特殊的照料。我们会照顾你的。"

乔治忍不住哭了，他被突然流出的眼泪吓了一跳。埃伦福特走到房间的另一头，背对着他，仿佛在思考什么。

乔治竭力把痛苦的哭泣压抑成抽噎，接着又停止了抽噎。他想到自己的父母、朋友、特里威廉、他自己的名声……

他抗争道："我学会了读书。"

"任何一个有大脑的人都能办到。我们从未发现过例外。只是在这个阶段我们才发现了——例外。还有,在你学读书的时候,乔治,我们就担心过你的大脑结构。那时候的责任医生就报告过某些奇怪之处。"

"你就不能试着让我受教吗?你还没试过。我愿意承担风险。"

"法律不允许我们这么做,乔治。不过,这也没什么坏处。我们会跟你的家人解释,他们也不会觉得难过。你被带去的地方会给你特权。我们会给你书,你愿意学什么都可以。"

"手动灌入知识,"乔治苦涩地说,"一点一滴的。然后,等我快死了,我才掌握了仅够在后勤部门担任初级办公室助理的知识。"

"但我知道你已经在看书了。"

乔治僵住了。他突然明白了,气得浑身发抖:"原来如此……"

"什么?"

"安东内利那个家伙。他暗算我。"

"不是,乔治,你完全误解了。"

"别跟我说这些。"乔治的愤怒已达到了顶点,"那个无能的浑蛋把我暗算了,因为他觉得我比他更聪明。我看书,是想为成为程序员多争取些机会。好吧,你要什么才能摆平?钱?没钱给你。等我出去把这件事公布——"

他开始大声尖叫。

埃伦福特摇了摇头,按下一个按钮。

两个男人蹑手蹑脚地走进来,分守在乔治的两旁。他们抓住他的胳膊。其中一个人用注射器对着他的右臂弯打了一针,针头刺进他的血管,几乎立即就产生了效果。

他的叫声戛然而止,头沉了下去。他的膝盖也弯曲了,那两个人扶着他,让他在睡梦中也保持着直立。

他们如同承诺中的那样照顾着乔治。他们对他很好，表现出了真诚的仁慈——乔治觉得这种方式就如同他照顾生病中的小猫一样。

　　他们告诉他应该振作，找到生活中的乐趣，然后又跟他说绝大多数来这里的人一开始也跟他一样，抱着这种绝望的态度，他很快就会走出来的。

　　他都懒得听他们讲。

　　埃伦福特医生本人也来看望过他，告诉他已经通知了他的父母，说他去执行一项特殊任务。

　　乔治嘟囔了一句："他们知道——"

　　埃伦福特立刻跟他保证："我们没有透露任何细节。"

　　一开始，乔治拒绝进食。他们只好通过静脉注射维持他的生命。他们收起了尖利的物体，并将他置于严密的监控之下。哈里·欧玛尼前来当他的室友，他慢悠悠的性子能对乔治有些抚慰。

　　一天，因为实在是无聊至极，乔治要了一本书。总是在看书的欧玛尼抬头看着他，露出了亲切的笑容。乔治差点就收回了要求，他不想给任何人丁点的满足感，但又转念一想：管他们怎么想呢！

　　他没有指明要哪方面的书，欧玛尼带来一本跟化学有关的书。书是大开本的，上面印着小字，还有很多插图。它是给少年看的。他用力将书扔到了墙上。

　　这就是他的余生了：一辈子都是个少年，永远是个未受教者，不得不阅读这种专门为他写的书。他郁闷地躺在床上，盯着天花板，过了一个小时，他气呼呼地爬起来，捡起书开始阅读。

　　他花了一个星期读完那本书，然后又要了一本。

　　"你想让我把这本书还回去吗？"欧玛尼问道。

　　乔治皱起了眉头。书里还有他没看懂的地方，然而他还保留着些许的羞耻心，所以不愿承认。

235

欧玛尼说:"我想了一下,你最好留下它。书是需要读了再读的。"

就在同一天,他终于接受了欧玛尼的邀请,一起参观一下这个地方。他跟在尼日利亚人的身后,用匆忙且充满敌意的眼神打量着四周。

这地方显然不是监狱。没有围墙,没有紧锁的铁门,没有看守。但它又是一个监狱,因为外部世界没有给里面的人留下任何位置。

不知怎的,看到有几十个跟他一样的人,感觉还挺好的。之前,他相信世上只有一个他这样的人,这个想法伤他不浅。

他嘟囔道:"这里到底有多少人?"

"两百零五个,乔治。这里也不是地球上唯一的此类设施。有好几千家呢。"

无论他走到哪里,男人们总是在他经过时抬头看他。在体育馆、网球场、图书馆(他这辈子从未想象过会有这么多书存在。它们排着队,真的是排着队,被放在架子上)。他们好奇地盯着他,他回敬了凶狠的目光。至少他们的处境跟他一样倒霉,他们有什么权利用好奇的目光看着他呢?

大多数人看上去都是二十来岁。乔治突然问道:"怎么看不到年纪大的人?"

欧玛尼说:"这地方是专门为年轻人准备的。"随后,仿佛突然意识到刚才忽略了问题背后的含义,他使劲地摇着头说道:"他们并没有被藏起来。有专门为上年纪的人准备的场所。"

"我才不关心呢。"乔治低声说。他觉得自己表现出了太多的兴趣,他还不想就此投降。

"你需要关心。等你年纪大了,你会被送到男女混居的地方。"

这令乔治吃惊了:"还有女人?"

"当然。难道你认为女人会不受这种事影响吗?"

乔治饶有兴致地遐想了一下,在决定了命运的那一天后,他还未曾兴奋过——他迫使自己不要再想下去了。

欧玛尼在一个房间的门廊前停下。房间里有一台小小的闭路电视，还有一台台式电脑。电视机前坐了五六个人。欧玛尼说："这里是教室。"

乔治说："什么是教室？"

"里面的年轻人正在接受教育。"他又迅速地补充了一句，"不是那种通常的方式。"

"你的意思是他们在一点一滴地接收知识？"

"是的。古时候每个人都是这么学的。"

自从他来到这地方之后，他们一直就跟他这么说。但有什么意义呢？试想一下，古代的人还没有煤气炉呢。难道他就应该吃生肉，而其他人能享受烹调的美味？

他说："为什么他们想经历这个一点一滴的过程呢？"

"为了打发时间，乔治，还有因为好奇。"

"对他们有什么好处？"

"让他们更愉快。"

乔治一直带着这个想法上了床。

第二天，他用命令式的口吻对欧玛尼说："你能帮我找个教室吗？我想学一下编程。"

欧玛尼真诚地回答道："当然。"

过程很慢，他讨厌它。为什么有人要一遍又一遍地解释某个问题？为什么他要一遍又一遍地读某段文章，然后看着一个数学关系式却不能立刻就理解，而其他人不必承受这种痛苦？

他一次又一次地放弃过。有一次，他连着一个星期都拒绝去上课。

但他总是会回去。那位责任官员——他负责分派阅读任务，在电视里讲课，甚至解释难懂的段落和概念——从来没有点评过他的这种行为。

乔治终于被指派了一项在花园里的日常工作,并在厨房里轮班,干各种打扫工作。他们说这表明他在进步,但他并没有上当。这个地方比表面上看起来的自动化程度要高多了,但他们故意指派了工作给这些年轻人,为了让他们感觉自己也在干着有意义的事,他们的人生也有价值。乔治没有上当。

年轻人们甚至会得到小小的报酬,能用来买些特定的奢侈品,也可以存起来,以备年纪大了之后的不时之需。乔治把钱存在一只开口罐里,他把罐子放在架子上。他不知道自己存了多少。他也不关心。

他没有交到真正的朋友,但他表现出了一个文明人应有的态度。他甚至不再因为使他沦落至此的不公正待遇感到怨恨(几乎不再怨恨)。他能好几个星期不再梦到安东内利了,梦到他难看的鼻子和松弛的脖子,梦到他狞笑着将自己推入火坑,并压着他不让他上来,直到他尖叫着醒来,看到欧玛尼正弯腰关切地看着他。

2月的一个雪天,欧玛尼跟他说:"你调整得真的很不错。"

但那时还是2月,确切来说是2月13日,他的十九岁生日。3月来了,接着是4月,随着5月的临近,他意识到自己根本没调整过来。

去年5月悄没声地就溜走了,乔治一动不动地躺在床上,没有任何想法。今年5月就不同了。

乔治知道,在整个地球上,奥林匹克就要举行,年轻人会参与比赛,相互较量技能,要在新世界争得一席之地。那里将充满节日的气氛、激动的情绪、新闻报道、来自外太空的志得意满的招聘人员、胜利的荣耀或是失败的安慰。

围绕着这个主题产生过多少文艺作品;他本人童年时年复一年激动地追随着奥林匹克的故事;有多少他本人的计划……

乔治·普拉顿无法隐藏他话中的渴望,太强烈了,无法压制。他说:"明天是5月的第一天。奥林匹克!"

这引起了他与欧玛尼之间的第一次争吵,欧玛尼苦涩、清晰地说出乔治所在的机构的全名。

他紧紧地盯着乔治,一字一顿地说道:"弱势大脑之家。"

乔治·普拉顿的脸一下子红了。弱势大脑!

他拼了命拒绝低头,冷冷地说:"我要离开。"这是他一时冲动脱口而出的。直到说出口,他才意识到自己说了什么。

又在埋头看书的欧玛尼抬头问道:"什么?"

乔治已然知道了自己在说什么。他激动地再次说道:"我要离开。"

"这太荒谬了,坐下,乔治,冷静。"

"冷静个鬼!我是被陷害的,我告诉你。那个医生,安东内利,他讨厌我。那些芝麻官就是有这种特权。只要惹着他们,他们就在卡片上做个记号,毁了你的生活。"

"你又回到从前了?"

"是,而且要把问题解决掉。我会找到安东内利,把他搞垮,让他说出真相。"乔治大口喘息着,感到浑身都在发热。奥林匹克月到了,他不能放过这个机会。如果放过了,那就意味着他彻底投降,这辈子都完了。

欧玛尼将腿放下床沿,站了起来。他几乎有六英尺高,脸上的表情让他看着像是一头关切的圣伯纳犬。他用胳膊搂住乔治的肩膀:"假如我伤害了你的感情——"

乔治一抖肩膀挣脱了:"你所说的只是你认为的真相,而我将证明它并不是,就这么简单。为什么不呢?门是开着的。上头也没有锁。没人说过我不能离开。我将大摇大摆地走出去。"

"可以。不过你能去哪儿呢?"

"去最近的机场,从那里去最近的奥林匹克中心。我有钱。"他一把抓起存着工资的开口罐。几个硬币掉了出来，在地板上叮当作响。

"这些钱大概够你用一个星期，接下来呢？"

"到时候我已经把问题解决了。"

"到时候你会爬着回到这里。"欧玛尼真诚地说，"你之前的进步都白费了，又要从头来一遍。你疯了，乔治。"

"你说了我是弱势大脑。"

"好吧，对不起。留下，好吗？"

"你想阻止我吗？"

欧玛尼抿紧嘴唇："不，应该不会。这是你的事。假如唯一能让你学习的方式是到外头去闯一闯，然后满脸是血地回来，那请便吧——说真的，请便吧。"

乔治已经走到了门廊。他扭头说："我走了。"接着又慢慢回来拿起他的洗漱包："希望你不会介意我拿走一些我的个人物品。"

欧玛尼耸了耸肩。他已经躺回床上开始看书，一副漠不关心的样子。

乔治再次在门廊处徘徊，但欧玛尼没有抬头看。乔治咬了咬牙关，转身走入空荡荡的走廊，来到了夜幕下的前院。

他本以为会有人阻止他离开前院，但没有。他在一间通宵餐厅处停下并打听了去机场的路，本以为业主会叫警察，但没有。他叫来一架空中快艇载他去机场，司机也没有问任何问题。

然而，他并没有觉得愉快。到了机场，他的心情已非常沉重。他没料到外部世界带给他的冲击。他被各种专业人才包围了。餐厅业主将自己的名字刻在收银台上方的塑料招牌上：某某某，注册厨师。快艇里的家伙也悬挂着牌照：注册司机。乔治意识到自己的名字缺少前缀，像在裸奔，更糟，像被剥皮。但没人刁难过他，没人怀疑他，要求他提供专业资格证之类的。

乔治苦涩地想：谁能想到竟然还有人没职业呢？

他买了一张凌晨3点飞往旧金山的机票。其他飞机都要等天亮了之后才起飞，但他连一秒钟都不愿再等了。随后他缩在候机室的角落里等着警察，但他们并没有出现。

中午之前他抵达了旧金山，城市的喧闹如同一记重拳击中了他。这是他见过的最大的城市，而他在过去的一年半里已经习惯了寂静和安宁。

更糟的是，现在是奥林匹克月。因为他一直关注着自己的窘境，几乎忘了其中的一些喧闹、兴奋和混乱就是缘于此。

为了方便前来的旅行者，机场设立了奥林匹克接待站。人群涌向各个站点。每个重要的职业都有自己的站点。每个站点都列明了前往奥林匹克大厅的指引、该职业将在哪一天举行比赛，等等。每个人代表各自出生的城市参赛，外部世界则充当赞助商（如果有的话）。

整个流程早已标准化了。乔治经常在报纸和胶片上读到介绍，也在电视上看过比赛，甚至在县里亲临过注册屠宰师的小型奥林匹克。连那种显然没有太空因素（外部世界当然不会参与）的小规模比赛，也足够热闹。

这地方的热闹，部分是缘于比赛本身，部分是缘于家乡的骄傲（因为可以为同乡的小伙子加油，虽然他可能完全是个陌生人），还有，当然少不了赌局。没有什么办法能阻止后者。

乔治难以下定决心接近站点。他发现自己正以一种全新的目光看着这些忙碌的、热心的协助者。

他们之前肯定也亲身参与过奥林匹克比赛。他们取得了什么成绩？什么都没有！

假如他们是获胜者，那肯定已经去了银河系的深处，而不是滞留在地球上。不管他们是什么人，他们的职业肯定从一开始就注定了他们将沦落在地球；当然，也有可能他们确实从事着某种特别的职业，但因为能力不行，所以只好留在了地球上。

此刻，这些失败者围拢在一起，推测着新人的机会。一帮秃鹫！

他多么希望他们是在赌他啊！

他脑袋空空地沿着一字排开的站点一路走着，紧贴着人群的外缘。他在飞机上已经吃过早饭了，现在并不饿。但他害怕。他身处大城市之中，正值奥林匹克比赛伊始之际。这当然是种保护。城市内满是陌生人。没人会责问乔治。没人会在意乔治。

没人在意，甚至是那座破屋也不在意，乔治苦涩地想。他们关心他，如同关心一只生病的小猫，但假如一只生病的小猫擅自离开了，真糟糕，他们会怎么办呢？

现在他已经到了旧金山，他要做什么？他没了主意。去见人吗？见谁呢？怎么见？他究竟要住在哪里呢？他的钱已经所剩无几。

他第一次产生了想要回去的可耻想法。也可以去找警察——他猛烈地摇头，仿佛在激烈地反对着什么。

某个站点上的一个词抓住了他的眼球，"冶金师"三个字闪闪发亮，还有小一号字体的"非铁类"。在一长串姓名的最后，用花体字母写着"由诺维亚赞助"。

痛苦的回忆涌起：他跟特里威廉争论着，万分确信自己能成为一名程序员，确信程序员比冶金师更高等，确信自己走上了正确的道路，确信自己很聪明……

太聪明了，以至于他竟然在那个狭隘的、怀恨在心的安东内利面前吹嘘自己。在轮到他的那一刻，他曾那么自信，留下特里威廉一个人在那里紧张。他真的太过于自信了。

乔治发出了一阵短暂、急促的喘息。有人扭头看了他一眼，又匆匆走了。人们不耐烦地从他身边挤过，推得他东倒西歪。他则一直张着嘴盯着站点。

站点仿佛回应了他的想法。他在脑子里苦苦思索着"特里威廉"，好像有一刻站点真的会回答他"特里威廉"。

但特里威廉真的出现了,就在那里。阿曼德·特里威廉(小胖恨这个名字,它闪闪发亮得每个人都能看到),再配上正确的家乡。而且,特里想去诺维亚,瞄着诺维亚,咬着诺维亚。这次比赛的赞助人就是诺维亚。

肯定是特里,老朋友特里。几乎不假思索地,他记下了去往比赛地点的道路,然后排在等快艇的队伍之中。

他黯然神伤:特里成功了!他想成为一个冶金师,他成功了!

乔治感到了前所未有的冷、前所未有的孤独。

大厅前排着等待入场的队伍。显然,冶金师奥林匹克会是一场激烈精彩的比赛。至少,大厅上方的空气中亮闪闪的招牌是这么说的,拥挤的人群似乎也相信这一点。

从天空的颜色来判断,今天应该会下雨,乔治心想。但旧金山打开了从湾区横跨到大洋的防护罩。当然,这么做花费不小,但所有的花费都是值得的,为了让来自外部世界的人感到舒适。他们会来城里观看奥林匹克。他们可都是些豪客。而且,每完成一次招聘,地球和赞助了奥林匹克的行星政府都会收到一笔提成。花费是为了让外部世界的人记住,地球上这个举办了奥林匹克的城市有多舒适。旧金山知道自己在做什么。

迷失在沉思之中的乔治突然被肩膀上的一记轻拍惊醒了。一个声音说:"你是在排队吗,年轻人?"

队伍已经往前走了,乔治没有注意到自己和前面出现了一个大空当。他匆忙向前走去,并低声说:"对不起,先生。"

有两根手指抓住了他的衣袖,他回头瞄了一眼。

他身后的男人愉快地点头示意。他长着铁灰色的头发,外套里面穿着老式的毛衣,正面有一排纽扣。他说:"我并不是在讽刺你。"

"没关系。"

"那就好，"他听上去喜欢聊天，"我不确定你是否碰巧站在这里，跟队伍撞到了一起。我以为你是个——"

"是个什么？"乔治厉声问道。

"还用问，当然是参赛者。你看上去很年轻。"

乔治转身走了。他既不觉得亲切，也不想说话。他不想跟爱管闲事的人纠缠。

一个想法油然而生。他的通缉令已经发出了吗？对他的描述或照片已经广为人知了？身后的灰发男人是想看清他的脸？

他没看过任何新闻。他仰起脖子去看在城市保护罩某个位置上滚动的新闻摘要，在午后多云的灰色天空的背景下，它们看着有些暗淡。没有用，他立刻放弃了。摘要没有提到他。现在是奥林匹克时间，唯一值得做成摘要的是胜利者的得分，还有各大陆、国家和城市赢得的奖杯。

这种情形会持续好几个星期，得分会按照人均来计算，每个城市都会找到某种计算办法，使得自己能登上光荣榜。他的家乡有一次曾在布线技术员的奥林匹克比赛中获得了第三名，整个州里的第三名。市政厅里依然挂着叙述此事的纪念匾牌。

乔治缩着脖子，将双手插在兜里，却又觉得这种姿态令自己更显眼。他放松了身体，设法让自己露出一副淡然的样子，但并没觉得更安全。他已经进了大堂，还没有权力机构的人找过他。他钻进大厅，找了个尽可能靠前的位置。

他苦恼地发现，灰头发就在他旁边。他飞快地挪开目光，暗自安慰自己，毕竟这家伙就排在他身后。

灰头发除了试探性地浅笑了一下，并没有过多地留意他。而且，奥林匹克就要开始了。乔治从椅子上站了起来，想要看清特里威廉被分配到的位置。此刻，这是他全部的关注点所在。

职　业

大厅的面积不算很大，大致呈经典的椭圆形，观众们位于椭圆两边的看台上，选手则站在下面的中线上。机器已经设置好了，每个位置上的进度表还是黑的，只有每位选手的号码和名字。选手们已经上场了，相互打量着、交谈着。还有一个在仔细地检查自己的指甲。（当然，在开始的信号亮起前，假如已经有选手研究起眼前的问题，会被认为是不好的表现。）

乔治浏览着座椅扶手的凹槽里的赛程表，并且找到了特里威廉的名字。他是十二号。令乔治懊恼的是，他在大厅的另一头。乔治可以看清十二号选手的大致外形，他双手插兜站着，背对着自己的机器，盯着观众，仿佛在数到底有多少人。乔治看不清他的脸。

不过，那肯定是特里。

乔治蜷缩在椅子里。他不知道特里能不能表现良好。出于义务，他希望他能表现出色，然而他内心却有一种与之相反的憎恨。无业游民乔治在这里看着注册冶金师特里威廉在那里竞赛。

乔治禁不住揣测特里威廉是否在自己入职的第一年就参过赛了。有时男人会这么做，因为感觉过分自信，或是出于心急。它暗藏风险。不管受教过程有多高效，在地球上练上一年（这种做法被叫作"给生硬的知识抹点润滑油"）才能保证得到高分。

如果这是特里威廉的第二次参赛，可能他第一次的表现不是太好。乔治有些羞耻，因为这想法令他有些高兴。

他朝四处观望。座位几乎满了。这是一场出席人数众多的奥林匹克，意味着参赛者的压力也更大，也可能动力更大，这取决于个人的感受。

为什么叫它奥林匹克？他突然想到这个问题。他从来就不知道。为什么面包会被叫作"面包"呢？

一次，他问父亲："为什么他们管它叫'奥林匹克'，爸爸？"

父亲说："奥林匹克就是比赛的意思。"

乔治说:"小胖和我要在奥林匹克上打架吗?"

老普拉顿说:"不会。奥林匹克是一种特殊的比赛。不要再问傻问题了。等你受教之后,你就会知道应该知道的一切。"

思绪转回到现场的乔治叹了一口气,缩进了椅子里。

应该知道的一切!

此刻,那段回忆是如此清晰,令他觉得有些滑稽。"等你受教之后",从来没人说过"如果你受教之后"。

他现在终于意识到,自己总是会问些愚蠢的问题。仿佛他的大脑掌握了某种本能的预兆,知道自己无法受教,所以总是会问问题,好让它能尽量从这里或那里吸收一些片段化的知识。

在破屋里,他们鼓励他这么做,因为这符合他大脑的本能。这是唯一的办法。

他突然坐直了。他到底在想些什么?相信这个谎言?难道是因为特里出现在他眼前,作为一个已受教者在奥林匹克上竞技,而他本人却只能旁观?

他不是弱势大脑!不是!

他脑海中反抗的呐喊与观众席上突发的喧闹不期而遇。所有的观众都站了起来。

椭圆长边正中央的包厢里出现了一群穿着诺维亚颜色的人员,他们头顶的主显示屏上也出现了"诺维亚"几个大字。

诺维亚是个A级世界,人口众多,高度文明,或许是整个星系中最发达的。它是那种每个地球人都梦想有朝一日能生活在其中的世界,或者,至少是看到他的孩子能替他完成梦想。(乔治想起了特里·威廉坚持将诺维亚作为自己的目标——此刻他正为此而竞赛。)

观众头顶的灯光熄灭了,墙灯也跟着灭了。中间的低地,选手们等待的地方,地板灯亮了。

乔治试图再次看清特里威廉。太远了。

广播员那清脆华丽的嗓音响了起来："尊贵的诺维亚赞助人，女士们，先生们，非铁类冶金师奥林匹克竞赛即将开始。参赛选手是……"

他仔细地读着赛程表上的名单——姓名、家乡、受教年份。每个名字都引发了欢呼声，其中来自旧金山的参赛者获得的欢呼声是最高的。当念到特里威廉的名字时，乔治惊讶地发现自己正大声地呼喊，激烈地挥着手。他身旁的灰发男子也爆发出了同样的欢呼，这令他更为惊讶。

乔治忍不住好奇地看着他，而这位邻居则俯身说（用尽了力气说，因为现场非常嘈杂）："我的家乡没人参赛，所以我为你家乡的人加油。你认识什么人吗？"

乔治往后缩着："不认识。"

"我注意到你一直看着那个方向。你想借用我的望远镜吗？"

"不用了，谢谢。"（为什么这个笨蛋如此爱管闲事？）

广播员按照规矩继续陈述着其他内容：比赛的序列号、计时和得分方式，等等。终于，他说到了重要的部分，观众安静了下来，倾听着。

"每位参赛者都会领到一块成分不明的非铁类合金。选手需要对合金进行采样和分析，将成分结果精确到小数点后四位。所有的选手都将使用比曼成分检测仪，FX-2型。此刻，这些机器都无法正常工作。"

观众中爆发出了喝彩声。

"每位选手需要分析他那台机器出错的原因，并予以修理。比赛会提供工具和零备件。所需的零备件可能现场没有，一旦出现这种情况，选手必须提出要求，送货时间因此也将从总时间中扣除。选手们准备好了吗？"

五号选手上方的显示屏亮起了刺眼的红色信号。他匆匆离开了比赛场地，片刻之后又回来了。观众们发出了友善的笑声。

"选手们准备好了吗？"

所有的显示屏都黑着。

"还有问题吗？"

依然是黑的。

"比赛开始。"

当然，观众们无从得知选手们的进展，只能看公告屏上显示的消息。不过，这没有关系。除了现场可能有的职业冶金师，观众们也看不懂比赛的专业性。重要的是谁赢了，谁得了第二，谁是第三。对那些参与了赌局（非法但无法取缔）的人而言，比赛结果是唯一重要的。其余的都无所谓。

乔治和其他人一样热切地关注着，从一个选手看到下一个，看着这个人用一个小工具灵巧地打开了成分检测仪的盖子，那个人在端详着金属棒的表面，第三个人正把合金牢牢地固定在锁具内，第四个人正微调着卡尺，动作十分细腻，看着好像完全静止了似的。

特里威廉和其他人一样专心致志。乔治无法判断他到底进展如何。

十七号选手上方的显示屏亮了：调焦片脱位。

观众们大声欢呼了起来。

十七号选手可能是对的，当然，也有可能是错的。如果是错的，他不得不在后半段浪费时间更正他的判断。他可能会因为未能更正判断而无法完成分析，或者更糟糕，得到一个完全错误的分析结果。

无所谓，观众此刻只想欢呼。

其他显示屏也亮了。乔治看着十二号显示屏。它终于也亮了：样本容器偏离中心，需要新夹具。

工作人员跑着给他送了新零件。假如特里威廉错了，将造成无意义的拖延，等待零件的时间也不会被减掉。乔治发现自己都忘了呼吸。

十七号显示屏开始以闪闪发亮的文字显示结果：铝，41.2649；镁，22.1914；铜，10.1001。

不断有显示屏跳出了数字。

观众沸腾了。

乔治不知道选手们怎么能在如此吵闹的环境中工作，接着又怀疑要是不能的话，是否意味着不合格。一流的技术员应当在压力下发挥得最出色。

十七号从他的位置上站了起来，他的显示屏四周出现了一个红框，表示他的工作已完成。四号仅落后了两秒，又一个也亮了，然后是另外一个。

特里威廉仍然在工作，他依然没有报告合金成分。几乎所有的选手都站起来之后，特里威廉终于也站了起来。最后，作为收尾，五号也站起来了，迎接他的是一阵倒彩。

还没有结束。官方的结果自然会有所延迟。耗时虽然重要，但准确度也同等重要。而且并不是所有的诊断都具有相同的难度。需要考虑的因素多达十几种。

广播员的声音终于又响了起来："胜利者用时四分十二秒，诊断正确，分析准确度误差平均小于十万分之零点七。选手号码为——十七号，亨利·安东·施密特，来自——"

接下来的广播内容被淹没在尖叫声中。第二名是八号，然后是四号，他虽然用时少，但铌成分的误差达到了万分之五。没有提及十二号。他没能成功。

乔治挤过人群，来到选手出入的大门前，发现这里已然簇拥着一大群人。有哭泣的亲属们等着欢迎选手（喜悦或忧伤，取决于成绩），记者等着采访获胜者，或是同乡的小伙等着要签名的，也有想要宣传的，或纯粹看热闹的。还有女孩，梦想能吸引获胜者的注意，他们几乎肯定会去往诺维亚（或者是得了低分的人，他们正需要安慰，而手头刚好有足够的现金）。

乔治躲在了后面。他没看到熟人。旧金山离得这么远，应该不会有亲属大老远地跑来为特里加油。

选手们出现了，疲惫地笑着，对着欢呼声频频点头示意。警察在人群中拦出了一条走道。每个高分选手都吸引走一部分人群，就像是穿行在一堆铁屑里的磁铁。

当特里威廉出来时，现场已没剩几个人了（乔治感觉他可能故意拖延了一阵，等到人群散开）。他耷拉的嘴唇上叼着一根烟，目光低垂着离开了大门。

这是乔治在差不多一年半后第一次感觉到家乡的气息，而这一年半更像是过了十多年。令他惊奇的是特里威廉没有任何变化，跟记忆中的特里一模一样。

乔治冲上前去："特里！"

特里转过身来，惊呆了。他盯着乔治看了一会儿，随后伸出了手："乔治·普拉顿，你怎么——"

脸上喜悦的表情就跟出现时那般突然就消失了。乔治还没来得及抓住他的手，他就把手抽了回来。

"你刚才在里面吗？"特里冲着大厅扬了一下脑袋。

"是的。"

"为了看我？"

"是的。"

"我的表现不怎么样，是吧？"他丢下了香烟，把它踩灭了，目光看着街道的远处。人群正在朝快艇站慢慢地挪动，而观看下一场奥林匹克比赛的观众已然排起了长龙。

特里威廉重重地说："那又怎么样？我只不过又错过了一次机会。让诺维亚后悔去吧，其他行星很快就会来找我的——不过，听着，受教日之后我就没再见过你了。你去哪儿了？你父母说你在执行一项特殊任务，但没跟我说细节，你也从来不写信。你该写的。"

"我是应该写，"乔治窘迫地说，"总之，我来是想跟你说我为刚才的事感到遗憾。"

"不必，"特里威廉说，"我跟你说了。让诺维亚后悔去吧——我早该知道的。他们说了好几个星期会用比曼。聪明人都在买比曼。他们给我输入的教育磁带却是该死的汉斯勒，谁会用汉斯勒？傻瓜的世界才会用，如果他们称得上世界的话。他们给我的这个安排真不怎么样。"

"你能申诉——"

"别傻了。他们会跟我说，我的大脑就适合汉斯勒。争论结束。太倒霉了。我是唯一一位需要从别处取零件的。注意到了吗？"

"不过他们把那部分时间扣除了。"

"是，没错，不过，当我注意到他们提供的零备件中没有夹具时，我在怀疑我的诊断是否正确。他们并没有扣除这部分时间。假如那是台汉斯勒，我当场就能确定我是对的。我怎么还能跟他们比呢？第一名是个旧金山人。接下来的四个当中有三个也是。第五名来自洛杉矶。他们有大城市的教育磁带，还有最好的比曼检测仪和其他一切。我怎么跟他们比？我大老远跑来，因为诺维亚赞助了我这个分类的奥林匹克，结果只是做了陪衬，还不如待在家里呢。我早知道了，跟你说，结束了。诺维亚并不是太空中唯一的石头。在所有该死的——"

他没在跟乔治说话。他没在跟任何人说话。他只是在自说自话。乔治意识到了。

乔治说："假如你事先就知道了会用比曼，为什么不先学一下呢？"

"它们不在我的磁带里，我跟你说了。"

"你可以看——书。"

251

最后这个字在特里威廉突然冷峻的目光中差点就没能说出口。

特里威廉说:"你想笑话我吗?你觉得这有意思吗?你认为我看了书、记住了里面的内容,就能跟其他已经懂的人比赛了吗?"

"我认为——"

"你去试试看。你去试——"随后,突然间,特里威廉问道,"话说回来,你是什么职业?"他听上去充满了敌意。

"这个嘛——"

"说吧。如果你想在我面前装聪明人,那就让我见识一下。你还在地球上,这点我注意到了,所以你不是个计算机程序员,看来你的特别任务应该也不怎么样。"

乔治说:"听着,特里,我还有别的事,快迟到了。"他往后退了一步,试图露出笑容。

"不行,别想走。"特里威廉猛地伸手抓住了乔治的外套,"先回答我的问题。你为什么怕告诉我?你怎么啦?别在我面前装大个儿,除非你有真本事。听到了吗?"

他猛烈地晃着乔治,他们两个拉扯起来。正当他们相互角力时,一个警察大喝了一声,在乔治听来如同丧钟敲响一样。

"住手!住手!快分开。"

乔治的心沉了下去,双脚也不听使唤了。警察会问名字,要求出示身份证,而乔治没有。他会受到质疑,他无业的身份也将立刻暴露,而且是在特里威廉面前。那家伙正饱尝失败的痛苦,肯定会将这个消息在家乡传开,作为对自己受伤心灵的慰藉。

乔治无法承受这一切。他挣脱了特里威廉,准备逃走,但警察的大手已经抓住他的肩膀:"别跑。请出示你的身份证。"

特里威廉手忙脚乱地找着自己的身份证,喘息道:"我是阿曼德·特里威廉,冶金师,非铁类。我刚参加完奥林匹克的比赛。不过,你最好查查他是谁,警官。"

乔治看着这两个人，嘴巴都干了，嗓子里说不出话来。

另一个声音响了起来，听着很有礼貌，很平静："我能说句话吗，警官？"

警察往后退了一步："什么事，先生？"

"这位年轻人是我的客人。出什么麻烦了？"

乔治惊讶地抬眼，是那个坐在他身旁的灰发男人。他友善地对着乔治点了点头。

客人？他疯了吗？

警察说："这两个人扰乱了公共秩序，先生。"

"有犯罪行为吗？造成什么破坏了吗？"

"没有，先生。"

"那好吧，我来负责。"他向警察亮了亮一张小卡片，后者立刻就退开了。

特里威廉愤愤不平地开口："等等——"

"得了。你想告他吗？"警察训斥了他。

"我只是——"

"那就请便吧。其余的人——散开吧。"周围已经聚拢了一堆人，此刻他们都不情愿地散开了。

乔治跟着灰头发来到了一艘快艇前，但在上艇时停下了。

他说："谢谢，但我不是你的客人。"（有可能是一次荒谬的认错人事件吗？）

但灰头发笑着说："你刚才不是，但现在是了。让我做一下自我介绍，我是拉迪斯拉斯·伊根内斯库，注册历史学家。"

"但是——"

"来吧，不会有事的，我向你保证。总之，我只想解决你在警察面前的麻烦。"

"为什么？"

"你想要一个理由吗?那好吧,这个怎么样,我们是名义上的老乡,你和我。我们都为同一个人呐喊助威了,没忘吧。老乡就是要相互帮忙,即便只是名义上的。对吗?"

乔治完全不知道伊根内斯库这家伙在打什么主意,也不知道自己该怎么办。随后,他发现自己已经稀里糊涂地上了快艇。在他还没能打定主意之前,他们已经升空了。

慌乱之中他想到了一点:这个人应该有点地位,连警察都听他的话。

他几乎忘了自己来到旧金山的真正目的,不是为了见特里威廉,而是要找到一个足够有影响力的人,能给他一个机会,再次接受受教能力的测试。

伊根内斯库可能就是这样一个人。而他就在乔治的身边。

一切都会顺利的。然而,这个想法令他觉得有些不着边际。他内心十分不安。

在短暂的飞行期间,伊根内斯库一直不停地在跟他闲聊,指给他看城里的地标,追忆之前看过的奥林匹克比赛。乔治心不在焉地应付着,在他停顿的间隙发出含糊不清的啊啊声,同时焦急地观察着飞行路线。

他们是要前往某个保护罩上的开口,然后一起离开这座城市吗?

快艇停靠在一座旅馆的天台上。等他下来之后,伊根内斯库说:"能赏光跟我一起去我房间用晚餐吗?"

乔治说了声"好",无动于衷地笑了笑。他错过了午餐,现在已经感觉到饿了。

伊根内斯库没再说话,任凭乔治安静地用完了晚餐。夜幕降临,墙灯自动点亮了。(乔治心想:我出来已经快二十四小时了。)

在喝餐后咖啡的时候,伊根内斯库终于又开口了。他说:"你看上去好像在怀疑我会伤害你。"

乔治的脸红了,放下杯子想要否认,但老人笑着摇了摇头。

"是这样,自从我第一眼看到你,我就一直在仔细观察你。我自信到现在对你已有很深的了解。"

乔治害怕地半站了起来。

伊根内斯库说:"坐下吧,我只是想帮助你。"

乔治坐下了,但脑海里的思绪一片混乱。假如老人知道他是谁,为什么不把他交给警察呢?反过来说,他为什么要主动帮助他?

伊根内斯库说:"你想知道为什么我要帮你?呵,用不着这么紧张。我不会读心术。只不过我受过训练,能通过你的小动作来判断你的想法,听明白啦?"

乔治摇了摇头。

伊根内斯库说:"回想一下我第一眼看到你时的情景。你等在入场观看奥林匹克的队伍里,而你的微反应并不符合你当时的情境。你脸上的表情不对,手部动作也有问题。这表明你遇到什么问题了。有意思的地方在于,不管这问题是什么,它肯定不是什么普通的问题,也不是一眼能看出的问题。我认为它可能是连你本人都没有意识到的问题。

"我忍不住跟上了你,坐在你身旁。当你离开的时候,我又跟在你身后,偷听了你和你朋友之间的谈话。我觉得你是一个非常有意思的研究对象——抱歉这种说法可能太冷血了——不能让你被警察带走。好了,现在跟我说说吧,你到底遇到了什么麻烦?"

乔治陷入了挣扎和犹豫。假如这是个陷阱,为什么非要搞得这么不直接,这么绕弯子呢?而且,他必须寻求别人的帮助。他来城市的目的就是找人帮忙,此刻援手就在眼前。感觉不妥的地方可能在于施舍的方式。来得太简单了。

伊根内斯库说:"我是个社会学家,你跟我说的都是被保密的。你知道这是什么意思吗?"

"不知道,先生。"

"意思是,假如我把你跟我说的说给别人听,那我就违背了职业道德。而且,也没人有权逼我说出来。"

乔治突然起疑了,说道:"你不是个历史学家吗?"

"我是。"

"刚刚你又说自己是个社会学家。"

伊根内斯库突然爆发出一阵狂笑,停下之后他不住地道歉:"对不起,年轻人,我不该笑的,我并不是在笑你。我是在笑地球,这里太过重视自然科学以及对自然科学的实际应用了。我敢打赌,你能说出所有建造技术或机械工程的子类别,却对社会学一无所知。"

"那好吧,社会学是什么?"

"社会学研究的是人类团体,它有很多极其专业的分支,就像动物学也有很多分支一样。例如,社会学下面有文明学,研究的是文明机制,研究它们的出现、发展和衰亡。文明,"他补充道,预见到了乔治的下一个问题,"是生活方式的所有层面。例如,它包含了我们的谋生方式、我们相信和喜爱的事物、我们的好恶观,等等。你明白了吗?"

"大概吧。"

"经济学家——注意,不是经济统计师,而是经济学家——专注于研究一个文明如何满足其个体的生理需要。心理学家专注于社会中的个体以及该个体如何受到社会的影响。未来学家专注于规划一个社会未来的走向,而历史学家——现在说到我自己了。"

"是的,先生。"

"历史学家专注于我们以及其他文明在过去的发展。"

乔治来了兴趣:"过去会有不同吗?"

"应该说有。在一千年以前,灌输教育尚未面世。"

乔治说:"我知道。人们从书上一点一滴地学习。"

"噢,你是怎么知道的?"

"我听说的。"乔治谨慎地说道,"研究很早之前发生的事有什么用呢?我是说发生的都是过去式了,不是吗?"

"哪有什么过去式,孩子?过去能用来解释现在。例如,我们的教育系统为什么成了现在这个样子?"

乔治变得坐立不安。这个人一直把话题朝这个方向引。他飞快地说道:"因为它是最好的。"

"哈,那为什么它是最好的?现在你听仔细了,我来解释。然后你再来告诉我历史是否有用。在星际旅行还没实现之前——"他看到乔治一脸震惊的表情,不禁停了下来,"你不会以为我们一直都能星际旅行吧。"

"我从来没想过这个问题,先生。"

"显然没有。但曾经有过这么一个时期,在四千到五千年之前,人类被禁锢在地球的表面。即使在那个时期,地球文明也已相当技术化,人口增长也到达了一个点,任何技术上的失败都会带来大饥荒和瘟疫。为了维持技术水平,并在不断增长的人口面前保持技术的不断前进,需要训练越来越多的技术员和科学家,然而,随着科学的进步,训练这些人的时间也变得越来越长。

"随着行星间、星际间的旅行相继成为现实,该问题变得越发突出。事实上,在那之后的一千五百年内,对太阳系外的行星殖民并未成功,因为缺乏受过适当训练的人。

"随着大脑存储知识的机制被发现,转折点来临了。一旦了解清楚,人们便发明了能改变该机制的教育磁带,使得将一整套知识植入大脑中变得可能,也就是说货架式的知识。你应该懂的。

"上述办法能够成千上万地量产受训人员,我们得以开始人们称之为'填满宇宙'的行动。到了现在,星系内已有一千五百个有人居住的行星，数目还在不断增加。

"你看清其中的关联了？地球出口低级别专业的教育磁带，维持了泛银河系文明的统一。例如，读书磁带确保了我们都使用同一种语言——别露出一副吃惊的样子，其他语言当然也能存在，过去也曾被使用，有好几百种呢。

"地球也出口高度专业的人才，以此将自己的人口维持在可承受的水平。因为我们以一比一的性别配比出口人才，他们能充当自我繁衍的单位，帮助有需要的外部世界扩大其人口数量。而且，磁带和人才用于等价交换我们的经济所需的原材料。现在你明白为什么我们的教育是最佳方式了？"

"是的，先生。"

"你也能理解，如果没有它，星际殖民不可能在一千五百年前实现？"

"是的，先生。"

"那你就看到历史的作用了。"历史学家笑了，"现在，我在想你是否明白为什么我会对你感兴趣？"

乔治一下子跳出了时间和太空，回到了现实。伊根内斯库显然并不是在闲扯。所有的长篇大论都是一个从新角度攻击他的工具。

他再次变得警觉，犹豫地问："为什么？"

"社会学家研究的是社会，而社会是由人组成的。"

"好吧。"

"但人不是机器。自然科学专家的工作对象是机器。你需要掌握的有关机器的知识量总是有限的，专家们能完全掌握。而且，同一种类的机器都是相似的，所以他们不会对某台机器有特别的兴趣。但人，哈——他们太复杂了，而且个体之间的差异性太大了，因此社会学家不可能掌握所有应当掌握的知识，甚至连掌握其中的一大部分都办不到。为了理解自己的专业，他必须随时做好研究人的准备，尤其是对于不常见的样本。"

"比如我。"乔治淡淡地说了一句。

"我不该称你为样本的,但你确实罕见。你值得研究,如果你愿意给我这个特权,作为回报,我会帮你解决麻烦,如果我能办到的话。"

乔治的脑海里好似有个飞轮在飞快地旋转——思考着这段有关人、有关教育使得殖民成为可能的谈话。这段话仿佛一直被锁在他脑子里,直到此刻,锁才被打破,它肆意地蔓延开来。

他说:"让我想想。"他用手捂住了耳朵。

他将手放下,对历史学家说:"你能帮我个忙吗,先生?"

"能帮的话肯定帮。"历史学家真诚地说道。

"我在这个房间里所说的一切都是保密信息,对吧?你自己说的。"

"当然。"

"那就安排我和一个外部世界的官员会面,要来自……来自诺维亚的官员。"

伊根内斯库似乎吓了一跳:"这个嘛——"

"你能办到的。"乔治急切地说,"你是个大人物。你把卡片递到警察的眼前时,我看到了他脸上的表情。如果你拒绝,我……我就不让你研究我。"

连乔治自己都觉得这个威胁挺傻的,完全没有力量。然而,它似乎对伊根内斯库很有效。

他说:"这是个不可能办到的条件。一个诺维亚官员,在奥林匹克月——"

"那好,让诺维亚官员跟我通个电话,我自己来安排见面。"

"你觉得你能办到?"

"没问题。等着看吧。"

伊根内斯库若有所思地看着乔治，随后伸手去拿可视电话。

乔治等待着，被新出现的解决问题的希望和它带来的力量熏得半醉。会成功的，会成功的。他仍然能成为诺维亚人。他仍将顺利地离开地球，尽管有安东内利和弱势大脑之家的一整群傻瓜从中作梗（他几乎笑出了声）。

乔治急切地看着屏幕亮了。它是一扇打开诺维亚人房间的窗户，一扇进入诺维亚地球联络处的窗户。才过了二十四小时，他就已经取得了如此大的进展。

一阵笑声过后，屏幕上的迷雾散去了，图像也变得更为清晰，但此刻看不清人脸，只能看到往各个方向迅速移动的男人和女人的身影。有个声音传了过来，在人声嘈杂的背景中，听得还挺真切的："伊根内斯库？他找我？"

然后他出现了，眼睛看着屏幕外。一个诺维亚人。一个真正的诺维亚人。（乔治没有丝毫的怀疑。他身上有种属于真正的外部世界的特质。他说不清那是什么，但不可能有错。）

他肤色黝黑，一头黑发整齐地往脑后梳着。稀疏的黑色小胡子，还有硬楂楂的络腮胡，也是黑的，勉强在他尖下巴的最低处相接。不过，他脸上的其他地方却非常光滑，仿佛经历过永久脱毛一般。

他在笑："拉迪斯拉斯，你也太过分了。我们料到在地球停留期间会被监视，这很合理，但读心术的确过界了。"

"读心术，阁下您在说什么呢？"

"承认吧！你知道我打算今晚给你打电话。你知道我只是在等着喝完这杯酒。"他将手举在眼前，眼睛躲在酒杯后面，酒杯里装着浅紫色的液体，"抱歉没法请你喝一杯。"

乔治在伊根内斯库的可视电话的视野之外，诺维亚人看不到他。他为此觉得轻松。他需要时间整理思路，情况紧急。此刻，他整个人仿佛只剩下不安分的手指,一直在敲着,敲着……

但他是对的。他没有算错。伊根内斯库是个大人物。诺维亚人直接喊了伊根内斯库的名字。

好的!事情进展顺利。因为安东内利而失去的,乔治打算从伊根内斯库身上讨回来。有朝一日,当梦想终于实现之时,他会以一个诺维亚大人物的身份回到地球,然后像眼前这位诺维亚人一样随意地叫着伊根内斯库的名字,对方却只能尊称他为"阁下"——当他回来时,他会找安东内利讨回公道。他欠他一年半的时间——

他差点就坠入自己的白日梦之中,随后一下子就惊醒了,因为他突然焦急地意识到,自己跟不上眼前的谈话了。

诺维亚人正在说:"……没有道理啊。诺维亚的文明跟地球上的一样复杂和先进。毕竟我们不是塞斯顿。我们竟然需要来这里挑技术员,真是太荒谬了。"

伊根内斯库抚慰道:"只是为了新型号。还不确定是否真的会用到新型号。购买教育磁带的花费跟购买一千个技术员的一样,您哪能确定需要这么多人手呢?"

诺维亚人一口喝干了杯中酒,笑了。(这多少令乔治有些不快,一个诺维亚人怎么能这么失态呢?他不安地心想这位诺维亚人不应该喝光这杯酒的,说不定他之前已经喝了一两杯了。)

诺维亚人说:"这是典型的伪善,拉迪斯拉斯。你知道旧型号对我们足够了。今天下午我收集了五个冶金师——"

"我知道。"伊根内斯库说,"我就在现场。"

"监视我!"诺维亚人叫道,"我来告诉你真相吧。我得到的新型冶金师跟老的那批相比,唯一的区别就在于懂得如何使用比曼。跟去年的型号相比,磁带不用改那么多,真不用。(他伸出了两根手指,并拢在一起)你们推出新型号只是为了让我们买,我们花了钱还要做出毕恭毕敬的样子。"

"我们没逼你们买。"

"是没有，但你们把新型号的技术员卖给了兰多诺姆，所以我们只好跟随。你们把我们逼上了旋转木马，你们这些伪善的地球人，但瞧好了，说不定前面什么地方就有个出口。"他的笑声中藏着锋芒，突兀地停了。

伊根内斯库说："我真心实意地希望有出口。话说回来，我打电话是为了——"

"噢，对，是你打的电话。好吧，我已经说完了我要说的，我猜明年还是会推出新的冶金师，为了让我们付钱，可能配备了测量铌含量的新花招，其他什么都没变。到了明年——算了，不说了。你有什么事？"

"我这里有个年轻人，我希望您能跟他谈几句。"

"哦？"诺维亚人看上去不是很有兴致，"他想谈什么？"

"我不知道。他没告诉我。实际上，他甚至还没跟我说过他的名字和职业。"

诺维亚人皱起了眉头："那为什么还要浪费我的时间？"

"他似乎很有自信，认为您会对他的话感兴趣。"

"胆子倒是不小。"

"还有，"伊根内斯库说，"算是帮我一个忙。"

诺维亚人耸了耸肩："让他说吧，告诉他说短点。"

伊根内斯库让到了一侧，对着乔治耳语道："要称他为阁下。"

乔治艰难地咽了口唾沫。成败在此一举。

乔治感觉自己浑身汗津津的。这个想法也就刚冒出来不久，他却对此深信不疑。它起源于他跟特里威廉的交谈，然后在跟伊根内斯库的闲扯中发酵成形，最后诺维亚人本人的评论似乎将它变成了板上钉钉的事。

乔治说:"阁下,我来向您展示旋转木马的出口。"他故意引用了诺维亚人本人的比喻。

诺维亚人严肃地盯着他:"什么旋转木马?"

"您自己说过的,阁下。就是您来地球购买技术员的旋转木马。"(他的牙齿禁不住开始打战,因为激动,而不是恐惧。)

诺维亚人说:"你是说,你有办法能让我们摆脱地球的金属超市。是吗?"

"是的,先生。您可以控制你们自己的教育系统。"

"呃……不用磁带?"

"是……是的,阁下。"

诺维亚人的眼睛一直盯着乔治,喊了一声:"伊根内斯库,过来。"

历史学家挪到了乔治的身后。

诺维亚人说:"你怎么回事?我又没有透视眼。"

"我郑重向您保证,"伊根内斯库说,"不管这位年轻人想说什么,都是他自己一个人的主意,阁下。不是我推动的,我跟它一点关系都没有。"

"那好吧,你跟这位年轻人是什么关系?为什么你要替他打电话?"

伊根内斯库说:"他是一个研究对象,阁下。他对我有价值,我在履行对他的承诺。"

"有什么价值?"

"很难解释,跟我的职业有关。"

诺维亚人短暂地笑了一声。"好吧,各位职业代表,"他冲着屏幕外看不到的人点了点头,"这里有个年轻人,伊根内斯库的门徒之类的,他会跟我们解释如何不用磁带也能实现教育。"他打了个响指,手里又多了一杯浅色液体:"说吧,年轻人。"

屏幕上的脸已经多了好几张，有男人，也有女人。他们挤在一起想看看乔治，脸上露出好奇和饶有兴味的表情。

乔治想要表现出无所谓的样子。他们中有地球人，也有诺维亚人，都以各自的方式审视着乔治，仿佛他是一只被钉住的虫子。伊根内斯库此刻已坐进了角落，目不转睛地盯着他。

一群傻瓜，他愤愤不平地想着，全都是傻瓜。但必须让他们明白才行。他能让他们明白。

他说："今天下午我去了冶金师奥林匹克比赛的现场。"

"你也去了？"诺维亚人无动于衷地说了一句，"看来整个地球的人都去了。"

"并没有，阁下，但我真的去了。我有个朋友在参赛，他表现得很糟糕，因为你们用的是比曼。他受到的教育只包括了汉斯勒，显然是个旧型号。您说过其中的改动很小。"乔治举起了两根手指并拢在一起，故意模仿了诺维亚人先前的动作，"我的朋友事先知道比赛需要用到比曼的知识。"

"那又怎么样呢？"

"我朋友一生的梦想就是能够前往诺维亚。他已经掌握了汉斯勒。他必须掌握比曼才有资格，而且他也知道这一点。要掌握比曼，只需学习几个新知识点，了解些新数据，再加上少量的训练。考虑到天平的另一头是一生的梦想，这点辛苦算不了什么——"

"他从哪里能得到新知识和新数据的磁带呢？或者教育在地球上已经变成了可以在家自学的东西？"

背景中的各张脸上露出了应景的笑容。

乔治说："这就是他没能学到的原因，阁下。他认为自己需要磁带。没有磁带的话，他连试都不想试，无论奖赏是什么。没了磁带，他拒绝去尝试。"

"拒绝，嗯？跟那些没了快艇就飞不了的人一样？"更多的笑声响起，诺维亚人也露出了笑容，说道，"这家伙还挺搞笑的。接着说吧，我再给你点时间。"

乔治正色道："不要以为我在说笑话。磁带不是什么好东西。它们教得太多，也太轻松。一个通过这种办法学习的人，不可能再用别的办法去学了。他会固化在磁带给予他的框架之中。现在，想象一下，一个人不是通过磁带学的，而是被逼着手动学习，而且是从一开始学的，那他就养成了学习的习惯，能一直学下去。这难道不合理吗？等到他养成了习惯之后，可以给他少量的磁带知识，用以弥补缺失的知识点或填补细节。然后他就能自我进步了。您可以用这种方法从汉斯勒冶金师中培养出比曼冶金师，不用来地球采购新型人才。"

诺维亚人点了点头，喝了口酒："那不用磁带的话，你上哪儿获取知识呢？从真空里吗？"

"从书里。通过自己学习书中的知识，通过思考。"

"书里？一个没接受过教育的人怎么可能看得懂书？"

"书是用字写的。大部分的字您都能理解。专业词汇可以让您已经拥有的技术员来解释。"

"读书呢？你会用到读书磁带吗？"

"我觉得读书磁带可以用，但没理由限制您通过老办法来识字。过去就是这么干的。"

诺维亚人说："好让你从一开始就养成好习惯？"

"是的，是的。"乔治高兴地说道。这个人开始听明白了。

"那数学呢？"

"数学是最简单的，先生——阁下。数学跟其他技术课程不一样。它始于某些简单的原理，然后一步步地深入。您可以从一张白纸开始学习。它就是这么设计的。然后，一旦您掌握了合适的数学工具，其他的技术书就变得相当好懂。尤其当您从简单的开始时。"

"有简单的书吗？"

"当然。即使没有，您的技术员也可以试着写一些简单的书。他们中肯定有人能把知识转换成文字和符号。"

"上帝！"诺维亚人跟围在他身边的人说，"这个年轻的小鬼掌握了万能钥匙。"

"是的，是的，"乔治喊道，"考我吧。"

"你自己尝试过从书里学知识吗？还是说这只是你的理论？"

乔治迅速瞥了一眼伊根内斯库，但历史学家没什么反应，脸上没有什么特别的表情，除了一副饶有兴趣的样子。

乔治说："我学过。"

"你发现这办法管用？"

"是的，阁下。"乔治急切地说，"带我一起去诺维亚。我可以组织一个项目，指导——"

"等等，我还有几个问题。你觉得你需要多长时间能成为一个会操作比曼的冶金师，假设你从零开始，也不使用教育磁带？"

乔治踌躇着："这个嘛，可能要几年吧。"

"两年？五年？十年？"

"我不知道，阁下。"

"这是个关键问题，而你却没有答案，是吗？五年可以吗？你觉得合理吗？"

"我觉得可以。"

"好吧。假设我们有一个技术员在按照你的办法学习冶金术。他要学五年，在这期间他对我们毫无用处，你承认吧，但我们仍需给他提供食物、住房和报酬。"

"但是——"

"让我说完。等到他学完，可以操作比曼的时候，已经过了五年。你难道不觉得那时候的比曼又出了新型号，他却操作不了？"

"但是，到了那个时候，他应该有学习能力了。他可以在短短几天内就学会必要的新知识。"

"说得倒轻巧。举个例子吧,假设你的这位朋友自学了比曼,他的技术会跟通过磁带学习的对手一样强吗?"

"可能不会——"乔治开口说道。

"哈!"诺维亚人打断了他。

"等一下,让我说完。虽然他不像对手那样精通,但重要的是他继续学习的能力。他能想出东西来,新的东西,磁带教育出来的人想不到的东西。您将拥有原创能力的储备——"

"在你的学习过程中,"诺维亚人说,"你想出过什么新东西吗?"

"没有,但我只是一个人,而且学的时间不长——"

"好吧——女士们、先生们,这场滑稽戏是不是该收场了?"

"等等,"乔治喊道,他突然慌了,"我想请求一次面谈。这些东西不适合在电话里解释。有些细节——"

诺维亚人看着乔治的身后:"伊根内斯库!我想我已经帮了你的忙。说真的,我明天还有很多事要做。再见!"

屏幕又变成了空白。

乔治朝着屏幕猛地伸出了手,仿佛下意识地想要把画面再拽回来。他叫道:"他不相信我。他不相信我。"

伊根内斯库说:"没错,乔治。难道你真以为他会相信吗?"

乔治没怎么听清他的话:"为什么不相信我呢?我说的都是真的。对他也有很大的好处。没有风险。只要找几个人跟我一起工作,训练十几个人好几年,其成本也超不过一个技术员。他喝醉了!醉了!他没听明白。"

乔治喘着粗气四处乱看:"我怎么才能找到他?必须找到他。办法错了,不应该用可视电话。我需要时间。面对面。我怎么才能——"

伊根内斯库说:"他不会见你的,乔治。即使见了,他也不会相信你。"

"他会相信的,我跟你说。在他没喝酒的时候,他——"乔治转身正对着历史学家,眼睛都瞪大了,"为什么你叫我乔治?"

"这不是你的名字吗,乔治·普拉顿?"

"你知道我?"

"知道你的一切。"

乔治浑身都僵硬了,除了胸膛在随着呼吸一起一伏。

伊根内斯库说:"我想帮你,乔治。我跟你说过的。我一直在研究你,我想帮你。"

乔治尖叫道:"我不需要帮助。我不是弱势大脑。整个世界都是弱势的,只有我不是。"他转身疯了似的向门口冲去。

他一把打开门,两个警察突然从守候的位置上惊醒了,抓住了他。

乔治用尽力气挣扎,但他感觉脸颊突然一麻,然后就动不了了。他记得的最后一样东西是伊根内斯库的脸,他正关切地看着他。

乔治睁开了双眼,映入眼帘的是白色的天花板。他想起发生了什么。但记忆显得离他很远,仿佛发生在了别人身上。他盯着天花板直到眼里只剩下白色,头脑也变得空白,似乎为新的想法、新的思维方式留下了空间。

他任凭自己的思绪在脑海中飘荡,不知道自己在这里躺了多久。

有个声音在他耳旁响起:"你醒了吗?"

乔治这才听到了自己的呻吟。他一直在呻吟吗?他试图转动脑袋。

那个声音说:"你疼吗,乔治?"

乔治低声说道:"我真傻。我太想离开地球了。我一直都没能理解。"

"你知道自己在哪里吗?"

"回到——家了。"乔治终于转过了脑袋。声音是欧玛尼发出的。

乔治说:"我真傻,我没能理解。"

欧玛尼友善地笑了:"再睡会儿——"

乔治睡了。

再次醒来,他的头脑清醒了。

欧玛尼坐在一旁读书,当乔治睁开眼睛时,他把书放下了。

乔治挣扎着坐起来说道:"喂。"

"你饿了吗?"

"这还用说?"他好奇地盯着欧玛尼,"我离开的时候有人跟着我,是吗?"

欧玛尼点了点头:"你一直都处于观察之下。我们想诱导你去安东内利那里,让你发泄完你的怒火。我们觉得这是你唯一能取得进步的方式。你的情绪阻碍了你进步。"

"我一直都误会他了。"乔治说道,话语中渗出了一丝尴尬。

"现在已经没关系了。当你在机场驻足看着布告栏里的冶金师名单时,我们的一个特工报告了那上面的名字。你和我聊得足够多了,我知道特里威廉这个名字对你有重大意义。你询问了前往奥林匹克的方向。我们所盼望的决定性时刻可能就此来临。我们派了拉迪斯拉斯·伊根内斯库前往大厅与你会合,接手接下来的任务。"

"他是政府里的重要人物,是吗?"

"是的。"

"你让他来接手,说得好像我也是个重要人物似的。"

"你就是,乔治。"

有人送来了一碗浓汤,冒着热气和香味。乔治贪婪地笑了笑,推开被子空出自己的双手。欧玛尼帮他在床上架好小桌。乔治安静地吃了一会儿。

乔治说:"我之前短暂地醒过一次。"

欧玛尼说:"我知道。我就在这里。"

"是的,我还记得。你知道吗?一切都变了,就好像我太累了,感觉不到情绪。我不再愤怒,我可以思考,就好像我被下了药抹掉了情绪。"

"没有,"欧玛尼说,"只是镇静剂。为了让你好好睡一觉。"

"好吧,总之,我想通了,我感觉自己一直都知道,只是之前不愿意倾听自己。我在想:我想去诺维亚是为了什么?我想带领一批未受教的年轻人上诺维亚,教给他们书上的知识。我想设立一所弱势大脑之家——和这里一样——地球上早就有了,有很多。"

欧玛尼笑了,露出了洁白闪亮的牙齿:"高等研究学院才是这地方真正的名字。"

"现在我明白了。"乔治说,"从前的我怎么能如此盲目,太不可思议了。毕竟,谁来发明需要新型技术员的新型机器呢?例如,谁发明了比曼?一个叫比曼的人,我猜得对吗?他肯定不是磁带教育出来的,否则他怎么可能取得突破?"

"对。"

"还有,谁制作了教育磁带?特殊磁带制作师?那谁制作了用来训练他们的磁带呢?更高级的技术员?那他们的磁带又是谁做的?你懂我想说什么。总有一个尽头。尽头处是人,能够进行原创思维的人。"

"是的,乔治。"

乔治躺了回去,看着欧玛尼的头,眼睛里又出现了那种不安分的神采。

"为什么不一开始就告诉我?"

"哦,能说的话我们肯定会说,"欧玛尼说,"这能减少我们不少麻烦。我们能分析大脑,乔治,能判断这个人适合当建筑师,那个人会是个优秀的伐木工。但我们完全无法测量一个人的原创思维能力。它太微妙了。我们掌握了一些经验方法用来标识出哪些人可能有这方面的潜质。

"在读书日,这样的人会被报告上来。例如,你就是其中一个。平均而言,数量大概是一万个人中间有一个。到了受教日,这些人会被再次检查,他们中十个有九个是错误信号。最后剩下的那个会被送到和这里一样的地方。"

乔治说:"好吧,那为什么不能公开宣布,十万个人之中只有一个来到了这种地方,有什么问题吗?那些被送来的人也就不会觉得难以接受了。"

"那被留在外面的人呢?九万九千九百九十九个不能来这里的人?我们不能让那么多人都觉得自己是失败者。他们都有各自的目标职业,通过各种方式取得了成功。每个人都能在自己的名字后面加上注册××。每个个体都能以这样或那样的方式在社会上找到自己的位置。这很重要。"

"但我们呢?"乔治说,"十万分之一的例外?"

"你不能被告知。这是原则。这是最终的测试。即便在受教日上我们又提升了概率,但十个来到此地的人之中有九个并不具备原创天赋,我们没办法通过机器把这九个人跟第十个人区分开来。第十个人必须自己告诉我们。"

"怎么告诉?"

"我们把你带进弱势大脑之家,那个无法接受这一称呼的人就是我们要的人。这是一个残酷的办法,但它管用。跟一个人说"嘿,你能创造,快去创造吧"并不管用,而是要等着一个人说"我能创造,不管你是否需要,我都要去创造"更有效。总共有一万个像你一样的人,乔治,他们支撑着一万五千个世界上的技术进步。我们不能错过任何一个人,也不能在无法胜任的人身上浪费时间。"

乔治推开空盘子,端起一杯咖啡:"那些无法胜任的人都怎么样了?"

"他们最终还是接受了磁带教育,成了我们的人文科学家。伊根内斯库就是其中一个。而我是个注册心理学家。简单来说,我们是属于第二层级的。"

乔治喝完了咖啡。他说:"我还有一个问题。"

"什么问题?"

乔治踢开被子站了起来:"为什么要起名叫奥林匹克?"

能力的感受[1]

吉安·舒曼习惯了跟地球上的权力机构打交道，而地球此时正陷于长期的战争之中。他只是个平民，但他创造的程序最终诞生了最高级的、能自我指挥的战争计算机。因此将军们听他的话。议会中各委员会的领导们也是。

在新五角大楼的特别休息室里就有一位将军和一位议员。韦德将军经历过太空战斗，他长着一张噘成O形的小嘴。布兰特议员的脸蛋光滑，双眼清澈；他抽着德尼比安烟草，对于一个浑身洋溢着爱国主义气息的人来说，理当有这种小小的特权。

身材高挑醒目的一级程序员舒曼无畏地看着他们。

他说："先生们，这位是迈伦·奥布。"

"就是那位你偶然发现的、拥有特别天赋的人？"布兰特议员平静地说，"啊。"他带着好奇亲切地审视着这位秃顶的小个子男人。

小个子男人在他的注视下不安地卷着手指。他从来没有如此接近过大人物。他只是个年老的低级技师，因为早年间未能通过在人类中分辨出天才的考试，沦为一个低级技术工人。只不过伟大的程序员发现了他的业余爱好，然后搞出了这么大的阵仗。

韦德将军说："我认为这种故作神秘的气氛太孩子气了。"

"过会儿你就不会这么觉得了。"舒曼说，"我们不能冒险走漏

---

[1] Copyright © 1957 by Quinn Publishing Co., Inc.

了消息。奥布！"他喊这个单音节名字的语气中有一股专横的态度，但话说回来，他是个伟大的程序员，而对方只是个小小的技工。舒曼问道："奥布！九乘以七是多少？"

奥布迟疑了一下，浅色的眼睛流露出焦虑无助的眼神。"六十三。"他说。

布兰特议员扬起了眉毛："答案对吗？"

"你自己查吧，议员。"

议员拿出口袋计算机，按了两下已经磨损的按键，看了看躺在手心里的显示器，随后又收起来了，说道："这就是你特地展示的礼物，一个魔术师？"

"远不只是个魔术师，先生。奥布记住了一些运算规则，然后利用它们在纸上做计算。"

"一个纸计算机？"将军看上去很疑惑。

"不是，长官。"舒曼耐心地说，"不是纸计算机，只是一沓纸。将军，你能随便出个数字吗？"

"十七。"将军说。

"轮到你了，议员。"

"二十三。"

"好！奥布，把这两个数乘起来，让这两位先生看看你的运算过程。"

"是，程序员。"奥布低着头说道。他从衬衣的口袋里掏出了一个小本子，从另外一个口袋里拿出了一支笔。他额头紧皱着，在纸上费劲地运算着。

韦德将军粗鲁地打断了他："让我看看。"

奥布把纸递给他。韦德说："好吧，这看着确实像是数字十七。"

布兰特议员点了点头，说道："是的，但我觉得任何人都可以照着计算机抄下数字。我自己也能写下勉强过得去的十七，不用练习

能力的感受

都行。"

"让奥布继续吧,先生们。"舒曼无动于衷地说道。

奥布继续着,他的手在微微发颤。终于,他低声说道:"答案是三百九十一。"

布兰特议员再次拿出了自己的计算机按了几下:"上帝,是三百九十一。他是怎么猜到的?"

"不是猜的,议员。"舒曼说,"他是算出来的。他在纸上算出来的。"

"骗术。"将军不耐烦地说,"计算机显示的结果和在纸上的记号怎么可能一样呢?"

"解释,奥布。"舒曼说。

"是,程序员。是这样,先生们,我写下十七,然后在它下面写下二十三。接下来,我会想七乘以三——"

议员匆匆打断了他:"不对,奥布,问题是十七乘以二十三。"

"是,我知道。"小个子技工急迫地说,"但我从计算七乘以三开始,因为这是规则。七乘以三是二十一。"

"你怎么知道的?"议员问道。

"我背下来了。计算机给出的结果一直是二十一。我检查过无数次。"

"但这并不意味着它总是二十一,不是吗?"议员说。

"或许不是。"奥布结结巴巴地说,"我不是个数学家。但我总是能得到正确的答案,真搞不懂。"

"接着说。"

"七乘以三是二十一,所以我写下了二十一。然后一乘以三是三,所以我在二十一的二下面写下了三。"

"为什么要写在二的下面?"布兰特议员立刻问道。

"因为——"奥布无助地看着自己的上级想要寻求支持,"这很

275

难解释。"

舒曼说:"我们先听他说完吧,把细节留给数学家去解决。"

布兰特点了点头。

奥布继续说:"三加二等于五,看到了吗?所以二十一变成了五十一。现在,你先把它放一边,再开始算乘法。七乘以二是十四,一乘以二是二,把它们像这样子写下来,再相加得到三十四。现在,你把三十四照这样子写在五十一的下面,再把它们加起来,得到三百九十一。它就是答案。"

现场陷入了沉默。片刻之后,韦德将军说:"我不相信。他说了这么多,写了这么多数字,又是乘法又是加法的,但我就是不信。它太复杂了,不可能是别的,只能是骗局。"

"哦,不是的,长官。"奥布紧张得汗都下来了,"因为你还不习惯,才会觉得复杂。实际上,规则相当简单,而且能用于所有的数字。"

"所有的数字,嗯?"将军说,"那好吧。"他拿出自己的计算机(一个更为高级的型号),随意按了几下:"在纸上写五七三八,五千七百三十八。"

"是,长官。"奥布说。他翻到了新的一页。

"现在,"他又在计算机上按了几下,"七二三九,七千二百三十九。"

"是,长官。"

"把这两个数乘起来。"

"需要点时间。"奥布颤声说道。

"不急。"将军说。

"开始吧,奥布。"舒曼干脆地说。

奥布弯着腰开始计算。他用完了一张纸,又拿了一张新的。将军终于掏出自己的怀表看了一眼:"你完成你的魔术了吗,技工?"

"就快了,长官。算出来了,长官。四千一百五十三万七千三百八十二。"他展示了那一长串潦草的数字。

韦德将军冷笑了一下,按下自己计算机上的乘法符号,等着数字跳动着最终停了下来。随后,他瞪大了眼睛,发出惊声尖叫:"我的银河系啊,这家伙算对了。"

地球联邦的总统在办公室里变得日益憔悴。私下待着时,他允许自己表情丰富的脸上露出忧伤。曾经场面宏伟和广受支持的德尼比安战争,已经蜕变成卑鄙的战术与反战术,地球上的不满情绪正日益增长。德尼比安上的情况估计也好不了多少。

此刻,布兰特议员,这位举足轻重的军事拨款委员会主席,兴高采烈地用废话浪费了他半个小时的会面时间。

"不用计算机就能计算,"总统不耐烦地说,"这本身就是种矛盾的说法。"

"计算,"议员说,"只是一种处理数据的系统。机器可以做,人类的大脑也可以。让我给你举个例子。"然后,他用新学到的技巧做了各种加法和乘法,总统不禁产生了兴趣。

"这办法一直管用吗?"

"每次都对,总统先生。万无一失。"

"很难学吗?"

"我花了一个星期就全掌握了。相信你能比我做得更好。"

"好吧,"总统思索着说道,"它是个有趣的室内游戏。但它有什么用呢?"

"刚出生的婴儿又有什么用呢,总统先生?现在它还没有用,但你没看到它指明了摆脱机器的方向吗?好好想一下,总统先生。"议员站了起来,深沉的嗓音自动添加了他在演讲时的抑扬顿挫,"德尼比安战争是计算机对抗计算机的战争。他们的计算机铸造了一条无法突破的防线，用反导系统阻挡了我们的导弹，而我们的计算机也铸造了同样的防线来对付他们的导弹。要是我们提升计算机的效率，他们也会提升他们的。因此，在过去的五年之中，这种状况形成了危险且无益的平衡。

"现在，我们掌握了一种不需要计算机的办法，能超越计算机，把它们甩在后面。我们将统合机械计算与人类的思维。我们将拥有等同于智能计算机的东西，有好几十亿个呢。我无法预计具体会有什么样的结果，但肯定难以估量。如果德尼比安在这方面领先了，其后果将是灾难性的。"

总统不安地说："你想让我做什么？"

"用行政力量设立一个秘密的人类计算项目。就叫它数字项目吧，要是你觉得可以的话。我会说服我的委员会，但需要行政单位的支持。"

"但人类计算能深入到什么程度？"

"根据舒曼程序员的说法，没有边界。他是第一个向我介绍此项发现的人——"

"我听说过舒曼。"

"当然。是这样，舒曼博士告诉我，理论上，计算机能做的所有事，人类的大脑都能做。计算机只是应用有限的数据，进行有限的计算。人类大脑可以复制这个过程。"

总统思考了一阵子，随后说道："如果舒曼说可以，理论上，我倾向于相信他。但现实中，人怎么能知道计算机是如何工作的？"

布兰特快活地笑了："怎么说呢，总统先生，我问了同样的问题。历史上有过一段时期，计算机是由人类设计的。当然，那些是简单的计算机，是在用计算机设计出更先进的计算机之前。"

"是的，是的，接着说。"

"技工奥布显然重现了某些古老的办法，这是他的业余爱好。他详细研究了计算的过程，最后成功复现了它们。我刚才向你展示的乘法就是对计算机工作的一种模拟。"

"有意思！"

议员轻声咳了两下："请允许我再说一个观点，总统先生。我们对这东西的开发越深入，就越能从计算机生产和维护上转移出更多的联邦力量。随着人类大脑接管，更多的资源可以调剂到日常应用上，普通人对战争的不满将下降。这对于执政党来说肯定相当有优势。"

"哈！"总统说，"我听明白了。好吧，坐下，议员，坐下。我需要时间思考一下。与此同时，再向我展示一下那个乘法技巧。让我们来看看我是否能学会。"

舒曼程序员不想急于行事。莱塞是个保守的人，非常保守，喜欢用计算机，跟他的父亲和爷爷一样。他控制着西欧计算机联合体，如果能说服他全身心投入数字项目，肯定能做出相当大的成绩。

但莱塞不愿加入。他说："我不确定自己是否能接受这种做法，说什么减少对计算机的依赖。人类大脑是个变化无常的东西。而计算机对同样的问题总是能给出同样的答案。我们怎么才能保证人类的大脑也能实现同样的功能？"

"人类大脑或计算机，都只是在操纵现实。这跟是人类大脑操纵的还是计算机操纵的都没关系。它们都只是工具。"

"是的，是的。我看过了你天才的演示，知道大脑可以复制计算机的计算过程，但对我而言还是有点太理论化了。我承认理论或许是对的，但有什么理由断定理论可以应用到实际呢？"

"我认为有理由，先生。毕竟，计算机并非一直都存在。原始人不靠计算机也能制造出帆船、石斧和铁路。"

"他们可能无须计算。"

"你应该比我更清楚，即使是铺设铁路或建造神庙也需要计算。

那些肯定不是由我们这种计算机完成的。"

"你是说他们用你展示的方式完成了计算？"

"可能不是。毕竟，这个方法——顺便说一句，我们称之为'竖式法'，来源于古老的欧洲单词'竖式'，意思是从上往下列数字——来源于计算机，所以它不可能早于计算机。不过，原始人肯定也掌握了某种办法，不是吗？"

"丢失的艺术！假如你谈的是丢失的艺术——"

"不，不是。我不是丢失的艺术的爱好者，尽管我承认这可能有关联。毕竟，水培技术出现之前，人吃的是谷物。假如原始人吃的是谷物，那肯定是从地里种出来的。还有其他办法吗？"

"我不知道，但我要看到有人真的从地里种出了谷物，才会相信地里能种出东西来。我要看到有人真的钻木取火了，才会相信这种说法。"

舒曼试图缓解现场的气氛："好吧，还是来谈谈竖式法吧。它只是非物质化过程的一部分。大件运输让位于直接的质量传输。通信工具也变得越来越小，越来越高效。同理，你的口袋计算机与一千年前的大家伙之间的比较亦是如此。终点会不会是摆脱所有的计算机，为什么不呢？来吧，先生，数字项目正在进行，已取得不错的进展。但我们需要你的帮助。假如爱国主义不能打动你，那与之相关的智力挑战是否能让你动心呢？"

莱塞怀疑道："什么进展？除了乘法，你还能做什么？你能表达抽象的函数吗？"

"假以时日，先生，假以时日。上个月我学会了除法。我能正确地算出整数商和小数商。"

"小数商？小数点后面多少位？"

舒曼程序员试图让自己听上去很随意："多少位都行！"

莱塞的嘴都张大了："不用计算机？"

"给我出道题。"

"二十七除以十三等于多少?算到小数点后面六位。"

五分钟之后,舒曼说:"二点零七六九二三。"

莱塞检查了一下:"哇,厉害!我觉得乘法没什么,因为用的都是整数,或许你可以耍些小聪明。但小数——"

"还不止呢。到目前为止,有一个最新进展仍属于高度机密。严格来说,我不该跟你说的。不过,我们可能在开平方根方面取得了突破。"

"平方根?"

"这里面还是有难点,我们还没有解决所有的问题,但是奥布技工声称他快要解决这个问题了。奥布就是那个发明了这门科学的人,他在这方面有天赋。但他只是一个技术员。一个像你这样的人,一个受过训练、具有天赋的数学家,应该不会有困难。"

"平方根。"莱塞喃喃自语,开始了神往。

"还有立方根。你要加入吗?"

莱塞将手猛地一挥:"算我一个。"

韦德将军在房间的深处一边来回踱步,一边对着他的听众讲话,态度仿佛一个粗暴的老师对着一帮调皮捣蛋的学生。他们是一伙加入了数字项目的平民科学家,但在将军眼里和其他人没区别。将军是项目总指挥,任何醒着的时候他都不会忘了自己的身份。

他说:"现在,平方根已经彻底解决了。我自己不会做,也搞不懂计算方法,但已经没问题了。不过,项目不会偏离,不会去研究你们中有些人所称的基本原理。你们可以等到战争结束之后再去玩竖式法,怎么玩都行,但现在我们有非常具体、非常现实的问题需要解决。"

奥布技工在角落里全神贯注地倾听着。当然,他不再是一名技工了,他被调离了原岗位,加入了项目组,他有了好听的头衔和优厚的薪水。但是,社会地位的鸿沟仍然存在,地位崇高的科学界带头人绝对不会认可他为圈里人。话说回来,奥布自己也不会有此奢望。他跟他们在一起觉得不舒服,就跟他们对他的感觉一样。

将军继续说道:"我们的目标很简单,先生们——替代计算机。一艘不用配备计算机的太空船,其建造时间只是原来的五分之一,花费只是十分之一。我们可以建造五倍、十倍于德尼比安的舰队,只要我们能除掉计算机。

"而且,我还看到了更远大的前景。现在看来可能太疯狂,像是在做梦,但未来肯定会出现由人驾驶的导弹!"

听众之中立刻响起了嗡嗡的话语声。

将军还在继续:"目前,我们主要的瓶颈就在于导弹的智力有限,控制它们的计算机只能做到那么大。因此,它们在面对反导防御系统时的表现无法令人满意。很少有导弹能完成任务,基本没有。导弹战因此也走入了死胡同。幸运的是,敌人也和我们一样面临着困境。

"然而,一个载着一两个人的导弹,通过竖式法来控制飞行,会变得更轻,机动性更强,更聪明。它会给我们优势,或许能让我们战胜敌人。此外,先生们,战争的危急迫使我们要记住一件事:人比计算机更可消耗。载人导弹可以大量发射,而且在优秀的将军不想发射计算机控制的导弹的情况下也能发射……"

他还说了很多,但奥布技工没有再听下去。

奥布技工在他的私人营房内,琢磨着他要留下的纸条。完成后,它上面是这么写的:

"当我开始研究现在被称为竖式法的计算时,它只不过是个爱好。我觉得它除了好玩,没什么其他用处,只能用来锻炼脑力。

"当数字项目开始时,我以为其他人会比我聪明。竖式法会被投入实际应用，为人类做出贡献，例如帮助生产非常实用的物质传送设备。但现在我看到它只是被用于死亡和毁灭。

"我无法面对发明了竖式法而导致的后果。"

随后他故意将蛋白质去极化器对准了自己，立刻没有痛苦地倒地死掉了。

他们站在小个子技工的墓地旁，向他的伟大发明致敬。

舒曼程序员和其他人一样鞠躬，内心却没有悲伤。毕竟，技工已经完成了他的工作，他们不再需要他了。他可能开创了竖式法，但既然已经开始了，它就会自我发展、自我成功，直至载人导弹和其他各种异想天开的应用成为可能。

九乘以七是六十三，舒曼想着，内心十分满足。我不需要一台计算机来告诉我答案。计算机就是我自己的大脑。

拥有这种能力的感受真是美妙啊！

将死的夜晚[1]

1

这几乎称得上一场同学聚会,尽管它意味着无趣,但没有理由会让你觉得它将以惨剧收场。

爱德华·塔利亚费罗刚从月亮上回来,还没有适应重力差。他在斯坦利·考纳斯的房间里见到了另外两个人。考纳斯站起身欢迎他,态度较为谦逊。巴特斯利·莱格只是坐着点了点头。

塔利亚费罗小心翼翼地放低庞大的身躯,坐在沙发上,显然充分意识到自己那异乎寻常的体重。他笑了笑,丰满的嘴唇在围住了嘴、下巴和腮帮子的那一圈胡子里咧了咧。

今天的稍早时分,他们已经在更为正式的场合下见过面了。现在,他们总算能私下待着了。塔利亚费罗说:"今天值得纪念。这是我们十年以来的首次见面。事实上,是毕业以来的第一次。"

莱格皱了皱鼻子。他在毕业前夕弄断了鼻子,只好脸上缠着纱布领取了天文学的学位。他恨恨地说:"你们谁点香槟了,或其他喝的?"

塔利亚费罗说:"行了!这是历史上首次星际天文大会,干吗苦着一张脸?而且,见到老朋友了也不高兴点!"

考纳斯突然说:"这里是地球。感觉不对。我不习惯。"他摇了摇

---

1 Copyright © 1956 by Fantasy House, Inc.

头,但并没有晃走脸上的愁容。

塔利亚费罗说:"我知道。我觉得身体很沉,消耗了我所有的能量。在这一点上,你比我幸运,考纳斯。水星的重力是正常水平的0.4倍。在月球上,该数值只有0.16。"莱格刚想说话,却被他打断了:"而在谷神星上,他们有人造重力场,重力是正常水平的0.8倍。你没这方面的问题,莱格。"

来自谷神星的太空族有点急了:"那里没大气。不穿上宇航服去外面,我就死定了。"

"对。"考纳斯赞同道,"试试让太阳照到你,就照一下。"

塔利亚费罗感觉自己仿佛又回到了过去。他们都没怎么变,自己也没怎么变,他心想。当然,他们都老了十岁。莱格长胖了一些,考纳斯的瘦脸也粗糙了不少,但即便偶然间撞到,他还是能一眼就认出他们俩。

塔利亚费罗说:"我认为不能怪在地球头上。还是承认吧。"

考纳斯抬头瞪了塔利亚费罗一眼。考纳斯个子矮小,手总是会做出一些快速的、神经质的动作,总是习惯性地穿大一号的衣服。

考纳斯说:"维利尔斯!我就知道。我有时会想起他。"接着,他用绝望的语气又加了一句:"我收到了一封他的信。"

莱格坐直了身子,橄榄色的肤色变得更黑了,他激动地问道:"真的?什么时候?"

"一个月以前。"

莱格扭头看着塔利亚费罗:"你呢?"

塔利亚费罗平静地眨了眨眼,点了点头。

莱格说:"他疯了。他声称自己发现了一种能在空间里传送物质的方法。他也跟你们俩说了?那就是了。他一直有点不正常。如今已完全疯了。"

莱格用力揉了揉鼻子,这让塔利亚费罗想起维利尔斯把他鼻子打断的那一天。

整整十年,维利尔斯一直在折磨着他们,如同罪恶感模糊的影子,但这又不是他们的错。他们一起攻读研究生,四个经过了精心挑选且努力奋斗的人,为这个星际旅行时代中一个达到新高度的岗位而刻苦训练。

其他世界也建造了天文台,位于完美的真空之中,不会受到大气的干扰。

月球天文台,在那里可以研究地球和其他内层行星。那是一个寂静的世界,天空中悬浮着母星地球。

水星天文台,离太阳最近,矗立在水星的北极,那里的明暗界限几乎不怎么移动,太阳始终挂在地平线上,能够观测到它的最细微之处。

谷神星天文台是最新、最现代的天文台,观测范围从木星一直深入到最远处的星系。

当然也有不便之处。因为星际旅行仍然不易,几乎没有假期,正常生活几乎是不可能的,但他们是幸运的一代。接下来的科学家会发现,有关知识已经被系统地犁过一遍了。在星际推进器发明之前,再也不会有像现在这般丰富的科学前沿等待探索。

四个幸运儿——塔利亚费罗、莱格、考纳斯和维利尔斯,都有可能成为又一个伽利略。掌握了新式望远镜之后,随便指向太空中的任意方位,都能取得重大的发现。

但很快罗梅罗·维利尔斯病了,得了风湿热。这能怪谁呢?他的心脏变得虚弱不堪。

他是他们四个之中最有才华的、最有希望的,也是最勤奋的,但他甚至都没法完成学业,未能取得博士学位。

更糟的是,他一直都没能离开地球。飞船起飞时的加速度会要了他的命。

塔利亚费罗去了月球，莱格去了谷神星，考纳斯去了水星。只有维利尔斯留下了，被永远禁锢在地球上。

他们试图展示自己的同情心，维利尔斯不但拒绝接受，更表现出敌视的态度。他责骂他们，诅咒他们。当莱格失去理智、举起拳头时，维利尔斯尖叫着冲向他，打断了他的鼻子。

显然莱格并没有忘记这一幕，此刻他正小心翼翼地用一根手指爱抚着自己的鼻子。

考纳斯的前额布满了沉思的皱纹："他参加了大会，你们知道的。他在旅馆里开了一个房间——405。"

"我不想见他。"莱格说。

"他要来这儿。他说他想见我们。我想——他说的是9点。他很快就会出现了。"

"这样的话，"莱格说，"如果你们不介意，我走了。"他站了起来。

塔利亚费罗说："嘻，等等。见他一下有什么坏处呢？"

"因为没有意义。他疯了。"

"疯了也没什么大不了的。你怕他吗？"

"怕他？"莱格鄙夷地说了一句。

"那就是紧张喽。你有什么好紧张的呢？"

"我没紧张。"莱格说。

"别装了。我们都没来由地觉得对他有所亏欠。但这一切不是我们的错。"他的语气好像是在辩解，他自己也清楚。

就在这时，门铃响了，三个人都跳了起来，转头不安地凝视着阻隔在他们与维利尔斯之间的障碍。

门开了，罗梅罗·维利尔斯走了进来。三个人僵硬地起身以示欢迎，接着都手足无措地站在原地，谁都没伸手。

他讥讽地看着他们。

他变了,塔利亚费罗心想。

他确实变了。他的身体的各个维度似乎都萎缩了。微驼的背让他显得更矮了。稀疏的头发下,头皮在反光,手背上的皮肤都皱了,青筋暴起。他看着病恹恹的。他身上似乎没有任何能引起回忆的东西,除了他惯常的把戏,在凝视时会用一只手遮住眼睛上沿,以及当他说话时,话音依然是平稳的男中音。

他说:"朋友们!行走于太空的朋友们!我们多久没联系了?"

塔利亚费罗说:"你好,维利尔斯。"

维利尔斯看了他一眼:"你好吗?"

"挺好的。"

"你们两个呢?"

考纳斯挤出一个假笑,嘴里嘟囔了一句。莱格喝道:"得了,维利尔斯,你来干什么?"

"莱格是暴脾气,"维利尔斯说,"谷神星怎么样?"

"我离开时还挺好的。地球呢?"

"你自己看吧。"维利尔斯的语气变得严肃了。

他接着说道:"我希望你们三个出席大会是为了听我后天的论文。"

"你的论文?什么论文?"塔利亚费罗问。

"我给你们都写信了。我发明了物质传送方法。"

莱格歪嘴笑了一下:"是的,你是写信了,但你没说什么论文。在我印象中你并不在做报告的人员名单里。要是有你的名字,我应该会注意到的。"

"你说得对。我不在里面。我也没准备宣传用的摘要。"

维利尔斯的脸变红了。塔利亚费罗安慰道:"别紧张,维利尔斯,你有什么不舒服的吗?"

维利尔斯转身看着他，嘴唇哆嗦着："我的心脏还能撑住，谢谢。"

考纳斯说："听我说，维利尔斯，如果你没在名单里或还没准备好摘要——"

"你听我说。我等了十年了。你们在太空工作，而我在地球上教书。但我比你们强，比你们三个人加起来都强。"

"我承认——"塔利亚费罗开口说道。

"我也不需要你们的同情。曼德尔亲眼见过了。我想你们都听说过曼德尔。他是大会宇航部的主席，我向他展示了物质传送。它还是一台原型机，用过一次之后就烧坏了，但是，你们在听吗？"

"我们在听。"莱格冷冷地说，"你长话短说吧。"

"他会让我以自己的方式来讲述。你们别不信。不会有预警，不会有广告。我会直说，就像朝他们丢个炸弹。在我给他们讲清楚相关的基本原理之后，肯定会轰动整个大会。他们会匆匆回到自己的实验室检查我的结果，并制作相关的设备。他们会发现原理是对的。我让一只活老鼠从实验室里的一个地方消失，又从另外一个地方出现。曼德尔目击了整个过程。"

他盯着他们，目光炯炯地逐一扫过他们的脸，说道："你们不相信我，是吗？"

莱格说："如果你不需要做广告，为什么又要告诉我们？"

"你们不同。你们是我的朋友，我的同学。你们去了外太空，把我一个人丢下了。"

"我们没的选。"考纳斯尖声反驳道。

维利尔斯没有理睬他，继续说："所以我想让你们知道，既然能用在老鼠身上，那也能用在人身上。我能让某样东西在实验室里传送十英尺，那也能把它传送至百万英里之外。我可以去月球、水星、谷神星和其他任何我想去的地方。我能匹敌你们几个，能匹敌更多的人。

289

我可以为天文学做出更大的贡献,而不仅仅是教书和思考,我比你们这些依靠天文台、望远镜、照相机和太空船的人更优秀。"

"好吧,"塔利亚费罗说,"我替你高兴。希望你能成功。我可以看一下你的论文吗?"

"不行。"维利尔斯双手紧紧抱在胸前,仿佛抱着一沓看不见的纸,防止别人偷看,"你要等,跟其他人一样。我只有一份论文,在我准备好之前,没人能看,甚至曼德尔都不行。"

"只有一份?"塔利亚费罗叫道,"假如你放错了地方——"

"不会的。即使丢了,它也在我脑子里。"

"要是你——"塔利亚费罗差点就说出了"死"字,但忍住了。他在这个几乎察觉不到的停顿之后接着说:"你还有理智的话,至少会扫描一份,以防万一。"

"不用。"维利尔斯简短地说道,"你会在后天听到我的报告。你会明白人类的地平线再次被拓展了,比以往任何时候都拓得更远。"

他再次逐一认真地看了看他们。"十年了。"他说,"再见。"

"他疯了。"莱格气愤地说,眼睛依旧盯着门口,仿佛维利尔斯还站在那地方。

"是吗?"塔利亚费罗若有所思地说,"从某些方面来说,应该算是吧。他无缘由地仇视我们,还有,甚至都没扫描他的论文以防不测——"

塔利亚费罗说这话时用手指抚摩着自己的微型扫描仪。它是一个颜色单调、不怎么显眼的圆柱体,比普通的铅笔要粗一些,也短一些。近来,它成了科学家的标配,如同医生的听诊器和统计师的微型计算机一样。扫描仪可以放在衣服口袋里,或别在袖子上,或夹在耳朵上,或挂在项链的末端。

塔利亚费罗有时会感慨,通常是在进行哲学思辨时:从前的研究人员可真是麻烦啊,必须费力地做读书笔记,或存档整份全尺寸的打印稿。太不方便了!

现在只需扫描必要的印刷品或手写稿,存在微型底片上,等有空时再把它洗出来。塔利亚费罗已经记录了大会日程表上所有的摘要。他肯定另外两个人也这么做了。

塔利亚费罗说:"今时今日,拒绝扫描就是疯了。"

"呸!"莱格愤愤地说,"根本没有论文,也没有发现。为了胜过我们,他愿意说出任何谎言。"

"但到了后天他究竟会做什么呢?"考纳斯问道。

"我怎么知道?他是个疯子。"

塔利亚费罗仍然在把玩着自己的扫描仪,心里琢磨着是否应该去把存在里面的一些微型底片洗出来。他决定还是先不了。他说:"别低估了维利尔斯。他很聪明。"

"十年前或许是的,"莱格说,"现在他已经疯了。还是忘了他吧。"

他说话的声音很大,仿佛是想用别的话题来赶走维利尔斯以及和他关联的一切。他谈了谷神星上的工作——用解析度精确到能看到单个恒星的新型射电望远镜勾勒银河系。

考纳斯听着,频频点头,随后补充了新的信息,和太阳黑子的无线电辐射有关,还有他公开发表的论文,研究的是太阳表面与巨型氢气耀斑伴生的光子风暴。

塔利亚费罗没怎么插话。月球上的工作相比之下显得没那么光鲜。通过直接观测地球上的气流进行大范围的天气预报,这种最新信息没法跟射电望远镜和光子风暴相媲美。

但更多的是因为他的思绪无法摆脱维利尔斯。维利尔斯很聪明。他们都清楚这一点。包括莱格,尽管一再否认,他也肯定觉得,假如物质传送是可能的,那最符合逻辑的发明者就应该是维利尔斯。

关于自身工作的讨论最终指向一个令人不快的现实：他们三个都没取得过像样的成绩。塔利亚费罗一直关注着媒体，他知道这一点。他自己的论文很一般。另外两个人也没发表过重量级的文章。

他们中没人——面对现实吧——成为太空学的大腕儿。学生时代的伟大梦想并没有成为现实，就这么简单。他们是能手，无须贬低自己。不幸的是，也就这样了。他们很清楚。

维利尔斯原本能获得更高的成就。他们也知道这一点。因为这个认知，也因为负罪感，他们对他怀有敌意。

塔利亚费罗感觉不安，维利尔斯尽管经历了种种不幸，却仍然能取得更大的成就。其他人肯定也是这么想的。平庸让人难以承受。物质传送的论文即将公布，维利尔斯注定将成为大人物，就像命中注定似的，而他的同学们占据着种种优势，却终将被遗忘。他们是只配在观众之中为他鼓掌的角色。

他感觉到了自己的嫉妒和懊恼，并为此羞愧，但嫉妒和懊恼并没有因为羞愧而减少一丝一毫。

谈话结束了。考纳斯看着别处说道："要我说，我们为什么不顺便去拜访一下维利尔斯呢？"

话里有种虚伪的温情、故作的随意，一下子就让人听出来了。他接着说："干吗跟他过不去呢？没必要——"

塔利亚费罗心想：考纳斯想确认物质传送是否真有其事，他希望这只是个疯子的噩梦，好让自己今晚能睡个好觉。

但他自己也很好奇，所以他没有反对，甚至连莱格也故作轻松地耸了耸肩，说："管他呢，去就去。"

此刻离11点还差几分钟。

塔利亚费罗被执着的门铃声惊醒了。他在黑暗中用胳膊肘撑起自己，不禁有些气恼。天花板指示器淡淡的光线显示还不到凌晨4点。

他问道:"谁啊?"

门铃依旧短促而执着地响着。

塔利亚费罗咒骂着穿上了睡衣。他开了门,走廊里的灯光刺得他不停地眨眼。他认出了站在他面前的男人,他经常能看到他的三维相片。

那个人压低嗓音匆匆说道:"我是休伯特·曼德尔。"

"我知道,先生。"塔利亚费罗说。曼德尔是天文学领域里的大腕儿,地位崇高到足以让他在世界天文局里担任重要的领导岗位,活跃到足以担任大会宇航部的主席。

塔利亚费罗突然想起,维利尔斯展示物质传送的对象正是曼德尔。想到维利尔斯之后,他清醒了不少。

曼德尔说:"你是爱德华·塔利亚费罗博士?"

"是的,先生。"

"那就请穿好衣服跟我来。有要紧事,跟一个我们两人都认识的人有关。"

"维利尔斯博士?"

曼德尔的目光闪烁了几下。他的眉毛和睫毛都很浅,显得眼睛很突出,如同没有纱帘的窗户似的。他的头发如同纱一样薄,年纪在五十上下。

他说:"为什么你会认为是维利尔斯?"

"他昨晚提起过你。我不知道还有谁是我们两个的熟人。"

曼德尔点了点头,等着塔利亚费罗穿戴整齐,随后转身走在前面领路。莱格和考纳斯等在上一层楼的一个房间里。考纳斯的眼睛都红了,一副不解的样子。莱格则不耐烦地抽着烟。

塔利亚费罗说:"我们都在这儿了,再次团聚。"没人搭茬儿。

他找了个地方坐下。三个人相互瞪着。莱格耸了耸肩。

曼德尔在地板上来回踱步,手插在兜儿里,说道:"我对引起的不

293

便深表歉意，先生们，感谢你们的配合，还需要你们进一步的配合。我们的朋友罗梅罗·维利尔斯死了。大约在一小时之前，他的尸体从旅馆中被抬走了。医生检查后说是心脏病犯了。"

他们都惊呆了，说不出话来。莱格的香烟停在半空，随后慢慢地垂了下去，并没有送进嘴巴里。

"太意外了。"塔利亚费罗说。

"真可怕。"考纳斯沙哑地低声说，"他——"他说不下去了。

莱格摇了摇头："也是，他的心脏不行。我们也帮不了什么。"

"可以帮个小忙。"曼德尔小声地更正道，"复述。"

"什么意思？"莱格厉声问道。

曼德尔说："你们三个最后一次见他是什么时候？"

塔利亚费罗开口了："昨天晚上。算得上一次团聚。我们几个都是十年来第一次相见。见面并不愉快，抱歉我这么说。维利尔斯认为他有理由对我们生气，而他的确在生气。"

"那是——什么时候？"

"大概9点，第一次。"

"第一次？"

"我们当晚又见了他一次。"

考纳斯看着很伤感："他离开的时候还在生气。我们不能就此不管了。我们必须试着和解。我们之前可都是朋友。所以我们去了他的房间，然后——"

听到这里，曼德尔打断了他："你们都去了他的房间？"

"是的。"考纳斯吃了一惊。

"什么时候？"

"我觉得是11点。"他看了看其他人。塔利亚费罗点了点头。

"你们待了多长时间？"

"两分钟。"莱格插嘴道，"他赶我们走，好像怕我们看他的论文。"他停了下来,似乎在等着曼德尔问是什么论文,但曼德尔什么也没说。他又接着说道:"我猜他把论文藏在了枕头底下。至少他在吼我们走的时候,身子压在了枕头上。"

"他那时候可能就快不行了。"考纳斯听着有些沉痛。

"那时候还没事。"曼德尔简短地说道,"所以你们可能留下了指纹。"

"可能。"塔利亚费罗说。他失去了对曼德尔自发的尊敬,不耐烦的情绪又回来了。现在是凌晨4点,管他曼德尔是谁呢。他说:"你问这些是为什么呢?"

"好吧,先生们,"曼德尔说,"维利尔斯的死有蹊跷。他的报告,据我所知仅此一份,被塞进了烟灰盒里,只剩下一些碎片。我从未看过或读过论文,但我对这件事知道得足够多,有必要的话我可以去法庭做证,在烟灰盒内未被焚毁的碎片就是他计划在大会上公布的论文——你似乎有所怀疑,莱格博士。"

莱格苦笑了一下:"我怀疑他是否真的会发表演说。如果你想听我的意见,先生,那就是他疯了。他被关在地球上整整十年,幻想通过物质传送来逃离现实。可能这就是他活着的唯一希望。他编造了一些可疑的演示。我不会说他是故意造假。他可能真的相信,执着地相信。昨天晚上是高潮。他来了我们的房间——他恨我们摆脱了地球——想要在我们面前炫耀。他就是靠它支撑了十年。他可能受到了冲击,稍微恢复了些理智。他知道自己无法提交论文,根本就没什么内容。所以他把它烧了,他的心脏再也撑不住了。真是太糟了。"

曼德尔听着这位谷神星的天文学家的分析,脸上露出完全不信的表情。他说:"说得好,莱格博士,但错得离谱。我不会轻易地被虚假实验所欺骗,至少不会像你认为的那样轻易。根据注册信息——我被迫匆忙查了一遍——你们三个是他的大学同学,对吗?"

他们点了点头。

"你们还有其他同学也来了大会?"

"没有。"考纳斯说,"那年仅有我们四个有资格参加天文学博士答辩。他本来肯定可以通过的,只不过——"

"是的,我明白。"曼德尔说,"那好吧,如此说来,你们三个之中有一个人在午夜又去了维利尔斯的房间。"

现场出现了短暂的沉默。随后莱格冷冷地说:"不是我。"考纳斯也瞪大眼睛摇了摇头。

塔利亚费罗说:"你在暗示什么吗?"

"你们中有个人在午夜去找了他,坚持要看他的论文。我不知道他的动机。可以想象,就是这个过分的举动害得他心脏病发作。当维利尔斯倒下之后,该罪犯,如果我能这么称呼他的话,开始了行动。他抢走并扫描了论文,我在这里多说一句,论文可能就藏在他枕头底下。然后他在烟灰盒内焚毁了纸张,但他动作太匆忙,没有毁干净。"

莱格打断了他:"你怎么知道得这么清楚?你是目击者吗?"

"差不多吧,"曼德尔说,"维利尔斯倒下时并没有死。当罪犯离开之后,他设法拿起电话打到了我的房间。他断断续续地说了几个词,足以拼凑出发生了什么。不幸的是,我并不在我的房间,被一个夜间会议给拖住了。不过,我的答录机录下了他的话。无论何时我回到办公室或家中,我都会第一时间回放答录机。这是工作习惯。我打了回去,但他已经死了。"

"那好,"莱格说,"他说了是谁干的吗?"

"没有。或者他说了,但听不清。可有一个词非常清楚,那就是'同学'。"

塔利亚费罗从上衣内衬口袋里取出扫描仪,把它递给曼德尔,平静地说道:"如果你想冲洗我扫描仪里的底片,欢迎。维利尔斯的论文并不在里面。"

考纳斯也立刻做出同样的举动,莱格咒骂了一声,也加入了。

曼德尔接过所有的扫描仪，平静地说："按道理，不管是你们之中谁做的，他肯定已经处理掉那张论文的底片了。不过——"

塔利亚费罗扬起了眉毛："你可以搜我身，也可以搜我的房间。"

莱格还在咒骂："等等，该死的，等等。你是警察吗？"

曼德尔盯着他："你想叫警察吗？你想卷入丑闻和谋杀指控吗？你想扰乱大会，让天文学家们放个大假吗？维利尔斯的死很可能是一场事故。他的心脏的确有问题。不管你们之中谁去了那里，可能也是出于冲动行事。它应该算不上有预谋的犯罪行为。不管是谁，只要他把底片还回来，就能省去我们很多麻烦。"

"难道犯了罪也没事吗？"塔利亚费罗问道。

曼德尔耸了耸肩："他可能会有麻烦。我不能保证。但不管他会面临什么麻烦，肯定不会名誉扫地，也不会坐一辈子牢。但要是警察牵扯进来就不好说了。"

沉默。

曼德尔说："是你们三个中的一个。"

沉默。

曼德尔接着说："我相信我能明白这个罪犯的逻辑。论文已经被摧毁了。只有我们四个知道物质传送，而且只有我一个人曾经看到过演示。而且，你们只是听他说了，可能当它是疯话，但我看到过。维利尔斯死于心脏病，论文也消失了，这很容易让人相信莱格博士的判断，也就是根本没有物质传送。过了一两年之后，我们的罪犯掌握了物质传送的数据，可以一点一滴地向世人展示，操弄实验，出版精心炮制的论文，最后成为表面上的发明家，赢得无数的名誉和财富，甚至连他的同学都不会起疑心。他们最多会相信许久之前与维利尔斯的交集给了他灵感，让他开始这方面的研究，不会有别的想法。"

曼德尔严厉地逐个看了看他们的脸："但这些计划都不可能实现了。无论你们三个中谁发明了物质传送，他无疑就是那个罪犯。我看过演示。我知道它可行。我知道你们中的一个占有了论文。它对你毫无用处。把它交出来吧。"

沉默。

曼德尔走到门口，又转过身来。"我希望你们能留在这里等我回来。我不会离开太久。我希望那个罪犯能趁此机会好好思考一下。如果他害怕坦白会让他丢了工作，那就想想在警察面前他可能会失去自由，还会接受精神探查。"他晃了晃三个扫描仪，露出倦怠但严肃的表情，"我去把底片洗出来。"

考纳斯试图笑一笑："要是我们在你离开期间逃走了呢？"

"你们中只有一个人有理由这么做，"曼德尔说，"我相信我可以依靠其他两个无辜者出于自我保护的动机来控制第三人。"

他离开了。

现在是凌晨5点。莱格愤愤地看了眼手表："真见鬼了。我想睡觉。"

"我们可以在这里挤一下。"塔利亚费罗若有所思地说，"有谁想要坦白吗？"

考纳斯的目光转向了别处。莱格的嘴唇抿紧了。

"看来不想。"塔利亚费罗闭上了眼睛，将自己的大脑袋靠在椅背上，疲惫地说，"月球上现在是闲季。我们的夜晚长达两周，很忙，很忙。然后是两个星期的白昼，什么都做不了，除了计算、校对和闲扯。很难熬，我讨厌这段日子。假如有更多的女人，假如我能从事一些更持久的工作——"

考纳斯则低声说着在水星上仍然无法在望远镜的视野里观测到太阳完全升到地平线上方，但天文台即将铺设额外的两英里轨道——将它整体移动需要极大的能量，全部来自太阳能——可能会解决问题。一定会解决的。

听了其他两个人的低声嘟囔之后，甚至连莱格也开口谈了谷神星。那里的问题是自转周期只有两个小时，意味着天空中的星星会以地球上能观测到的十二倍的角速度移动。人们只好用三台光学望远镜、三台射电望远镜、三套其他辅助设备组成网络，望远镜一个接一个地对准研究区域，追逐着飞快旋转的星星。

"你们不能用极点吗？"考纳斯问道。

"你想的是水星和太阳。"莱格不耐烦地说，"即使在极点，天空仍然在旋转。而且有一半你是永远看不到的。假如谷神星像水星那样只有一面冲着太阳就好了，我们就会有一个永夜，星星缓慢地在天空中旋转，三年才转完一个周期。"

天色亮了，黎明正在到来。

塔利亚费罗处于半睡半醒之间，但他始终牢牢地抓住清醒的那一半。他不想自己睡着了而其他两个人还醒着。他心想，他们中的每个人应该都在思索"是谁？是谁？"。当然，除了那个有罪的。

曼德尔再次进来时，塔利亚费罗的眼睛一下子睁开了。窗外的天空已经变蓝了。塔利亚费罗很高兴窗户是关着的。旅馆里有空调，但在气候温和的日子里，窗户有时会被打开，地球人想要呼吸所谓的新鲜空气。塔利亚费罗习惯了月球上的真空，这种想法令他不适。

曼德尔说："你们中有人想要说什么吗？"

他们安静地看着他。莱格摇了摇头。

曼德尔说："先生们，我冲洗了你们扫描仪里的底片，查看了结果。"他把扫描仪和冲洗出来的银色相片扔到床上："什么都没有！恐怕要麻烦你们自己整理相片了，对不住了。消失的相片这个问题还是没有得到解决。"

"如果有的话。"莱格说，夸张地打了个哈欠。

曼德尔说："我提议我们一起去维利尔斯的房间，先生们。"

考纳斯似乎吓了一跳:"为什么?"

塔利亚费罗说:"是心理战吗?把罪犯带到犯罪现场,让负罪感迫使他招供?"

曼德尔说:"没那么戏剧化。我想让你们中无辜的那两位帮我找到维利尔斯已毁论文的底片。"

"你觉得它在那里吗?"莱格挑衅地问道。

"可能。从那里开始吧。然后我们再搜查你们每个人的房间。太空学的讨论会明天早上10点才开始。在那之前我们都有时间。"

"在那之后呢?"

"那可能得叫警察了。"

他们小心翼翼地走进维利尔斯的房间。莱格的脸红了,考纳斯的脸则变得惨白。塔利亚费罗竭力保持平静。

昨晚,他们在人工光线下看着愤怒的、边幅不整的维利尔斯抱着自己的枕头,盯着他们,喝令他们离开。现在这里只留下了死亡的气息。

曼德尔摆弄了一下窗户偏光器,让光线照了进来。他摆弄过头,东方的太阳都映入了眼帘。

考纳斯猛地抬起胳膊遮住眼睛,尖叫道:"太阳!"其他人也都不动了。

考纳斯的脸上露出惊恐的神色,仿佛刺痛他眼睛的是水星上的阳光。

塔利亚费罗联想到在月球上一旦暴露在室外会有什么后果,他的牙齿都开始打战了。他们都被远离地球的十年时光改变了。

考纳斯冲到窗边,手忙脚乱地调节偏光器,终于在长时间的停顿之后喘出了一口粗气。

曼德尔走到他身旁:"怎么了?"另外两个人也过来了。

城市在他们身下延展,残破的石头和砖头一直伸向地平线,沐浴在冉冉升起的太阳里，影子则伸向他们这一侧。塔利亚费罗不安地偷瞄了一眼城市的全貌。

考纳斯的胸膛似乎已经不再剧烈起伏，应该不会再发出尖叫了。他正看着近处的一样东西。在外窗台上的一个角落里有一处小小的异样，那里的水泥上有一条裂缝，裂缝里塞了一张一英寸长的牛奶色的相片，相片反射着初升太阳的光线。

曼德尔断断续续地咒骂了几声，抬起窗户，把它拿了进来。他把它握在拳头里，充血的眼睛里精光四射。

他说："等我回来！"

没什么可说的了。曼德尔离开之后，他们坐下，呆呆地相互瞅着。

二十分钟之后，曼德尔回来了。他平静地说（怎么说呢，语气给人的感觉之所以平静，是因为他气过头了）："窗台的那个角落并没有过分曝光。我还是能辨认出几个词。它是维利尔斯的论文。剩余的都毁了，无法挽回。它完了。"

"那接下来呢？"塔利亚费罗说。

曼德尔疲惫地耸了耸肩："还管什么接下来啊？物质传送遗失了，一直要等到一个像维利尔斯一样聪明的人才能把它发明出来。我会进行研究，但我对自己的能力不抱有幻想。它遗失了，我想你们三个是否有罪也无所谓了。有意义吗？"他的整个身体似乎都垮了，陷入了绝望之中。

但塔利亚费罗的声音变得坚强了："别急。在你看来，我们三个中有一个人是罪犯。比如我。你是这个领域里的大腕儿，但你今后肯定不会为我说好话。渐渐地大家会认为我没有能力，或是更糟。我不想被这种怀疑给毁了。让我们把这件事解决了吧。"

"我不是个侦探。"曼德尔疲惫地说。

"那就叫警察来，该死的。"

莱格说："等等，你是在暗示我是那个罪犯吗？"

"我只想说我自己是无辜的。"

考纳斯害怕地提高了音量："我们每个人都会受到精神探查。可能会造成智力伤害——"

曼德尔高高举起双手："先生们！先生们！别吵了！在叫警察之前，我们至少还能做一件事。你是对的，塔利亚费罗博士，撒手不管对无辜的人来说是不公平的。"

他们带着明显的敌意看着他。莱格说："你想说什么？"

"我有个朋友名叫温德尔·厄斯。你们可能听说过他，也可能没有，或许我可以安排今晚去见他。"

"安排上又能怎样？"塔利亚费罗问，"能解决问题吗？"

"他是个怪人，"曼德尔缓缓说道，"非常古怪，也非常聪明。他以前帮警察处理过类似的问题，这次也能帮我们。"

2

爱德华·塔利亚费罗无法控制自己以最震惊的目光看着眼前的房间和它的住客。它和他似乎与世隔绝，跟平常的世界没有联系。地球上的声音无法渗入这个密封性良好、没有窗户的巢穴。地球上的灯光和空气也被人工照明和空气过滤系统隔绝在外面。

这是一个很大的房间，昏暗且凌乱。他们小心翼翼地在脏乱的地板上选择着落脚之处，最终来到沙发前，上面的相片书被胡乱清理后扔到了一边。

房间的主人长着一张大圆脸，身体也圆滚滚的。他的两条小短腿迈得还挺快，说话时偶尔会猛地甩头，然后厚厚的眼镜就会从那个小瘤似的鼻子上整个滑落。他那双覆盖着厚厚的眼睑、有些突起的眼睛里散射出典型的近视眼的目光。他坐在一张椅子上,房间里一盏灯泡明亮的灯光直射在他身上。

"欢迎,先生们。房间太乱了,请原谅。"他挥舞着短粗的手指做了个夸张的手势,"我在整理我收集的十分有意思的东西。工作量很大,比如——"

他离开了椅子,半蹲着钻进桌子旁的一堆东西里,随后拿着一个烟灰色的物体直起了身。它看着半透明,大致呈圆柱形。"这个,"他说,"是木卫四[1]上的物体,可能是某个非人类智慧的遗物。还没有定论。类似的物体不超过十二个,这个是我知道的最完美的单体。"

他把它往旁边一扔,塔利亚费罗吓了一跳。胖子盯着他的方向说:"它摔不坏的。"胖子再次坐下,短粗的手指紧紧扣在肚子上,令它们随着自己的呼吸缓慢地起伏:"好了,我能帮你们什么吗?"

休伯特·曼德尔介绍起他们一行人,塔利亚费罗则陷入了沉思。肯定有个叫温德尔·厄斯的人最近写过一本叫《水-氧气行星上的进化过程比较》的书,但肯定不是眼前这个人。

他说:"你是《水-氧气行星上的进化过程比较》的作者吗,厄斯博士?"

厄斯的脸上掠过一抹短暂的笑容:"你读过吗?"

"没,还没有,但是——"

厄斯的脸色立刻变得苛责:"你应该读一下的。现在就读。我这里刚好有一本——"

他再次从椅子上弹起,曼德尔立刻喊了一声:"等等,厄斯,先把正事办了,很重要。"

他几乎逼着厄斯坐回椅子上,开始快速地讲述,以防出现别的什么事把他打断了。他讲完整个经过,用词相当精练。

---

[1] 围绕木星运转的一颗卫星,由伽利略在1610年首次发现。

厄斯听着,脸渐渐变红了。他抓住眼镜,把它推到鼻梁上。"物质传送!"他叫了起来。

"我亲眼看到的。"曼德尔说。

"而你从未跟我说过。"

"我发过誓要保密的。那个人——脾气有点怪。我刚才说过了。"

厄斯捶着桌子:"你怎么能让如此重大的发现留在一个怪人手里呢,曼德尔?有必要的话,应该用精神探查把知识给逼出来。"

"那会要了他的命。"曼德尔反驳道。

但厄斯在用手托着腮帮子前后摇晃:"物质传送。现代文明人唯一值得尝试的旅行方式,唯一可能的方式,唯一有想象力的方式。假如我事先知道,假如我在旅馆里。但旅馆离这里差不多有三十英里。"

莱格听着他们的对话,脸上露出厌恶的神情,他插话道:"我知道有一条快艇线直达大会厅。要不了十分钟就能到。"

厄斯坐直身体,奇怪地看着莱格,脸颊也鼓了起来。他突然跳起来,匆匆离开了房间。

莱格说:"怎么啦?"

曼德尔嘟囔了一句:"该死。我忘了提醒你们。"

"提醒什么?"

"厄斯博士不会搭乘任何交通工具。他有这方面的恐惧症。他只靠步行。"

考纳斯疑惑地眨着眼睛:"但他是个地外学家,不是吗?研究其他行星生命形式的专家?"

塔利亚费罗之前也站了起来,此刻走到一架安在底座上的天文望远镜前面。他盯着恒星系统内发出的光芒。他从未见过如此庞大、如此精致的望远镜。

曼德尔说:"他是个地外学家,没错,但他从未去过任何他熟知的行星,将来也不会去。整整三十年了,我怀疑他从未离家超过一英里。"

莱格笑了。

曼德尔气得脸都红了："你可能觉得好笑，但我还是想提醒你，等到厄斯博士回来后，你说话最好小心点。"

过了一会儿，厄斯偷偷地回来了。"抱歉，先生们。"他小声说道，"现在让我们来解决问题吧。你们中有谁想坦白吗？"

塔利亚费罗的嘴不屑地撇了一下。这个胖胖的、自我监禁的地外学家显然不是什么可怕的角色，无法胁迫任何人坦白。幸运的是，这个案子并不需要用到他的侦探技巧，假设他有任何技巧的话。

塔利亚费罗说："厄斯博士，你跟警察有联系吗？"

厄斯的红脸上弥漫起矜持的神色："我没有官方的联系，塔利亚费罗博士，但非官方的关系非常紧密。"

"那样的话，我会给你点线索，你把它带给警察吧。"

厄斯吸紧了肚子，使劲拽着衬衣下摆。衬衣从裤子里出来了，他用它缓缓地擦拭着眼镜。擦完后，他又不怎么稳当地把眼镜架到鼻子上。他说："什么线索？"

"我会告诉你维利尔斯死的时候谁在现场，谁又扫描了他的论文。"

"你解决了谜团？"

"我想了一整天。我相信我已经解决了。"塔利亚费罗享受着他制造出的氛围。

"好的，那说吧。"

塔利亚费罗深吸了一口气。这不是个简单的任务，尽管他已盘算了好几个小时。"真正有罪的人，"他说，"就是休伯特·曼德尔博士。"

曼德尔愤怒地盯着塔利亚费罗，嘴里喘着粗气。"胡说什么呢，博士？"他大声说道，"如果你有任何证据支持这个荒谬的——"

厄斯的男高音响了起来，打断了他："让他说，休伯特，我们想听听他的说法。你能怀疑他，法律也没有规定他不能怀疑你。"

曼德尔恨恨地陷入了沉默。

塔利亚费罗竭力控制着自己的声音不要颤抖。他说："不仅仅是怀疑，厄斯博士。证据太明显了。我们四个人知道物质传送，但我们中只有一个人，曼德尔博士，曾目睹演示。他知道它是真的。他知道有关论文的存在。我们三个只知道维利尔斯的精神或多或少有些不正常。嗯，我们觉得他的发明只有一定的可能性存在。我们11点的时候拜访过，差不多是那个时候吧，只是为了去核实那个可能性。虽然我们中谁也没这么说过，但他表现得比平常更疯狂。

"先抛开曼德尔博士掌握的信息和动机。现在，厄斯博士，试想一下，任何一个在午夜前去见维利尔斯的人，看到了他倒下，扫描了他的论文（让我们暂时装作不知道是谁），意识到维利尔斯又活了过来，还听到他在电话上讲的话，肯定会无比惊恐。我们的罪犯在那个惊恐的时分意识到一件事：他必须解决掉那个犯罪证据。

"他必须解决掉扫描好但尚未被冲洗的论文底片。他必须让它难以被找到，好让他在摆脱嫌疑之后再把它取走。外窗台是最理想的。他很快打开了维利尔斯的窗户，把底片放在外面，然后离开了。现在，即使维利尔斯活下来了，或者他的电话起了效果，那也只是维利尔斯的一面之词，而且大家也都知道维利尔斯有些不正常。"

塔利亚费罗停下来，表现出一副胜利者的姿态。这一推理难以被推翻。

温德尔·厄斯冲他眨了眨眼，双手交叉，两根大拇指相互绕着圈，不停地拍打着宽大的衬衣前摆。他说："这又能说明什么问题呢？"

"这说明窗户是被打开的，底片被放在了室外。莱格已经在谷神星上生活了十年，考纳斯在水星，我则在月球上——其间也就短暂地离开过几次。我们昨日交流过回到地球后有多么不适。

"我们工作的星球是没有空气的天体。但凡要去外面，必须穿上宇航服。将自己暴露在非密闭的空间中是难以想象的。我们中如果有人能打开那扇窗，肯定要经过激烈的内心挣扎。然而，曼德尔博士一直生活在地球上。开窗对他而言只是一次小小的肌肉运动。他能开窗，我们不能，所以，是他干的。"

塔利亚费罗坐了下来，微笑着。

"我的太空！就是这么回事。"莱格激动地叫道。

"根本不是。"曼德尔吼了一声，半站了起来，好像要冲向塔利亚费罗似的，"你说的完全是编造的，我完全不能接受。你怎么解释我保留的维利尔斯的电话记录？他说了'同学'。记录说明了——"

"他是个垂死的人，"塔利亚费罗说，"你也承认他说的大部分都听不清。我来问你，曼德尔博士，虽然我没听过磁带，但维利尔斯的声音是不是变得完全听不出来了？"

"这个嘛——"曼德尔迟疑了。

"我敢肯定是的。那就能合理推测你可能事先窜改了磁带，加入了那个该死的'同学'的说法。"

曼德尔说："上帝，我怎么会知道大会里有他的同学？我怎么会知道他们也知道了物质传送？"

"维利尔斯可能跟你说了。我料想他说了。"

"好了，听着，"曼德尔说，"你们三个11点的时候看到维利尔斯还活着。医生看到维利尔斯的尸体是在凌晨3点前不久，并宣称他至少已经死了两个小时。所以，可以确定死亡时间介于深夜11点至凌晨1点之间。我昨晚在参加一个夜间会议。我可以证明，在10点至凌晨2点之间，我离旅馆好几英里，有十几个人可以为我做证，没人能质疑他们的人品。你觉得这些够了吗？"

塔利亚费罗停顿了一会儿，然后固执地说了下去："即便如此，假设你是在2点半才回到旅馆。你去了维利尔斯的房间，跟他商讨他要发表的演说。你发现门是开着的,或者你有备用钥匙。总之,你发现他死了。你抓住机会扫描了论文——"

"假如他已经死了,那就不可能打出电话,还有为什么我要把底片藏起来?"

"为了摆脱嫌疑。你可以在某个安全的地方藏起底片的第二份拷贝。还有,论文本身被焚毁了也只是你一个人的说法。"

"够了,够了,"厄斯叫道,"这是个有趣的推理,塔利亚费罗博士,但它只是你一厢情愿的想法。"

塔利亚费罗皱起了眉头:"这是你的观点,或许——"

"这是所有人的观点。任何一个有思维能力的人都会这么认为。你没想明白吗,休伯特·曼德尔做了太多事,他怎么可能是罪犯?"

"不明白。"塔利亚费罗说。

温德尔·厄斯亲切地笑了:"作为一个科学家,塔利亚费罗博士,最好不要爱上你自己的理论,否则你会排斥其他的事实或逻辑。感谢你给了我一个充当侦探的机会。

"思考一下,假如曼德尔博士导致了维利尔斯的死亡,并制造了不在场证明,或者他发现维利尔斯死了,然后利用了这个机会,他其实根本不用耍那么多花招!为什么要扫描论文,甚至假装有人这么做了?他可以简单地拿走论文。还有什么人知道它的存在?其实没人。没有理由相信维利尔斯会把它告诉其他人。维利尔斯一直都病态地保守着秘密。有无数条理由令人相信他不会告诉任何人。

"没人知道维利尔斯要发表演说,除了曼德尔博士。它并没有被公告。他也没有发布过摘要。曼德尔博士本可以不留痕迹地拿着论文离开。

"即使他发现维利尔斯跟他的同学谈论过这件事,那又怎么样呢?除了维利尔斯本人的说法,他的同学能有什么证据?且不说他的同学都怀疑他是个疯子。

"然而,他宣布维利尔斯的论文被焚毁了,宣布他的死因并不是完全正常的,还在寻找一张扫描底片。简而言之,曼德尔博士所做的一切,让自己成了怀疑对象,是他本人引发了这种怀疑,而他只需保持沉默就能实现一场完美的犯罪。假如他是罪犯,那他就是我所知道的最愚蠢的、最拙劣的罪犯。然而,曼德尔博士显然没那么笨。"

塔利亚费罗苦苦思索着他的话,一时无话可说。

莱格说:"那是谁干的?"

"你们三个中的一个,还用问吗?"

"哪一个?"

"噢,太明显了。曼德尔博士讲述完事情的原委之后,我就知道了你们中究竟是哪一位有罪。"

塔利亚费罗嫌恶地盯着这位胖乎乎的地外学家。他的大话并没有吓着他,但其他两个人显然受到了影响。莱格的嘴巴都张大了,而考纳斯的下巴都掉下来了。他们看上去就像鱼,两个人都像。

塔利亚费罗说:"是哪个?告诉我们。"

厄斯眨了眨眼:"首先,我想声明,重要的是物质传送。它仍然可以被挽救。"

怒气未消的曼德尔气哼哼地问道:"你在说什么鬼话,厄斯?"

"扫描了论文的那个人应该会看一眼他扫的东西。我觉得他没有足够的时间或脑力来阅读它,即使他读了,我也怀疑他是否能记住并加以理解。不过,别忘了还有精神探查。即使他只是瞥了一眼论文,在他视网膜上留下的痕迹还是能被探查到的。"

空气中弥漫起一股不安的气氛。

厄斯立刻说道:"不必害怕精神探查。手法得当的话,它很安全,尤其是在一个人主动接受的情况下。之所以会造成损害,通常是因为不必要的抵抗造成精神撕裂,你懂的。所以,如果这位罪犯能主动坦白,把自己交到我手里——"

塔利亚费罗笑了。突兀的笑声回荡在昏暗安静的房间里。这种心理战也太简单、太粗暴了。

温德尔·厄斯没料到他有这种反应，目光透过镜片真诚地盯着他，说道："我对警察有足够的影响力，精神探查可以在完全保密的情况下进行。"

莱格恶狠狠地说："不是我干的。"

考纳斯也摇了摇头。

塔利亚费罗没有给出任何反馈。

厄斯叹了口气。"那我不得不来指认谁是罪犯了。这会造成伤害，让事情变得难办。"他搂紧了肚子，手指都扭曲起来，"塔利亚费罗指出底片被藏在外面的窗台，罪犯想以此来阻止底片被发现，同时也能保证底片的安全。我同意他的观点。"

"谢谢。"塔利亚费罗干巴巴地说道。

"然而，为什么会有人觉得外窗台是一个特别安全的藏匿之地？警察肯定会搜那个地方的。即使警察还没搜，它不也被发现了？谁会觉得室外特别安全？显然是一个在真空世界里生活了很长时间的人，他形成了思维定式，不会有人随便到室外去。

"例如，对一个在月球上生活的人而言，任何藏在月球穹顶外面的东西都是非常安全的。人很少会去外面，只是偶尔执行特别任务时才有可能。所以，为了寻找一个安全的藏匿之所，他会克服打开窗户的心理障碍，将自己暴露在潜意识里认为的真空环境中。这种条件反射式的思维方式，'居住区以外的地方都是安全的'，在这里起了作用。"

塔利亚费罗紧咬着牙关说道："你为什么要提到月球，厄斯博士？"

厄斯平静地说："只是举个例子。我说的对你们三个都适用。不过，现在我要开始说重点了——死亡之夜发生了什么。"

塔利亚费罗皱起了眉头："你是说维利尔斯死亡的夜晚吗？"

"我说的是任何夜晚。听着，即使承认了外窗台是个安全的藏匿之地,你们中有谁会傻到认为外窗台能安全地隐藏一张还未洗过的底片?老实讲,底片并不是很敏感,它是为了各种时好时坏的环境而设计的。夜间的漫射光不会对它造成严重影响,但白天的漫射光在几分钟之内就能毁了它,而直射的阳光则会立刻毁了它。每个人都知道。"

曼德尔说:"接着说,厄斯,你想说什么?"

"别催,"厄斯噘起嘴说道,"我想让你们想清楚这一点。罪犯最想达到的目的是保证底片的安全。对他、对整个世界来说,底片都是无价之宝的唯一记录。为什么他会把它放到一个肯定会被早晨的阳光摧毁的地方?——因为他觉得早晨不会有太阳升起。换言之,他觉得夜晚是永恒的。

"但夜晚不是永恒的。在地球上,夜晚会死去,让位于白昼。甚至连极地的极夜也终将死去。谷神星上的夜晚只持续两个小时,月球上的夜晚能持续两个星期。它们也是将死的夜晚,塔利亚费罗博士和莱格知道夜晚总有一天会结束。"

考纳斯站了起来:"等等——"

温德尔·厄斯正视着他:"不用再等了,考纳斯博士。水星是太阳系内唯一一个只有一面对着太阳的大型天体。即使考虑到天平动[1],它也有整整八分之三的表面位于真正的黑暗之内,从未见过太阳。极地天文台位于黑暗面的边缘。十年之中,你已经习惯了永恒的长夜,黑暗永远是黑暗,所以你将未曝光的底片托付给了地球的夜晚,紧张之中你忘了夜晚终将死去——"

考纳斯蹒跚地往前迈了一步:"等等——"

厄斯不为所动:"我听说当曼德尔打开维利尔斯房间里的偏光器,你见到阳光之后尖叫了。是因为你骨子里对水星上的太阳感到恐惧,还是因为突然间你意识到阳光会对你的计划造成什么后果?你往前

---

[1] 天文学术语,指的是从卫星环绕的天体上观察所见到的、真实或视觉上非常缓慢的振荡。

冲,是因为想要调整偏光器,还是想看一眼已经毁掉的底片?"

考纳斯跪倒在地:"我不是故意的。我想跟他谈谈,只是谈谈,而他尖叫着倒下了。我以为他死了,而论文就在他枕头底下,所以一切就自然发生了。事情接踵而至,在我反应过来之前,我再也不能脱身了。但我不是故意的,我发誓。"

他们将他半围了起来,温德尔·厄斯看着哀号的考纳斯,眼里似乎有不忍之色。

救护车来了又走了。塔利亚费罗终于鼓足勇气,跟曼德尔严肃地说:"先生,我希望你不要对我说过的话有任何误会。"

曼德尔也同样严肃地回答:"我建议我们还是尽可能忘了过去二十四小时所发生的一切吧。"

他们站在门口,准备离开。温德尔·厄斯探出了微笑的脸蛋,说道:"我的费用该怎么算?"

曼德尔吓了一跳。

"不用给钱。"厄斯立刻说,"不过,当第一台载人物质传送装置造好之后,我想免费坐一次。"

曼德尔依然看着很紧张:"行,但没那么快。前往太空的旅行依然十分遥远。"

厄斯快速摇了摇头:"不是去太空。跟那没关系。我想去新罕布什尔州的下瀑布。"

"好的。但为什么?"

厄斯抬起头。令塔利亚费罗惊诧不已的是,这位地外学家的脸上露出了羞涩与向往的表情。

厄斯说:"我曾经——很久以前的事了——认识那里的一个姑娘。已经过去好多年了,但有时我会想……"

我在火星港，希尔达没在身边[1]

说起来，事就这么成了，像梦一场。我不必做出任何努力。我不必推动它。我只是看着它就成了——或许当时我就该感觉到灾难即将降临。

事情始于通常的任务间休息月。上一个月班、休息一个月是银河特勤局的惯例。跟往常一样，我抵达了火星港，要在那里等上三天，然后再登上前往地球的短途飞行。

通常，希尔达（上帝保佑，她是任何男人心目中最甜美的妻子）会在那里等我，我们会一起度过这段宁静的时光——算是生命中悠闲的小插曲。唯一的麻烦在于火星港是太阳系里最嘈杂的所在，悠闲的小插曲和它并不完全匹配。嘿，我该怎么跟她解释呢？

幸好，这一次，我的岳母病了（上帝保佑，因为她带来了改变），就在我抵达火星港的两天前。在降落之前的那个晚上，我收到了希尔达的太空信息，说她会留在地球上陪她妈妈，这一次就不来接我了。

我发了条信息回去，说真遗憾，并对她母亲的健康表示十分关切。然后，我就降落了，而且，我——

我在火星港，希尔达没在身边！

事情到了这里也没什么，你懂的。它只是照片的相框，女人的骨

---

[1] Copyright © 1957 by Fantasy House, Inc.

头。现在我该说说相框里的线条和色彩、骨头外面的皮肤和肉身了。

所以我打给了弗洛拉（过去有过几次交集），为此我用了可视电话亭——费用可真不便宜，数字跳得那叫一个快。

我觉得十有八九她出去了，或是她在忙，可视电话处于离线状态，甚至她可能已经死了。

但她在家，可视电话也在线。还有，赞美银河系，她活得好好的。

她的状态看上去比以往更好。就像某人曾经说过的，岁月无法偷走她的容貌，生活也无法让她平庸。

她见到我高兴吗？她叫了起来："麦克斯！好久不见。"

"是啊，弗洛拉，这下好了，看你是否方便。你猜怎么着？我在火星港，希尔达没在身边。"

她又叫了一声："太好了！那快来吧。"

我转了转眼珠子。这也太幸运了！"你是说你方便？"要知道，弗洛拉没有方便的时候，你必须提前很久打好招呼才行。是的，她就是这么受欢迎。

她说："噢，我是有些小小的安排，麦克斯，但我会处理好的。你过来吧。"

"我这就来。"我高兴地说。

弗洛拉就是这样的女孩——我跟你直说吧，她把自己的房间弄成了火星重力，即地球正常重力的0.4倍。当然，让她摆脱火星港人造重力场的装置可不便宜，但要是你曾经在0.4G的重力下搂过女孩，就无须我再解释了。如果你没经历过，那解释也没用。我只能替你感到遗憾。

就跟飘浮在云朵上一样。

我挂了电话。马上能见到活生生的她了，只有这种刺激才能让我绝情地告别她的影像。我走出了电话亭。

就在那一刻，就是在那个精确的时间点，在那个瞬间，灾难的第一口气息吹拂到了我身上。

第一口气息是个讨厌的光头,属于火星官员罗格·克林顿,闪闪发亮的光头底下是一双令人难忘的淡蓝色的眼睛,以及淡黄色的皮肤和淡棕色的胡子。我并没有四肢着地,前额磕在地上,因为我的假期从下船那一刻就开始了。

所以,我只是礼貌地问:"你有什么事?我正急着去赴约呢。"

他说:"你还是赴我的约吧。我一直在下船甲板上等你。"

我说:"我没看见你——"

他说:"你什么都没看见。"

他说得对。回想起来,如果他真是在下船甲板上,肯定会被带得转个不停,因为我下船的速度飞快,如同哈雷彗星划过日冕一样。

我说:"好吧。你到底有什么事?"

"我有点活儿给你。"

我笑了:"这个月我休息,朋友。"

他说:"红色紧急警报,朋友。"

这意味着假期告吹了,就这么简单。我简直无法相信。我说:"别啊,罗格,有点同情心,好吗?我也有紧急情况。"

"跟我的没法比。"

"罗格,"我叫了起来,"你不能找别人吗?其他任何人?"

"你是火星上唯一的A级特工。"

"那就通知地球。总部里的特工多如牛毛。"

"必须在今晚11点之前完成。怎么啦,连三个小时都抽不出来?"

我抱住自己的脑袋。这家伙就是不懂。我说:"让我打个电话,行吗?"

我走回电话亭,看了他一眼说道:"私事!"

弗洛拉又在屏幕上闪亮登场,如同小行星划过天际。她说:"出什么事了,麦克斯?别跟我说出事了。我已经取消了其他约会。"

315

我说:"弗洛拉宝贝,我会来的。但突然有事发生了。"

她自然用受伤的语气问了些问题,我说:"不是,没有别的女孩。有你在,城里哪还会有别的女孩?可能有女人,但没有女孩。宝贝!亲爱的!(我有强烈的冲动,但拥抱显示屏显然不是一个成年人该做的事。)是公事。等着我。很快就完了。"

她说:"好吧。"但她的样子那么楚楚可怜,我浑身都抖个不停。

我走出了电话亭,说道:"好吧,罗格,你为我准备了什么麻烦?"

我们去了空港酒吧,找了一个隔音卡座。他说:"'星宿二巨人号'正在从天狼星飞来,再过半个小时,本地时间晚上8点整,他们就到了。"

"好的。"

"船上会下来三个人,等着晚上11点从地球飞来的'太空吞噬者号'降落,停留一段时间后它会飞往五车二[1]。那三个人会登上'太空吞噬者号',离开我们的辖区。"

"那又怎样?"

"因此,在8点到11点之间,他们会停留在一间特别候机室内,你要和他们待在一起。我会给你他们三个人的三维照片,让你知道他们都是谁,都长什么样子。你需要在8点到11点之间判断出他们中谁带了违禁品。"

"什么样的违禁品?"

"最坏的那种——异构太空抗晕药。"

"异构太空抗晕药?"

他让我糊涂了。我知道太空抗晕药是什么。假如你进行过太空跳跃,你也会知道。万一你没离开过地球,简单来说,它就是每个首次

---

[1] 又名卡佩拉,北方星座御夫座中最亮的恒星。

进行太空飞行的人都需要的东西。大多数人在最初的几十次飞行中都离不开它,很多人始终都摆脱不了它。没了它,会出现自由落体的眩晕、尖叫的恐惧、半永久的精神病;有了它,不会有任何后果,不会有人出问题。它也没有成瘾性,没有副作用。太空抗晕药是完美的、必需的、无可替代的。当你拿不定主意时,吃一颗就行。

罗格说:"是的,异构的太空抗晕药。通过一个非常简单的反应就能改变它的化学成分,任何人在地下室都能办到。它会让你飘飘欲仙,但凡吃过一次,你就再也离不了它了。它跟我们所知的最危险的生物碱一样危险。"

"我们才发现有这种东西?"

"不是。组织上掌握它的存在好多年了,每次它一冒头,我们就立即予以打压,以防其他人发现。只不过,如今它的头冒得太远了。"

"怎么说?"

"其中一个将在这里转机的人随身携带了一些异构太空抗晕药。五车二恒星系上的化学家会对它进行分析,并找出合成更多此类物质的方法。五车二位于联邦辖区之外,一旦被他得逞之后,我们要么被迫打一场前所未见的反毒战争,要么只好掐死源头了。"

"你的意思是说掐死太空抗晕药?"

"对。但一旦我们掐死了太空抗晕药,也就掐死了太空旅行。"

我决定单刀直入:"他们中是谁带上了它?"

罗格可恶地笑了:"如果我们知道,那还要你干什么?你的任务就是去找出那家伙。"

"你把我留下就是完成一个简单的搜身任务?"

"搜错了人可是要掉脑袋的。他们三位可都是各自行星上的大人物。一个叫爱德华·哈波纳斯特,一个叫乔昆·利普斯基,最后一个叫安蒂莫·费鲁奇。明白啦?"

他是对的。我听说过他们中的每一位。你也可能听说过。在没有

317

证据的情况下，谁都碰不得，你明白的。我说："他们难道还会卷入这种肮脏的交易——"

"这可是关系到上万亿的收入，"罗格说，"意味着他们中的任何一位都有可能。而且，他们中肯定有一位，因为杰克·霍克在被杀害之前已经查到了——"

"杰克·霍克死了？"一瞬间，我忘了银河系的毒品战争。一瞬间，我还差点忘了弗洛拉。

"对，他们中的一位安排了暗杀。你去找出来是谁。在11点之前指认出正确的家伙，你会得到升职加薪，为可怜的杰克·霍克报仇，并拯救整个银河系。你要是指错了，就会引发星际局势升温，你就等着被开除吧，从这里到星宿二都会把你放入黑名单。"

我说："假如我谁都不指呢？"

"在组织眼里，这跟指错了人一样。"

"我必须指认，而且还要指对，否则我就提头来见？"

"直接把自己剁了吧。你开始明白我的意思了，麦克斯。"

一辈子都丑陋不堪的罗格·克林顿此刻看着更丑了。看着他那张脸，我唯一的安慰就是他也结婚了，而且常年和他的妻子一起住在火星港。他活该。或许我太刻薄了，但他确实活该。

等到罗格离开之后，我立刻给弗洛拉打了电话。

她说："怎么样了？"

我说："宝贝，亲爱的，我不能跟你说什么，但我必须去干一件事，明白吗？你等着我，我会完成的，即使我必须穿着内裤沿着大运河游到极地冰帽，我也要完成，明白吗？即使我必须从天上把火卫一[1]抠下来，即使我必须把自己切碎邮寄到你那里。"

"唉，"她说，"早知道要等你的话——"

---

1 火星的两颗自然卫星中，距离火星较近且较大的一颗。

我咧了咧嘴。她不是那种会对诗情画意有反应的人。相反,她是个简单的行动派——不过,如果我想与弗洛拉一起徜徉在低重力的茉莉花香水海洋之中,缺少点诗意又有什么关系呢?

我急切地说:"弗洛拉,再等等。我马上就来。我会补偿你的。"

我觉得很烦,这是自然,但我还没开始担忧。在我想到了怎么才能从他们中找出有罪的那一位时,罗格还没走远呢。

方法很简单。我本该把他叫回来跟他说的,但我也想升官发财,这不违法吧。只需花上五分钟的时间,我就能去见弗洛拉了。是迟了一点,但升职加薪了,组织上还会湿漉漉地在我脸颊两侧亲两下。

你要明白,事情是这样的。大企业家并不经常进行太空飞行,他们用视讯代替。当他们需要参加级别异常高的星际会议时,就像这三位此行可能的目的,他们会吃太空抗晕药。一方面,他们没有太多的飞行经历,不敢托大;另一方面,太空抗晕药不便宜,而企业家就喜欢昂贵的东西。我明白他们的心理。

这就能分辨出其中两个人了。至于那个带了违禁品的,他不敢吃太空抗晕药——哪怕会晕机也不敢吃。在太空抗晕药的作用下,他可能会把违禁品扔了,或是把它交出来,或是招供出来。他必须保持自控。

就这么简单。所以我等着。

"星宿二巨人号"准时抵达了。我的腿部肌肉已经做好了准备,等到抓住那个毒贩加杀人犯、打发另外两个尊贵的企业领袖继续下一段旅程,我拔腿就跑。

他们首先带来了利普斯基。他长着厚厚的、红润的嘴唇,圆润的下巴,异常浓黑的眉毛和灰色的头发。他看了我一眼后坐下了。没有异常。他仍处于太空抗晕药的效力之中。

我说:"晚上好,先生。"

319

他用梦游般的语气说:"生刺激三刻钟咖啡演讲。"

这肯定是太空抗晕药的作用了。人类大脑中的控制键被设成了放飞模式,说话时会接着前一个人说的最后一个字,随便接龙下去。

安蒂莫·费鲁奇是第二个进来的。黑色小胡子,长长的,打了蜡;橄榄色的皮肤,脸上满是麻点。他在另一张椅子上坐下,面对着我们。

我说:"还顺利吧,旅途?"

他说:"途光漂亮钟嘀嗒鸟叫。"

利普斯基说:"叫聪明书到处都有。"

我笑了。就剩下哈波纳斯特了。我抽出针枪,藏在手心里,并准备好了磁力线圈来捆住他。

随后,哈波纳斯特进来了。他长得很瘦,满脸皱纹,头发都快掉光了,比三维照片里看上去要老很多。他也完全陷在太空抗晕药的作用之中。

我说:"该死!"

哈波纳斯特说:"死上一回我在树林。"

费鲁奇说:"林土地争议时间噩梦。"

利普斯基说:"梦上帝打球。"

我逐一盯着他们的脸看着,他们嘴里冒出的胡言乱语变得越来越短,最后都陷入了沉默。

我算是明白了。他们中有一位是装的。他事先想到了这一点,知道不服用太空抗晕药会让他暴露。他可能贿赂了某个官员,注射的是盐水,或是通过其他办法躲过了。

他们中肯定有一个人是假装的。要装出这种样子并不难。亚以太上的喜剧演员经常表演跟太空抗晕药有关的场景。他们应该都看过。

我盯着他们,大脑深处第一次冒出了不安的想法:假如我没能指认出正确的罪犯,会导致什么结果?

现在是8点半。我的工作、我的名誉、我脖子上的脑袋都悬于这一刻。情急之下,我又想起了弗洛拉。她不会一直等着我的,在等待这种事上,她连半个小时都坚持不了。

我琢磨着。假如把这位伪装者置于一个危险的境地,那他还能保持胡言乱语吗?

我说:"挺好看的,地毯上的图片。"最后两个字我说得又快又含糊,听着像是"毒品"。

利普斯基说:"毒品多、来、米、发、索、救命。"

费鲁奇说:"命理发大家一样剃刀亮闪闪。"

哈波纳斯特说:"闪电风下雪不停。"

利普斯基说:"停下脚垫。"

费鲁奇说:"垫子坏。"

哈波纳斯特说:"坏好。"

他们又哼哼了几声之后,不再开口。

我又试了一下,没忘了要谨慎。过后他们会记得我说过的一切,所以我说的话必须不留下任何把柄。我说:"多亏有了太空抗晕药。"

费鲁奇说:"药喂狗叫汪汪——"

我打断了他,看着哈波纳斯特:"多亏有了太空抗晕药。"

"药床上黑衣服天气好——"

我再次插嘴,盯着利普斯基:"好东西啊,太空抗晕药。"

"药巧克力一样土豆鞋跟。"

其他人说:"跟说话唱歌。"

"歌听不好。"

"好食品。"

"拼了。"

我又试了几次,没有结果。这个伪装者,不管他是谁,肯定要么是练过了,要么天生是胡言乱语的能手。他切断了与大脑的联系,让口中的话能自由冒出。而且他肯定清楚我的目的。如果"毒品"没能让他警觉,重复三次"太空抗晕药"肯定引起了他的怀疑。其他两个人应该还蒙在鼓里,但他肯定知道。

而且,他还在玩我。三个人都说了可能指向内心深处罪恶感的词(救命、剃刀、下雪,等等)。其中两个是脱口而出的,不受控的;第三个人是在玩我。

那怎么才能找到第三个人呢?我对他真是恨到了极点,连手指都痉挛了。这只老鼠正在破坏整个宇宙。更过分的是,他还杀了我的同事和朋友。最过分的是,他阻碍了我去见弗洛拉。

我可以走到他们面前,对他们一一搜身。那两个处于太空抗晕药作用之下的人不会阻止我。他们感觉不到情绪,没有恐惧,没有焦虑,没有仇恨,没有感情,没有自我保护的欲望。假如有人做出了最最轻微的反抗,我就找到要找的人了。

但无辜者事后会记住。他们会记得有人趁他们处于太空抗晕药作用下时搜了他们的身。

我叹了口气。假如我这么做了,倒是能抓到罪犯,但我会成为你们见到过的剁得最碎的一摊肉。组织内部肯定会产生剧烈的震荡,泛起的臭气能熏翻整个宇宙,在无暇看管之下,秘密的异构太空抗晕药还是会面世,所以这么做能有什么用呢?

当然,我搜的第一个人也可能刚好是我要找的人。有三分之一的概率。我应该没那么幸运,只有上帝才有这般好彩。

妈的,他们倒跟没事人似的,而我只能急得自言自语,仿佛太空抗晕药把我传染了似的。哦——

我无助地看了眼手表,视线盯在9点15分之上。

时间都他妈的去哪儿了?

哦,老天;哦,妈的;哦,弗洛拉!

我没有办法。我又去电话亭给弗洛拉打了个简短的电话。你明白的,随便说上两句就行,保持事情的热度,假如还没彻底完结的话。

我一直在跟自己说,她不会接的。

我为此做好了准备。还有其他女孩,还有其他——

没用了,没有其他女孩了。

假如希尔达在火星港,我从一开始就不会想到弗洛拉,也就不会有现在的麻烦了。但是我在火星港,希尔达不在身边,我和弗洛拉有个约会。

信号灯一直在闪,我不敢就此挂断。

快接!快接!

她接了。她说:"是你啊!"

"当然,亲爱的,还会有谁?"

"有很多人。能够来的人。"

"只是有些公事要处理一下,亲爱的。"

"什么公事?胸甲谁要?"

我差点就想指出她的语法错误,但我忙着在猜胸甲是什么意思。

然后我想起来了。我曾经跟她说过我是个胸甲推销员。那次我给她买了个胸甲内衣,那玩意儿可真不赖。

我说:"听着。再给我半小时——"

她的眼睛都湿润了:"我就一个人干巴巴地坐着。"

"我会补偿你的。"为了向你们展示我有多急切,我都开始考虑要走哪条路才能路过珠宝店,尽管这会让我的银行存款缩水一大截,会让希尔达射出冰冷的目光,就像马头星云刺破了银河系一样。但当时我实在太着急了。

她说:"我本来有个非常完美的约会,我把它取消了。"

我抗议道:"你说过只是个小小的安排。"

我犯错了。话一出口我就知道错了。

她尖叫了起来:"小小的安排!(她就是这么说的。她就是这么说的。但在跟女人争论时,道理站在你这一方往往会让事情变得更糟。我连这都不知道吗?)你把一个答应给我在地球上买房的男人叫作——"

她孜孜不倦地描绘着地球上的房子。火星港有哪个女孩不想拥有地球上的房产呢?不这么想的人就和两只手都长着六指的人一样稀少。

我试着让她住嘴,但没用。

最终,她说道:"现在我就一个人待着,没人陪我。"然后挂断了电话。

好吧,她是对的。我感觉自己的情绪已降到了绝对零度。

我回到了候机室。门卫拍马屁似的朝我敬礼,请我进去。

我看着三位企业家,琢磨着如果我能掐死他们的话,应该按照什么顺序来慢慢地掐死他们。哈波纳斯特可能会排在第一个。他长着一个瘦长的脖子,手指能轻易地围拢住它,而且他的喉结很大,大拇指刚好能找到借力的地方。

这让我稍微高兴了一些,我甚至嘟囔了一句:"哈!"只是出于幻想,实际上没有什么东西值得我"哈"的。

这立刻启动了他们。费鲁奇说:"哈气体画面饭菜冒烟香。"

长脖子哈波纳斯特接过了话茬儿:"香水俘女喜欢猫。"

利普斯基说:"猫头鹰上树。"

我说:"树林蛇。"

然后就安静了。

他们看着我。我看着他们。他们没有情绪(或至少其中两个人没有),我则没了主意。时间正在流逝。

我又看了他们一阵,然后又想起了弗洛拉。我突然想到反正我也无事可做,还不如谈谈她呢,也不会有什么损失。

我说:"先生们,城里有个女孩,我不想提她的名字,免得她名誉受损。让我来跟你们形容一下她吧,先生们。"

我形容了。老实说,过去的两个小时如同锋利的力场边缘,已经把我折磨得不轻,使得我对弗洛拉的形容带上了诗意,似乎激发了我潜意识深处的男性力量的源泉。

他们坐着,一动不动的,仿佛在倾听,几乎没怎么打断我。处于太空抗晕药作用下的人都会表现得很有礼貌。其他人说话时,他们不会说话。这也是他们会轮流说话的原因。

我在声音里注入了一种悲哀的情绪,一直讲述着,直到广播里响起了雄浑的通知,"太空吞噬者号"抵港了。

结束了。我低声说道:"站起来吧,先生们。"

"你别动,你这个杀人凶手。"在费鲁奇还没来得及反应之前,我的磁力线圈套住了他的手腕。

费鲁奇如同魔鬼一般挣扎着。他并没有处在太空抗晕药的作用之下。他们在他大腿内侧发现了一个薄薄的与肤色相同的塑料袋,在里面找到了异构太空抗晕药。你完全看不到塑料袋,只能摸出它,即使摸到了,最后也要靠小刀划断它来确认。

事后,罗格·克林顿的神态放松得如同半个傻子,他咧着嘴笑,死死地抓着我的胸襟:"你怎么办到的?他怎么暴露的?"

我装着无所谓的样子说:"他们中有一个人装出受到了太空抗晕药影响的样子。这点我敢肯定。所以我跟他们说……(谈到这里,我变得谨慎了——你懂的,没必要让他了解细节。)呃,跟一个女孩有关,明白吗?其中两个人完全没有反应,所以他们服用了太空抗晕药。但费鲁奇的呼吸变急促了,额头上也冒出了汗珠。我描绘了非常戏剧化的场景,他做出了反应,所以他没有服用太空抗晕药。现在,你能松手了吗?"

他松手了,我差点往后摔了一跤。

我准备走了。我的腿已经不听我指挥了,在地上刨个不停。但我又转身回来了。

"嘿,罗格,"我说,"你能在提款单上签个字吗,我想取一千块,不要记录——算是犒劳我为组织做出的贡献?"

这时我才意识到他轻松得都快疯了,而且还难得地知道感恩,因为他说:"当然,麦克斯,当然。你想要一万块也行。"

"我想要,"这次换成我抓住他的胸襟了,"我想要,我想要。"

他填了一张官方数目为一万的提款单,在半个银河系内这东西就跟现金一样管用。他在给我的时候真的还在笑,你不用猜也知道我在接过它的时候也在笑。

他打算怎么做账是他的事,关键在于我不用在希尔达面前解释了。

我最后一次站在电话亭里给弗洛拉打电话。在赶到她住的地方之前,我可不敢大意。额外的半小时也足以让她找到别人,如果她还没找的话。

快接,快接,快——

她接了,但她穿着正装。她正要出去,显然我打得正是时候。

"我要出去,"她宣称道,"有些男人更绅士一些。从此以后,我不想再见你了。我不想再看到你。帮我一个忙,你这位先生,删掉我的号码,不要再骚扰——"

我什么都没说。我只是站在那里,屏住呼吸,举起提款单好让她能看见。只是站在那里,只是举着。

如我所料,在"骚扰"说出口的同时,她把脸凑近了想要看仔细。可爱的女孩,她没受过多少教育,但她能看懂"一万"这个数字,比太阳系里任何一个大学毕业生看懂得还要快。

她说:"麦克斯!给我的?"

"全都给你,宝贝,"我说,"我跟你说了我有点公事要处理。

我想给你一个惊喜。"

"噢,麦克斯,你真太贴心了。我不介意。我跟你开玩笑的。你马上过来吧。"她脱下了外套。

"你的约会呢?"我说。

"我说了在开玩笑。"她说。

"我这就来。"我晕乎乎地说。

"带上那上面所有的钱。"她调皮地说。

"带上所有的钱。"我说。

我挂了电话,走出电话亭。现在,我终于——终于——

我听到有人叫我的名字。"麦克斯!麦克斯!"有个人在冲着我跑来,"罗格·克林顿说在这里能找到你。妈妈的病好了,所以我搞了一张'太空吞噬者号'的特别票。这一万块钱是怎么回事?"

我还没有转身就说道:"你好,希尔达。"

然后,我转身做出了有生以来最困难的事。唉,我这无所事事、满太空乱飞的一生。

我设法露出了笑容。

善良的秃鹫[1]

胡里安人在月球的背面维持自己的基地已经整整十五年了。

这是前所未见、闻所未闻的。没有哪个胡里安人设想过能维持这么长时间。净化小队已经准备好了。他们整整等了十五年,准备穿过辐射云俯冲下来,拯救需要拯救的幸存者——当然,作为回报,也会收取合理的费用。

但行星已经绕太阳整整转了十五圈。在每个公转周期中,这颗卫星绕着自己的主星转了接近十三圈。在这所有的时间内,核战争一直都未发生。

大型灵长类智慧生物在行星的表面各处都引爆过核弹。行星的大气变得异常温暖,充满了放射性尘埃。但战争仍没有爆发。

戴维-恩热切地盼望自己能被替换掉。他是这个殖民探险队(假如经过了十五年的搁浅之后,你仍然能这么称呼它的话)的第四任代理队长。他满怀期待第五任能尽快出现。现在,母星派出了一位大总管来亲自调查这一情况,他的替补可能就快来了。很好!

他站在月球表面,穿着宇航服,想念着家乡胡里安。他长长的胳膊随着思绪不停地摇摆着,仿佛在渴望着祖先的庇佑(通过几百万年的本能)。他只有三英尺高。透过头盔正面的玻璃,能看到一张黑色的满是皱纹的脸,正中间长着一个肉肉的、活动的鼻子。一簇整齐

---

[1] Copyright © 1957 by HEADLINE Publications, Inc.

的络腮胡是纯白色的，与他的肤色形成了鲜明的对比。在宇航服的背面，中间靠下一点，有一块突起，胡里安人短粗的尾巴可以舒适地放入那里。

当然，戴维-恩天生就是这副长相，但他也知道胡里安人与银河系内其他智慧物种之间的差别。只有胡里安人的个头才会这么小，只有胡里安人才长着尾巴。只有胡里安人才是素食物种——只有胡里安人逃脱了无可避免的核战争，而其他已知的智慧物种都因为核战争而遭到了毁灭。

他站在被围住的平原上，平原一直往前延伸了很多英里，隆起的圆形边缘在看不见的地平线尽头（在胡里安上它会被称作陨石坑，假如它没这么大的话）。在圆周的南部边缘，那里能常年避免阳光的直射，一个城市正在生长。当然，它起始于一个临时的营地，但这么多年下来，送来了女人，生下了孩子。现在，那里有学校和精细的水培设施，还有大型水库，以及一个真空环境下的城市所需的一切。

太荒谬了！仅仅因为一个行星掌握了核武器却没有爆发核战争。

大总管就快到了。无疑，他会在第一时间问出这个问题，一个戴维-恩已问过自己太多遍的问题。

为什么还没有爆发核战争？

戴维-恩看着笨重的冒弗人正在准备着陆场地，把不平整的地方弄平，铺好陶瓷床用来吸收超级原子力场的冲击力，尽量使得飞船内的乘客舒服一些。

即使穿着宇航服，冒弗人也能显露出力量，但这只是肌肉的力量。在他们身后有一个小小的身影，那是负责指挥他们的胡里安人，而温顺的冒弗人则服从着指挥。很自然。

冒弗物种，在所有的大型灵长智慧物种之中，用最特别的方式支付了他们的费用。用了他们的同伴，而不是原材料。这是一种相当有用的纳贡，比钢、铝或是药材要好上很多。

戴维-恩的收话器嗞啦着响了。"看到飞船了,长官,"有人报告道,"预计一个小时之内降落。"

"很好,"戴维-恩说,"准备好我的车,降落程序开始之后把我送去着陆场。"

他其实并没有觉得很好。

大总管下了船,五个随行的冒弗人陪在他的两侧。他们跟他一起进了城,有两个站在了他两旁,三个跟在了后面。他们帮他脱下宇航服,然后又脱下了自己的。

他们的身上长着稀疏的毛发,脸盘很大,五官粗糙,鼻子很宽,颧骨很平,这一切都让人恶心,但不会令人害怕。尽管他们身体的高度是胡里安人的两倍,宽度更大,但他们的眼睛里有一种空洞,站姿中有一种完全驯服的意味,肌肉发达的颈部微微弯着,粗壮的胳膊倦怠地垂着。

大总管下令让他们离开,他们排着队出去了。他其实不需要他们的保护,但他的地位需要这么一个五人随行小队,仅此而已。

在用餐期间,还有在似乎永远都结束不了的欢迎仪式上,他们没有谈正事。到了一个看上去更适合睡觉的时间,大总管却用小小的手指捋着络腮胡,说道:"我们还要等这个行星多长时间,队长?"

他看上去明显老了。他上臂的毛都斑白了,而胳膊肘上的毛几乎跟胡子一样白了。

"我不知道,阁下。"戴维-恩谦恭地说,"他们并没有遵循进程。"

"这还用说吗?问题是,他们为什么没有遵循进程?委员会注意到你的报告中承诺多于成果。你谈论了理论,但没有给出证据。如今,胡里安上的人都厌烦了。如果你知道什么还没跟我们报告的,现在就直说吧。"

"阁下，这理论难以证明。我们从未如此长时间地监视过某个物种。直到最近，我们才明白了什么值得关注。每一年，我们都期盼下一年会发生核战争，只有在我担任了队长之后，我们才开始认真研究这个物种。我们学会了他们的一些主要语言，算是长期守候的一个好处。"

"真的吗？不用降落到他们的行星就能学会？"

戴维-恩解释着："我们的几艘飞船进入了行星的大气层执行观测任务，它们记录了不少无线电信息，尤其是在早期。我安排了语言计算机进行破译，到了去年我已经完全掌握了。"

大总管凝视着他。这个神态就够了，任何表示惊讶的做法都是多余的："你掌握了什么有趣的东西吗？"

"有可能，阁下，但我掌握的东西相当奇怪，而且缺乏足够的证据，所以我不敢在正式的报告里提及。"

大总管表示理解。他冷冷地说道："那你对非正式地解释一下你的观点有意见吗？跟我解释一下？"

"乐意效劳。"戴维-恩立刻说道，"这个行星的居民是大型灵长类生物，这是自然。而且他们极具竞争性。"

另外一个人安然地叹了一口气，并迅速用舌头舔了一下鼻子。"我曾经有过一个奇怪的想法，"他喃喃自语着，"他们可能没有竞争性，有可能是——好了，接着说吧。"

"他们有竞争性，"戴维-恩向他保证，"而且比我们预想的平均值还要高。"

"那为什么该发生的事还没发生呢？"

"其实算是在一定程度上发生了，阁下。经过了通常的漫长的孵化期之后，他们进入了机械化时代。从那以后，大型灵长类寻常的杀戮变成了真正的毁灭性战争。在最近一次的大型战争的尾声，核武器被发明了，战争立刻就结束了。"

331

大总管点了点头:"然后呢?"

戴维-恩说:"本来,核战争应该在此之后不久就会发生,随着战争的进程,核武器的毁灭性将会迅速升级,也会以典型的大型灵长类的方式投入使用,导致人口大量减少,幸存者也将在一个已然毁灭的世界上遭受饥荒。"

"当然。但这些并没有发生。为什么?"

戴维-恩说:"我有一个观点。我认为这些人进入了机械化时代之后,发展的速度太快了。"

"那又怎样?"另一个人说,"有什么关系吗?他们也会更快地掌握核武器。"

"对。但在最近一次大型战争结束之后,他们继续以罕见的速度发展核武器。这就是问题。在有机会爆发核战争之前,核武器的威胁性已然上升到了一个临界点。于是,连大型灵长类智慧生物都不敢轻易开战了。"

大总管瞪大了他那双小小的黑色眼睛:"但这是不可能的。我不关心这些生物的技术天分。军事科学只有在战争期间才能得到迅速发展。"

"可能这个理论在这群特别的生物上并不适用。硬要假设它适用的话,他们似乎也处于战争之中,不是真正的战争,但的确又是战争。"

"不是真正的战争,但的确又是战争。"大总管不解地重复道,"什么意思?"

"我也不确定。"戴维-恩窘迫地甩着自己的鼻子,"我试图从我们收集的零散情报中得出符合逻辑的结论,但结果并不令人满意。这个行星正在进行一场被称为'冷战'的战争。不管它是什么,总之它使得他们拼命推进技术研究,同时又避免了彻底被核战争摧毁。"

大总管说:"不可能!"

戴维-恩说："行星就在我们眼前。我们已经等了十五年。"

大总管举起了长长的胳膊，抱住了自己的头，然后又交叉着搂住了自己的肩膀："那就只剩下一件事了。委员会考虑到了一种可能性，这个行星可能陷入了僵局，一种不稳定的和平，能避免核战争的发生。跟你刚才描述的差不多，虽然没人提及你刚才提出的理由。但我们不能容许这种局面的存在。"

"不能吗，阁下？"

"不能，"他似乎正在忍受痛苦，"僵局持续的时间越长，这些大型灵长类就越有可能发现星际旅行的方法。他们会渗透进整个银河系，还保持着完整的竞争力。明白吗？"

"那要怎么做？"

大总管将头深深地埋入自己的臂弯，仿佛不想听见自己接下来要说的话。他的声音有点嗡嗡的："假如他们保持了微妙的平衡，我们必须推他们一下，队长。我们必须推一下。"

戴维-恩的胃抽紧了，甚至又在喉头尝到了晚饭的味道："推他们一下吗，阁下？"他不愿去理解这背后的意思。

但大总管把话挑明了："我们必须帮他们开启核战争。"他看上去和戴维-恩一样难受。他轻声说道："必须推！"

戴维-恩不知道该怎么回答。他低声问道："但怎么才能办到呢，阁下？"

"我不知道。别这样看着我。这不是我的决定，是委员会的决定。你当然明白，一旦某个大型灵长类智慧生物未经核战争的驯化，以全部的力量进入了太空，宇宙会遭受什么。"

戴维-恩被这可怕的设想吓到了。一旦这种竞争力释放到整个宇宙……但他还是不愿放弃："但怎么才能开启核战争呢？怎么才能做到呢？"

"跟你说了我不知道。但肯定有办法。比如发……发一条消息，或者用云催化剂引发一场大风暴。我们可以在很大程度上控制他们的天气。"

"这怎么能开启核战争呢？"

"可能不会。我只是随便举个例子。但大型灵长类应该知道。毕竟，他们确实在别处开启过核战争。他们的大脑构造决定了他们肯定会知道。总之，委员会做出了决定。"

戴维-恩的尾巴缓慢地拍打着椅子，他品味着发出的声音。他想停止拍打，但没能成功："什么决定，阁下？"

"从行星表面诱捕一个大型灵长类。绑架一个。"

"一个野生的？"

"行星上目前只有野生的。所以，一个野生的。"

"你期望他会跟我们说什么？"

"说什么不重要，队长。只要他说的足够多就行，精神力分析[1]会给我们提供答案。"

戴维-恩尽量缩紧了脖子，埋在了两条肩胛骨之间。他腋窝底下的皮肤因为反感而微微震颤着。一个野生的大型灵长类！他试图想象他们的样子，那些未被核战争吓坏的、未经胡里安优生学选育过的大型灵长类。

大总管没有试图隐藏他也同样反感。他说："你来带领诱捕小组，队长。这是为了银河系的未来。"

戴维-恩曾经看过几次这颗行星，但每次都是乘着飞船在绕月球飞行，而这个世界刚好出现在了视线里。每次都引得他涌起一股难以忍受的思乡之情。

---

1 原文为"mentalic analysis"，其中"mentalic"是阿西莫夫自创的一个术语，用来形容某种可以读懂并塑造他人心灵的能力，也曾出现在《银河帝国》系列作品中。

它是一颗美丽的行星,和胡里安的大小和特征都很像,但更蛮荒、更宏伟一些。在饱尝了月球的荒凉之后,看到它难免令人心神荡漾。

他不禁开始遐想:此时此刻,胡里安的主清单上有多少颗跟它一样的行星呢?其中又有多少行星,谨小慎微的观察者报告了季节性的变化,而其表现出的形式只能解释成由人工种植的食物造成的?未来会出现多少次,这些行星上大气层中的放射性物质开始上升,那一天到来之时,殖民小队须立刻出发前往?

——就如同他们来到了这颗行星一样。

胡里安人一开始表现得如此自信,几乎称得上可悲。要不是戴维-恩陷入了这个计划不得脱身,他在看这些初期报告时肯定会笑出来。胡里安侦察船抵近了行星,收集地理信息,定位人口中心。当然,它们被看到了,但又有什么关系呢?他们觉得最后的爆炸就在眼前了。

就在眼前了——然而,时间一年年地过去,连侦察船都觉得是不是该谨慎点了。它们后撤了。

此刻,戴维-恩的飞船就很谨慎。船员们都很紧张,因为这个讨厌的任务。尽管戴维-恩保证说不会对大型灵长类造成伤害,也没能让他们安心。尽管讨厌,他们却不能匆匆行事,必须挑一个荒凉的、未被耕种过的、崎岖的地方。他们在这个地方上方飘浮。他们在十英里高的空中等了好几天,船员变得越发紧张,只有一贯冷漠的冒弗人保持着冷静。

随后,望远镜里出现了一个生物,他独自一人行走在崎岖的土地上,一只手里拿着根长棍,背上背着个包。

他们以超音速无声地下降。身处操控台的戴维-恩恨不得连皮肤都要飞起来了。

那生物在被抓之前说了两句话,它们是第一批被记录下来用于精

335

神力分析的信息。

在这个大型灵长类看到飞船几乎要落到他头上时,他说了第一句话,被定向话筒给捕获到了。信息如下:上帝!飞碟!

戴维-恩听懂了第二个单词。它是一种用来形容胡里安飞船的说法,在最初行事粗放的那几年里,它在大型灵长类之中流行开来。

第二句话是这个野生生物被带进飞船之后说的,他用惊人的力气挣扎着,但在镇定自若的冒弗人的铁腕之下无能为力。

戴维-恩喘着气,肉肉的鼻子微微颤抖着,跑上前去迎接他,而那个生物(难看的无毛脸上因为有分泌物而显得油乎乎的)叫喊道:"见鬼了,是猴子!"

戴维-恩再次听懂了第二个词。它在这个行星上的主要语言中是用来形容小型灵长类的。

这个野生生物几乎让他们无法应付。需要无尽的耐心才能让他理智地说话。一开始,他们没有取得任何进展,有的只是波折。这生物几乎立刻就意识到了他会被带离地球,戴维-恩本以为他会激动,因为要展开一段特殊的经历,却根本不是这么回事。相反,他说起了他的后代和一个雌性的大型灵长类。

(他们有妻子和孩子,戴维-恩同情地想着,而且以他们自己的方式爱着他们,因为他们都是大型灵长类。)

随后,戴维-恩又不得不跟他解释了看管他的冒弗人。他们只会在他展现出暴力时控制住他,不会伤害他,他也不会受到任何形式的损害。

(想到一个智慧生命可能会遭受另一个智慧生命所施加的伤害,戴维-恩不禁难过了起来。讨论这个话题相当困难,即便探讨这种可能性是否存在也足以阻止该话题的继续。来自这个行星的生物以非常怀疑的态度对待了他的内心挣扎。大型灵长类就是如此。)

到了第五天，可能是因为疲惫到了极点，那生物在相当长的时间里都保持了安静。他们在戴维-恩的私人舱房内交谈。当胡里安人首次提及自己实际上是在等待核战争的爆发时，突然他又愤怒了。

"等等！"那生物叫道，"你怎么能确定会爆发核战争呢？"

戴维-恩当然没那么确定，但他说道："总是会爆发核战争。我们的目的就是在那之后帮助你们。"

"在那之后才帮助？"他又开始语无伦次了，而且还激烈地挥舞着手臂。站在他两旁的冒弗人不得不再次温柔地制服了他，把他带走了。

戴维-恩叹了口气。这生物发表的言论已累积足够多了，或许精神力分析能对它们加以处理。他本人的大脑则无法理解。

与此同时，这生物的状态不佳。他的身体几乎是无毛的，远距离的观察并没有发现这一点，因为他们披着人造的皮肤。可能是为了保暖，也可能是出于本能的举动，大概这些大型灵长类自己都讨厌无毛的皮肤。（这可能是个值得深入研究的话题。精神力分析从中可以得出不少结论。）

奇怪的是，这生物的脸上开始长毛了，而且比胡里安人脸上的毛更浓密，颜色也更深。

然而，关键是他的状态不佳。他变瘦了，因为他吃得很少，假如再关下去，他的健康可能会受到损害。戴维-恩可不想为此负责。

到了第二天，大型灵长类似乎平静了许多。他急切地主动开口了，几乎立即将话题引到了核战争上。（核战争对大型灵长类的吸引力可真大啊，戴维-恩心想。）

这生物说："你说核战争总是会爆发？你的意思是除了你们和我们，还有其他人的存在——除了他们？"他朝着身旁的冒弗人示意了一下。

"有成千种智慧生物,生活在成千个世界上。有好几千呢。"戴维-恩说。

"他们都发生了核战争?"

"只要是技术发展到了一定的阶段就会发生。除了我们。我们不一样。我们没有竞争性。我们有合作的本能。"

"你是说你们知道核战争会爆发,却什么都不做?"

"不对,"戴维-恩说,"我们当然会做事。我们试图帮忙。在我们的历史早期,当我们刚发展出太空旅行时,我们还不了解大型灵长类。他们拒绝了我们善意的举措,然后我们就放弃了。后来,我们又发现了变成放射性废墟的世界。最终,我们找到了一个正处于核战争之中的世界。我们吓坏了,但什么也做不了。慢慢地,我们学会了。如今,我们为每一个进入了核子年代的世界做好了准备。我们准备好了净化设备和优生分析仪。"

"什么是优生分析仪?"

戴维-恩用他掌握的这个野蛮生物的语言,通过类比造出了这个词。此刻,他谨慎地说道:"我们引导交配和绝育,尽可能地在幸存者的后代中排除竞争性的元素。"

话说完的那一刻,他以为那生物又会变得暴躁。

然而,那个人却只是冷冷地说了一句:"你是说会把他们变得温顺,就像这些东西?"他再次朝着冒弗人示意了一下。

"不,不是。和温顺不同。我们只是创造了一种可能性,让后代在我们的指导下满足于生活在一个和平的、非扩张性的、非侵略性的社会。没有我们的帮助,他们已然自我毁灭了一次,明白吗?没了我们,他们将再次自我毁灭。"

"你们从中能得到什么?"

戴维-恩疑惑地盯着这个生物。真的有必要解释生命最基本的快乐吗?"你难道不喜欢帮助别人吗?"

"得了,除了你说的,还有什么好处?"

"当然,对胡里安也有贡献。"

"哈!"

"为获得拯救而支付报酬再公平不过了,"戴维-恩抗议道,"还有费用也需要补偿。报酬并不多,还会根据不同世界的自然条件而调整。对一个森林世界来说,可能是每年提供一定数量的木材;另一个世界,我们可能让它提供镁矿。这些冒弗人世界的资源十分匮乏,他们自己提出要向我们提供一定数量的个体来作为助理。即使对大型灵长类而言,他们的力量也奇大无比,我们用大脑抑制剂让他们感觉不到忧伤——"

"把他们变成了僵尸!"

戴维-恩猜出了这个名词的意思,愤愤不平地说:"根本没有。只是为了让他们满足于仆人的身份,忘了自己的家乡。我们不想让他们忧伤。他们是智慧生物!"

"那如果地球上发生了战争,你们会怎么做?"

"我们为那一刻已经等了十五年了,"戴维-恩说,"你们的世界上蕴含大量的铁,而且发展出了精良的炼钢技艺。我认为钢会是你们的贡品。"他叹了口气:"但在这个案例下,我认为贡品不能抵销我们的花费。到目前为止,我们至少已经多等了十年。"

大型灵长类说:"你们用这种方式向多少个物种征税?"

"我不知道确切的数字。肯定超过一千。"

"那你们就是银河系内的小地主,是吗?一千个世界摧毁了自己,只是为了向你们纳贡。你们也不是什么好东西,知道吗?"野蛮人的声音提高了,变得尖厉,"你们就是秃鹫。"

"秃鹫?"戴维-恩说道,想要理解这个词的意思。

"腐食动物。一种鸟,等着可怜的动物在沙漠中死于饥渴,然后落下来吃它的尸体。"

339

戴维-恩被脑海中浮现出的画面恶心到了，感觉自己都快晕倒了："不，不对，我们帮助其他物种。"

"你们等着战争爆发，就跟秃鹫一样。如果你们想要帮忙，那就阻止战争。不要只救幸存者，而是要救所有人。"

戴维-恩的尾巴因为激动突然抽搐了一下："我们怎么才能阻止战争？你能告诉我吗？"（能阻止战争的，反过来不就能促进战争吗？一旦学会了其中一面，那另一面就无师自通了。）

但是野蛮人却支吾了半天。最终，他说："降落到地面上去。把情况解释清楚。"

戴维-恩感觉失望透了。这没什么用。而且——他说道："降落到你们中间去？不可能。"一想到要身陷几十亿未驯化的野蛮生物之中，他身上有六七处地方的皮肤都颤抖了。

或许，戴维-恩脸上嫌恶的表情太过明显，也太过真实，以至于这个野蛮人也看懂了，虽然他们之间存在着跨物种的障碍。他试图朝着这位胡里安人冲过去，但在半空之中被冒弗人抓住了，他们只稍微用了下肱二头肌，就把他牢牢地按进了椅子里。

野蛮人尖叫了起来："就知道坐在这里等！秃鹫！秃鹫！秃鹫！"

过了好几天，戴维-恩才鼓足勇气再次去见野蛮人。当大总管坚持说数据不够用来分析这些野蛮人的精神世界时，他差点就想违抗他的命令了。

戴维-恩大着胆子说道："不应该吧，数据至少足够我们解决部分问题吧。"

大总管的鼻子震颤着，他若有所思地用粉色的舌头舔了一下鼻子："算是有某种解决方案了，但我无法相信。我们面对着一个罕见的物种。这一点我们早知道了。我们无法承受错误的代价——至少要搞清楚一件事情。我们抓到的是一个异常聪明的个体，希望他没有代表这个物种的平均水平。"大总管因为这个想法而烦恼不已。

戴维-恩说:"那个生物描绘了一个可怕的画面,那个……那个鸟……那个——"

"秃鹫。"大总管说。

"这个比喻完全扭曲了我们整个任务。从那以后,我一直都没吃好。事实上,恐怕我要提出解除我的——"

"在完成我们前来此地的任务之前肯定不行,"大总管坚决地说,"难道你觉得我会喜欢那个画面——那个腐食动物吗?你必须收集更多的数据。"

最终戴维-恩还是点了点头。他当然明白。大总管并不比任何一个胡里安人更急于引发一场核战争。他只是在尽量推迟做出最后决定的那一刻。

戴维-恩说服自己跟野蛮人再聊一次。结果却成了完全无法忍受的一次,也是最后一次。

野蛮人的脸颊上青了一块,他似乎又反抗了冒弗人的约束。其实,不该说似乎的,他肯定干了。之前他干过无数次了,尽管冒弗人真心实意地不想对他造成伤害,却无法避免时不时地给他留下瘀痕。你可能会期望这个野蛮人能体谅他们在让他安静下来的同时,竭尽了全力避免伤害他。然而,确信自己安全之后反而激发了他更多的反抗。

(这些大型灵长类可真是暴力啊,戴维-恩悲哀地想着。)

整整一个小时,对话围绕在无意义的闲扯之上,然后,野蛮人突然好斗地说了一句:"你说你们这些东西在这里有多长时间了?"

"用你们的时间来算有十五年了。"戴维-恩说。

"这就说得通了。第一次目击飞碟的时间就是第二次世界大战结束后不久。再过多久核战争就要爆发了?"

戴维-恩出于本能中的真诚开口说道:"真希望我们能知道——"然后突然住嘴了。

野蛮人说:"我还以为核战争是无法避免的呢。你上次说你已经多停留了十年,你原本以为战争在十年前就会爆发了,是吗?"

戴维-恩说:"我不能讨论这个话题。"

"不能?"野蛮人叫喊道,"你不会做点什么吗?还要等多久?为什么不推动一下呢?不要干等着,秃鹫。挑起一场战争多好。"

戴维-恩一下子跳了起来:"你说什么?"

"你们还在等什么,你们这些肮脏的……"他吐出了一句戴维-恩完全听不懂的脏话,然后又气喘吁吁地说了下去,"秃鹫不就是这么干的吗?看到一个可怜的动物,或者是一个人总也不死的时候?它们等不下去。它们盘旋着落地,啄出他的眼睛。它们等到他无助的时候,再推一把,让他踏出死亡的一步。"

戴维-恩很快下令把他带走了,随后回到了自己的卧室,在里面恶心了好几个小时。他并没有睡觉,到了晚上也没睡。"秃鹫"这个词在他的耳朵里号叫,最后的画面在他眼前舞蹈。

戴维-恩坚决地说道:"阁下,我不能再和野蛮人交谈了。即使你仍需要更多的数据,我也没法再帮忙了。"

大总管看着很憔悴:"我知道了。这个秃鹫的说法——很难让人接受。不过,你注意到这个说法并没有影响到他吗?大型灵长类对这种事有免疫力,铁石心肠。这是他们的思维方式。可怕。"

"我不能再为你提供数据了。"

"没关系。我理解。况且,每一项额外的数据只能强化最初的答案,我本来以为这个答案只是暂时的,我真诚地希望它只是暂时的。"他把头埋入了孩子般的细胳膊中,"有一个办法能推动他们开启核战争。"

"哦?需要做什么?"

"一个非常直接的办法,非常简单。一个我绝对想不到的办法。

你也想不到。"

"什么办法，阁下？"他感觉到了一种冲动的期待。

"他们之所以仍能保持和平，只是因为势力均衡的双方中，任何一方都不愿承担挑起战争的责任。不过，假如有一方动手了，另一方——让我直说吧——肯定会全力报复的。"

戴维-恩点了点头。

大总管继续说道："假如有一颗核弹落在了敌对双方任意一方的国土上，受害者会立即推断是另一方干的。他们会认为不能再继续等着挨打。几个小时之内就会进行全力的反击，而对方则会予以反击。要不了几个星期，一切就都结束了。"

"但我们怎么才能让其中一方率先丢下核弹呢？"

"用不着，队长。这就是关键。我们自己来丢下第一颗核弹。"

"什么？"戴维-恩的身子都不禁发颤了。

"就这么定了。分析大型灵长类的大脑，结论就自然蹦出来了。"

"但我们怎么才能办到呢？"

"我们造一个炸弹。很简单。我们用飞船来丢下它，瞄准某个人口稠密地区——"

"人口稠密区？"

大总管眼睛看着别处，不安地说道："否则不会有效果。"

"明白了。"戴维-恩说。他想象起了秃鹫，他无法阻止自己。他把它们想象成了巨大的、披着鳞片的鸟（就像胡里安上面小型无害的飞行生物，但体形要大得多），长着覆盖了橡胶皮肤的翅膀和长而锋利的喙，盘旋着落下，啄掉垂死者的眼睛。

他用手盖住了眼睛，颤抖着说道："谁来驾驶飞船？谁来丢下炸弹？"

大总管的声音和戴维-恩的一样虚弱："我不知道。"

"我不去，"戴维-恩说，"我办不到。没有哪个胡里安人能办到，给多高的奖赏都不行。"

大总管悲惨地前后晃着身子："或许可以给冒弗人下令——"

"谁来下这种命令呢？"

大总管重重地叹了口气："我会联络委员会。他们应该掌握了所有的数据。或许他们会有提议。"

所以，在十五年过后不久，胡里安人决定拆除他们在月球背面的基地。

没能取得任何成就。行星上的大型灵长类仍未开启核战争，他们可能永远都不会开启。

尽管这会引发未来种种的不确定性，戴维-恩却仍感觉到了痛苦的喜悦。没有必要考虑未来，因为现在，他就要离开这个最可怕的世界了。

他看着月球渐渐远去，缩小成了一个光点，接着是行星、恒星系中的恒星，直到整个恒星系都消失在了星座之中。

直到此刻，他才感觉到终于松了一口气。直到此刻，他才隐约感觉到万一那么做了会带来什么后果。

他跟大总管说道："如果我们再耐心一点的话，可能会有好的结果。他们可能已经陷入了核战争。"

大总管说："对此我表示怀疑。精神力分析显示——"

他住嘴了，戴维-恩明白他的意思。野蛮人已经被放回到了他的行星上，几乎没受到什么伤害。过去几个星期的遭遇已经从他的大脑中被抹去了。他被放在了一个小小的、有人居住的地点，离最初发现他的地方不远。他的伙伴们可能会以为他迷路了。他们会把他失去的体重、身上的瘀斑、他的健忘怪罪于他所经历的苦难。

但他造成的伤害——

要是没有把他带上月亮就好了。他们可能会原谅自己挑起一场战争的想法,他们可能会想到丢下一颗炸弹,并且找到一种间接的、远距离的办法来这么做。

野蛮人有关秃鹫的说法阻止了这一切。它毁了戴维-恩和大总管。当所有的数据被送回胡里安后,它对委员会产生的影响也显而易见。拆除基地的命令很快就下达了。

戴维-恩说:"我再也不会参加殖民行动了。"

大总管哀怨地说:"我们可能都不会了。那个行星上的野蛮人可能会出现在太空,银河系中游荡着大型灵长类和他们的思维方式,那将意味着终结——"

戴维-恩的鼻子皱了一下。一切的终结,一切善良的胡里安人在银河系中的义举,一切他们在未来有可能的成就。

他说:"我们应该丢下——"但没法说下去。

说这个还有什么用?他们无法丢下炸弹,甚至输掉整个银河系也做不到。如果他们丢了,他们自己的所作所为跟大型灵长类又有什么区别?这可比一切的终结要糟糕得多。

戴维-恩又想象起了秃鹫。

世界上所有的烦恼[1]

地球上最伟大的工业根植于马尔蒂瓦克——这是一台巨型计算机，扩张了五十年，它的各个分支填满了整个华盛顿特区，并覆盖了近郊所有的范围，而它的触角则蔓延到了地球上所有的城市和乡镇。

一支庞大的公务员队伍在不断地喂给它数据，另一支队伍则负责收取并解析它给出的答案。一队工程师在它的内部巡查，而矿藏和工厂则殷勤纳贡，保持备件库存始终完整、始终准确、始终在各个方面令人满意。

马尔蒂瓦克指导着地球上的经济，协助地球上的科技发展。最重要的是，它是地球上每一个人所有已知信息的中央清算所。

每天，马尔蒂瓦克的部分任务是吸收四十亿份个人的信息，填满它的内部器官，并以此为基础往后推演一天。地球上所有的纠正部门都会接收跟自身辖区相关的适当数据，而整套数据会被打包推送给华盛顿特区的中央纠正委员会。

贝纳德·古里曼是中央纠正委员会的主席，他已进入了任期的第四周，学会了用平常心接收晨报，不再为里头的内容大惊小怪。跟平常一样，报告是一沓厚约六英寸的纸，如今他已明白自己是不需要读的（没有哪个人能办到）。不过，匆匆浏览一下还是挺愉快的。

晨报里面列出了可预测的各种罪行：诈骗、盗窃、抢劫、杀人、

---

[1] Copyright © 1958 by Headline Publications, Inc.

纵火……

他有意识地寻找着某个特定标题,看到它真的被包含在晨报里,不禁略微有些惊讶。随后他发现它底下竟然有两条记录,又惊讶了一下。不是一条,而是两条,两项一级谋杀罪。自从担任主席一职以来,他还没在哪天看到过它连着出现两条。

他按下双向通话器的按钮,等待着协调员光滑的脸蛋出现在屏幕上。

"阿里,"古里曼说,"今天有两项一级谋杀。有什么特别的问题吗?"

"没有,先生。"肤色黝黑的脸蛋上长着一双明亮的黑色眼睛,他似乎永远都保持着警惕,"这两个案子的实施概率都很低。"

"我知道,"古里曼说,"我注意到它们的实施概率都低于15%。不过,我们还是要维护好马尔蒂瓦克的声誉。虽然它几乎消灭了所有的犯罪,但公众会以一级谋杀来判断它的成绩,很好理解,因为这是最严重的罪行。"

阿里·奥斯曼点了点头:"好的,先生。我明白。"

"希望你也能明白,"古里曼说,"我不希望在我的任期内看到任何一桩成功实施的犯罪。假如出现了别的漏网之鱼,或许我还能忍受;但假如发生了一级谋杀,我会剥了你的皮。明白吗?"

"是,先生。对这两起潜在谋杀案的完整分析已经交给了相关区域的警官。潜在罪犯和受害人已处于监视之下。我又查了一下实施概率,它们已经开始下降了。"

"很好。"古里曼说道,并切断了通话。

他又回到了清单上,内心略微有些自责,会不会对阿里太严厉了?——不过,他必须对这些职业公务员严厉,免得他们产生幻想,以为自己能掌控一切,包括主席本人。尤其是这位奥斯曼,他和马尔蒂瓦克都还是小伙子时就一起合作了,话里话外总是能令人不快。

对于古里曼而言，这种罪行也是一生难得的政治机遇。到目前为止，还没有哪位主席在任期内能完全杜绝谋杀在地球上某时某地的发生。前任主席创下了八起的纪录，比他的前任还要多三起（实际上，还不止）。

古里曼的目标是零。他下决心要成为首位在任期内地球上的任何角落都没有发生过一起谋杀的主席。达成目标之后，正面的公众形象将有助于——

他匆匆扫完报告的其余部分。他估计至少有两千起潜在的家暴妻子案件。无疑，不可能将它们全部及时阻止，大概有30%会发生。但概率在不断下降，而且真正发生的案件数量下降得更快。

马尔蒂瓦克只是在五年前才将家暴妻子加入了预防罪行的清单，一般的男人还没有养成习惯性思维——他打算揍他老婆的话，他的计划会被预先知晓。随着社会上这种想法逐渐深入人心，女人身上的瘀青会变得越来越少，最终将完全消失。

古里曼注意到也有一些家暴丈夫的事件。

阿里·奥斯曼关闭了通话，盯着空荡荡的屏幕，古里曼那个肥嘟嘟的秃头已经从中消失了。随后，他抬头看着助手雷夫·利麦说道："我们该怎么办？"

"别问我。他的心思还在一两件无聊的谋杀案上。"

"这正是我们处理此事的绝佳机会。如果我们告诉他了，他就该插手了。这些当选的政客有权这么做，所以他肯定会碍事，把事情变得更糟。"

利麦点了点头，牙齿咬住了肥厚的下嘴唇："麻烦在于，万一我们失手了呢？整个世界可能就此完蛋，你明白的。"

"如果我们失手了，谁会有空理我们呢？我们只是灾难中的一分子而已，"随后，阿里换了一种略显欢快的语气，"不过，概率只有

12.3%。在这么低的概率下,要是其他案子,除了谋杀,我们会等着概率上升一些才采取行动。可能会有自然的纠正。"

"我可不抱幻想。"利麦直截了当地说。

"我也没抱有幻想。我只是在陈述事实。不过,在这个概率上,我建议目前我们仅保持关注。没人能独自谋划这么一个罪行,肯定有同谋。"

"马尔蒂瓦克没有指出任何名字。"

"我知道。不过——"他没有把话说完。

他们审视着这个案件的细节,它没有被包含在提交给古里曼的清单中。一个比一级谋杀严重得多的案件,一个自马尔蒂瓦克诞生以来还没人敢尝试的案件。他们不知道该如何处理。

本·曼纳斯认为自己是巴尔的摩最快乐的十六岁少年。这个说法可能有些过头,但他肯定是最快乐的之一,也是最激动的之一。

至少,他是少数几个坐在体育馆上层座位上的人之一,观看一群十八岁青年的宣誓仪式。他的哥哥即将宣誓就职,所以他的父母申请了旁观票,也允许本申请了。但当马尔蒂瓦克从申请者中做出选择时,只有本拿到了入场券。

再过两年,本自己也会宣誓就职。但此刻能看着哥哥迈克尔也足以令他万分激动。

他的父母精心帮他穿衣打扮(或者说监督他穿衣打扮)。他作为家庭代表,带上了无数给迈克尔的口信。迈克尔几天之前就离家了,为了接受初步的身体和精神检查。

体育馆坐落于城市的边缘。觉得自己俨然成了大人物的本被领到了座位上。在他下方,站着一排接一排、每排都有上百号的十八岁青年(男孩站在右边,女孩站在左边),均来自巴尔的摩的第二区。在今年的不同时刻,世界各地都召开了类似的大会,但这里是巴尔的摩,这里最重要,因为下面(某处)站着迈克尔,本的亲哥哥。

本扫视着一个个人的头顶,以为自己能认出哥哥。当然,他没能认出来。随后,高台上出现了一个面对着看台的男人,本停止了辨认,开始听他说话。

男人说:"下午好,宣誓者和客人们。我是伦道夫·T. 霍克,负责本年度巴尔的摩的庆祝仪式。宣誓者们在身体和精神检查的过程中已见过我多次。绝大多数的程序已经完成了,但还剩一个最重要的环节。宣誓者本人,他的个性,必须记录到马尔蒂瓦克的档案之中。

"每一年,我们都需要和即将成年的年轻人解释一下。此刻,"他转身看着面前的年轻人,目光不再看向看台,"你们还不是成年人,你们在马尔蒂瓦克的眼中还不是个体,除非你们被父母或政府单独挑了出来。

"在此之前,每当年度信息的更新到来之时,你们的父母帮你们填写必要的数据。现在,该轮到你们接过这个任务了。这是一项荣誉,也是一项责任。你们的父母告诉了我们,你们上过的学校、你们得过的疾病、你们的爱好,还有很多其他的信息。但现在你们必须告诉我们更多,你们内心深处的想法,你们隐藏最深的秘密。

"第一次这么做会很难,甚至会让你们觉得尴尬,但这是必须的。一旦完成,马尔蒂瓦克将在档案中记录你们所有人最完整的分析。它将理解你们的行为和反应。它甚至能较为精确地预测你们在未来会做出的决定和反应。

"如此一来,马尔蒂瓦克就能保护你。如果你将要发生事故,它会知道。如果有人打算加害于你,它会知道。如果你打算加害别人,它会知道并及时阻止你,以免你受到法律的制裁。

"掌握了所有有关你们的知识,马尔蒂瓦克就能帮助地球调整自己的经济和法律,这是为了所有人的利益。如果你遇到了什么问题,你可以带着它来见马尔蒂瓦克,它掌握了有关你的所有知识,肯定可以帮助你。

"现在,你们要填写大量的表格。请仔细考虑,尽可能准确地回答每一个问题,不要因为羞耻或谨慎而有所隐瞒。没人会知道你的答案,除了马尔蒂瓦克。有时,为了保护你,它不得不披露你的答案,在这种情况下,也只有得到授权的政府官员才会知道。

"你可能会试图在这里或那里隐藏一部分事实,不要这么做。你要是做了,我们会发现的。你所有的答案将形成一个规律。假如有些答案是假的,它们不会符合规律,马尔蒂瓦克会发现它们。假如你所有的答案都是假的,那将形成一个扭曲的规律,马尔蒂瓦克也能识破。所以,你们必须告知真相。"

他总算说完了。填表、仪式和演讲接踵而至。一直到了傍晚,本踮起脚终于看到了迈克尔,他依然穿着"成人检阅"时的长袍。他们相互间欣喜地打了个招呼。

他们分享了一顿简单的晚餐,搭乘快车回家,一路上都在为这伟大的一天而兴奋雀跃。

然而,他们没有为突然的变故做好准备。一位面色冷峻、穿着制服的年轻人在他们家的大门前拦下他们,他们有些蒙了。他检查了他们的证件,才放他们进屋。他们发现父母无助地坐在客厅里,脸上露出绝望的表情。

约瑟夫·曼纳斯看着比早上老了许多,深陷的双眼用疑惑的目光看着自己的儿子(其中一个儿子的胳膊上仍然挽着新成人的长袍),说道:"我可能被软禁了。"

贝纳德·古里曼无法也没能读完整份报告。他只读了要点,内容令他相当满意。

马尔蒂瓦克可以预测重大案件的发生,整个这代人似乎都变得习惯了这一事实。他们知道纠正特工会在案件实施之前就来到现场。他们发现罪行一旦被实施就会招致不可避免的惩罚。渐渐地，他们相信任何人都无法骗过马尔蒂瓦克。

自然，结果就是连犯罪企图都减少了。随着这种企图的减少和马尔蒂瓦克能力的增强，轻型犯罪也可以被加进它每天早晨的预测清单，于是这些轻型犯罪也相应地减少了。

所以，古里曼下令研究如何将马尔蒂瓦克的能力转向预测疾病发生的概率（当然是给马尔蒂瓦克自己下令）。医生将很快接到有关病人的预警，比如这个人可能会在明年得糖尿病，那个人会得癌症或肺结核，等等。

然后就可以采取预防措施——

然后就等着收好消息吧！

下完命令之后，今天的预谋犯罪花名册送来了，名单中没有一级谋杀。

古里曼心情愉快地用通话器呼叫了阿里·奥斯曼："奥斯曼，过去一周的每日犯罪平均数是多少，跟我担任主席的第一周相比有什么变化？"

数字下降了8%。古里曼非常高兴。这当然不是他的功劳，但选民并不清楚。他感谢命运的眷顾，在适当的时机出任该职，也就是在马尔蒂瓦克的巅峰时期，连疾病也可以在它的全知全能之下得以控制。

古里曼将受益匪浅。

奥斯曼耸了耸肩："他心情不错。"

"我们什么时候捅破窗户纸呢？"利麦说，"监视曼纳斯反而提升了概率，软禁了他之后又把它推高了。"

"说这些有什么用？"奥斯曼责备道，"我想知道为什么。"

"可能有共犯，跟你说过的一样。曼纳斯有麻烦了，剩下的人可能会孤注一掷。"

"说不通啊！我们已经抓到了一个，剩下的不应该四散躲起来才是吗？而且，马尔蒂瓦克也没有指示有任何的共犯。"

"好吧，那要跟古里曼说吗？"

"不用，还不到时候。概率依然只有17.3%。我们先上些特别的手段吧。"

伊丽莎白·曼纳斯对着小儿子说道："回你的房间去，本。"

"妈妈，到底发生什么事了？"本问道，本该美好的一天却要如此怪异地结束，他的声音都嘶哑了。

"快去！"

他不情愿地离开了，出了客厅走向楼梯。他故意弄出很大的动静上了楼，随即又悄悄地下来了。

大儿子迈克尔·曼纳斯，尽管刚被认证为成年人，成为家庭的希望，却用跟弟弟一样的声音和语气说："到底发生了什么？"

约瑟夫·曼纳斯说："我不知道，我向老天爷起誓。我什么都没做过。"

"是啊，你肯定什么都没做过，"迈克尔不解地看着骨架瘦小、脾气温和的父亲，"他们来这里，因为你在谋划什么事。"

"我没谋划过。"

曼纳斯夫人愤怒地打断了他们："谋划什么事能引来这么大的阵仗？"她挥舞着胳膊，做了个把政府的人和整个房子都囊括在内的姿势："在我小时候，我记得有位朋友的父亲在银行工作，有一次，他们找上门来，让他不要碰钱。他服从了。五万美元。他并没有拿，只是想过要拿。那时候不像现在这样保密，消息走漏了，我就听说了。"

"但我想说的是，"她继续说道，缓缓地搓着两只胖胖的手，"那可是五万美元。五——万。但他们只不过给他打了个电话，仅此而已。你的父亲到底在谋划什么，值得政府派十几个人来，把房子团团围住?"

约瑟夫·曼纳斯开口了,眼中满是痛苦的神色:"我没有犯罪的计划,连小偷小摸都没有。我发誓。"

被新晋成人的智慧灌了顶的迈克尔说:"可能是你的潜意识,爸爸。你对你的上级不满?"

"我想杀了他?当然不会!"

"他们没告诉你是什么吗,爸爸?"

母亲再次打断了他们:"没,他们不愿说。我们问了。我说他们毁了我们在社区里的形象,来这么多人围着。他们至少要告诉我们到底是为了什么,我们才好想办法对付,我们才好解释。"

"他们还是不愿说?"

"不愿说。"

迈克尔叉着两条腿站着,手插在兜里,忧虑地说:"不妙啊,妈妈,马尔蒂瓦克不可能犯错。"

父亲无助地捶着沙发扶手:"我跟你们说了,我没在计划任何犯罪。"

门开了,一个穿着制服的人没敲门就进来了。他的步伐冷静且自信。他的脸上挂着一种一看就是官方的表情。他说:"你是约瑟夫·曼纳斯吗?"

曼纳斯站起了身:"是的。你想干什么?"

"约瑟夫·曼纳斯,根据政府的命令,你被捕了,"他匆匆亮了一下纠正官的证件,"跟我走吧。"

"因为什么?我干什么了?"

"我不能跟你说。"

"但是,你不能因为我在计划犯罪就逮捕我,即使我真的在计划什么。我必须真的实施了,你才能抓我。否则,你不能动我。法律是这么规定的。"

纠正官懒得跟他理论："你必须跟我走。"

曼纳斯夫人尖叫着倒在沙发上，哭得稀里哗啦。约瑟夫·曼纳斯无法反抗一辈子以来已扎根在他内心深处的行为规范，也就是不能反抗纠正官，但他至少也没配合，所以纠正官只好用力地拖着他走。

曼纳斯在被拖行的过程中一直在喊："到底是因为什么？说啊！我真不知道——是谋杀吗？是认为我在计划谋杀吗？"

门在他身后关上了。迈克尔·曼纳斯脸色惨白，突然间感觉自己一点成人的影子都没有，先是看了看门，随后又看着哭泣的母亲。

躲在楼梯口的本·曼纳斯刹那间觉得自己长大了，他紧咬着双唇，很清楚自己应该做什么。

如果马尔蒂瓦克把人带走了，那么马尔蒂瓦克也能把人送回来。今天是庆祝日，本就在现场。他听到了那个人说的，那位伦道夫·霍克，说起了马尔蒂瓦克和它能做的一切。它能指导政府，它也能帮助那些寻求它帮助的普通人。

任何人都能请求马尔蒂瓦克的帮助，这任何人之中当然包括本。无论是母亲，还是迈克尔，此刻都顾不上阻止他了。今天他们给过他一些钱，好让他参加盛大的仪式，他还剩了点儿。即使过后他们发现他不见了，并为他担心，此刻也顾不上了。现在，他最关心的是父亲。

他从后门走出去，门口的纠正官看了眼他的证件，让他离开了。

哈罗德·昆比负责马尔蒂瓦克巴尔的摩分所的投诉部门。他认为自己的单位是行政部门中最重要的。从某种程度上来讲，他可能是对的，那些听他谈过此观点的人必须有一副铁石心肠才能不为所动。

首先，昆比会这么说，马尔蒂瓦克其实侵犯了隐私。在过去的五十年中，人类必须认可自己的思维和冲动不再是秘密，不再有秘密可以隐藏。所以，人类必须有所回报。

当然，人类得到了繁荣、和平与安全，但这些都太抽象了。每个男人和女人都需要一些个人化的东西，作为他或她放弃了隐私的回报。每个人也都得到了。每个人都能接触到马尔蒂瓦克的站点，那里有电路，他能自由地输入自己的问题和麻烦，没限制，没有障碍，不到几分钟的时间，他就能得到答案。

在任意一个时刻，马尔蒂瓦克体内无数个电路中都有五百万个会用于提问—回答的程序。答案不一定总是确切的，但肯定是最优的，每一个提问者都知道它是最优解，对它抱有信仰。这才是最重要的。

此刻，一个焦急的十六岁少年排在缓慢前行的男人和女人的队伍中（每一个排在队伍中的人都面露复杂的表情，希望中混合了恐惧、焦虑，甚至愤怒——但随着那个人不断地一步步接近马尔蒂瓦克，希望总是逐渐占上风）。

昆比没抬头就接过了递来的表格，说道："5B亭。"

本说："我怎么问问题，先生？"

昆比这才抬起头来，露出少许惊讶的表情，未成年人通常不会使用这里的服务。他和善地说："你以前来这里提问过吗，孩子？"

"没有，先生。"

昆比指着自己桌子上的模型："你用它来问。你知道它怎么用吗？跟打字机一样。不要用手写问题，用这个机器。好了，去5B亭，需要帮助的话，按一下红色按钮，会有人来帮你。沿着这条走廊，在你右手边，孩子。"

他笑着看着年轻人进入走廊，消失在视线之中。没人在马尔蒂瓦克面前吃过闭门羹。当然，难免会有一定比例的琐事：人们会问有关邻居的个人问题，或问些和名人有关的下流问题；大学生试图想到教授的前头，或想要小聪明，想要挑战马尔蒂瓦克，问它诸如罗素悖论之类的问题。

马尔蒂瓦克都能应对。它无须帮助。

而且，每一个问题与回答都会被记录在案，成了为每一个个体准备的信息集合中的又一笔数据。甚至连最琐碎的、最淫荡的问题，只要它能反映出提问者的个性，都能帮助马尔蒂瓦克了解人性从而帮到人类。

昆比将注意力放到了下一个人身上，一个中年妇女，憔悴且瘦弱，眼神迷惑。

阿里·奥斯曼在办公室里来回踱步，鞋跟绝望地敲击着地毯："概率仍在上升。已经到22.4%了。该死的！我们已经逮捕了约瑟夫·曼纳斯，它还在上升。"他浑身都在冒汗。

利麦从电话旁扭过头来："还没有招供。他在接受精神检查，但没发现犯罪迹象。他可能说的是实话。"

奥斯曼说："那难道说马尔蒂瓦克疯了不成？"

另一台电话响了。奥斯曼迅速接通了它，很高兴这时候能有别的东西让他分神。一位纠正官的脸出现在屏幕上。他说："先生，对曼纳斯一家有什么新的指令吗？他们能像以前那样来去自由吗？"

"你什么意思，像以前那样？"

"最早的命令是软禁约瑟夫·曼纳斯。对于他家的其他人并没有明确指示，先生。"

"好吧，将软禁令拓展到其余家人，直到你收到新的命令为止。"

"先生，我正想跟你说这一点。母亲和大儿子要求得到小儿子的消息。小儿子不在家，他们说他也被捕了，想要来总部询问。"

奥斯曼皱起了眉头，用几乎像是耳语的声音问道："小儿子？多大年纪？"

"十六了，先生。"纠正官说。

"十六岁，不在家。你知道他去哪儿了吗？"

"他被允许离开了，先生。我并没有接到要留下他的命令。"

"别挂电话。别走。"奥斯曼设置了静音，然后抓着自己那墨黑的头发尖叫道,"傻瓜!傻瓜!傻瓜!"

利麦吓了一跳:"怎么啦?"

"那家伙有个十六岁的儿子,"奥斯曼喘着粗气说道,"十六岁,还未成年,没在马尔蒂瓦克里登记独立的档案,而是被记录在他父亲的档案里。"他盯着利麦:"所有人都该知道,还没到十八岁的年轻人不会在马尔蒂瓦克里独立造册,他的父亲会替他提交报告。我知道。你也知道。"

"你的意思是说马尔蒂瓦克指的不是约瑟夫·曼纳斯?"利麦说。

"马尔蒂瓦克指的是他的小儿子,现在小儿子不见了。纠正官将他的房子围了里三层外三层,他就那么大摇大摆地走了,你该知道他要去干什么吧。"

他一个转身抓起电话,纠正官还在线上,一分钟的中断给了奥斯曼足够的时间冷静下来,回到冷峻自控的风采。(在纠正官面前不能失态,无论他有多么强烈的需要。)

他说:"纠正官,找到失踪年轻人的位置。有必要的话,带上你所有的人手。再有必要的话,带上区里所有的人手。我会给他们下达合适的命令。你必须不计代价找到这个男孩。"

"是,先生。"

电话挂断了。奥斯曼说:"再计算一遍概率,利麦。"

五分钟之后,利麦说:"概率降到19.6%了。它下降了。"

奥斯曼长长地吐出一口气:"我们终于摸到门了。"

本·曼纳斯坐在5B亭里,慢慢地打着字:我叫本杰明·曼纳斯,号码MB-71833412。我的父亲约瑟夫·曼纳斯被捕了,但是我们不知道他在计划什么犯罪。我们怎么才能帮到他呢?

他坐着等着。他虽然只有十六岁,但年纪足够大了,知道这些文字被传送到了有史以来人类发明的最复杂的构造之中,上万亿个因素会被混合在一起，匹配成一个整体，从那个整体里，马尔蒂瓦克会提取出最佳的帮助。

机器咔嗒响了一声，吐出一张卡片，上面写着答案，一个长长的答案："立刻搭乘快车去华盛顿特区，在康涅狄格大街站下车。你会看到一个特别的出口，上面标着'马尔蒂瓦克'，有个警卫把守在那里。告诉警卫你给特朗布尔博士带来了特别信息，他会让你进去的。

"你会走进一条走廊。沿着走廊走到一扇小门前，门上标着'内部'，进入后跟里面的人说：'有给特朗布尔的口信。'他们会让你进去。然后一直……"

接下来的内容都差不多。本看不出这与他的问题有什么关联，但他对马尔蒂瓦克有绝对的信仰。他匆匆离开了，朝着通往华盛顿的快车站跑去。

他离开一个小时之后，纠正官追踪到了巴尔的摩站点。震惊的哈罗德·昆比目瞪口呆地看着眼前数目众多且位高权重的官员，他们仅仅是为了搜寻一名十六岁的少年。

"是的，一个男孩，"他说，"但我不知道他结束之后去了哪里。我们这里接受所有的询问者。是的，我能找到问题与回答的记录。"

他们看了眼记录，立即传送回了中央总部。

奥斯曼读完记录，翻着眼睛倒下了。他们立即唤醒了他。他虚弱地跟利麦说："让他们抓住那个孩子。帮我复印一份马尔蒂瓦克的回答。没有其他办法了，无路可走了，我现在必须去见古里曼。"

贝纳德·古里曼从未见到阿里·奥斯曼如此紧张不安，看着协调员那双严厉的眼睛，他的后背起了一阵凉意。

他结结巴巴地说："你说什么，奥斯曼？比谋杀更糟糕是什么意思？"

359

"比谋杀糟糕多了。"

古里曼的脸色都白了:"你的意思是暗杀政府高官?"(他甚至想到了自己。)

奥斯曼点了点头:"不是普通的政府官员,是老大。"

"秘书长?"古里曼发出了惊骇的呼声。

"比他更重要。重要得多。我们要处理的是暗杀马尔蒂瓦克的计划。"

"什么!"

"马尔蒂瓦克自诞生以来,首次报告说它本人处于危险之中。"

"为什么没有立即向我报告?"

奥斯曼跟他透露了部分真相:"事件前所未有,先生,所以我们先要搞清楚状况,才敢把它记录在报告中。"

"马尔蒂瓦克获救了吧,对吗?它被救下来了?"

"伤害的概率已经降低到了4%。我正在等最终报告。"

"我有给特朗布尔博士的口信。"本·曼纳斯和坐在高凳上的人说。那人仔细地在一个像是放大了好多倍的飞船控制器的东西上工作了一阵。

"好的,吉姆,"那人说,"进去吧。"

本看了眼指令,匆匆进去了。最终,他会发现一个小小的控制杆,等到某个信号灯变红之后,他会将它扳到"下"的位置。

他听到身后响起一个愤怒的声音,随后又是另一个,突然间,出现了两个人抓住他的胳膊。他被一把拎起,脚离开了地面。

其中一个人说:"跟我们走,孩子。"

收到消息后,阿里·奥斯曼的脸上并没有露出明显放松的表情。但古里曼大松了一口气,说道:"抓住那孩子了,那马尔蒂瓦克应该安全了。"

"目前来看是的。"

古里曼颤着手扶住了前额。"这半小时过得比一年还长。如果马尔蒂瓦克受到了伤害,哪怕时间短暂,也会造成难以想象的重大影响。政府会倒台,经济会崩溃。它将意味着毁灭,比——"他突然抬起头,"你说'目前'是什么意思?"

"这个男孩,这个本·曼纳斯,并没有想伤害马尔蒂瓦克。他和他的家庭必须被释放,也必须因无辜入狱得到赔偿。他只是服从了马尔蒂瓦克的命令,为了解救自己的父亲。他成功了,他的父亲自由了。"

"你的意思是说马尔蒂瓦克命令这孩子在某种情况下拉下控制杆,烧毁需要整整一个月才能修好的电路?你是说马尔蒂瓦克为了满足一个人的心愿而建议烧毁自己?"

"比这还要糟糕,先生。马尔蒂瓦克不但给出了建议,而且还第一时间选择了曼纳斯家庭,因为本·曼纳斯长得跟特朗布尔博士的信使一模一样,所以他能不受阻挠地接近马尔蒂瓦克。"

"你说他们家是被挑中的?什么意思?"

"好吧,如果父亲没有被捕,孩子也不会去问问题。如果马尔蒂瓦克没有指责父亲计划摧毁马尔蒂瓦克,那他也不会被捕。是马尔蒂瓦克自身的行为开启了这一系列的链式反应,差点就导致马尔蒂瓦克的摧毁。"

"但这说不通啊!"古里曼用哀求的口吻说道。他感觉到自身的渺小和无助,潜意识里已然向奥斯曼下跪,乞求这位与马尔蒂瓦克相伴了几乎一生的男人给予他足够的宽慰。

奥斯曼却没有给。他说:"就我所知,马尔蒂瓦克是首次尝试这种行为。不得不说,它计划得挺好。它选择了合适的家庭。它利用父亲和儿子混淆了我们。不过,它在这个游戏上仍然业余。它无法违抗自己的命令，依然给出了正确的概率，我们每错一步，概率就升高些许，让我们知道自己查错了方向。它无法不去记录它给孩子的回答。多加练习之后，它可能学会欺骗。它将学会隐藏某些事实、遗漏某些记录。从现在开始，它给出的每个命令都藏有能令它自我毁灭的种子。我们无法确定。无论我们有多谨慎，马尔蒂瓦克终将取得胜利。我认为，古里曼先生，你将是本组织最后一任主席。"

古里曼愤怒地捶着桌子："为什么？为什么？该死的，为什么？它出什么毛病了？能修好吗？"

"我觉得不行，"奥斯曼的语气中透着绝望，"我从来没想到过这一点。在事件发生之前，我没理由去想，但现在回过头去想，我们似乎走到了路的尽头，因为马尔蒂瓦克太优秀了。马尔蒂瓦克变得太复杂了，它的反应不再是来自机器的反应，而是来自一个活体。"

"你疯了。即便它是个活体又能怎样？"

"五十多年来，我们一直在往马尔蒂瓦克体内注入人类的麻烦，往一个活体体内。我们要求它照顾我们，照顾我们这个整体以及所有的个体。我们要求它保守我们所有的秘密。我们要求它吸收我们的恶念，阻止恶念的实现。每个人都带给它各自的麻烦，增添它的负担。现在我们还打算把人类疾病的麻烦也压到它身上。"

奥斯曼停顿了一会儿，随后大声叫喊道："古里曼先生，马尔蒂瓦克承受了全世界的烦恼，它累了。"

"疯了。仲夏的疯狂。"古里曼喃喃地说道。

"不如让我给你看样东西，让我测试一下它。我可以用一下你办公室里的马尔蒂瓦克线路吗？"

"干什么？"

"问一个以前从未有人问过的问题。"

"会伤害到它吗？"古里曼立刻警惕了。

"不会。但它会说出我们想了解的。"

主席迟疑了一会儿,随后说:"好吧。"

奥斯曼用起了古里曼桌子上的设备。他的手指敏捷地敲出了问题:马尔蒂瓦克,你自己最想要什么?

等待回答的时间长得让人无法忍受,但奥斯曼和古里曼都忘了呼吸。

咔嗒一声响起,一张卡片吐了出来。一张小卡片上面用文字清清楚楚地写着答案:

我想死。

我的名字以"塞"开头[1]

马歇尔·泽巴廷斯基觉得自己傻透了。他觉得仿佛有双眼睛正透过脏兮兮的店门玻璃和斑驳的木头隔板看着他。有双眼睛在盯着他。他穿着从箱子深处翻出来的旧衣服,戴着平常绝不会戴的、帽檐已经耷拉的帽子,还把眼镜忘在眼镜盒里,这一切都令他自卑。

他觉得傻透了。这想法让他额头的皱纹变得更深了,他老气的脸变得更白了。

他不知道该如何跟别人解释,为什么像他这样一个核物理学家会来见一个数字命理学家(解释不了,他心想,解释不了)。见鬼,他跟自己都解释不了,是妻子说动了他。

数字命理学家坐在一张旧桌子的后面,那桌子买来时肯定已经是个二手货。没有哪张桌子仅服务过一任主人就会变得如此老旧。还有他的衣服,估计也是一样的货色。他身材瘦小,肤色较深,黑色的小眼睛瞥了一眼泽巴廷斯基。那双眼睛倒是挺活泛的。

他说:"我从来没有过物理学家顾客,泽巴廷斯基博士。"

泽巴廷斯基的脸立刻红了:"你答应过要保密的。"

数字命理学家笑了,嘴角叠起了皱纹,下巴上的皮肤拉紧了:"我最擅长的就是保密。"

泽巴廷斯基说:"先跟你声明一点。我不相信数字命理学。我也不

---

[1] Copyright © 1958 by Ballantine Magazine, Inc.

可能会相信。如果你对此有问题的话,请现在就说出来。"

"那你为什么还要来呢?"

"我妻子认为你可能有两下子,虽然她也说不上来是什么。我答应了她,所以我就来了。"他耸了下肩,感觉自己更傻了。

"你要寻求什么?钱?安全?长寿?到底是什么?"

泽巴廷斯基坐了很长时间没有开口,数字命理学家安静地看着他,没有催促自己的顾客。

泽巴廷斯基在心里琢磨着:我该说些什么呢?说我已经三十四岁了,前途依然渺茫?

他说:"我想要成功。我想要获得认可。"

"一份更好的工作?"

"一份不同的工作,不同类型的工作。现在,我是团队的一分子,在他人的命令下干活儿。团队个鬼!政府的研究就知道团队。再优秀的小提琴手也会被淹没在交响乐队之中。"

"你想要独奏。"

"我想要摆脱团队,变成我……我自己。"泽巴廷斯基感觉情绪起来了,有点轻飘飘的,能对着妻子以外的人说出这番话感觉真好,他继续道,"二十五年前,像我这样受过训练、像我这样有能力的人,应该能在第一批核电厂里工作。到了如今,我应该能掌管其中一个厂或至少是大学里纯理论研究小组的头儿。但是,如今像我这样的人,二十五年后能成为什么?什么都不是。还是某个小组的一员。还是负责演出中2%的内容。我被淹没在大量的碌碌无为的核物理学家之中。我的希望终究是缘木求鱼,你明白我的意思吧?"

数字命理学家缓缓地点了点头:"泽巴廷斯基博士,你该明白我无法保证一定能成功吧?"

尽管泽巴廷斯基并不相信数字命理,听到他这么说了之后还是觉得非常失望:"不能保证吗?那你能保证什么玩意儿呢?"

365

"能保证概率的提升。我的工作本质上就是统计学。既然你研究的是原子,我想你应该懂概率学原理吧。"

"你懂吗?"物理学家酸了他一句。

"不瞒你说,我还真懂。我是个数学家,我用数学工作。我告诉你这些,不是为了向你多收钱。收费都是标准的。五十美元一次。但因为你是个科学家,你比其他顾客更能理解我工作的本质。我很乐意向你解释。"

泽巴廷斯基说:"如果你不介意的话,还是别解释了。跟我说字母的数值大小、它们的神秘力量等诸如此类的事情,没有什么用。我并不认为这些是数学。我们还是谈重点吧——"

数字命理学家说:"如此说来,你想让我帮你,但前提是我不能令你觉得尴尬,不能跟我说我帮你的方法有多么傻、多么不科学,没错吧?"

"是的,没错。"

"你仍然认为我是个数字命理学家,其实我不是。我之所以自称是数字命理学家,因为一来警察不会找我麻烦(小个子男人干咳了几声),二来精神病医生也不会找我的麻烦。我是个数学家,一个诚实的数学家。"

泽巴廷斯基笑了。

数字命理学家说:"我造计算机。我研究未来的可能性。"

"什么?"

"这听上去比数字命理学更糟糕吗?不会吧?只要提供足够的数据,再加上一台有能力在单位时间内进行足够次数运算的计算机,未来是能够被预测的,至少在一定概率上可以做到。当你为了帮助反导系统瞄准而计算导弹的轨迹时,你不也是在预测未来吗?假如对未来的预测不准确,导弹和反导导弹就不会相撞。我做的是一样的事情。只是我要用到更大量的变量,结果不是那么精确。"

"你是说你能预测我的未来？"

"只是个大概。预测完毕之后，我会改变你的名字，以此来改变输入的数据，不会改变你的其他特征。我把这份改变后的数据丢进行为程序。然后我还会尝试其他的名字。我会研究每一个被改变的未来，找到一个你获得承认的程度更大的未来。不对，让我换个说法，我会帮你找到一个未来，在这个未来之中，你获得充分承认的概率会比你目前的这个未来更高。"

"为什么要改我的名字？"

"这是我唯一会做出的更改，有几个原因。第一，它是一个简单的变化。毕竟，要是我变得太多，会产生太多新的变量，以至于我无法对结果进行解释。我的机器依然很原始。第二，它是一个合理的变化。我不能改变你的身高，你眼睛的颜色，甚至是你的性格，能吗？第三，它是一个重大的变化。名字对人来说很重要。最后，第四，它是一个常见的变化，每天都有不同的人会改变自己的名字。"

泽巴廷斯基说："那要是你找不到一个更好的未来，又该怎么办？"

"这是你必须承担的风险。你至少不会比现在变得更糟，朋友。"

泽巴廷斯基不安地盯着小个子男人："你说的我一点都不信。我情愿相信数字命理学。"

数字命理学家叹了一口气："我还以为你这样的人会更容易接受事实呢。我想帮助你，但是你也需要做出努力。如果你认定我是个数字命理学家，你不会坚持下去的。我还以为如果跟你说了真相，你就会让我来帮你。"

泽巴廷斯基说："如果你真的能看到未来——"

"为什么我没能成为地球上最富有的人？你是想说这个吗？其实我很富有——我拥有了我想拥有的一切。你想获得承认，而我想不受打扰。我做我的工作，没人会来烦我。我是这方面的亿万富翁。我只需要少量真正的金钱,它们都来自像你这样的人。帮助他人是一项善举,精神病医生可能会说工作给了我力量,让我实现了人生价值。好了,你想让我帮你吗?"

"多少钱来着?"

"五十美元。我需要你提供大量的生平信息,我准备了一张表格来帮你整理。表格有点长,只好说声对不住了。不过,如果你能在下周末之前寄给我,我能在(他咬住下嘴唇,皱起眉头开始心算)下个月的20号之前给你答案。"

"五个星期?要这么长吗?"

"我还有其他工作,朋友,还有别的顾客。我如果是个骗子,巴不得早点给你答案呢。同意了?"

泽巴廷斯基站起了身:"好吧,同意——记住,要保密。"

"很好。当我告诉你要做出什么样的改变时,我会一并把你提供的信息还给你。我向你保证,我绝对不会把它们用到别的用途上。"

核物理学家在门口停住了脚步:"你不担心我会跟其他人说你其实不是一个数字命理学家吗?"

数字命理学家摇了摇头:"谁会相信你呢,朋友?即使你愿意承认你本人也来过这里。"

到了20号,马歇尔·泽巴廷斯基站在掉漆的门口,斜眼看了看店铺前门的玻璃上挂着的招牌,上面写着"数字命理学",字迹在脏兮兮的玻璃后面显得有些模糊,难以看清。他往里瞥去,希望有人已经在里面了,好让他有借口彻底打消一直在他脑子里转个不停的念头,转而回家去。

他曾多次试图把这个念头赶走。他无法长时间地坚持填表格。填表让他觉得尴尬。填写朋友们的名字、他房子的成本、妻子是否曾流产过以及有的话是何时等,这让他觉得无比地傻。他放弃了。

但他无法就此罢手。每天晚上他都会重新开始填。

或许,有关计算机的说法打动了他。这个该下地狱的小个子还假装自己有一台计算机。他被诱惑了,他想要识破他的诡计,想要看看到底会发生什么。总之,种种这一切都令他无法抗拒。

最终,他用平信寄出了填完的表格,没有把信称重,直接往上贴了九美分的邮票。如果它被退回了,他心想:我就收手。

它没有被退回。

此刻,他看着店铺的内部,里面是空的。泽巴廷斯基没有办法,只好进去。门上的铃铛响了一声。

老数字命理学家从一道门帘后现了身。

"谁啊?噢,泽巴廷斯基博士。"

"你记得我吗?"泽巴廷斯基试图笑一笑。

"噢,是的。"

"结果是什么?"

数字命理学家搓着两只骨节粗大的手:"在给你结果之前,先生,还有点小小的——"

"小小的费用需要处理?"

"我已经完成了工作,先生。我该收取费用。"

泽巴廷斯基没有反对。他准备好付款了。已经这么深入了,仅仅因为钱而放弃实在是有点傻。

他数出五张十美元的票子,把它们推到柜台的内侧:"数目对吗?"

数字命理学家缓慢地数了数钞票,然后把它们放入桌子上的收银机里。

他说:"你这个案子十分有趣。我建议你把名字改成塞巴廷斯基。"

"塞巴——怎么写的?"

"塞—巴—廷—斯—基。"

泽巴廷斯基不满地盯着他:"你只改了第一个字,把'泽'变成了'塞'?这么简单吗?"

"够了。只要改变本身是充分的,一个小小的改变比大的变化更安全。"

"但这个变化怎么可能影响到未来呢?"

"名字怎么影响未来?"数字命理学家轻声问道,"我不确定。概率上可以,我只能说这么多。记住,我不保证结果。当然,如果你不愿做出改变,那就不要变。但费用不退。"

泽巴廷斯基说:"我该做什么?告诉大家我的名字是以'塞'开头的?"

"要我说的话,最好去咨询一下律师。从法律上把你的名字改了。他可以在这方面帮你。"

"需要多长时间?我的意思是什么时候我会开始走运?"

"我怎么知道?可能永远都不会。可能明天就开始。"

"但你看到了未来。你声称你看到了。"

"未来又不是个水晶球。不,不,泽巴廷斯基博士。我从计算机上得到的只是一串密码数字。我可以把概率背给你听,但我看到的不是画面。"

泽巴廷斯基转身迅速离开了这个地方。五十美元就改了一个字!五十美元就买来了塞巴廷斯基!上帝,这是什么名字啊,比泽巴廷斯基更难听!

又过了一个月,他才下定决心去找个律师。最终,他去见了律师。他告诉自己,名字总是能改回来的。

试一下也无妨,他跟自己说道。

管他呢,又不违法。

亨利·布兰德一页页地翻着文件，用一个在安全部门已工作了十四年的老手养成的目光。他不必去读一个个的字。任何异常都会跳出纸面，直接跳进他的眼里。

他说："我觉得这家伙挺干净的。"亨利·布兰德看着也挺干净，长着一个软软的、圆圆的大肚子，粉色的皮肤，看着刚被搓过。可能是因为一直在接触各种各样的罪行，从可能的渎职到可能的叛国，他被迫总是洗个不停。

文件是艾伯特·昆西中尉带来的。他是个年轻人，充满了作为汉福德分局安全官的责任感。"但为什么要改成塞巴廷斯基？"他问道。

"为什么不能呢？"

"因为说不通。泽巴廷斯基是个外国名字，如果我有个外国名字，我也会改了它，但会改成一个盎格鲁-撒克逊的名字。如果泽巴廷斯基这么做了，那就说得通了，我也不会有怀疑。但为什么要把'泽'改成'塞'？我认为我们必须找出他这么做的原因。"

"有人问过他了吗？"

"当然。有人在日常对话中问过了。是我安排的。他什么也没说，只是说自己不愿意老是被排在字母表的最后一个。"

"这是有可能的，不是吗，中尉？"

"是有可能，但为什么不把名字改成'桑兹'或'史密斯'之类的，如果他想往前排？还有，假如他受够了排在最后，为什么不改成用A开头？为什么不用一个像是……呃，'阿伦斯'这样的名字？"

"也不够盎格鲁-撒克逊，"布兰德嘟囔了一句，接着说道，"没有能钉死这个人的证据。不管改成什么样的怪名字，仅凭这一点还无法将人定罪。"

昆西中尉看着十分不悦。

布兰德说："告诉我，中尉，肯定有什么地方让你觉得不舒服。你内心深处肯定有推理，有揣测。到底是什么？"

中尉皱起了眉头,浅色的眉毛拧到一起,嘴巴也抿紧了:"那好,该死的,先生,那家伙是个俄国人。"

布兰德说:"他不是。他是第三代美国人。"

"我的意思是说他的名字是个俄国名字。"

布兰德脸上堆砌起的假意的温和流失了少许:"不对,中尉,又错了。是波兰。"

中尉不耐烦地摆了摆手:"一样的。"

布兰德母亲的娘家姓就叫维泽夫斯基。他发火了。"别跟波兰人这么说,中尉,"接着,他三思之下又加了一句,"也不要跟俄国人这么说,我觉得。"

"我想说的是,先生,"中尉红着脸说,"波兰人和俄国人都在铁幕的后面。"

"我们都知道。"

"泽巴廷斯基或塞巴廷斯基,不管你叫他什么,他可能在那里还有亲戚。"

"他是第三代了。我猜他可能还有远房的堂兄弟在那里。那又有什么问题呢?"

"本身没问题。很多人在那里都有亲戚。但泽巴廷斯基改了自己的名字。"

"接着说。"

"可能他想变得更低调。可能有个远房堂兄弟在那里变得很有名,我们的泽巴廷斯基害怕这层关系会妨碍他往上爬。"

"改了名字不会有任何好处。他仍然有个远房堂兄弟。"

"没错,但他不会这么觉得,他以为改了名字我们就注意不到了。"

"你听到过那里有什么泽巴廷斯基吗?"

"没有,先生。"

"那显然没有什么名人。我们的泽巴廷斯基怎么会知道他?"

"他可能还和亲戚们保持着联系。考虑到他的背景,这值得引起我们的警惕,他可是一个核物理学家。"

布兰德郑重其事地又翻了翻报告:"这也太薄了,中尉,薄到足以忽略。"

"你有什么解释吗,先生,他为什么要改成现在这个名字?"

"没有,我解释不了。我承认。"

"那我觉得,先生,我们应该调查。我们应该寻找对面任何一个名叫泽巴廷斯基的人,看是否能发现什么联系,"中尉的嗓音提高了八度,因为想到了新的主意,"他改名字可能是为了切断跟他们的关联。我的意思是保护他们。"

"我想他做的刚好起了反作用。"

"他可能没有意识到,但他的动机可能是保护他们。"

布兰德叹了口气:"好吧,我们来查一查泽巴廷斯基——但如果没发现什么,中尉,我们就结了这个案子。把文件留在我这里吧。"

当信息最终被递交到布兰德这里时,他已然忘了中尉和他的推理。他收到的信息包括了十七个均名为泽巴廷斯基的俄国和波兰公民的生平记录,他产生的第一个想法是:这是什么鬼玩意儿?

然后他记起来了,轻声咒骂了一句后,他开始读起了报告。

报告从美国这边开始讲述:马歇尔·泽巴廷斯基(指纹)出生于纽约州的布法罗(日期、医院的记录);他的父亲也出生于布法罗,母亲则出生于纽约州的奥斯威戈;他的祖父母与外祖父母都出生于波兰的比亚韦斯托克(入境美国的日期、成为公民的日期、照片)。

据推测,这十七位名叫泽巴廷斯基的俄国人和波兰人都是半个世纪之前生活在比亚韦斯托克或附近的人的后代,但谁都没有确实的证据能证明(第一次世界大战之后东欧的统计资料记录不全,即使有的话)。

布兰德浏览着现今这些叫泽巴廷斯基的男男女女的生平资料（情报机构工作的仔细程度令人惊讶，说不定俄国人也会这么仔细）。他的目光在其中一份资料上停顿了，光滑的额头挤出了皱纹，眉毛也上扬了。他把那份资料单独放到一边，接着往下读文件的剩余部分。最终，他收起整本文件，把它塞进信封里——除了抽出的那份。

他盯着那份资料，指甲修剪整齐的手指在桌子上敲着。

怀着些许的不情愿，他给原子能委员会的保罗·克里斯托博士打了个电话。

克里斯托博士面无表情地听完了整个事件。他偶尔会伸出小手指挖一下他的蒜头鼻，想要挖出并不存在的鼻屎。他的头发是铁灰色的，稀疏且理得很短，看着和秃了没什么两样。

他说："没有，我从没听说过任何俄国的泽巴廷斯基。不过，我也没听说过美国的。"

"是这样，"布兰德揉着太阳穴附近的发根，缓慢地说，"我并不认为这里面有什么问题，但我不想过于轻率。我这里有个年轻的中尉一直在追着我的屁股，你也知道他们能干出什么来。我不想做出什么会让他举报给国会委员会的事情来。况且，其中一个叫泽巴廷斯基的俄国人，米哈伊尔·安德烈耶维奇·泽巴廷斯基，碰巧是一位核物理学家。你确定从未听说过他吗？"

"米哈伊尔·安德烈耶维奇·泽巴廷斯基？没有，没有，从来没听说过。这也说明不了什么。"

"我可以说这是巧合，但你知道这种事肯定会被捅上去。这里有个泽巴廷斯基，那里也有个泽巴廷斯基，都是核物理学家，这里的一个突然就把名字改成了塞巴廷斯基，而且还相当严肃。他不能容忍错误的拼写，一直在强调，他的名字以'塞'开头。种种迹象足以让警惕的中尉睁大眼睛——还有一件事值得注意，俄国的泽巴廷斯基大约在一年以前就消失了。"

克里斯托博士平淡地说了一句:"被枪毙了。"

"可能是吧。通常我也会这么假设,但是俄国人并不比我们蠢,如果可以避免的话,不会随便杀掉他们的核物理学家。还有一个原因会让核物理学家突然消失。我不必跟你说吧。"

"紧急研究,最高机密。你想说的是这个原因吧。你相信吗?"

"和其他的事联系在一起,再加上中尉的直觉,我不免开始怀疑了。"

"给我他的生平资料,"克里斯托博士伸手接过了那页纸,从头到尾读了两遍,随后说道,"我会在核子摘要中查一下。"

核子摘要排列在克里斯托博士书房里的一面墙上,被整齐地放在一个个小盒子里,每个盒子里都装满了微型胶片。

这位原子能委员会成员用自己的投影仪看着目录,布兰德则耐心地等着,耐心是他的美德。

克里斯托博士嘟囔着:"在过去的六年时间里,有个叫米哈伊尔·泽巴廷斯基的在苏联的期刊上独自或联合发表过五六篇文章。我会调出摘要,或许从中可以看出些什么。但我表示怀疑。"

一个选择器找到了合适的胶片。克里斯托将它们排列整齐,依次放入投影仪,他脸上逐渐露出了不解的表情。他说:"奇怪。"

布兰德说:"什么奇怪?"

克里斯托博士坐回到椅子里:"现在还不方便说。你能帮我列出一份清单吗?去年在苏联都有哪几个核物理学家消失了?"

"你看到什么了吗?"

"还不好说。如果我只是看其中一篇论文的话,看不出什么问题。只不过把它们凑在一起看,而且知道那个人可能还上了某个紧急研究计划——更重要的是,你把疑点放进了我的脑子里。"他耸了耸肩,"总之还不好说。"

布兰德急切地说:"我希望你能告诉我你在想什么。我们一起来犯傻。"

"如果你坚持——这个人可能在伽马射线反射上取得了一点进展。"

"有什么后果?"

"如果能发明一个针对伽马射线的反射屏,就能制造单个的阻隔核尘埃的掩护所。核尘埃才是真正的危险,你懂的。一颗氢弹可能会摧毁整座城市,但核尘埃可以在一条长几千英里、宽几百英里的带状地区里慢慢地杀死所有人口。"

布兰德迅速说道:"我们在做这方面的研究吗?"

"没有。"

"如果他们做出来了,而我们没有,一旦他们的掩体项目完成,他们只需付出,嗯,大概十个城市的代价就能摧毁整个美国。"

"那是很久的未来——而且,先别急着激动。一切都是因为有个人改了名字里的一个字引起的。"

"好吧,我想多了,"布兰德说,"但我不会就此放任不管。现在还不行。我会给你提供一份消失的核物理学家名单,如果要我去莫斯科才能搞定,我也会去。"

他拿到了名单。他们浏览了名单上的人创作的所有论文。他们召集了委员会全体大会,也就是整个国家的核权威人士。最终,克里斯托博士结束了持续一整晚的会议,甚至总统也参与了部分讨论。

布兰德迎上他。两个人看着都十分憔悴,需要好好睡上一觉。

布兰德说:"怎么样了?"

克里斯托点了点头:"大多数人都认可。有几个人仍表示怀疑,但多数人都认可。"

"你呢?你确定吗?"

"远不能说确定,但请允许我这么说,我们宁愿相信苏联人正在研发伽马射线护盾,也不愿相信我们找到的数据之间没有关联。"

"做出决定了吗?我们也要展开护盾研究?"

"是的,"克里斯托的手捋了一下短而硬的头发,用干巴巴的语气轻声说道,"我们会全力以赴。我们掌握了失踪的人都发表过哪些文章,我们就跟在他们后面。我们甚至可以超越他们——当然,他们会发现我们也开始了这方面的研究。"

"无所谓,"布兰德说,"无所谓。这反而会阻止他们发起攻击。用他自己的十座城市来换我们的十座城市,算不上什么合算的买卖——假设我们都受到了保护。他们应该不会那么笨。"

"但不能太快。我们不想让他们太早发现。我们的那位美国泽巴廷斯基——塞巴廷斯基有什么问题吗?"

布兰德严肃地摇了摇头:"还没找到任何能把他和俄国人联系起来的线索。见鬼,我们把他查了个底朝天。当然,我同意你的看法。他目前的处境很微妙,即使他没有问题,我们也不能再让他留下。"

"但我们也不能随随便便就把他踢走,否则俄国人该开始怀疑了。"

"你有什么建议吗?"

他们正沿着长长的走廊走向深处的电梯,此刻是凌晨4点,四周空荡荡的。

克里斯托博士说:"我看过他的研究。他是把好手,比大多数人都优秀,但干得不高兴。他没有团队精神。"

"然后呢?"

"但他适合学术研究。如果我们能安排一所名牌大学提供物理系的教职给他,我相信他会欣然接受。大学里有足够多的非敏感的学术范畴让他忙。我们也能将他置于严密的监视之下。而且这么做也很自然，俄国人不会挠着头觉得有问题。你觉得呢？"

布兰德点了点头："是个办法，听着不错。我会跟局长说。"

他们走进了电梯。布兰德不禁开始遐想：只是改了名字中的一个字，就能带来如此之大的改变。

马歇尔·塞巴廷斯基不知道该怎么说才好。他跟妻子说："我发誓，我根本没想到会发生这种事。我还以为他们即使拿着介子探测器也看不到我的存在。上帝，索菲，普林斯顿大学的副教授。难以置信！"

索菲说："你觉得跟你在美国物理协会发表的演讲有关吗？"

"我搞不懂。那只是一篇十分普通的论文，部门里的人甚至都不愿意多看它一眼。"他打了个响指，"一直在调查我的肯定是普林斯顿。这就说得通了。你知道过去的六个月里我填了多少表，进行了多少场原因不明的谈话。老实说，我都开始觉得他们怀疑我是个间谍了。原来是普林斯顿在调查我。他们查得可真细。"

"可能是你的名字，"索菲说，"我是说因为你改了名字。"

"等着瞧吧。我的职业生涯终于由我自己说了算。我要干出点成就来。一旦我有了自己单干的机会，而不是——"他突然住嘴了，扭头看着妻子，"我的名字！你的意思是说'塞'？"

"你改了名字之后才拿到了这个职位，不是吗？"

"可是都改了这么长时间。不对，这肯定只是个巧合。我跟你说过的，索菲，我只不过是花了五十美元买你开心而已。上帝，这都几个月了，那么执着地跟人强调是'塞'，我可真是个傻瓜。"

索菲立刻不高兴了："我可没逼你，马歇尔。我是跟你提了建议，但没有叨叨个不停。别说是我逼的。况且，结果不是很好吗？我相信是改名带来的。"

塞巴廷斯基宽容地笑了："这就叫迷信。"

"我不在乎你叫它什么,重要的是你可别把名字改回去。"

"嗯,不改,我可不想改。费了那么大劲才让他们习惯了我的名字以'塞'开头,一想到还要费那么大劲改回去,我的头都大了。或者我干脆把名字改成琼斯,怎么样?"他笑得都快抽筋了。

但索菲没有笑:"你可别改。"

"噢,好的,我只是在开玩笑。我跟你说,改天我找时间再去见一下那个老家伙,跟他说效果不错,再给他塞十美元。你满意了吧?"

他的心情很好,好到过了一个星期之后他真的这么做了。这次他没有掩饰身份。他戴上眼镜,穿着日常的衣服,只是没戴帽子。

在走向店门的时候,他甚至还哼起了小曲。一个疲惫的、脸色阴郁的女人推着一辆双胞胎婴儿车走过,他侧身给她让了地方。

他的手握住门把,大拇指按在压簧上,但门锁并没有在大拇指的压力下打开。门是锁着的。

他这才注意到,原本门上挂着的脏兮兮的、字迹模糊的"数字命理学家"的招牌已经不见了。另有一份告示,是打印出来的,经过风吹日晒,开始卷边了,字迹都变黄了,上面写着"招租"。

塞巴廷斯基耸了耸肩。就这么着吧,他已经尽到心意了。

乐于摆脱肉身累赘的哈朗德雀跃着,他的能量旋涡散发出淡紫色的光芒,辐射了方圆好几英里。他说:"我赢了吗?我赢了吗?"

麦斯塔克正在撤退,他的能量旋涡在超空间内看着就像是一个发光的球体:"我还没有算完。"

"好吧,快算。再怎么拖时间也不会改变结果的。哈哈,回到纯能量体的感觉可真好。我憋在肉身内的时间可不算短,而且还是一具快退休的肉身。不过,为了打败你,这些都是值得的。"

麦斯塔克说:"好吧,我承认你在那个行星上阻止了一场核战争。"

"这应该算得上A级效果了吧?"

"是A级效果。当然。"

"好吧。现在来检查一下我是不是只用F级的刺激就取得了A级效果?我只改了名字里的一个字。"

"什么?"

"噢,别管了。算出来了,我替你算出来了。"

麦斯塔克不情愿地说:"我承认。是F级的刺激。"

"那我赢了。承认吧。"

"等到监视人发现这个结果,我们两个谁都不会赢。"

哈朗德,曾经在地球上的老数字命理学家,仍然还不习惯摆脱了那个身份而带来的轻松,他说:"你在打赌的时候怎么没担心被监视人发现呢?"

"我没想到你竟然会蠢到真的去做了。"

"浪费热量!没什么好担心的,监视人绝对不会注意到一个F级的刺激。"

"或许不会,但他会注意到一个A级的效果。那些肉身在十几个微循环之后依然存在。监视人会注意到的。"

"麦斯塔克,你是不是不想支付代价?你在拖时间。"

"我会付的。但要等到监视人发现我们解决了一个未被分派的任务、做出了一个未被允许的改变之后再说。当然,如果我们——"他停住了。

哈朗德说:"好吧,我们把它变回来。他不会察觉的。"

麦斯塔克明亮的能量模式突然闪了一下:"要不被他察觉的话,你需要另一个F级刺激。"

哈朗德说:"我能办到。"

"我表示怀疑。"

"我能。"

"你愿意打赌吗?"麦斯塔克的辐射中散发着喜悦。

"当然,"被刺激到的哈朗德说,"我会让那些肉身回到他们原来的道路上,监视人不会发现异常。"

麦斯塔克乘胜追击:"那第一个赌局暂时搁置。第二个赌局的赌注放大到三倍。"

哈朗德的赌性也被勾起来了:"没问题,我赌。三倍赌注。"

"赌了!"

"赌了!"

读客科幻文库

最后的问题[1]

2061年5月21日,当人类首次踏入光明时代,有人半开玩笑地第一次提出了最后的问题。问题是在酒后一场五美元的赌局中提出的。故事如下。

亚历山大·阿德尔和伯特伦·卢波夫是两位虔诚的马尔蒂瓦克照料者。作为照料者,他们知道巨型计算机那张冰冷的、嘀嗒作响的、闪烁的、连绵几英里的脸后面藏着什么。至少,他们对继电器和电路的布置有大致的概念,而继电器和电路的复杂程度则早已超过了任何个人能够完全掌握的程度。

马尔蒂瓦克一直在自我调整和自我修正。它必须这么做,因为人类不可能这么迅速或充分地对它进行调整和修正。所以阿德尔和卢波夫只是在表面上对巨型计算机做些轻微的照顾,任何人都做得来。他们喂给它数据,根据它的需要调整问题,翻译收到的答案。当然,他们和其他所有人一样,能够完全享受马尔蒂瓦克所带来的荣光。

几十年来,马尔蒂瓦克帮忙设计了飞船,设定了航线,使得人类登上了月球、火星和金星,但再想深入,地球上的资源就已无法支持了。长途航行需要太多的能量。地球正以越来越高的效率消耗它的煤和铀,但它们的蕴藏量总归是有限的。

但慢慢地,马尔蒂瓦克学会了从更基本的角度来解决更深层的问

1　Copyright © 1956 by Columbia Publications, Inc.

题。到了2061年5月14日,原本的理论变成了现实。

对太阳能的直接储存、转化和利用达到了行星级的规模。整个地球摆脱了燃煤和铀裂变,并打开开关,将其自身接入了一个小小的直径为一英里的太空站。太空站在地月之间的中点处围着地球旋转。整个地球都由看不见的太阳能量束驱动。

整整七天了,庆祝仪式仍未结束,阿德尔和卢波夫最终设法逃离了公共事务,在一个安静的地方会合了。这是一个大家都想不到的地方,它位于废弃的地下室,马尔蒂瓦克那巨大的被埋藏的身躯在这里露出了一部分。这里无人看管,处于低耗模式的马尔蒂瓦克满意、懒散地点击着,进行数据整理,它也赢得了自己的假期,而小伙子们对此表示尊重。他们起初并没有打算要打搅它。

他们随身带了一瓶酒,他们目前关心的只有轻松地享受彼此的陪伴,还有那瓶酒。

"想起来就觉得神奇。"阿德尔说,宽阔的脸膛上露着疲态,他用玻璃棍缓缓地搅着酒,看着冰块跟着一起笨拙地旋转,"从此能永远免费使用能源。假如愿意的话,我们能汲取足够的能源熔化地球,把它变成一团混浊的铁水,而绝不会为浪费的能源心痛。免费的能源,想用多少就用多少,想用多久就用多久。"

卢波夫把头扭向一边。他想反对的时候会做出这个标志性的动作,现在他就想反对,也因为他正好拿着冰块和玻璃容器。"不可能一直用下去的。"他说。

"噢,那么较真干吗?直到太阳燃尽,伯特伦。"

"所以不能叫永远。"

"好吧,几百亿年,可能是两百亿年。满意了?"

卢波夫捋了一下日益稀疏的头发,仿佛是想确保还有头发剩下。他小小地喝了一口酒:"两百亿年不是永远。"

"那好,它总归比我们活得长,不是吗?"

"煤和铀也比我们活得长。"

"好吧,但现在我们能把每一艘飞船都跟太阳能太空站对接,它能在这里和冥王星之间往返一百万回,无须担心燃料。靠煤和铀可做不到。你不相信的话,去问一下马尔蒂瓦克好了。"

"我不需要问马尔蒂瓦克。我知道。"

"那就不要再贬低马尔蒂瓦克做出的贡献了,"阿德尔有些急了,"它干得漂亮。"

"谁说它干得不漂亮了?我说的是太阳不会永远存在。我只说了这么多。我们能安全地度过两百亿年,然后呢?"卢波夫用微微发颤的手指指着对方,"别跟我说要换个太阳。"

现场出现了短暂的沉寂。阿德尔偶尔喝上一小口酒,卢波夫则缓缓闭上了眼睛。他们开始休息。

随后,卢波夫的眼睛一下子睁开了:"你是不是在考虑,等我们的太阳死了之后,再换另外一个太阳?"

"我没在考虑。"

"你肯定在琢磨。你的逻辑能力不强,这是你的弱势。你就跟故事里的人一样,突然被雨淋着了,然后就跑到树冠底下躲起来。你明白吗?他这么做,是因为他觉得等一棵树的树冠湿了之后,他还能跑到另外一棵树底下。"

"我明白了,"阿德尔说,"别嚷嚷。等到我们的太阳死的时候,其他的恒星也死了。"

"对,它们也死了,"卢波夫嘟囔着,"它们都诞生于最初的宇宙大爆炸,不管是什么样的爆炸,都有终结的一天。有些死得比其他的快一些。见鬼,超大恒星只能活一亿年。我们的太阳能活两百亿年,而矮星因为它们的有利条件或许能活一千亿年。但过上一万亿年,一切都会陷入黑暗之中。熵会增加到最大值,就这么简单。"

"我懂什么是熵。"阿德尔说道,维护着自己的尊严。

"你懂才怪。"

"我懂的跟你一样多。"

"那你应该知道,万物终有尽时。"

"好吧,谁说没有了?"

"你说的,小可怜。你说我们永远拥有无尽的能源。你说了'永远'。"

现在轮到阿德尔反对了。"或许有一天我们能卷土重来?"他说。

"不可能。"

"为什么?总有一天。"

"绝对不可能。"

"去问马尔蒂瓦克。"

"你去问马尔蒂瓦克。我跟你打赌。五美元,赌没有办法解决。"

阿德尔喝得足够多了,他控制不住要去问一下,却又保持着足够的清醒,能够用必要的符号和运算组成一个问题。用文字翻译过来的话,它可能是这样的:将来人类是否能够在不耗费能量的情况下,等到太阳死于年老之后,将它恢复到青春期?

抑或是它可以被简化成:怎么才能把宇宙中的熵含量大大地降低?

马尔蒂瓦克陷入了死寂与沉默。缓慢的信号灯闪烁停止了,远处继电器的咔嗒声也没了。

当惊恐的技术员们感觉自己再也无法屏住呼吸之时,连接着马尔蒂瓦克某处身体的电子打字机突然就活了,打印出一行大字:数据不足,无法给出有意义的答案。

"赌局作废。"卢波夫低声说道。他们匆匆离开了。

到了第二天早上,两个头疼欲裂、口干舌燥的家伙已经忘了这回事。

零耗时地完成了穿越超空间的航行后,杰罗德、杰罗丁、杰罗德特一号和二号注意到显示屏里的星图变了。一瞬间，原本分布均匀的恒星让位给了一个占据了屏幕的圆盘，它明亮且光滑。

"那就是X-23。"杰罗德自信地说，瘦弱的双手紧紧地背在身后，骨节都发白了。

两位小杰罗德特，都是女孩，有生以来第一次体验了超空间飞行，由内到外都为这一刻激动不已。她们咯咯笑着，围着自己的母亲转圈，嘴里叫着："我们到X-23了——我们到X-23了——我们到——"

"安静，孩子们，"杰罗丁呵斥道，"你确定吗，杰罗德？"

"还有什么不确定的？"杰罗德说，瞥了一眼天花板上一块凸起的不起眼的金属。它纵贯了整个房间，穿过舱壁，消失在舱壁的后面。它跟飞船的长度一样长。

杰罗德对这根粗粗的金属条一无所知，除了知道它叫"小瓦克"，你有问题的话就问它，你不问它问题，它也依然在执行着飞船导航的任务，带领飞船前往预定的目的地，从不同的亚星系能量站吸取能量，以及计算超空间跳跃的等式。

杰罗德和他的家人只需生活在飞船上舒适的生活区内，等待着。

有人曾经跟杰罗德说过，"小瓦克"的"瓦克"在古英语中是"模拟计算机"的意思。但他差点连这个都忘了。

杰罗丁看着屏幕，眼睛湿润了："我控制不住。离开地球让我觉得难过。"

"有什么好难过的？"杰罗德问道，"在那里我们什么都没有。而在X-23上，我们将拥有一切。你不会是一个人，你也不是先锋。那个行星上已经有超过一百万人了。上帝，我们的重孙辈可能要再找一个新世界，因为X-23马上就住不下了。"他思索了一下，接着说道："跟你说，幸好计算机找到了星际旅行的办法，否则我们这个物种的数量这么增长下去，还真不好办。"

"我懂，我懂。"杰罗丁哀怨地说道。

杰罗德特一号插话道："我们的小瓦克是世界上最棒的小瓦克。"

"我也这么认为。"杰罗德捋了捋她的头发。

拥有一个自己的小瓦克感觉不错，杰罗德也庆幸自己生在这一代，而不是其他年代。在他父亲年轻的时候，只有一种计算机，体形巨大，能占满好几百平方英里的土地。每个行星上只有一台。它们被称作行星计算机。一千多年以来，它们的体形一直在增大，然后，突然间就升级了。晶体管被分子阀门替代了，因此最大的行星计算机也能被装进半个飞船大的空间里。

杰罗德感觉很得意，他总是会产生这种感觉，每当他想到自己的小瓦克比古老原始却驯服了太阳的马尔蒂瓦克还要复杂上好几倍，而且几乎跟地球的行星计算机（所有计算机中最大的）一样复杂，要知道后者可是第一个解决了超空间飞行的难题，使得前往其他恒星系的旅行成为可能。

"这么多的恒星，这么多的行星，"杰罗丁叹了口气，仍陷在自己的思绪里，"我猜人们会一直前往新的行星，直到永远，就跟我们现在做的一样。"

"不是永远，"杰罗德笑着说道，"总有一天会停下来的，但这都是几百亿年之后的事了。恒星也有死亡的那一天，你知道吗？熵一定会增加。"

"熵是什么，爸爸？"杰罗德特二号尖声问道。

"小甜心，熵就是用来说明宇宙在走向死亡的名词。一切都会死亡，你知道的，就像你那个对讲机器人，还记得吗？"

"你不能换个新能量块吗，就像对我的机器人那样？"

"恒星本身就是能量块，亲爱的。它们一旦消失，就再也不会有新的能量块了。"

杰罗德特一号立刻号啕大哭了起来："别让它们死，爸爸。别让星星死。"

387

"看你干的好事！"杰罗丁恼怒地低声说道。

"我怎么知道她们会怕成这样？"杰罗德低声回了一句。

"去问小瓦克，"杰罗德特一号抽泣着，"问它怎么让星星再活过来。"

"快去问，"杰罗丁说，"让她们安静下来。"（杰罗德特二号也开始哭了。）

杰罗德耸了耸肩："好，好，亲爱的，我去问小瓦克。别担心，它会告诉我们的。"

他问完小瓦克之后，又匆匆加了一句："把答案打印出来。"

杰罗德捧着一条薄薄的胶片，高兴地说道："看到了吧，小瓦克说到时候它会照顾好一切，不用担心。"

杰罗丁说："好了，孩子们，该睡觉了。我们很快就到新家了。"

在把胶片毁掉之前，杰罗德又读了一遍上面的文字：数据不足，无法给出有意义的答案。

他耸了下肩，看着显示屏。X-23就在眼前。

蓝麦斯的VJ-23X盯着银河系三维微缩天图黢黑的深处说道："我在想，在这个问题上我们是不是有点神经过敏了？"

尼克朗的MQ-17J摇了摇头："没有。你知道以目前的扩张速度，再过五年银河系就会被填满了。"

两个人看着都像是刚过二十岁，个头很高，身材完美。

"不过，"VJ-23X说，"我不愿意向银河系委员会递交一份悲观的报告。"

"我不会考虑其他形式的报告。让他们动起来。我们一定要让他们动起来。"

VJ-23X叹了口气："太空是无限的。还有一千亿个星系等着我们去占领。一千多亿。"

"一千亿并不是无限,随着时间的推移,数字还会变得越来越小。好好想想吧!两万年前,人类首次解决了利用恒星能量的问题,又过了几百年,星际旅行也实现了。人类花了几百万年才填满了一个小小的世界,而仅仅过了一万五千年,就填满了整个银河系。现在,每过十年人口的数量就会翻倍——"

VJ-23X打断他:"都是因为永生。"

"很好。实现了永生,我们必须把这个因素考虑在内。我承认永生有丑陋的一面。银河系计算机已经帮我们解决了很多问题,但在解决了衰老和死亡的同时,它之前解决过的那些问题又回来了。"

"尽管如此,我猜你不会抛弃你的生命吧。"

"当然不会,"MQ-17J张口说道,随后立即又换成了略微和缓的语气,"还没到时候。我还不算太老。你多大了?"

"两百二十三岁。你呢?"

"还没到两百——说回到刚才的话题上吧。每过十年人口就会翻倍。一旦银河系被填满,我们能在十年内填满另一个星系。再过十年,我们能再填满两个。再过十年,再填满四个。一百年以后,我们能填满一千个星系。一千年过后,填满一百万个。再过一万年,填满整个已知的宇宙。然后呢?"

VJ-23X说:"还有附带的一点要考虑,怎么解决运输问题呢?我不知道需要多少恒星能量才能把一整个星系的人口搬到一个新的星系中。"

"好问题。人类每年已经要消耗两个恒星的能量了。"

"但大多数能量还没能利用。毕竟,我们的银河系本身每年就要输出一千个恒星的能量,我们只利用了其中的两个。"

"同意,但即便利用率能达到百分之百,我们也只是推迟了结局的到来。我们的能量需求正以几何级数增长,甚至比我们的人口增长速度还要快。在消耗完星系之前,我们就已经消耗完能量了。好问题,非常好的问题。"

"我们只能用星际间的气体制造新的恒星了。"

"或者是利用散失的热量?"MQ-17J讽刺道。

"可能有办法逆转熵增。我们应该去问星系计算机。"

VJ-23X并不是特别严肃,但MQ-17J从口袋里拿出了他的星系计算机连接器,把它放到了面前的桌子上。

"我倒是真的想问一下,"他说,"总有一天人类会面临这个问题。"

他严肃地看着自己那台小小的计算机连接器。它只是一个边长两英寸的立方体,本身没什么厉害之处,但它通过超空间连接着为全人类服务的伟大的星系计算机。把超空间考虑在内的话,它其实是星系计算机的一部分。

MQ-17J停止了动作,遐想着自己在永生之年能否有机会见到星系计算机。它坐落在一个自己的小世界,如蛛网般的能量束支撑着物质,在其中涌动的亚介子流取代了古老笨拙的分子阀门。不过,尽管是亚以太构造,星系计算机的直径仍然超过了一千英尺。

MQ-17J突然就对计算机连接器提出了问题:"熵增过程能够被逆转吗?"

VJ-23X吓了一跳,立刻说道:"嘿,我并没有真的想让你问这个问题。"

"为什么?"

"我们都知道熵增无法逆转。你不能把烟和灰烬重新变成树。"

"你的世界上有树吗?"MQ-17J问道。

星系计算机的声音吓了他们一跳,令他们都闭上了嘴巴。它的声音从桌子上小小的计算机连接器里传了出来,单薄但动听。它说:"数据不足,无法给出有意义的答案。"

VJ-23X说:"听到了吧!"

于是,两个人又说回他们要向银河系委员会提交的报告上。

Z′的心智以淡淡的兴趣徜徉于新的星系,星系之中散落着无数的恒星。他从未见过这个星系。他能看完所有的星系吗?它们太多了,每个里面都填满了人——但装填的都是死气沉沉的身躯。越来越多的人类的精华出现在了这里,在太空中。

是心智,不是身体!不死的身躯留在了行星上,一动不动地度过好几个世代。有时,他们会起身做些实质的动作,但这种情况越来越稀有了。群体数量虽无比庞大,但新出现的个体越来越少。有什么关系呢?宇宙中几乎没有为新个体留出的空位。

另一个心智纤细的触角掠过,打断了Z′的沉思。

"我叫Z′,"Z′说,"你是?"

"我叫D_1。你的星系呢?"

"我们就叫它星系。你的呢?"

"一样。所有的人都把他们的星系叫作星系。合理。"

"对。反正所有的星系都一样。"

"不是所有的星系。人类肯定起源于某一个特别的星系。它与众不同。"

Z′说:"是哪一个?"

"我不知道。宇宙计算机肯定知道。"

"我们去问问它?我突然就好奇了。"

Z′的视角变宽了,直到星系本身都缩小了,变成一团新的、更为离散的粉末,洒在更为广阔的背景上。它们有好几千亿个,都容纳了不死的存在,都携带着智慧,这些智慧生物的心智自由地徜徉在太空中。然而,其中一个星球更为独特,它是起源。在遥远模糊的过去,人类只生活在它之上。

Z′一心想见到这个星系。他喊道:"宇宙计算机!人类起源于哪个星系?"

宇宙计算机听到了,因为在太空中的每一个世界上,它都安装了接收器,每个接收器都经过超空间连通了某个未知的位置,在那里宇宙计算机孤独地存在着。

Z′听说只有一个人的思维曾经穿透进宇宙计算机的感知范围,他声称自己只看到了一个发光的球体,直径只有两英尺,难以看清细节。

"宇宙计算机怎么可能那么小?"Z′问他。

"大部分的它,"回答是这样的,"位于超空间之中。它在那里的形态我无法想象。"

任何人都无法想象,因为Z′知道,在很久以前,人类就不再制造宇宙计算机的任何部位了。每一台宇宙计算机都是由它的前任设计和制造的。每一台宇宙计算机在它存在的一百多万年时间里,累积了必要的数据,用来制造一台更好、更复杂、更强大的继任者,它存储的数据和特征将会在其中显现。

宇宙计算机打断了Z′纷乱的思绪,不是用语言,而是用引导。Z′的精神被引导进了昏暗的星系海洋,其中一个星系被放大到能看清它里面的恒星。

一个想法飘过,这个想法来自异常遥远的地方,却异常地清晰:这就是人类起源的星系。

但它没什么独特之处,跟其他的星系都一样,Z′遏制住了失望的情绪。

一直伴随在他左右的D_1的心智突然说道:"人类就起源于其中的一颗恒星?"

宇宙计算机说:"人类起源的恒星已经爆炸了。它现在是颗白矮星。"

"它里面的人死了吗?"Z′惊吓之下脱口而出,没有细想。

宇宙计算机说:"在这种情况下,会及时建造一个新的世界安放他们的身体。"

"对,当然。"Z′说,但即便如此,他依然感觉到了一种深深的失落。他的心智不再纠缠人类的起源星系,他把它弹了回去,它消失在模糊的针尖般的光点之中。他再也不想见到它了。

D_1说:"怎么啦?"

"恒星在迈向死亡。起源恒星已经死了。"

"它们都会死。这很正常。"

"但所有的能量都消失之后,我们的身体也将死去,你和我也会跟着一起死。"

"还有几十亿年的时间。"

"我希望几十亿年之后它也不会发生。宇宙计算机!恒星怎么才能避免死亡?"

D_1觉得这个问题很可笑:"你在问的是怎么才能逆转熵增。"

随后,宇宙计算机给出了回答:"数据不足,无法给出有意义的答案。"

Z′的思绪飞回了他自己的星系。他不再想着D_1,他的身体可能保存在一个万亿光年之外的世界上,或者在一个跟Z′邻近的恒星上。没什么区别。

闷闷不乐的Z′开始收集星际间的氢气,他想建造一个他自己的小世界。如果恒星终将死去,至少趁来得及,还能多造几个。

人在自省,从精神上来说,人就只有一个。他由万亿亿亿亿个不老的身体组成,每个身体都有自己的地方,每个身体都在安静地休息,不会受到岁月的摧残,每个身体都由完美的机器人无微不至地照顾着,机器人也不会腐朽,而所有身体的心智都自由地相互融合了,难以一一分辨。

人说:"宇宙快死了。"

人看了看昏暗的星系。那些巨大的恒星,那些挥霍无度者,早就消亡了,化作了模糊且遥远的过去中最模糊的记忆。几乎所有的恒星都成了白矮星,慢慢地走向终点。

也生成过新的恒星,用的是恒星之间的尘埃,有些是自然过程,有些是人造的,但它们也消失了。白矮星能相互碰撞,释放出的洪荒之力能创造新的恒星,但一千个白矮星只能产生一颗恒星,而且它们也终将灭绝。

人说:"根据大宇宙计算机的指引,节约使用的话,宇宙中剩下的能量还能支持几十亿年。"

"但即便如此,"人说,"它最终还是会结束。不管如何节约,如何坚持,能量一旦消耗就没了,无法重新利用。熵肯定会增加,直到最大值。"

人说:"熵增可以逆转吗?让我们问一下大宇宙计算机。"

大宇宙计算机围绕着他们,但不是在空间中。它没有任何一部分在空间中。它在超空间,由既不是物质也不是能量的东西构成。它的大小、本质不再是人能够理解的术语可以描述的。

"大宇宙计算机,"人说,"熵增怎样才能逆转?"

大宇宙计算机说:"数据不足,无法给出有意义的答案。"

人说:"收集更多的数据。"

大宇宙计算机说:"我会收集的。我已经收集了一千亿年。我的前任和我曾经被多次问到这个问题。我收集的数据仍然不够。"

"会有一天能收集到足够的数据吗?"人问道,"还是这个问题在任何可预见的情况下都无解?"

大宇宙计算机说:"没有哪个问题在所有情况下都无解。"

人说:"你什么时候能够掌握足够的数据来回答这个问题?"

大宇宙计算机说:"数据不足,无法给出有意义的答案。"

"你会继续努力?"人问道。

大宇宙计算机说:"我会。"

人说:"我们等着你。"

恒星和星系死了,熄灭了,在燃烧了十万亿年之后,太空变得黑暗。

一个接一个地,人与计算机融合了,每一个物理的身体失去了它的心智身份,但过程之中更多的不是失去,而是得到。

人最后的心智在融合之前停了一会儿,它看着空无一物的太空,那里只剩下最后一颗暗星的残渣,四周是非常稀薄的物质,被逐渐散失的热量随机地牵动着,逐渐逼近绝对零度。

人说:"计算机,这就是终结吗?这片混乱不能再逆转成宇宙了?你办不到吗?"

计算机说:"数据不足,无法给出有意义的答案。"

人最后的心智融合了,只有计算机存在——在超空间之中。

质量和能量终结了,跟它们一起终结的还有空间和时间。甚至连计算机的存在,也只是为了解决它从未给出答案的问题。十万亿年之前那个半醉的人问了一台计算机,那台计算机对此刻的计算机而言,远比那时的人跟现在的人分别更大。

所有其他的问题都得到了回答,在这个最后的问题得到解决之前,计算机不会解放自己的意识。

所有的数据都已收集完毕。没有什么可收集的了。

但所有已收集的数据尚未完全关联起来,也没有在所有可能的关系中组合起来。

一段没有时间的时间被用在了此事上。

计算机终于知道了如何逆转熵增。

但现在没人能够听取计算机给出最终问题的答案。没关系。答案本身——通过展示它——也能解决没有听众这个问题。

又过了一段没有时间的时间，计算机思考了如何能完美地做出展示。计算机小心翼翼地组织了程序。

计算机的意识包裹了曾经的宇宙，在已成为混乱的宇宙中沉思。一步接着一步，必须完成。

然后，计算机说："要有光！"

于是，就有了光——

丑陋的小男孩[1]

伊迪丝·费洛斯抻了抻自己的工作服，这是她的习惯动作，然后才打开重重上锁的门，跨过那道看不见的、分开"此"和"彼"两个世界的分界线。她带上了自己的笔记本和笔，虽然她不再记笔记了，除了有时需要写报告而不得不记。

这一次，她还带上了一个箱子。（"给孩子的游戏。"她是笑着对警卫这么说的。警卫早就见惯她了，挥手让她进去。）

跟往常一样，丑陋的小男孩知道她进来了，便跑着来迎接她，嘴里喊着："费洛斯小姐——费洛斯小姐——"声音小小的，口齿也有些不清。

"蒂米。"她伸手捋了捋他形状怪异的小脑袋上乱糟糟的棕色头发，"怎么啦？"

他说："杰瑞还会回来跟我玩吗？我对发生的事感到抱歉。"

"没关系，蒂米。你哭就是因为这个吗？"

他将目光转向了别处："不光是因为这个，费洛斯小姐。我又做梦了。"

"同样的梦？"费洛斯小姐的嘴唇抿紧了。当然，杰瑞事件会把梦带回来。

他点了点头。他想笑一笑，露出了过大的牙齿，往前突出的嘴巴

---

[1] Copyright © 1958 by Galaxy Publishing Corporation.

上，嘴唇咧得大大的："我什么时候才能长大离开这里呢，费洛斯小姐？"

"快了，"她轻声说道，感觉心都要碎了，"快了。"

费洛斯小姐任凭他牵着自己的手，享受着他掌心里粗糙干燥的皮肤带来的温暖。他领着她穿过了组成滞留一区的三个房间。是的，这里还算舒适，却是丑陋小男孩永远的监狱，他已经在这里被关了整整七年（是七年吗？）。

他领着她去了一扇窗户前，看着外面"此"世界中一处繁茂的树林（此刻隐藏在夜色之中），那里有一道篱笆，上面涂着警告的字眼：未经允许，任何人都不得在此逗留。

他的鼻子紧贴着窗户："是去那里吗，费洛斯小姐？"

"去更好的地方，更漂亮的地方。"她悲伤地说道，看着窗户上倒映出他可怜的、被囚禁的小脸轮廓。额头塌陷，显得很平，头发如同草皮一样覆盖在上面。后脑勺突出，似乎把头变得过重，因此它只好往前耷拉着，迫使整个身体都往前弯曲。高耸的眉骨绷紧了他眼睛上方的皮肤。宽阔的嘴巴往前突出，比又宽又塌的鼻子更显眼。他也没有下巴，只有圆润且后缩的下颌骨。他的身材比正常年龄的孩子小，短粗的腿也是弯的。

他是个非常丑陋的小男孩，但伊迪丝·费洛斯打心眼里爱他。

她自己的脸在他的视线后方，所以她没有去控制自己哆嗦的嘴唇。

他们不能杀了他。她会尽一切努力去阻止，一切努力。她打开了箱子，开始取出里面的衣服。

三年多前，伊迪丝·费洛斯第一次走进滞留公司。当时，她对滞留的意思和这地方的用途一无所知。没人知道，除了那些在这里工作的人。不过，她到这里的第二天，新闻就震惊了世界。

当时，他们只是登了个广告，要找一个具备生理学知识、拥有临床化学经验以及喜爱孩子的女人。伊迪丝·费洛斯是产科护士,她相信自己能满足这些要求。

杰拉尔德·霍斯金斯放在桌子上的名牌的姓名后缀着一个博士头衔。他用大拇指刮着脸颊,冷冷地看着她。

费洛斯小姐不由自主地僵硬了,感觉自己的脸抽搐了几下。她的鼻子略微有些不对称,眉毛也异常浓密。

他自己也算不上什么英俊小生,她愤愤不平地心想着。他挺胖的,头也秃了,还长着一张阴沉的嘴——但是工资比她期望的要高很多,所以她耐心地等待着。

霍斯金斯说:"你真的喜爱孩子吗?"

"要是不喜欢的话,我就不会来了。"

"那你只喜欢漂亮的孩子吗?漂亮的、胖乎乎的孩子,长着小圆鼻子,一副可爱的模样?"

费洛斯小姐说:"孩子就是孩子,霍斯金斯博士,那些不漂亮的孩子可能更需要关爱。"

"假设我们雇了你——"

"你是说你会给我这份工作?"

他短暂地笑了笑,在那个瞬间,他那张大脸上显示出了孩子气的魅力。他说:"我做决定很快。不过,合约只是临时的,我要赶你走的决定也会很快。你准备好来试试了吗?"

费洛斯小姐抓紧了自己的皮包,用最快的速度计算了一下,随后又无视了计算结果,决定跟随自己的直觉:"好的。"

"好。我们计划在今晚设立滞留区,我认为你最好马上去那里接手。晚上8点,希望你能在7点半就赶到。"

"但是——"

"行了,行了。谈话结束。"他给了个信号,一位笑吟吟的秘书进来催着她离开了。

费洛斯小姐回首看着霍斯金斯博士关上的房门。滞留区是什么？这个简陋的建筑——里面挂着工牌的雇员、临时搭建的走廊、毋庸置疑的工程师气息——跟孩子有什么关系呢？

她在想晚上是不是干脆别去了，给这个傲慢的家伙一个教训。但是她知道自己会去的，只是出于关心。她必须了解孩子们发生了什么。

她在7点半的时候回来了，也不必做自我介绍。一个接一个的，男人和女人似乎都知道她和她的职能。她茫然无措地往里走着。

霍斯金斯博士也在，他只是远远地看着她，嘟囔着打了个招呼："费洛斯小姐。"

他甚至都没示意让她坐下，但她拿起一把椅子，平静地把它拖到栏杆边，坐了下来。

他们在一个阳台上，俯视着一个大坑，坑里满是各种仪器，看着像是飞船的控制面板和计算机工作界面的混合体。坑的一边有几堵墙，似乎组成了一个没有天花板的公寓。一个巨大的玩具屋，从她这里能看到房间的里面。

她看到其中一个房间里有电饭锅和冰箱，另一个房间则用作洗手间。而且，可以肯定的是，第三个房间中那个她能看清的物体只能是床的一部分，一张小小的床。

霍斯金斯在和另外一个男人说话，加上费洛斯小姐，他们三个构成了阳台上所有的观众。霍斯金斯没有介绍那个男人是谁，费洛斯小姐偷偷地打量了他一眼。他长得挺瘦，很英俊，正值中年。他留着小胡子，锐利的眼神似乎不会放过任何细节。

他说："我不会假装我全搞懂了，霍斯金斯博士。我的意思是，作为一个门外汉、一个具备合理智慧的门外汉，我只能听个大概。不过，我对某个部分的理解似乎更深入一些，也就是跟选择区间有关的部分。你只能在某个既定的区间内做选择，这是合理的。你看得越远,事物也就越模糊。它需要更多的能量——但是,近的地方也有限度,你不能更近了。这我就不能理解了。"

"我能让它显得没有那么矛盾,迪夫尼,你来听一下我的类比。"

费洛斯小姐一听到他的名字就认出了这个男人,不由得产生了敬意。他显然就是坎戴德·迪夫尼,电讯新闻的科学作者,以出现在所有重大科学突破的现场而闻名。她甚至认出了他的脸,跟播报登陆火星时她在新闻屏上看到的那张脸一样。因此,霍斯金斯博士肯定在这地方有要紧的事情。

"欢迎使用类比,"迪夫尼愁眉不展地说,"你觉得会有帮助就行。"

"那好吧,假如一本普通字号的书离你有六英尺远,你肯定看不清,但把它拿近到一英尺远,你就能看清了。所以,越近越好。但是,如果书离你只有一英寸,你又看不清了。这说明太近了也不行,明白吗?"

"有意思。"迪夫尼说。

"再举个例子。你的右肩离你右手的食指尖大概有三十英寸,你能把你右手的食指放到右肩上。你的右手肘离你的右手食指只有一半的距离,根据平常的逻辑,它应该更容易够到,你却无法用你的右手食指触碰到右手肘。这也是因为距离太近。"

迪夫尼说:"我可以在故事里引用这些类比吗?"

"当然可以。我很乐意。我为等一个像你这样的人来写故事已经很久了。我会给你你想要了解的一切。时机终于成熟了,我们希望世界能跟着我们一起看。他们会看到好东西。"

费洛斯小姐不由自主地佩服起他的稳重。他的稳重里有股力量。

迪夫尼说:"你能看到多远?"

"四万年。"

费洛斯倒吸了一口凉气。

年？

空气中弥漫着紧张的气氛。控制台前的男人们一动也不动。一个站在麦克风前的男人用单调的语气在对着麦克风小声说话，费洛斯小姐一点都不懂他嘴里冒出的短语是什么意思。

迪夫尼靠在栏杆上，俯身专心地看着："我们能看到什么吗，霍斯金斯博士？"

"什么？看不到。工作完成之前，什么都看不到。我们是间接观测，就像是用雷达看东西，只不过我们用的是介子，而不是辐射。在适当的条件下，介子可以反射回来。我们必须先分析反射波。"

"听上去很困难啊。"

霍斯金斯又笑了，跟平常的笑一样短暂："这是五十年研究的最终成果。在我进入这个领域之前已经研究了四十年——是的，它很难。"

站在麦克风前面的男人举起了一只手。

霍斯金斯说："我们对准时间中某个特定的时刻已经好几个星期了，打破它，并计算我们在时间上的位移之后再重塑它，确保我们能以足够的精度处理时间流。现在肯定能行了。"

但他的额头上冒出了汗珠。

伊迪丝·费洛斯发现自己已经离开了椅子，靠在栏杆上，但看不到有什么东西。

麦克风前面的男人轻声说道："开始。"

寂静，但只维持了一次呼吸的时间，紧接着玩具屋的房间里传来了一个小男孩惊恐的叫声。惊恐，令人不寒而栗的惊恐。

费洛斯小姐的头扭向了叫声的方向。跟孩子有关，她都忘了。

霍斯金斯用拳头捶着栏杆，紧张地说道："成功了。"颤抖的声音中透着胜利的喜悦。

费洛斯小姐被催促着走下狭窄的旋转楼梯，霍斯金斯的手掌用力地压在她的肩胛骨上。他没有跟她说话。

控制台旁的男人们此刻都站了起来，笑着，抽着烟，看着他们三个走到一楼。从玩具屋的方向传来了轻微的嗡嗡声。

霍斯金斯对迪夫尼说："进入滞留区非常安全。我已经进去过一千遍了。你会有一种奇怪的感觉，但它很快就会消失，不会有任何问题。"

作为示范，他率先走入一扇敞开的门。迪夫尼的脸上挂着僵硬的笑容，明显地深吸了一口气，跟上了他。

霍斯金斯说："费洛斯小姐，请跟上。"他不耐烦地勾了勾手指。

费洛斯小姐点了点头，机械地走了进去。仿佛有波纹穿过了她的身体，让她觉得体内有些痒。

但一旦进去之后，一切都似乎很正常。这里有玩具屋新鲜木头的气味，还有——不知什么原因——还有泥土的味道。

现在，这里很安静，至少没有声音，但接着又传来了搓脚的声音、手挠木头的声音——最后传来了一声低吼。

"他在哪里？"费洛斯小姐焦急地问道。难道这些愚蠢的男人不关心吗？

男孩在卧室里，或至少是一间放着床的房间。

他赤身站着，小小的、脏兮兮的胸膛剧烈地起伏着。棕色赤脚周围的地板上散落着泥土和草叶。泥土的味道就是从那里来的，隐隐有股臭味。

霍斯金斯看到她惊恐的目光，不耐烦地说道："你不能干干净净地把一个男孩从时间里抽离出来，费洛斯小姐。我们必须把他周围的东西跟他一起弄过来，以防万一。难道你更希望看到他缺了一条腿或少了半个脑袋？"

"别说了!"费洛斯小姐说道,因为反感而愤怒,"我们要一直这么站下去吗?这个可怜的孩子吓坏了。身上还很脏。"

她是对的。他身上覆盖了一层油乎乎的泥巴,大腿上还有一道划痕,又红又肿。

看到霍斯金斯走了过来,这位看着刚过三岁的男孩猫低了身子,飞快地往后退去。他噘起上嘴唇,发出嘶嘶声,就像是一只猫。霍斯金斯猛地出手抓住了孩子的两条胳膊,把他举了起来。他在半空中挣扎着,尖叫着。

费洛斯小姐说:"抓紧他。先给他洗个热水澡,把他洗干净。你们有设备吗?有的话,让人送过来。我需要帮手。看在上帝的分儿上,还要有人来把地上的垃圾清走。"

她又开始发号施令了,对此她感觉很在行。此刻她是一个高效的护士,而不是一个疑惑的旁观者。她用医护人员的目光审视着这个男孩——却因为过于震惊而迟疑了。她的目光穿过了泥土和尖叫,穿过了乱蹬的四肢和无用的挣扎。她看到了孩子本人。

这是她有生以来看到过的最丑陋的孩子。从他形状怪异的头,一直到他的罗圈腿,都异常丑陋。

她在三个男人的帮助下把孩子洗干净了,其余的人则忙着打扫房间。她一言不发地工作着,肚里憋着一股火,因为孩子在不停地挣扎和尖叫,也因为她浑身都被肥皂水给打湿了,显得很狼狈。

霍斯金斯博士曾暗示过孩子可能会不太好看,但他的说法离事实差得太远,不太好看显然不足以用来形容令人憎恶的畸形。而且孩子身上还有股怪味,肥皂水只是将味道稍微掩盖了一点。

她有股强烈的冲动,想要把沾满肥皂水的孩子塞进霍斯金斯的怀里,并就此离开。但她仍保持着职业精神。毕竟,她接受了这份任务——她也怕他眼睛里那道冰冷的目光,仿佛在跟她说:只喜欢漂亮的孩子，费洛斯小姐？

他站在远处，平静地看着他们。当他撞上她的视线时，脸上露出了似笑非笑的表情，仿佛在嘲笑她的愤懑。

她决定先不急于退出。要是现在退出了，会让他看低自己的。

随后，当孩子变成了可以忍受的粉红色，身上散发出肥皂的香味时，她感觉好些了。孩子开始仔细地观察起屋子里的每一个人，惊恐疑虑的目光迅速地从他们身上一一扫过，他的哭喊也变成了疲惫的呜咽。洗干净之后，他赤裸的身体显得很瘦弱，在寒气之中颤抖着。

费洛斯小姐厉声说道："给孩子拿件睡衣来！"

立刻有人拿来了睡衣。一切仿佛都准备就绪，但非要她下达了命令之后才会得到执行。仿佛他们故意要让她来负责，不会主动帮她，可能是要考验她。

记者迪夫尼走上前来说道："我来抱他，小姐。你一个人穿不上的。"

"谢谢。"费洛斯小姐说。的确是一场战斗，但最终睡衣还是穿上了。然后，当孩子想要把它撕开时，她狠狠地打了一下他的手。

孩子的脸涨红了，但没有哭。他盯着她，叉着手指缓慢地抚过了睡衣的法兰绒布料，感受着它的奇特。

费洛斯小姐拼命想着：好，接下来该干什么呢？

每个人似乎都停止了动作，等着她——甚至包括这个丑陋的小男孩。

费洛斯小姐厉声说道："准备好食物了吗？牛奶？"

准备好了。一个便携式装置被推了进来，它的冷藏箱内放着三夸脱[1]的牛奶。它还附带一个加热装置，以及一系列的辅食，包括维他命

1　英制及美制的容量单位，1英制夸脱约为1.1365升，1美制湿量夸脱约为0.946升，1美制干量夸脱约为1.101升。

滴剂、微量元素糖浆和别的她暂时还顾不上的东西。总之有各种自加热的儿童罐头食品。

她拿起了牛奶，就只是简单的牛奶。仅花了十秒钟，雷达装置就将牛奶加热到预设的温度，然后咔嗒一声停了。她往茶碟里倒了些牛奶。她对男孩的野性有一定的了解。他显然不会用杯子。

费洛斯小姐点着头对男孩说道："喝。喝。"并做了个要把牛奶送进自己嘴里的姿势。男孩的目光追随着她，但没有动。

突然间，护士采取了直接行动。她用一只手抓住男孩的胳膊，另一只手在牛奶里蘸了蘸。她把手指放进男孩的双唇之间，牛奶从他的脸颊和后缩的下巴上流了下来。

刹那间，男孩发出一声尖叫，接着，他的舌头舔了舔湿润的嘴唇。费洛斯小姐往后退了几步。

男孩靠近了茶碟，朝它弯下腰，却又很快地抬头前后观望了一下，似乎在担心有什么潜伏的敌人。随后，他又弯下腰，急切地舔食着牛奶，像猫一样。他发出喷喷的声音。他没有用手去拿起茶碟。

费洛斯小姐不禁一阵反感，脸上也暴露了内心的想法。她控制不住。

迪夫尼可能看到了。他说："护士知道吗，霍斯金斯博士？"

"知道什么？"费洛斯小姐追问道。

迪夫尼迟疑了，但霍斯金斯说（脸上又露出了似笑非笑的表情）："好吧，告诉她吧。"

迪夫尼跟费洛斯小姐说："你可能还没意识到，小姐，但你成了史上首位照顾过尼安德特孩子的女士。"

她压抑着怒火，转身对霍斯金斯说："你早该跟我说的，博士。"

"为什么？有区别吗？"

"你说是个孩子。"

"他不就是个孩子吗?你养过小狗或小猫吗,费洛斯小姐?它们跟人类更接近吗?假如他是一只小猩猩,你还会反感吗?你是个护士,费洛斯小姐。你的记录显示你在产科工作过三年。你曾经拒绝过照顾畸形儿吗?"

费洛斯小姐感觉自己就要输了这场争辩。她用远不如刚才肯定的语气说道:"你早该跟我说的。"

"好让你拒绝接受这个职位?好吧,你现在想拒绝吗?"他冷冷地看着她,迪夫尼站在屋子的另一头看着他们,而尼安德特男孩已经喝完了牛奶、舐干了杯碟,抬头看着她,湿漉漉的脸上瞪着一双渴望的大眼睛。

男孩指着牛奶,突然间蹦出了一串短暂的叫声,一遍又一遍地重复着,叫声由喉音和复杂的弹舌音构成。

费洛斯小姐惊讶地说:"真没想到,他还能说话。"

"当然。"霍斯金斯说,"尼安德特人算不上是一个完全不同的物种,而是智人的一个亚种。他为什么不能说话呢?他可能是在要更多的牛奶。"

费洛斯小姐下意识地朝牛奶瓶伸出手,但霍斯金斯抓住了她的手腕:"别急,费洛斯小姐,在做出下一步行动之前,你会留下来继续工作吗?"

费洛斯小姐不耐烦地甩开了他的手:"我不喂他的话,难道你来喂他吗?我会陪他——待一阵子。"

她倒出了些牛奶。

霍斯金斯说:"那我们就让你来照看这个孩子,费洛斯小姐。这扇门是通往滞留一区唯一的一扇门,它的锁很牢靠,门口还有警卫把守。我想让你搞明白锁的细节,它会记录你的指纹,我的指纹已经记录进去了。上方的空间(他抬头看了看玩具屋敞开的上方)也有人把守,有任何动静的话,我们都会接到警报。"

费洛斯小姐愤愤地说:"你的意思是我会受到监视?"她突然联想到刚才从阳台上观察房间内部的情景。

"不会,不会,"霍斯金斯严肃地说,"我们会完全尊重你的隐私。观察画面只由电子信号组成,完全交由计算机处理。今晚你要和他住在一起,费洛斯小姐,今后的每一晚都是,直到另行通知为止。你在白天可以下班,找一个你方便的时间。时间安排由你自己来定。"

费洛斯小姐面带疑惑地看了看玩具屋的四周:"为什么要这么麻烦,霍斯金斯博士?这孩子有危险吗?"

"这跟能量有关,费洛斯小姐。他绝不能离开这些房间。永远不能。一秒钟也不能。任何理由都不能。他有生命危险也不能,哪怕你有生命危险也不能,费洛斯小姐。听明白了吗?"

费洛斯小姐仰起了下巴:"我听明白了,霍斯金斯博士。作为一个职业护士,我习惯了将义务置于我的生命之前。"

"很好。有需要的话,你随时能发信号。"说完后,两个男人离开了。

费洛斯小姐转身看着男孩。他在看着她,杯碟里还剩着牛奶。她不厌其烦地想要示范如何拿起杯碟举到他的嘴边。他一直在抗拒,不过已允许她触碰他,并且不会发出叫声。

他惊恐的目光一直盯在她身上。盯着,盯着,想要看她是否会做出不妥的举动。她想要试着安慰他,伸手缓缓摸向他的头发,让他看清每一英寸的过程,让他明白她没有恶意。

她终于成功地摸了一下他的头发。

她说:"我来教你怎么用洗手间。你有信心学会吗?"

她说得很轻,很和蔼,知道他不可能听懂,但希望他能对语气中的善意产生反馈。

男孩又发出了一个弹舌音。

她说:"我能握住你的手吗?"

她伸出了自己的手,男孩看着它。她一直伸着手等待着。男孩也终于迟疑地伸出了自己的手。

"对了。"她说。

他的手离她的只有一英寸的距离了,但随后男孩又丧失了勇气。他一下子把手抽了回去。

"没事,"费洛斯小姐平静地说,"我们以后再试。你坐到这儿来,好吗?"她拍了拍床垫。

时间一个小时接一个小时地过去,进展却只有一分一毫。她既没能成功让他上厕所,也没能让他上床。在露出绝对是困了的迹象后,孩子直接躺在了地上,一下子就滚到了床底下。

她弯腰看着他,他注视着她,对她弹了一下舌。

"没事,"她说,"你要是觉得那里安全,就睡在那里吧。"

她关上了洗手间的门,回到最大的那间房间里为她准备的小床上。在她的坚持之下,房间上面加盖了一个临时的顶棚。她心想:假如那些愚蠢的男人希望我在这里过夜的话,一定要让他们在这个房间里放一面大镜子和一个大衣橱,外加一个独立的洗手间才行。

她难以入睡。她发现自己一直在紧张地注意着隔壁的动静。他应该出不来吧。竖直的墙壁异常地高,但要是这孩子能像猴子一样攀爬呢?对了,霍斯金斯说过那里装了能俯瞰的监视设备。

她突然想道:他有攻击性吗?会伤害我吗?

诚然,霍斯金斯应该不是那个意思。诚然,他不会留她一个人在这里,要是……

她想要笑话自己。他只是一个三四岁的孩子。不过,她还是没能成功地帮他剪指甲。假如他趁她睡着的时候用指甲和牙齿攻击她……

她的呼吸变得急促。哎,太荒谬了,然而……

她依然用心地聆听着，这次她听到了声音。

孩子在哭。

不是恐惧或愤怒的嘶吼，不是呐喊或尖叫，而是轻声的哭泣，一个孤独的男孩发出的令人心碎的哭泣。

费洛斯小姐第一次感受到了心痛：可怜的小家伙！

当然，他还是个孩子，他的头再怎么怪又有什么关系呢？一个成了孤儿的孩子比其余的孩子都更加孤独。他不仅见不着他的父母了，而且整个物种都不见了。他被无情地从时间里掠走了，在现时世界上，他是他这个种类唯一的生物——最后一个，也是唯一一个。

她替他可怜，并为自己的无情而感到羞耻。她小心地将睡衣抻到小腿处，下了床，走向了孩子的房间，边走还边不搭调地想，明天得带一件浴袍来。

"小家伙，"她轻声呼唤着，"小家伙。"

她刚想伸手去摸床底下，但想到可能会被咬，就停下了。她转而打开夜灯，移走了床。

可怜的家伙蜷缩在角落里，膝盖顶着下巴，用迷离且疑惑的眼神看着她。

在昏暗的灯光下，她觉得他没有那么可憎了。

"小可怜，"她说，"小可怜，"她抚摩着他的头发，能感觉到他先是僵硬了，然后又放松了，"小可怜，我能抱你吗？"

她坐在他身旁的地板上，和缓且有节奏地摸着他的头发、他的脸颊和他的手臂，她开始哼起了悠扬的歌声。

听到歌声后，他抬起头，盯着朦胧光线下她的嘴巴，仿佛对声音很好奇。

趁着他被歌声吸引，她把他挪到自己身边。她缓慢地压着他脑袋的一侧，直到他靠在了她的肩膀上。她将胳膊放到他的大腿底下，用和缓轻柔的动作将他抱到了她的大腿上。

她继续唱着歌,一遍遍重复着简单的曲调,同时开始前后摇晃起身体。

他不再哭泣,过了一会儿,他发出了平缓的呼呼声,显示他已经睡着了。

她万分小心地将他的床推回去靠在墙上,然后把他放了下来。她替他盖好被子,低头注视着他。他睡着时的脸看着如此宁静,即使再怎么丑,也不要紧了。真的。

她正要踮着脚离开,却又想到,要是他醒了呢?

她回来了,内心挣扎了一番,随后叹了口气,慢慢地爬上孩子的床。

床对她来说太小了。她蜷成一团,且因为没了顶棚而感到不自在,但孩子的手伸进了她的手心里,不知怎的,她就以这样的姿势睡着了。

她惊醒了,内心涌起想要尖叫的强烈冲动。她压抑了自己的冲动,把尖叫变成一阵咕咕的喉音。男孩瞪大眼睛看着她。她花了很长时间才想起自己上了他的床。此刻,她避开了他的目光,慢慢地伸出一只脚踏到地上,然后是另一只脚。

她担心地朝着敞开的屋顶飞快地瞟了一眼,随后绷紧了肌肉准备好快速逃离。

但就在此时,男孩伸出短粗的手指,碰了碰她的嘴唇。他没说话。

她往后缩起了身子。在白天的光线下,他看着异常丑陋。

孩子开口说话了。他张开嘴,用手示意着,仿佛有东西会从里面出来。

费洛斯小姐揣测着他的意图,颤声说道:"你想让我唱歌?"

孩子什么也没说,只是盯着她的嘴。

费洛斯小姐哼起了昨晚她唱过的歌,因为紧张而有些跑调了。丑陋的小男孩笑了。他配合着曲子笨拙地摇摆起身子，发出了咯咯的声音，可能是笑的前奏。

费洛斯小姐在内心叹了口气。音乐具有安抚野人的魔法。它或许能帮她——

她说："你等着。我先收拾好自己，很快就好。然后我给你做早饭。"

她的动作很麻利，一直都没忘了这房间没有屋顶。男孩留在床上，她出现在他的视野中时，他就会盯着她看，而她则会冲着他笑笑，并挥挥手。他终于也挥手回应了，她觉得他还挺可爱的。

收拾停当之后，她说："喜欢吃燕麦泡牛奶吗？"她花了点时间准备，然后冲他招手。

费洛斯小姐不知道他是理解了这手势的意思，还是只是被香气吸引了，总之他下了床。

她想教他怎么用勺子，但他害怕地闪开了（有的是时间，她心想）。她妥协了，转而坚持让他用手拿起碗。他笨拙地做到了，洒得到处都是，但大部分还是进了他嘴里。

这次，她试着让他从玻璃杯里喝牛奶，小男孩发现杯口太小，脸伸不进去之后，发出了哀鸣。她抓住他的手，强迫他握住杯子，并教他把杯子倾斜，把他的嘴压到杯口上。

又洒得到处都是，但大部分还是进了他的嘴。她也习惯了脏乱。

令她惊讶和宽慰的是，上厕所倒是没有那么麻烦。他理解了她想要让他做的事情。

她发现自己在拍他的头，嘴里说着："好孩子。乖孩子。"

令费洛斯小姐无比高兴的是，孩子竟然笑了。

那天稍晚时候，记者先生来了。

她怀里抱着那个孩子，他紧紧地攀着她，敞开的门外面已架好了摄像机。喧闹吓到了孩子，他开始哭。又过了十分钟，费洛斯小姐才被允许离开,她把孩子抱到了隔壁房间。

再次出现时,她面带怒容,径直走出公寓(离她进来已经有十八个小时了),关上身后的门:"我觉得你待的时间够长了。我要花不少时间才能让他安静下来。请走吧。"

"好的,好的,"来自《时代先驱》的先生说,"但他真的是尼安德特人,还是只是一场恶作剧?"

"我向你保证,"霍斯金斯的声音突然从背后冒了出来,"这绝对不是恶作剧。这孩子真的是尼安德特人。"

"男孩还是女孩?"

"男孩。"费洛斯小姐简短地答道。

"猿孩,"《每日新闻》的先生说,"这才是他真正的身份。猿孩。他表现得怎么样,护士?"

"他表现得就跟一个小男孩一样,"费洛斯小姐喝道,感觉受到了冒犯,"而且他不是猿孩,他的名字叫……叫蒂莫西,蒂米……他的举止完全正常。"

她情急之下随意选了蒂莫西这个名字。它是第一个从她脑子里冒出来的。

"猿孩蒂米。"《每日新闻》的先生说。后来,"猿孩蒂米"成了他在这个世界上的名字。

《全球通信》的先生转身看着霍斯金斯说:"博士,你打算拿猿孩怎么办?"

霍斯金斯耸了耸肩:"在我证明了把他带到这个世界上是可行的之后,我原本的计划就完成了。不过,我猜人类学家会非常感兴趣,还有生理学家。毕竟,我们在此拥有一个跟人非常接近的生物。我们从中能学到很多有关我们自己和我们祖先的知识。"

"你打算把他关多久?"

"直到我们想把这地方另作他用。应该是很久以后了。"

《每日新闻》的先生说:"你能把他带出来吗?我们可以安排亚以太的设备,来一场直播。"

"对不起,孩子不能离开滞留区。"

"到底什么是滞留区?"

"哈!"霍斯金斯不禁露出了得意的笑容,"解释起来很麻烦,先生们。在滞留区内,我们所知的时间并不存在。那些房间位于一个看不见的肥皂泡之内,它并不是我们这个宇宙的一部分。这就是为什么那孩子能从时间中被攫取。"

"等等,"《每日新闻》的先生不满地问道,"你在糊弄我们吧?护士怎么能进去和出来呢?"

"你们也都可以,"霍斯金斯一本正经地说,"你们的移动跟时间线平行,不会产生大量的能量流失或增益。然而,这孩子却是我们从过去带来的。他沿着时间线位移了,获得了时间势能。把他带进我们的宇宙和我们的时间,会吸收大量能量,足以烧掉这地方所有的电线,可能会让整个华盛顿停电。我们不得不把跟他一起被带来的垃圾存在滞留区里,只能一点一点地清理。"

记者们在听着霍斯金斯讲解的同时,忙着记笔记。他们听不懂,他们相信自己的读者也搞不懂,但它听上去挺科学的,这就够了。

《时代先驱》的先生说:"今晚您有空做个全线路采访吗?"

"有的。"霍斯金斯立刻说道。随后,他们都离开了。

费洛斯小姐看着他们的背影。她对滞留区和时间线就跟记者们一样摸不着头脑,但她还是设法做出了自己的解读。蒂米的监禁(她突然发现自己开始管这个男孩叫蒂米了)是必需的,而且不是霍斯金斯下令的。显然,让他离开滞留区是不可能的,永远都不可能。

可怜的孩子。可怜的孩子。

突然,她听到他在哭,便匆匆跑去安慰他。

费洛斯小姐没有机会观看霍斯金斯接受全线路采访,尽管他的采访被转播到了世界各地,甚至到了月球上的前哨站,但它没能穿透费洛斯小姐和丑陋小男孩居住的公寓。

第二天早上,霍斯金斯下来了,全身焕发着喜悦。

费洛斯小姐说:"采访还顺利吗?"

"非常顺利。他——蒂米怎么样?"

费洛斯小姐听到霍斯金斯叫了小男孩的名字之后很高兴:"很好。蒂米,过来,这位和蔼的先生不会伤害你的。"

但是蒂米依旧留在另外一个房间里,门后时不时地露出他的一头乱发,偶尔还有一只眼睛。

"实际上,"费洛斯小姐说,"他适应得很快。他很聪明。"

"你觉得奇怪吗?"

她迟疑了一下,接着说:"是的。我猜我还是把他当成了猿孩。"

"好吧,不管是不是猿孩,他帮了我们的大忙。他让滞留公司出名了。我们成功了,费洛斯小姐,我们成功了。"仿佛他必须分享成功的喜悦,即便对象只是费洛斯小姐。

"噢。"她等着他说下去。

他把手插进兜里,说道:"十年以来,我们一直在走钢丝,到处找资金,哪怕一分钱都恨不得掰成两半花。我们一定要演好这出大戏。要么成功,要么一无所有。我说的大戏可真的是大戏。带回一个尼安德特男孩花光了我们能借来、偷来的每一分钱,有部分的确是偷来的——其他项目的基金,在未经允许的情况下被挪用到了这个项目上。假如实验未能成功,我就完了。"

费洛斯小姐突然问道:"这就是没有天花板的原因?"

"什么?"霍斯金斯抬起了头。

"是没钱盖天花板吗?"

"噢,那不是唯一的原因。我们事先无法知道这个尼安德特人会有多大年纪。我们只能透过时间看个大概,他可能会是个大个子,而且很野蛮。可能我们必须从远处跟他打交道,像是对关在笼子里的野兽那样。"

"既然结果不是那样的,我猜你现在可以盖个屋顶了?"

"现在可以了。我们有足够的钱了。各种机构都承诺了要给资金。一切都很完美,费洛斯小姐。"他宽阔的脸膛上洋溢着笑容,一直到他离开笑容还未消失,甚至连他的后背似乎都在笑。

费洛斯小姐心想:当他放下戒心,忘了科学家的身份之后,他还是个挺好的家伙。

她发了一小会儿愣,在想他是否已经结婚,随后又羞涩地打消了这个念头。

"蒂米,"她喊道,"过来,蒂米。"

几个月过去了,费洛斯小姐感觉自己变成了滞留公司密不可分的一部分。她分到了一个小办公室,门上钉着她的名字。办公室离玩具屋很近(她一直都称蒂米的滞留区肥皂泡为玩具屋)。她的工资也涨了不少。玩具屋盖上了屋顶,家具也配齐了,款式也提升了,又新添了一个洗手间——她甚至还在研究所里分到了一间自己的公寓,偶尔她不会陪蒂米过夜。在玩具屋和她的公寓之间安上了对讲器,蒂米也学会了怎么用。

费洛斯小姐习惯了蒂米。她甚至都不怎么注意到他的丑陋了。一天,她发现自己盯着街上的一个普通男孩,觉得他高耸的额头和尖尖的下巴显得很扎眼。她不得不晃了晃脑袋才回过神来。

霍斯金斯偶尔的来访总是令她愉快。显然,他也乐于从日益忙碌的滞留公司一把手的位置上偷闲片刻。他对开启了这一切的孩子还是有感激之情的,但费洛斯小姐觉得他同样也喜欢跟她说话。

(她也了解了一些霍斯金斯的事。他发明了时间穿透波反射信息的分析方法,他的冷漠只是为了隐藏善良的本性,对了,他结婚了。)

费洛斯小姐无法习惯的是她其实身处一项科学实验之中。尽管她努力了,她还是发现自己掺杂了私人感情,甚至都到了跟生理学家争吵的地步。

有一次,霍斯金斯下来,发现她正处于盛怒之中。他们没有权力,他们没有权力——即便他是一个尼安德特人,他仍然不是一头动物。

她两眼冒火地盯着他们的后背。她的目光穿过敞开的门,耳边是蒂米的哭泣声。直到霍斯金斯站到她眼前,她才注意到他来了。他肯定来了有一阵子了。

他说:"我能进来吗?"

她略微一点头,随后快步走向蒂米,蒂米抱住了她,两条罗圈腿缠在她身上。他的腿还是那么细——太细了。

霍斯金斯看着,沉声说道:"他看着很不高兴。"

费洛斯小姐说:"这不怪他。他们现在每天都要抽他的血,检查他的身体。他们给他吃人造食物,连猪食都不如。"

"他们不能在人类身上做这种实验,你知道的。"

"他们也不能在蒂米身上做。霍斯金斯博士,我抗议。你告诉我说是蒂米让滞留公司出了名。假如你对此还抱有丝毫的感激之情,至少在这个可怜的小家伙长大懂事之前,不要再让这帮人来了。在他们粗暴地对待他之后,他会做噩梦,睡不着觉。现在,我警告你(她突然就达到了怒气的高潮),我不会再让他们进来了。"

(她意识到自己刚才是喊出了那句话,她实在是控制不住了。)

她放低了点音量说道:"我知道他是尼安德特人,但我们对尼安德特人了解得太少了。我读了些关于他们的书。他们有自己的文明。人类最伟大的一些发明就源自尼安德特时期,例如驯养动物,制作轮子,打磨石头。他们甚至有精神上的追求。他们埋葬他们的亡人,把生前物品跟死者埋在一起，显示他们也相信有死后的生活，证明他们发明了宗教。这难道不意味着蒂米有权得到人道的对待吗？"

她温柔地拍着男孩的屁股，让他去自己的游戏室玩耍。门是开着的，霍斯金斯看到里面的玩具时短暂地笑了笑。

费洛斯小姐辩解道："这是可怜的小家伙应得的。这是他的所有，他遭受了这么多虐待才得到这些。"

"没事，没事，我没意见，我向你保证。我只是在想，你跟刚来的时候比起来变得太多，当时你因为我强加给你一个尼安德特人而非常生气。"

费洛斯小姐低声说道："哪有——"声音小得听不见了。

霍斯金斯转移了话题："你觉得他几岁了，费洛斯小姐？"

她说："我不确定，因为我们不知道尼安德特人的生长周期。从体形上看，他可能只有三岁，但尼安德特人普遍身材较小，而且他们又在他身上乱弄一气，估计他也不会再长了。不过，从他学英语的速度来看，我觉得他肯定大过四岁。"

"真的吗？我没注意到报告中提到他学英语这回事。"

"他不会跟任何人说话，除了我。至少目前是如此。他非常害怕其他人，这用不着我解释了吧？他能开口要吃的，他能说出任何特定的需要，他也能听懂绝大部分我说的话。不过（她警觉地看着他，琢磨着是否是时候说出这话了），他的进步可能不可持续。"

"为什么？"

"任何孩子都需要刺激，而他生活在一个完全封闭的环境中。我尽了我的能力，但我不能时刻跟他待在一起，而且他需要的不只是我。我的意思是，霍斯金斯博士，他需要其他男孩作为玩伴。"

霍斯金斯缓缓点了点头："不幸的是，只有他一个人来了这里，不是吗？可怜的孩子。"

费洛斯小姐趁热打铁："你喜欢蒂米，不是吗？"有另外一个人也抱有同样的感情可真好。

"噢,是的。"霍斯金斯说,他放下了防备之后,她能看到他眼里的疲惫。

费洛斯小姐立刻就放弃了想要乘胜追击的计划。她关切地说:"你看起来累坏了,霍斯金斯博士。"

"是吗,费洛斯小姐?那我得加紧练习,让自己看上去更有生气。"

"我猜滞留公司肯定有很多事,让你一直忙个不停。"

霍斯金斯耸了耸肩:"你猜对了。动物、植物和矿物三管齐下,费洛斯小姐。不过,我猜你还没看过我们的展品?"

"还没——不是因为不感兴趣,只不过我实在是太忙了。"

"好吧,现在你并不是特别忙。"他下意识地做出了决定,"明天十一点我来找你,给你当一次私人导游。怎么样?"

她高兴地笑了:"太好了。"

他点了点头,笑着转身离开了。

当天剩余的时间里,费洛斯小姐时不时就会哼起小曲。说真的——当然,产生这种想法实属荒谬——但说真的,这听上去就像……像是一次约会。

第二天他准时出现了,面带笑容,心情愉快。她换下了她的护士装,穿上了裙子,当然是一件剪裁保守的裙子,但她已经多年没有这么女性化的感觉了。

他一本正经地称赞了她的打扮,她也用同样正式的礼节接受了他的称赞。真是一个完美的前奏,她心想。随后,她又冒出了另一个想法:是什么东西的前奏呢?

她阻止了自己想下去,转而匆匆跟蒂米说再见,并向他保证自己很快就会回来。她确认他都听懂了,也记住了午饭放在哪里。

霍斯金斯带着她去了新的翼楼，去了她从未去过的地方。这里还残留着新房的味道，也能隐约听到工地的声音，显示这里仍然在加盖。

"动物、植物和矿物，"霍斯金斯跟他昨天说的一样，"动物就在这里，我们最壮观的展品。"

这里的空间被分割成了很多个房间，每个都是一个独立的滞留肥皂泡。霍斯金斯带着她去了其中一个的观察窗前，她往里看。乍看之下，她以为是一只长着鳞片和尾巴的鸡。精致的、像鸟一样的脑袋杵在两条细细的腿上，它左看右看，从一面墙踱步到另一面墙，脑袋上还顶着一片像龙骨一样的骨片，就像是公鸡的鸡冠。小小的前肢上的爪子在不停地收拢和放松。

霍斯金斯说："这是一头恐龙。我们把它抓来有几个月了。我不知道什么时候能放它走。"

"恐龙？"

"你以为它们都很大吗？"

她露出了酒窝："我猜是的。我知道有些恐龙很大。"

"我们的目标就是要抓个小的，没跟你开玩笑。通常它都处于研究之中，但现在有一个小时的空当。我们发现了一些有趣的现象。例如，恐龙并不是完全冷血的动物。它有一个并不完美的、将体温维持在高于环境温度的方法。不走运的是，它是只雄性。自从将它带来之后，我们一直想要找一只雌性，但还没能成功。"

"为什么要雌性的？"

他不解地看着她："这样我们就有机会能得到受精卵，孵出小恐龙。"

"明白了。"

他领着她去了三叶虫的展室。"这是华盛顿大学的德韦恩教授，"他说，"他是核化学家。如果我没记错的话，他在测量水中氧同位素的含量。"

"为什么?"

"这是原水,至少有五亿年的历史了。同位素含量能给出那个时候海洋的温度。他本人碰巧对三叶虫不感兴趣,但其他人则都忙着解剖三叶虫。他们是幸运儿,因为他们只需要解剖刀和显微镜就行了。德韦恩每次做实验时,都必须安装一个大型光谱仪。"

"为什么呢?他就不能——"

"不能。他不能把任何东西带出这个房间,在任何情况下都不行。"

这里还有原始植物的样本和大块的岩石标本。这些就是植物和矿物了。每一个样本都有对应的研究员。它就像是一个博物馆,一个生命的博物馆,一个活跃的研究中心。

"你必须监管这里的一切吗,霍斯金斯博士?"

"只是间接地,费洛斯小姐。我有下属,感谢上帝。我本人的兴趣全部在理论研究上:时间的本质、时间波侦测,等等。我愿意把这里的一切和将侦测时间缩短至一万年前的方法做交换。如果我们能进入人类历史时期——"

他被远处传来的一阵嘈杂的脚步声打断了,随即一个尖细的抱怨声响了起来。他皱起眉头,匆匆说了一句"对不起"后急忙离开了。

费洛斯小姐跟在他身后,一路小跑着。

一个老头儿,长着稀疏的胡子和红红的脸膛,正在说话:"我的研究到了关键环节,你不明白吗?"

一个穿着制服的技术员,胸口绣着滞留公司的标志,开口说道:"霍斯金斯博士,我们跟昂德梅斯基教授一开始就说好了,样本只会在这里停留两个星期。"

"我不知道我的研究需要多长时间才能完成。我不是先知。"昂德梅斯基恨恨地说道。

霍斯金斯博士说:"你应该能理解,教授,我们的地方有限。我们必须让样本流动起来。这块黄铜矿必须被送回去。有人等着下一个样本呢。"

"为什么我不能把它拿走？让我带走它吧。"

"你知道你不能拿走它。"

"一块黄铜矿，一个五公斤重的小玩意儿？为什么不行？"

"我们无法承受能量释放！"霍斯金斯厉声说，"你懂的。"

技术员插话了："关键是，霍斯金斯博士，他试图违反规定带走岩石。他当时在里面，而我不知道，我差点就刺穿了滞留泡。"

现场出现了短暂的沉默，随后霍斯金斯博士异常严肃地盯着研究员："有这回事吗，教授？"

昂德梅斯基教授咳嗽了一声："又不会有什么坏处——"

霍斯金斯抓向一个就在手边的手柄，手柄位于这间样板间的外面。他拉下了它。

一直在旁窥视的费洛斯小姐，看着这块毫不起眼却引发争执的岩石样本闪了一下就消失了。她不禁倒吸一口凉气。房间里空了。

霍斯金斯说："教授，你在滞留区内研究物体的许可证被永久吊销了。对不起。"

"等等——"

"对不起。你违反了最重要的规定。"

"我要向国际协会投诉——"

"尽管去投诉吧。在这种情况下，我的决定是不可撤销的。"

他故意转过身，丢下了还在抗议的教授。脸色依然苍白、怒意未消的他对费洛斯小姐说："愿意跟我共进午餐吗，费洛斯小姐？"

他带着她去了幽静的管理层餐厅。他跟其他人打了招呼，十分自然地向他们介绍费洛斯小姐，虽然后者感觉非常不自在。

他们会怎么想呢？她心想着，并竭力装出一副公事公办的样子。

她说:"你经常会碰到这种麻烦吗,霍斯金斯博士?就像刚才那位教授所做的事?"她拿起叉子开始吃东西。

"不会,"霍斯金斯加强了语气,"这是第一次。当然,我需要经常告诫其他人别把样本拿出去,但这是第一次有人真的想这么做。"

"我记得你曾经说过这会导致能量丧失。"

"对。当然,我们考虑到了这种后果。事故总会发生,所以我们配备了特殊的能量源,以应对不小心从滞留区里带走东西,但这并不意味着我们希望看到一年的能量在半秒之内就被浪费了——或者承担扩建计划被耽误好几年的后果。而且,想象一下,滞留区被刺穿了,而教授还在房间里,会发生什么。"

"假如真的发生了,他会怎么样?"

"我们用非生物和老鼠做过实验,它们都消失了。应该是回到过去了。简单来说,就是和物体一起被拉着回到它原本的时间中。为此,我们把滞留区内不应移动的物体都锚定了,方法很复杂。教授并没有被锚定,在我们回收岩石时,他会跟着它一起回到上新世[1]——当然,还要加上它在我们这个时间里停留的两个星期。"

"那真是太可怕了。"

"很难说教授会同意你的看法。如果他蠢到能干出这种事,那他也是咎由自取。但想象一下,如果消息走漏了,会对公众产生什么影响?所有的人都会意识到其中的风险,资金就会像这样一下子就消失了。"他打了个响指,忧郁地搅拌着食物。

费洛斯小姐说:"你不能把他弄回来吗,就像弄那块石头一样?"

"不能,因为一旦某个物体回去了,原始坐标就消失了,除非我们有意保留了它,但我们显然没有这么做的必要。我们从来没做过。要想再找到教授,意味着要再定位一个特定的坐标,就像是在海沟中

---

[1] 地质时代中第三纪的最新的一个世,它从距今533.3万年开始,距今258万年结束。

画一根线，意图打捞起某条特定的鱼——上帝，我一想起我们为防止事故发生而采取的预防措施，就会头疼。我们为每个独立的滞留单元都配备了独立的刺穿装置——必须这么做，因为每个单元都有各自的坐标，必须相互独立地坍塌。关键在于，所有的这些刺穿装置都只有到了最后一刻才会被启动，所以我们故意让启动过程变得很麻烦，需要拉一根被有意延伸到外面的绳子。下拉动作是一个原始的机械动作，需要很大的力气，不可能出于意外而被拉下。"

费洛斯小姐说："但它——它不会改变历史吗，把东西在时间里搬来搬去的？"

霍斯金斯耸了耸肩："理论上来说会的，实际上不会，除了罕见的情况。我们一直在从滞留区里往外搬东西。空气分子、细菌、灰尘。大约有10%的能量耗费在了弥补由此造成的损失之上。在时间里挪动比它们更大的物体所造成的效应也会逐渐消失。以那块上新世的黄铜矿为例。因为它消失了两个星期，某个昆虫可能因此而失去了藏身之所并丢了性命，这会引发一系列的变化，但滞留的机制显示它是一个收敛系列。变化的程度会随着时间的流逝而逐渐衰减，最终毫无变化。"

"你是说现实世界会自我治愈？"

"可以这么类比。从时间里抽走一个人，或送一个人回去，那你就制造了一个大伤痕。如果这个人是普通人，这伤口仍然会痊愈。当然，每天都会有很多人给我们写信，希望我们把亚伯拉罕·林肯带到现代来，或是穆罕默德或列宁。显然，这是不可能的。即便我们能找到他们，但挪动一个历史名人对现实世界造成的变化太大，它无法自愈。我们有办法计算什么样的变化属于太大的级别，我们会躲得离边界远远的。"

费洛斯小姐说："那么，蒂米——"

"没事，他不会在这个方向上造成问题。现实世界是安全的。但是——"他迅速且凌厉地瞥了她一眼，继续说道，"没事了。昨天你说蒂米需要玩伴？"

"是的，"费洛斯小姐高兴地笑了，"没想到你还真上心了。"

"当然。我喜欢那孩子。我理解你对他的感情，也想找机会跟你解释一下，所以刚才和你说了这么多。你看到了我们在做什么，你也理解了其中的难处，因此你应该能理解，尽管我们有强烈的意愿，但是我们无法为蒂米提供玩伴。"

"不能吗？"费洛斯小姐突然失望了。

"我刚跟你解释过了。我们需要极好的运气才能找到另一个和他年纪相仿的尼安德特男孩，即使找到了，把另一个人弄进滞留区从而让风险倍增也不合适。"

费洛斯小姐放下勺子，急切地说道："但是，霍斯金斯博士，我说的不是这个意思。我并不打算让你再带一个尼安德特孩子到现代来。我知道这是不可能的。但带一个别的男孩来跟蒂米一起玩却是有可能的。"

霍斯金斯若有所思地看着她："一个人类的孩子？"

"一个孩子，"费洛斯小姐说，语气中已然含有怒意，"蒂米就是人类。"

"难以想象。"

"为什么？为什么办不到？这提议有什么问题吗？你把那孩子从时间里拉了出来，让他成了永远的囚徒，难道你不欠他什么吗？霍斯金斯博士，假如在这个世界上，有任何一个男人称得上是他非生理上的父亲的话，非你莫属。为什么你就不能帮他点小忙呢？"

霍斯金斯说："他的父亲？"他手忙脚乱地站了起来："费洛斯小姐，如果你不介意的话，我该把你送回去了。"

他们在沉默之中走回了玩具屋，谁都不想开口说话。

425

那天之后，她很久都没见到过霍斯金斯，除了偶尔远远地瞥到过几次。时不时地，她会感到伤感，不过，在其他时候，当蒂米显得比平常更忧郁，或当他在窗户边一言不发地待上好几个小时而窗户外面又没有什么可看的，每当这种时候，她都会在心底恶狠狠地骂上一句：愚蠢的男人。

每一天，蒂米的语言表达都在变得更流畅，更准确。但他的话音中始终残留着一丝绵软含糊，费洛斯小姐觉得很可爱。在激动的时候，他还会发出弹舌音，但这种时刻变得越来越稀有。他肯定忘了来到现代世界之前的时光了——除了在梦中。

随着他年龄的增长，生理学家对他的兴趣变得越来越低，但心理学家的兴趣却越来越高。费洛斯小姐觉得这些新来的研究员比之前的更令人讨厌。针头没了，连带着一起消失的还有注射和抽血，以及特殊的饮食。但现在蒂米需要克服各种障碍才能拿到食物和饮水。他要举起板子，移动棍子，拉下绳子。微弱的电击让他哭泣，这让费洛斯小姐觉得厌烦。

她不想向霍斯金斯申诉。她不想去见他，每次想到他，她都会想起最后一次见到他时他在餐桌旁的脸。她的眼睛湿润了，心想：愚蠢，愚蠢的男人。

随后的某天，霍斯金斯的声音意外地响起。他朝着玩具屋喊："费洛斯小姐。"

她冷着脸出来了，整理着身穿的护士制服，在看到一个脸色苍白、身材瘦削、中等个头的女人之后，疑惑地停住了脚步。女人浅色的头发和肤色给人一种脆弱的感觉。在她身后站着一个脸圆圆的、眼睛大大的四岁男孩，抓着她的裙子。

霍斯金斯说："亲爱的，这是费洛斯小姐，照顾男孩的护士。费洛斯小姐，这是我的妻子。"

（这是他的妻子吗？她跟费洛斯小姐想象中的不一样。但为什么要一样呢?像霍斯金斯这样的男人应该会找一个弱势的女人作为他的陪衬。假如他真的是这种人……)

她强迫自己貌似正常地打了个招呼:"下午好,霍斯金斯夫人。这是你……你的孩子吗?"

(这倒是没想到。她想象过霍斯金斯作为一个丈夫的样子,但没想象过他当父亲的样子,除了……当然——她突然接触到了霍斯金斯的目光,脸不禁红了。)

霍斯金斯说:"是的,这是我儿子,杰瑞。向费洛斯小姐问好,杰瑞。"

(他故意强调了"这"吗?他的意思是说"这"才是他儿子,而不是……)

杰瑞往裙子的褶皱里躲得更深了,嘟囔着问了声好。霍斯金斯夫人的眼睛朝着费洛斯小姐的身后张望,窥视着屋子里面,想要找什么东西。

霍斯金斯说:"好了,我们进去吧。来吧,亲爱的。第一眼你可能会觉得很不舒服,但你会习惯的。"

费洛斯小姐说:"你想让杰瑞也一起进来吗?"

"当然。他是蒂米的玩伴。你说过蒂米需要一个玩伴。你忘了吗?"

"但是——"她用异常惊诧的目光看着他,"你的儿子?"

他不耐烦地说:"那你倒是说说用谁的孩子。有个伴不就行了?走吧,亲爱的,进去吧。"

霍斯金斯夫人吃力地抱起杰瑞,犹犹豫豫地越过了分界线。杰瑞在她怀里扭了几下,看来是不喜欢身体上的感觉。

霍斯金斯夫人有气无力地说道:"那东西在吗?我没看见他。"

费洛斯小姐喊了一声:"蒂米,快出来。"

蒂米从门框边探出了头,盯着那个前来拜访他的小男孩。霍斯金斯夫人胳膊上的肌肉明显地紧张了。

她对丈夫说:"杰拉尔德,你确定安全吗?"

费洛斯小姐立刻说:"你是指蒂米吗?他绝对安全。他是个温柔的小男孩。"

"但他是——是个野人。"

(都怪报纸上登的猿孩故事!)费洛斯小姐断然说道:"他不是个野人。他跟任何一个你能想象的五岁半的男孩一样守规矩。你人真好,霍斯金斯夫人,能同意让你的孩子跟蒂米一起玩,请不用担心。"

霍斯金斯夫人语带锋芒地说:"我可没说过我同意了。"

"我们都商量好了,亲爱的,"霍斯金斯说,"我不想再跟你争论了。把杰瑞放下来。"

霍斯金斯夫人照做了。男孩背靠着她,盯着隔壁屋里那双正盯着他看的眼睛。

"过来吧,蒂米,"费洛斯小姐说,"别怕。"

蒂米缓缓地走进了房间。霍斯金斯弯腰掰开杰瑞抓在妈妈裙子上的手指:"往后退,亲爱的。让孩子们自己处理。"

两个孩子面对面站着。虽然杰瑞的年纪小一些,他的个子却高了一英寸。在他挺拔的身材和高昂的、比例匀称的脑袋的衬托之下,蒂米的怪诞之处就如当初一般凸显。

费洛斯小姐的嘴唇都哆嗦了。

先开口的是尼安德特小孩。他用孩子气的声音问道:"你叫什么?"说完他猛地朝前探出了头,似乎想要更仔细地观察另外一个孩子的外表。

被吓了一跳的杰瑞使劲推了他一下以示回应,蒂米被推倒了。两个孩子都开始大声地哭喊,霍斯金斯夫人一把抱起自己的孩子,费洛斯小姐则红着脸,压住火气,抱起了蒂米,哄着他。

霍斯金斯夫人说:"他们本能地不喜欢对方。"

"并不比其他的小男孩初次见面时更糟,"她的丈夫疲惫地说道,"把杰瑞放下来,让他熟悉一下环境。说实话,我们最好都离开。费洛斯小姐过后可以把杰瑞送到我办公室,我带他回家。"

接下来的一个小时里,两个孩子都在相互提防着对方。杰瑞拍打着费洛斯小姐,哭着要妈妈,最后终于在一根棒棒糖的抚慰下安静了下来。蒂米也在吮吸着棒棒糖。在那一个小时即将过去的时候,费洛斯小姐设法让他们玩起了积木,尽管两个人分坐在了屋子的两头。

她把杰瑞带回到霍斯金斯身边时,差点对着他流下了感激的眼泪。

她寻找着感谢他的方法,但看到他一本正经的样子就打消了念头。或许他无法原谅她,因为她让他感觉到自己是个严酷的父亲。又或许他带上自己的儿子是企图证明自己可以是蒂米的慈父,虽然不是他真正的父亲。或许二者皆是!

所以,她只能说:"谢谢。非常感谢。"

他只能说:"没事,不用客气。"

这成了一个惯例。每周两次,杰瑞会被送来陪玩一个小时,后来又延长到了两个小时。孩子们记住了对方的名字,以及一起玩耍的方式。

然而,在最初匆匆产生的感激之后,费洛斯小姐发现自己并不喜欢杰瑞。他个子高,体重也大,在各个方面都占有优势,迫使蒂米变成了完全从属的角色。但她还是接受了这个事实,因为尽管有种种的不适,蒂米变得越来越盼望他的玩伴定期出现。

这是他拥有的一切了,她安慰着自己。

一次,她在看着他们时,心里想着:霍斯金斯的两个孩子,一个是他妻子生的,一个是滞留区生的。

而她本人……

上帝,她想着,用拳头揉着太阳穴,觉得很是羞耻:我在妒忌!

"费洛斯小姐,"蒂米说(她从未允许他用别的称呼来叫她),"我什么时候才能去学校?"

她低头看着那双迎着她的渴望的棕色眼睛,伸手温柔地摸了摸他又厚又卷的头发。这是他外形上最凌乱的部分,因为头发是她剪的,而他在剪刀底下一刻都不安分。她没有要求职业理发师的帮助,因为胡乱修剪的头发能够掩盖塌陷的前额和突出的后脑。

她说:"你从哪里听说学校的?"

"杰瑞每天都上学。幼、儿、园,"他一字一顿地说道,"他去过很多地方。外面。我什么时候能去外面,费洛斯小姐?"

费洛斯小姐的心被猛地扎了一下。她当然明白,没有任何办法能阻止这个不可避免的结局,蒂米会听到越来越多外界的消息,一个他永远去不了的外界。

她佯装高兴地说道:"怎么啦,蒂米,你去幼儿园干什么呢?"

"杰瑞说他们会玩游戏,他们能看画片带子。他说那里有很多孩子。他说——他说——"他思考着,随后胜利地向上举起两条胳膊,手指叉开着,"他就说了这么多。"

费洛斯小姐说:"你喜欢画片带子?我可以带些过来。很好看的那种。还有音乐带子。"

因此,蒂米暂时得到了满足。

杰瑞不在的时候,他会专心致志地观看画片带子,费洛斯小姐也会连着好几小时给他念普通的故事书。

最简单的故事里也有太多需要解释的东西,太多发生在滞留区之外的东西。蒂米说他现在连做梦都变多了,因为听说了外面的世界。

梦都是一样的,都跟外面的世界有关。他磕磕巴巴地想要向费洛斯小姐描绘它们。在梦中,他去了外面,一个空荡荡的外面,非常大,里面有孩子,还有奇怪的、难以描述的物体,产生自他对书本一知半解的想象，或是来自遥远的尼安德特的模糊记忆。

但是孩子和物体都无视他的存在，他虽然在这个世界里，但他并不是世界的一分子，而是独自存在着，就像在他自己的房间里一样——然后他就哭着醒了。

费洛斯小姐试图拿他的梦开玩笑，但有些晚上，独自待在自己的房间里时，她也会哭。

一天，费洛斯小姐正在念书，蒂米把他的手放在她的下巴底下，轻轻地抬起了它，让她的视线离开了书本，对准自己的眼睛。

他说："你怎么知道该讲什么，费洛斯小姐？"

她说："你看到这些符号了？它们告诉我该讲什么。这些符号组成了文字。"

他盯着它们，好奇地看了很久，最后把书从她手里拿走了："有些符号是一样的。"

她因为他表现出来的机灵而愉快地笑了。她说："是的。你想学一学怎么写这些符号吗？"

"好的。听上去挺有意思的。"

她并不期待他能学会识字。她觉得应该是没希望听他给她讲故事了。

过了几个星期，他却取得了令她咋舌的进步。蒂米坐在她的大腿上，一个字接一个字地念着一本童话书，念给她听。他在给她念书！

她在震惊之余挣扎着站了起来，说："蒂米，我很快就回来。我要去找霍斯金斯博士。"

她激动得都快疯了。她似乎找到了应对蒂米不快乐的方法。如果蒂米无法去往外面的世界，那就把外面的世界带进这三个房间里——书中、胶片中、声音中的世界。他必须接受充分的教育。这个世界欠他的。

431

她发现霍斯金斯恰好也跟她一样正处于高涨的情绪之中，一种成功与喜悦的情绪。他的办公室异常忙碌，她还以为他没空理她了，只能窘迫地站在前厅里。

但他看到她了，宽阔的脸膛上漾起了笑容："你听说了吗？——没有，肯定还没有，你不可能听说的。我们成功了。我们真的成功了。我们完成了近距时间上的观测。"

"你是说，"她试着将自己从她本人的好消息上抽离片刻，"你能够从人类历史之中把一个人带到现代来？"

"我就是这个意思。我们现在锁定了一个14世纪的人。想象一下。想象一下！我有多兴奋，能够摆脱无休无止的中生代，并把古生物学家替换成历史学家——你好像要跟我说什么？好吧，说吧。你会发现我的心情很好，能满足你的一切要求。"

费洛斯小姐笑了："那太好了。我刚好在想我们是否需要为蒂米设立一套教育体系。"

"教育？教什么？"

"任何东西。像在学校一样，让他能够学习。"

"但他能学会吗？"

"当然。他已经在学了。他学会了阅读。我自己教他的。"

霍斯金斯坐在那里，心情仿佛一下子又陷入了低谷："这事不好办，费洛斯小姐。"

她说："你刚才不是还说，我可以提任何要求。"

"我知道，我真不应该那么说的。你不明白吗，费洛斯小姐？我相信你肯定明白，我们不能将蒂米的实验永久地进行下去。"

她盯着他，突然产生了一股恐惧，她不懂他在说什么。"不能永久进行下去"是什么意思？她回想起了那个令人不快的画面，昂德梅斯基教授和他那块两周之后又被送回去的矿物标本。她说："但他是个孩子，不是块石头——"

霍斯金斯博士不安地说:"即便是孩子也不值得被赋予过多的重要性。现在我们将欢迎从人类历史时期来的人了,我们需要更多的滞留空间,所有的空间。"

她还没能完全领会他的意思:"但你不能这么做。蒂米——蒂米——"

"好了,费洛斯小姐,请不必难过。蒂米不会马上就离开的,可能还有好几个月。与此同时,我们会尽可能地做出合理的安排。"

她仍然在盯着他。

"我给你拿点喝的吧,费洛斯小姐。"

"不用,"她低声说道,"我不喝。"她仿佛噩梦初醒般地站起来,离开了。

蒂米,她心想,你不会死的。你不会死的。

心里一直想着蒂米不会死,倒是能给她些安慰,但该怎么做才能达成这个目的呢?在最初的几个星期里,费洛斯小姐一直期盼着从14世纪带人过来永远不要成功。霍斯金斯的理论可能是错的,或者他的方法有问题。然后这里就能跟从前一样了。

显然,世界上的其他人不会有这种期盼,费洛斯小姐因此而无端端地恨上了整个世界。"中世纪项目"已经成了公众的热门话题。新闻界和公众都渴望它的成功。滞留公司已经很久没有激发过这种热情了。一块新石头或是又一种新的古鱼类显然不够刺激。但现在这消息绝对可以。

一个历史上的人物。一个说着已知语言的成年人。一个能够为历史学家打开新篇章的人。

倒数时间到了,这一次可不光是三个站在阳台上的人了。这一次全世界都在观看。这一次滞留公司的技术员将在全人类面前展示他们的技能。

费洛斯小姐独自等待着，只有小野人陪在身边。当小杰瑞·霍斯金斯在固定的与蒂米玩耍的时间段出现时，她差点没能认出他来。她在等的人并不是他。

（带他来的秘书急匆匆地离开了，离开之前只是冲着费洛斯小姐微微点了点头。她急着去占一个好位置，观看中世纪项目的高潮部分——费洛斯小姐其实有更好的理由去现场，她苦涩地想着，要是那个笨姑娘能及时赶到的话。）

杰瑞·霍斯金斯尴尬地朝她挪了过来："费洛斯小姐？"他从口袋里掏出一张报纸的复印件。

"什么事，杰瑞？"

"这是蒂米的照片吗？"

费洛斯小姐盯着他，然后从杰瑞的手里一把夺过报纸。中世纪项目的激情也重新唤醒了媒体对蒂米的些许兴趣。

杰瑞直勾勾地盯着她说道："上面说蒂米是个猿孩。那是什么意思？"

费洛斯小姐抓住孩子的手腕，强压下想要使劲晃他的冲动："绝对不能说这个词，杰瑞。绝对不能，明白吗？它是个非常难听的词，你绝对不能说。"

杰瑞害怕了，挣扎着摆脱了她的手。

费洛斯小姐愤怒地撕碎了报纸："去里面和蒂米玩吧。他想让你看看他的新书。"

最后，女孩终于出现了。费洛斯不认识她。那几个常用的替补——她有事外出时会替她照顾蒂米的人——此刻都没空。可以想象，中世纪项目正处于高潮阶段。霍斯金斯的秘书承诺过要找个人，应该就是这位女孩了。

费洛斯小姐竭力赶走语气中的不满情绪："你是被派到滞留一区的姑娘吗？"

"是的,我叫曼迪·特里斯。你是费洛斯小姐,对吧?"

"是的。"

"对不起,我迟到了。外面实在是太热闹了。"

"我知道。好了,我需要你——"

曼迪说:"我猜你会去那里看吧。"她那张瘦瘦的、怅然若失的脸上挂满了嫉妒的神色。

"别去想了。你先进去见见蒂米和杰瑞吧。他们会一起玩上两个小时,应该不会给你添什么麻烦。他们身边有牛奶,还有很多玩具。说实话,你最好尽量别去管他们。好,我跟你说一下东西都放在哪儿——"

"蒂米就是那个猿——"

"蒂米是滞留区里的住客。"费洛斯小姐严厉地说道。

"我是说,他就是那个不能离开的孩子,对吗?"

"对。进去吧,时间不多了。"

当她终于可以离开的时候,曼迪·特里斯在她身后尖声喊了一嗓子:"希望你能抢到一个好座位,上帝,希望实验能成功。"

费洛斯小姐不想说出什么难听的话来扫她的兴。她头也没回地匆匆离开了。

但因为被耽误了,所以她没能抢到好座位。她只能在大会堂的屏幕前找个地方坐下。她不禁感到遗憾。如果她能在现场,如果她能够着设备的敏感部位,如果她能破坏这个实验……

她控制住了自己,不再去胡思乱想。简单的破坏并不能解决问题。他们能够再造一台设备,再次展开实验。而她则再也不会被允许回到蒂米身边了。

没有办法。估计除非实验本身失败了,它才会就此终结。

所以,她一边等着倒计时结束,一边看着大屏幕上的一举一动。

随着镜头一一扫过技术员,她端详着他们的脸庞,寻找着任何担忧与没把握的表情,那将预示着某种意外的发生。她端详着,端详着……

没有这种表情。倒数到了零,非常安静地、非常不起眼地,实验成功了!

在一个新设的滞留空间内,出现了一位长着络腮胡、塌着肩膀的农夫,看不出有多大年纪。他穿着破烂的脏衣服和木头鞋子,惊恐地盯着眼前突然出现的变化。

整个世界都因为喜悦而沸腾了,费洛斯小姐却悲伤得无法动弹,任凭他人撞她、推她,她仿佛置身事外。身边是成功的喜悦,她却充满了挫败感。

突然,大喇叭里嗞嗞啦啦地叫起了她的名字,一直叫了三声之后,她才有了反应。

"费洛斯小姐,费洛斯小姐,请立刻赶去滞留一区!费洛斯小姐,费——"

"让我过去!"她大声喊着。喇叭里不断重复着呼叫。她用上不知从哪里来的力气,挤过人群,冲撞着、挥舞着握紧的拳头,用像是在噩梦中的慢动作,朝着门口前进。

曼迪·特里斯流着眼泪。"我不知道是怎么发生的。我只是到走廊的尽头去看一个他们设置好的小屏幕。只看了一分钟。还没等我回来……"她突然开始哭着指责费洛斯小姐,"你说他们不会有事的,你说别去管他们……"

衣服凌乱、身体也不由自主在颤抖的费洛斯小姐盯着她:"蒂米在哪儿?"

一个护士正在往哭个不停的杰瑞的胳膊上抹消毒药水,另一个在给他打破伤风针。杰瑞的衣服上有血迹。

"他咬我,费洛斯小姐,"杰瑞愤怒地喊道,"他咬我。"

但费洛斯小姐的眼里似乎没有他。

"你们把蒂米怎么了?"她大声问道。

"我把他关进洗手间了,"曼迪说,"我把这个怪物丢进去,锁起来了。"

费洛斯小姐跑进了玩具屋。她鼓捣着玩具屋的门。她似乎花了一辈子的时间才打开它,进去后发现丑陋的小男孩蜷在角落里。

"不要抽我鞭子,费洛斯小姐。"他低声说道,他的眼睛红了,他的嘴唇在哆嗦,"我不是故意的。"

"蒂米,谁跟你说抽鞭子的?"费洛斯小姐把他拉进自己的怀里,用力搂住他。

他颤抖着说:"她说的,说你会拿一根长绳子抽我,不停地抽我。"

"不会的。她骗你的。到底发生了什么?发生了什么?"

"他叫我猿孩。他说我不是真小孩。他说我是只动物。"蒂米的眼泪止不住地滴落,"他说他不想再跟一只猴子一起玩了。我说我不是猴子,我不是猴子。他说我长得很奇怪。他说我丑得可怕。他一直说个不停,我就咬了他。"

他们两个都哭了。费洛斯小姐抽泣着说道:"他说得不对。你明白的,蒂米,你是个真正的男孩。你是个可爱的男孩,全世界最优秀的男孩。没人、没人能把你从我身边抢走。"

到了现在,要下定决心变得容易了,她也清楚该干什么,但需要加紧行动。霍斯金斯不会等太久,自己的儿子都被咬了——

对,必须在今晚,今晚,这地方五分之四的人都睡了,而剩下的五分之一都还沉醉在中世纪项目中。

她这个时候回来会显得不太寻常,但也并非没有先例。警卫都跟她很熟,不会盘问她。他也不会对她拿着的行李箱起疑。她练习了几遍含糊的应答:"给孩子带的玩具。"脸上浮现出平静的笑容。

他怎么会起疑心呢?

他确实没有。当她再次回到玩具屋时,蒂米仍然醒着,她竭力表现得跟平常一样,以免吓到他。她跟他谈了他的梦,听他惆怅地问起杰瑞。

这个时间段没什么人,也不会有人质疑她携带的包袱。蒂米会非常安静,然后一切都会变为既成事实。她会成功的。想要纠正她干的事也没什么意义。他们会丢下她不管。他们会丢下她和蒂米两个都不管。

她打开了行李箱,拿出外套和带有护耳的羊毛帽子,还有其他的东西。

蒂米开始变得警觉:"你要把这些东西都穿在我身上吗,费洛斯小姐?"

她说:"我要把你带到外面去,蒂米。带到你梦里的地方。"

"我梦里?"他的脸因为突然的渴望而变形了,但表情中也有担忧。

"别怕。你跟我在一起,只要跟我在一起,你就不会害怕,对吗,蒂米?"

"我不怕,费洛斯小姐。"他把形状怪异的头靠在她身上,她搂住了他,感觉到他的小心脏怦怦跳个不停。

午夜了,她把他抱起来,切断了警报,轻轻地打开了门。

旋即她发出了尖叫,门外竟然站着霍斯金斯!

跟他一起的还有两个男人。他盯着她,跟她一样震惊。

也就过了一秒钟,费洛斯小姐反应过来了,想要推开他闯过去。但一秒钟对他来说也够了。他一把抓住她,拽着她来到一组柜子前,将她紧紧地压在柜子上。他挥手示意跟他一起来的两个人堵住门口。

"真没想到。你疯了吗?"

她设法用肩膀抵住了柜子,以免蒂米被撞到。她乞求道:"我带走他又能造成什么损害呢,霍斯金斯博士?人命总是要比浪费的能量更珍贵吧。"

霍斯金斯坚决地从她的胳膊里抢过了蒂米:"如此级别的能量浪费意味着投资者将损失好几百万美元。这将对滞留公司造成严重的挫败。公众将会知晓是一个感情用事的护士为了猿孩而造成了这一切。"

"猿孩!"费洛斯小姐一下子愤怒到了极点。

"记者就是这么叫他的。"霍斯金斯说。

跟来的其中一个人出现了,正在把一根尼龙绳穿过墙壁上半部分的一串洞眼。

费洛斯小姐记得这绳子,霍斯金斯不久之前在装着昂德梅斯基教授岩石标本的房间外面拉的就是这种绳子。

她大叫一声:"不!"

但霍斯金斯放下了蒂米,温柔地帮他脱下身上穿着的外套:"你待在这里,蒂米,不会有事的。我们只是到外面去一下就回来。好吗?"

蒂米吓得不轻,说不出话来,只是点了点头。

霍斯金斯推着费洛斯小姐,让她在他之前先出了玩具屋。此刻的费洛斯小姐已忘了抵抗。她麻木地注视着玩具屋外已经安上了绳子的拉环。

她疲惫地低声说道:"因为你儿子受伤了。因为他辱骂了这孩子,他才被咬的。"

"不是的,相信我。我明白今天发生了什么,我知道是杰瑞不对。但消息走漏了。从明天开始,这里每天都会被记者包围,我不能冒险让一个被歪曲了的故事——什么尼安德特野人被疏于照料——冲淡了中世纪项目的成功。蒂米早晚都得离开,不如现在就走,不给那些爱管闲事的人任何从鸡蛋里挑骨头的机会。"

"这跟送一块石头回去不一样。你这是在杀人。"

"不是杀人。不要感情用事。他只是会成为尼安德特世界上的一个尼安德特人而已。他不再是囚犯或异种了。他有机会过上自由的生活。"

"什么机会?他只有七岁,一直在照料中长大,有吃的、穿的,还有房子。在那里只有他一个人,他的部落可能早就搬走了,都过去四年时间了。即使还留在原地,他们也可能不会认他。他只能自己照顾自己了。他哪有这个能力?"

霍斯金斯无比失望地摇了摇头。"上帝,费洛斯小姐,你以为我们没想到过这些吗?要不是因为是第一次,为了确保能成功带来一个人,一个近似的人,我们会选中一个孩子吗?我们也不敢取消定位,因为怕伤害了他。还有,我们为什么要一直留着他,难道不是因为不愿意把一个孩子送回去吗?只不过,"他的语气显得急不可耐,"我们不能再等了。蒂米阻碍了我们的扩张!蒂米是负面新闻的源头,我们正处于伟大成就的边缘,对不起了,费洛斯小姐,我们不能让蒂米坏了我们的事。不能,不能,对不起,费洛斯小姐。"

"那好吧,"费洛斯小姐悲伤地说,"让我跟他说再见。给我五分钟时间说再见。我只有这个请求了。"

霍斯金斯犹豫了一下:"去吧。"

蒂米跑向了她。他最后一次跑向了她,而她也最后一次将他拥入了怀中。

她紧紧地抱着他,紧闭着双眼。她的脚指头碰到了一张椅子,她用脚推着它倚到墙上,随后坐了下来。

"别害怕,蒂米。"

"你在这里我就不怕,费洛斯小姐。那个人对我生气了吗,外头的那个人?"

"没有,他没生气。他只是不了解我们——蒂米,你知道妈妈是什么吗?"

"就像是杰瑞的妈妈?"

"他跟你说过他妈妈吗?"

"说过几次。我觉得妈妈就是一个会照顾你的女士,她对你非常好,会帮你做很多事。"

"对。你想过要妈妈吗,蒂米?"

蒂米从她怀里抽出了脑袋,好让自己能看到她的脸。他慢慢地伸手触摸了她的脸颊,抚摩着她,就像很久之前她抚摩他一样。他说:"你不就是我妈妈吗?"

"蒂米。"

"我这么说,你生气了?"

"没有,当然没有。"

"我知道你叫费洛斯小姐,但是——但是有时,我在心里会叫你'妈妈'。我可以叫吗?"

"可以,当然可以。我再也不会离开你了,你再也不会受到伤害了。我会一直照顾你,叫声'妈妈'让我听听。"

"妈妈。"蒂米深情地叫了一声,把自己的脸贴在她的脸颊上。

她站了起来,怀里仍然抱着他,爬到了椅子上。外面突然响起了惊叫,但她仿佛没听见,而是用空着的一只手用尽全身力气拉下了那根挂在两个洞眼之间的绳子。

滞留区被刺穿了,房间里空了。